전쟁 서사의 문학적 증언

전쟁 서사의 문학적 증언

김미향 지음

보고사
BOGOSA

일러두기

1. 〈 〉 작품, 《 》 작품집, 「 」 논문, 『 』 잡지·저서·학회지·신문,
   ' ' 강조/간접인용, " " 직접인용.

2. 저자, 「논문」, 『저서』, 출판사, 연도, 인용 쪽. &
   저자, 〈작품〉, 《작품집》, 출판사, 연도, 인용 쪽.

서문

　10년 간, 총 100여 편의 소설을 다룬 열다섯 편의 글을 정리하여 한 권의 책으로 묶는다. 나에게 있어 문학의 역할은 목소리가 없는 사람들을 대신하는 것이다. 시작은 모든 공적 기억, 즉 역사에서 사라진 사람들에 관한 관심이었다. 그러므로 문학작품 속에서 그들이 어떻게 형상화되었는지를 통해 그 진실을 유추하고 정체성을 규정하고자 하였다. 허구 속에서만 자신을 드러낼 수 있는 사람들에 대한 관심과 더불어 그들을 제대로 해석하는 것이다. 쉽게 말할 수 없는 정치적, 도덕적, 개인적 문제들이 복잡하게 얽혀 있는 이들에 대한 진실은 누구에게도 자신을 제대로 변명할 수 없었던 자들에 관한 것이기도 하다. 승자의 발자취는 공적 기억인 역사에서 찾을 수 있다면, 이들의 모습은 소설에서나 확인할 수 있다. 중요한 사람들, 권력자들의 이야기가 아닌 일반 기층민들의 삶을 통해 치열한 역사의 이면을 엿볼 수 있다. 오직 살아남기 위해 현실에 맞서는 인간들의 분투기, 그리고 이들을 바라보는 작가의 시선 또한 느낄 수 있다.

　책의 구성을 살펴보면 먼저, 한국전쟁의 잔류파와 포로 그리고 일제강점기의 인신매매 여성을 통해 말하지 못한 자의 목소리를 다루었다. 그리고 사회의 주변적 인물이면서도 어떤 전형적인 인물들보다 삶의 창조성을 구현하는 소수적이고 개성적인 인물들을 통해 소설의 특이성을 다루었으며, 전쟁과 충돌하는 일상성을 통해 숨겨졌던 인간의 다양한 이면을 다루었다. 또한 살해는 가능하되 희생물로 바칠 수 없는 생명, 즉 공동체의 법적·종교적 질서로부터 추방되어 보호받지 못하는 '벌거벗은 생명'을 통해 그들이 겪게 되는 폭력의 특별한 성격에 주목했다.

동한인(東漢人) 환담(桓譚)은 보통 사람들이 주의를 기울이지 않는 작은 일을 모아서 단문을 완성한다고 하여 소설을 잔총소어(殘叢小語)로 보았다. 그것 또한 소설의 정체성 중 하나일 것이다. 소설은 위대한 것, 훌륭한 것, 아름다운 것만을 써 내려가는 것이 아니라 말 그대로 작고, 별것 아닌, 떠도는 사람들의 일상적 삶을 기록하는 또 다른 역사이기도 하다. 말할 수 없는 자의 목소리를 귀담아 들어주고, 기억하고, 용기 내어 말하는 것이 바로 잔총소어의 의미일 것이다.

차례

I
문학,
말할 수 없는 자의 목소리

인신매매 모티프 속에
나타나는 여성의 수난

1. 들어가며

한국의 국가적 수난과 눈부신 경제성장은 모두 여성들의 몸과 밀접한 관계를 맺고 있는데, 이들의 희생과 기여를 바탕으로 이루어졌기 때문이다. 여성이 국가와 남성에게 봉사하고 희생하는 것이 당연하다고 여기는 남성 중심의 가부장적 전통 속에서 살아온 한국 여성들은 가족 특히 아버지와 남편, 오빠 등 남성 구성원들에 의해 생존 또는 부의 축적을 목적으로 신체가 매매되었다. 그리고 여성이라는 '섹슈얼 아이덴티티'와 한국인이라는 '내셔널 아이덴티티'가 만나 이러한 희생이 당연하다는 생각이 일반화되면서, 자발적으로 자신의 몸을 상품화하는 경우까지 생기게 되었다. 하지만 여성을 대상으로 하는 모든 인신매매는 인간을 도구화하고 인간의 존엄성을 훼손하는 명백하게 추악한 범죄이다.

일제강점기에 일부 여성들은 일본 제국주의의 전투력 강화를 위해 노동력을 제공했던 정신대나 성노예 생활을 해야만 했던 위안부로 차출되었다.[1] 한국전쟁 이후에는 미군이 장기 주둔하게 되면서 미군

에게 휴식과 오락을 제공하고 외화를 획득하기 위해 정부가 적극적
으로 위안부를 관리하고 양성하기도 하였다.[2] 1970년대에는 성매매
관광 정책이 국가적 차원에서 지원되면서, 1973년 6월에는 문교부장
관이 매매춘을 여성들의 애국적 행위로 장려하는 발언까지 하는 상
황에 이르게 되었다.[3] 이 정책은 아시안 게임과 올림픽이 개최된
1980년대 후반까지 지속되었다. 이러한 상황 속에서 여성은 신체를
매매하여 돈을 벌거나 성을 매매하여 돈을 버는 인신매매의 이중 착
취 구조 속에 방치되었다. 여성의 인권은 일제강점기나 여성의 성매
매를 정책적으로 이용하던 근대 국가에서나 별반 다를 것이 없었다.
그런데도 이러한 여성들의 수난은 공적 기억인 역사에는 누락되거나
은폐되어 드러나지 않았고 다만 문학 작품 속에서 지극히 한정적으
로 형상화되고 있을 뿐이다. 일제강점기 우리 민족의 과제는 독립운
동과 근대화 즉 서구화, 문명화였다. 그런데 일제강점기는 물론 그
이후에도 우리 문학이 성을 다루는 방식은 대체로 연애지상의 신성
화된 순결, 빈궁에 따른 매춘, 선민의식과 성의 자유 등으로 나타나
면서 정신대, 국내외에서 강요되는 매춘, 압제자들에 의한 성 폭력
등은 제대로 작품으로 산출되지 않은 채 소수의 작품에서만 나타나
는 등 근대화하지 못했다.[4]

　인신매매 모티프 소설은 1920~1930년대에 집중되고 있는데, 이

1 박유하, 『제국의 위안부』, 뿌리와이파리, 2016, 107~108쪽.
2 박정미, 「발전과 섹스 : 한국 정부의 성매매 관광정책, 1955-1988년」, 『한국사회학』
　48-1, 2014, 251~253쪽.
3 강준만, 『매매춘, 한국을 벗기다』, 인물과사상사, 2012, 86쪽.
4 정종진, 『한국 현대문학의 성 표현 방법』, 태학사, 2003, 166쪽.

시기는 일제의 수탈이 가장 극에 달했던 시기이다. 극단적 빈곤으로 최소한의 인간윤리까지 저버리는 상황에서 비참한 삶은 항상 여성의 몫이었다. 여기서 인신매매 모티프 소설은 단순하게 성이나 매춘을 다루는 작품을 말하는 것이 아니다. 이것은 강제적, 위압적, 기망적, 폭력적 상황에서 여성의 자기 의사에 반하는 신체매매, 성매매는 물론 매매혼 등의 인신매매가 중심 모티프로 기능하고 있는 소설로 정의할 수 있다. 그러므로 본고에서는 인신매매 모티프가 집중되는 1920년대부터 해방 전까지 발표된 소설 중 여성의 성을 유희나 쾌락, 욕망의 대상이 아닌 위협받고, 희생되어 결국은 소멸되는 비극적 상황에 주목하는 소수의 작품을 통해 그 안에서 은폐되어 있는, 즉 공적 기억에 배제된 여성들의 수난과 그 원인, 대응의 변화 양상에 대해 논의하고 그 문학적 의의를 규명하고자 한다.

2. 인신매매의 구조 속에서 소비, 소멸되는 여성의 신체

　신체매매, 성매매와 매매혼 등 인신매매의 시작은 부친, 모친, 남편, 조카, 집주인, 동료, 이웃 등 여성 주변의 가까운 사람들에 의해서 자행된다. 하지만 이들이 여성의 성을 직접 파는 포주나 업자로 나서는 경우는 흔하지 않는 것으로 보아 인신매매의 진행은 사회 구조 속에서 이루어지고 있다.

　현진건 〈고향〉(1926)에서 여성 신체매매 행위자는 아버지이다. 특히 일제의 약탈에 의한 빈곤과 사회 붕괴를 확인할 수 있는 이 작품은 일본이 세운 동양척식주식회사에 의해 땅을 잃고 유랑하는 하층민의 삶을 다루고 있다. 땅을 잃은 소작인들은 극단적 빈곤에 시달리게 되고 그 와중에 궐녀의 아버지는 열일곱 살의 딸을 이십 원을 받고 대구 유곽에 팔아버린다. 그리고 동리 사람들의 비난을 견디다 못해 이사를 가게 되면서 그녀의 집안은 그 동리에서 자취를 감추게 된다. 그 후 그녀의 집안뿐 아니라 동리 자체가 점점 쇠진해 가는 와중에 그녀와 혼인 말이 있었던 그도 결국 고향을 떠나 유랑민이 되고 만다.

> 그의 고향은 대구에서 멀지 않은 K군 H란 외따른 동리였다. 한 백호 남짓한 그 곳 주민은 전부가 역둔토를 파먹고 살았는데 역둔토로 말하면 사삿집 땅을 부치는 것보담 떨어지는 것이 후하였다. 그러므로 넉넉지는 못할망정 평화로운 농촌으로 남부럽지 않게 지낼 수 있었다. 그러나 세상이 뒤바뀌자 그 땅은 전부가 동양척식회사의 소유에 들어가고 말았다.(현진건, 〈고향〉, 《운수 좋은 날》, 문학과지성사, 2008, 209쪽.)

오랜만에 다시 고향에 돌아온 그는 그녀를 우연히 만나게 된다. 그녀는 이십 원이라는 몸값을 십 년 동안 갚았지만 오히려 빚이 육십 원으로 늘어나는 성매매 구조 속에서 죽음을 목전에 두고, 상품 가치가 모두 소멸된 후에야 풀려나는, 성매매 여성의 전형적 삶을 살아가고 있었다.

> 궐녀는 이십 원 몸값을 십년을 두고 갚았건만 그래도 주인에게 빚이 육십 원이나 남았었는데 몸에 몹쓸 병이 들고 나이 늙어져서 산송장이 되니까 주인 되는 자가 특별히 빚을 탕감해 주고 작년 가을에야 놓아준 것이었다.(위의 책, 213쪽.)

하지만 그녀의 비참한 삶은 그녀에게만 국한된 개인의 문제가 아닌 당시, 사회 전반의 문제이다. "볏섬이나 나는 전토는 신작로가 되고요- 말마디나 하는 친구는 감옥소로 가고요- 담뱃대나 떠는 노인은 공동묘지 가고요- 인물이나 좋은 계집은 유곽으로 가고요"라는 당시 유행가는 가난과 굶주림에 지친 하층민들의 삶과 무기력한 사회 모습을 사실적으로 보여주고 있다.

강경애 〈동정〉(1934)의 산월 역시 아버지에 의해 열두 살에 삼백 원에 팔리고, 팔린 곳에서는 장래를 약속한 연인에게 돈을 뜯기고 버림을 받는다. 그녀는 열심히 일하면 일할수록 빚이 늘어나는 성매매의 구조 속에서 더 이상 벗어날 길이 없어 탈출하기 위해 우연히 알게 된 나에게 동정을 구하지만 그마저 거절당하자 스스로 목숨을 끊게 된다.

최서해 〈홍염〉(1927)에서는 딸인 용례를 빼앗긴 문서방이 다시 딸을 찾는 과정이 그려지고 있다. 중국인 지주인 인가는 문서방이 만주로 이주한 뒤, 굶어죽지 않기 위해 빌린 식량 대신 문서방의 딸 용례를 끌고 갔다. 끌고 간 후에는 용례를 친정에 보내지 않고 집에만 가둬놓고 있다. 이러한 용례가 보고 싶어 문서방의 아내는 병이 나고 용례를 보지 못한 채 죽자 분노한 문서방은 인가를 죽이고 그의 집에 불을 지른 후 딸인 용례를 데리고 나온다. 여기서 용례와 인가의 관계는 일종의 매매혼으로 볼 수 있다. 매매혼 역시 인신매매의 다른 양상이다. 신랑이 신부의 집에 금품을 지급함으로써 성립되는 매매혼은 신부를 인신매매한다는 개념보다는 농경사회에서 신부의 노동력에 대한 보상의 의미를 가졌다. 하지만 1920~1930년대의 매매혼은 여성을 첩이나 나이가 많은 남성의 후취로 돈을 받고 강제 매매하는 것으로 변질되었다. 여성은 매매혼을 한 후 노예와 같은 삶을 살아간다는 점에서 신체매매와 성매매가 동시에 발생했다고 볼 수 있다. 일반적 성매매 여성이 불특정 남성들과의 관계라면 매매혼 여성들은 남편이라 불리는 한 남성과의 관계라는 것만이 다를 뿐 자신의 의사에 반하는 성 착취와 노동력 착취를 당한다는 점에서 동일하다.

이효석 〈기우〉(1929)는 주인공 찬호와 계순의 세 번의 만남을 통해 계순이 인신매매의 구조 속에서 소비되어가는 전락의 과정을 다루고 있다. 계순은 학교까지 다닌, 영어와 일어가 능란한 지식인으로 장안에서 손꼽는 큰 여관의 주인 딸이었다. 하지만 뒷골목의 조그만 반찬 가게의 딸로, 그리고 집안의 사정이 더 안 좋아지자 사나이에게 팔려 갔다 도망하여 항구 술집에서 노래 부르던 유리꼬로, 그리고 십 년 만에 중국의 마굴 속에서 몸을 파는 모습으로 집안의 몰락과 같이 그녀의 삶도 몰락한다. 여성들은 처음에는 보통 신체매매를 당한 곳에서 성매매를 시작하지만, 나이가 먹고 몸이 아프게 되면서 좀 더 상황이나 여건이 안 좋은 곳으로 다시 신체매매를 당하는 악순환을 겪게 되는데 이것은 지식인이며, 부유층이었던 계순도 예외가 아니었다.

이태준 〈바다〉(1936)에서는 구장이 마을 처녀들을 꼬여내는 장면이 나온다. 가족을 위해서 차마 거부할 수도 없는 옥순은 이 상황을 모면하기 위해 목숨을 끊는다.

> 옥순은 벌써 구장의 속이 뻔-히 드려다 보이는 것 같았다.
> "앙이……배기미 술장수 간나들처리 술으 팔라능 건 줄 아능야? 손님 접대하능 거랑이……교제하능 거랑이"(이태준, 〈바다〉, 《이태준전집》 1, 깊은샘, 1988, 236쪽.)

옥순은 그가 앞으로 해야 할 일이 성매매임을 확실하게 인식하고
있다. 그럼에도 구장은 속이 뻔히 들여다보이는 거짓말로 동네 처녀
들을 속여서 모으고 있는 것이다.

이태준 〈사막의 화원〉(1937)에서 하나코는 연인과 탈출에 성공하
는 듯했지만 사나이는 순사에게, 그녀는 포주에게 붙잡혀 매를 맞고
끌려가게 되면서 끝이 난다. 그런데 순사가 포주에게 인계되는 하나
코를 구하는 것이 아니라 오히려 포주에게 인계되는 하나코를 방조
하는 모습을 보이고 있다. 이것은 당시 일본 당국이 만든 기생조합
규약표준 제12조의 '조합은 본부(本夫) 또는 가부(假夫)가 있다고 인정
되는 자에 대하여 가업계의 연서를 거부할 것'이라는 조항에 근거하
고 있다. 이 조항은 비록 기둥서방일망정 본부, 가부를 통해 일말의
보호를 받던 기생들이 사생활과 권익의 보호를 전혀 받지 못하고 조
합으로, 나아가 포주에게 일방적으로 종속되어 창기로 전락하는 계
기를 가져왔다.[5]

최명익 〈장삼이사〉(1941) 역시, 업자에게 다시 잡혀가는 여성의 모
습을 다루고 있다. 성매매를 하다 탈출한 여성들을 잡아오는 업자의
폭력이 집중적으로 그려지고 있다. 업자는 주변 사람이 차마 얼굴을
돌리지 않을 수 없는 무자비한 폭행을 공개된 장소에서 아무 거리낌
없이 당당하게 여성에게 행사하고 있다.

앉으려던 젊은이는 제 얼굴을 쳐다보는 그 여인의 눈과 마주치자 아
무런 말도 없이 그 뺨을 후려쳤다. 여인은 머리가 휘청하며 얼굴에 흐트

5 산하영애(山下英愛), 「한국 근대 공창제도 실시에 관한 연구」, 이화여자대학교(석
사), 1992, 76쪽.

러지는 머리카락을 늘 하던 버릇대로 귓바퀴 위에 거두어 올리었다. 또
한 번 철썩 소리가 났다. 이번에는 여인의 저편 손가락 끝에서 담배가
떨어졌다. 세 번째 또 소리가 났다. 여인은 떨리는 아랫 입술을 악물었
다. 연기로 흐릿한 불빛에도 분명히 보이리만큼 손자국이 붉게 튀어오
르기 시작하는 뺨이 푸들푸들 경련을 일으키는 것이었다.(최명익, 〈장
삼이사〉, 《북으로 간 작가 선집》 8, 을유문화사, 1988, 187~188쪽.)

　탈출한 성매매 여성들은 유곽제도를 도입하고 감찰하는 일본 검찰
망에 곧 포착되어 다시금 유곽으로 소환되었다. 그러므로 이러한 시
스템 속에서 여성들의 탈출은 거의 불가능하다. 또한 업자의 무자비
한 폭력은 탈출한 성매매 여성에게 큰 위협이 되었으며, 남아있는 여
성들에게도 탈출은 불가능하다는 것을 확인시키게 된다. 이러한 업
자들의 무자비한 폭력 역시 유곽제도의 도입에 따른 것이다. 또한 유
곽제도의 확립은 한편으로는 밀매음이 확산되고 조장되는 계기가 되
고 있다. 공창제 도입을 통한 매매춘 관리는 조선 사회에서 여성의
성을 상품으로 전락시키고 사창을 불식시키기는커녕 오히려 매매춘
을 더욱 번성시키는 결과를 초래하였다. 공창이라는 합법적이고 공
식적인 공간이 생겨남으로써 조선인들은 매매춘에 그대로 노출되었
으며, 이로 인해 매매춘을 바라보는 남성 중심적 시각은 더욱 굳어졌
고 여성차별적인 성의식은 더 깊숙이 뿌리내리게 되었다.[6]
　이태준의 다음 두 작품에서는 모두 성매매의 장소가 유곽이 아닌
데, 이는 당시 밀매음이 번성하고 있었음을 보여준다. 이태준 〈꽃나
무는 심어 놓고〉(1933)에서는 일제의 등쌀에 살 수가 없어 시골에서

6 이정희, 「허가받은 매매춘 공창」, 『민족21』, 2008, 159쪽.

올라와 가족을 위해 동냥을 나갔다가 길을 잃어버린 여인 김씨를 푼돈정도 받고 팔아넘기는 비인간적 노파가 등장한다. 이 노파는 자신과 같은 사회의 약자이자 자신보다 더 형편이 안 좋은, 시골에서 올라온 여성을 속여 팔아넘기고, 여성의 가정은 결국 와해되고 만다. 그런데 여성이 팔려간 곳은 유곽이 아닌 사쿠라가 흐드러지게 핀 일본집이다.

> 하루아침, 그날따라 재수는 있어 식전바람에 일본 사람의 짐을 지고 남산정 막바지까지 가서 어렵지 않게 오십 전 한 닢이 들어왔다. 부리나케 술집을 찾아 내려오느라니 일본집 뜰 안마다 가지가 휘어지게 열린 사쿠라 꽃송이, 그는 그림을 구경하듯 멍하니 서서 바라보았다. 불현듯 고향 생각이 난 것이었다.
> '우리가 심은 사쿠라 나무도 저렇게 피었으려니…… 동네가 온통 꽃투성이려니…….'
> 그때 마침 일본 여자 하나가 꽃그늘에서 거닐다가 방 서방과 눈치 마주쳤다. 방 서방은 무슨 죄나 지은 듯이 움찔하고 돌아섰다. 꽃결같이 빛나는 그 젊은 여자의 얼굴! 방서방은 찌르르하고 가슴을 진동시키는 무엇을 느끼며 내려왔다.(이태준, 〈꽃나무는 심어놓고〉, 《달밤》, 애플북스, 2014, 243쪽.)

또한 이태준 〈아무 일도 없소〉(1931)에서 주인공 K는 에로에 관한 기사를 쓰기 위해 빈민촌 어두운 골목에서 여자를 만나 그녀의 집까지 따라간다. 그녀는 상처한 동네 싸전 주인에게 농락을 당하고 병까지 얻게 되어 그자를 고소하지만 경찰은 오히려 그녀를 밀매음 혐의로 유치장에 가두게 된다. 이러한 딸의 모습에 독립운동가 아내였던 그녀의 어머니는 수치심을 느껴 양잿물을 마시고 목숨을 끊는다. 그녀는 자신 때문에 목숨을 끊은 어머니의 장례비용을 마련하기 위해 옆방에 시체를 두고 건넌방에서 성매매를 하게 된 것으로 여주인공의 극단적 불행이 '아무 일도 없소'라는 제목과 아이러니를 이루게 된다. 그런데 이 작품에서도 농락을 당한 여성 편이 아닌 농락한 남성 편에 서는 경찰의 모습을 볼 수 있다. 이것은 당시 사회의 분위기와 제도가 이러한 여성들을 양산하게 되는 원인 중, 하나가 되었음을 말해 주는 것이다.

그 외, 인신매매 모티프가 등장한 소설들의 다양한 양상을 보면, 박태원 〈거리〉(1936)는 주인공이 살고 있는 집의 안채에 여성들이 가족과 살아가면서 성매매를 하고 있다. 보통 신체매매는 가족 안에서 이루어져도, 가족이 직접 성매매를 지원하거나 관리하는 경우는 많지 않은데, 이 작품에서는 특이하게 친아버지라 추정되는 인물과 자매들이 일종의 매춘굴을 이루어 살아가는 부도덕적 모습이 나타나고 있다. 최명익 〈심문〉(1939)에서는 젊은 투사이자 아편 중독자인 현이 자신의 애인 여옥을 돈을 받고 주인공에게 팔아먹는 장면이 등장하고, 황순원 〈사마귀〉(1939)에서도 마약에 중독된 남편이 말리는 아내를 아편쟁이로 만들어 팔아버린다. 황순원의 〈노새〉(1943)에서는 노새를 사기 위해 오빠가 동생을 술집에 팔아버린다. 동물을 사기 위해 인간을 파는 비참한 현실과 더불어 부모가 아닌 오빠에 의해 여동생이 신체매매 당했다는 점도 주목할 만하다.

가장 보호받아야 할 가족에게조차 보호받지 못하면서도 그들을 위해서 신체매매를 적극적으로 거부하지 못한 여성들은 인신매매의 이중구조 속에서 무기력하게 소비되고 결국 회복 불가능한 상태에서 소멸되고 만다. 여기에 주변의 무관심, 사회의 방조, 식민지 국가 권력 즉, 일제의 시스템은 이러한 여성들의 탈출을 막고, 자살 등 몰락을 가속화하는 데 한몫을 하고 있다.

3. 인신매매 구조를 타개하는 여성의 주체적 의지

현진건 〈불〉(1926)에서는 매매혼을 다루고 있다. 매매혼의 당사자인 순이는 열다섯 살밖에 안되었다. 수백 리 밖에서 시집을 온 순이는 낮에는 시어머니에게 노동력을 착취당하고, 밤에는 남편에게 성을 착취당하는 고통스런 삶을 살아간다. 이러한 상황에서 벗어나고자 순이는 자신의 집에 불을 지르고 탈출을 시도한다.

> 밥이 보그를 하고 넘었다. 순이는 솥뚜겅을 열려고 일어섰을 제 부뚜막에 얹힌 성냥이 그의 눈에 띄었다. 이상한 생각이 번개같이 그의 머리를 스쳐나간다. 그는 성냥을 쥐었다. 성냥 쥔 그의 손은 가늘게 떨렸다. 그러자 사면을 한번 돌아볼 겨를도 없이 그 성냥을 품속에 감추었다. 이만하면 될 일을 왜 여태껏 몰랐던가 하면서 그는 생그레 웃었다.(현진건, 〈불〉, 《정통한국문학대계》 3, 어문각, 1986, 256~257쪽.)

〈홍염〉에서는 아버지인 문서방이 인가의 집에 불을 질러 딸을 구해낸 것에 반해 〈불〉에서는 매매혼의 당사자인 순이가 직접 불을 질러 그 상황에서 벗어나고자 한다. 하지만 두 작품 모두, 여성의 의사에 반하는 매매혼은 결국 파탄에 이르는 것은 물론 폭력과 살인으로 끝맺게 됨을 보여준다.

김창걸 〈암야〉(1939)에서도 딸을 매매혼으로 팔아 한밑천 챙기는 최령감의 모습이 나온다. 가난을 면하는 것에서 나아가 부의 축적 수단으로 딸을 파는 등 신체매매는 생계가 아닌 경제적, 부의 축적 수단으로 변모해 가고 있다. 이것은 몸의 상품화를 통해 사람들이 자본주의적 경제 구조를 서서히 알아가는 과정을 보여준다. 또한 명손이가 "사실 고분이가 열여덟이 되도록 팔리지 않은 것이 기적이다"라고 할 정도로 당시 사회에서는 매매혼이 성행했던 것으로 보인다.

> 최영감은 간도로 이사해올째 회녕에서부터 비러먹고 왔지만 아들은 하나뿐이고 딸 오형제를 둔것이 미천이여서 며느리는 이백원에 사오고 딸들은 최하로 이백원 삼백원 웃마을 쩔룸뱅이(절름바리)에게 후실로 간 넷째딸은 사백원이라고 하지 안는가.
> 그래서 눅은 들바틀 사서 지금은 동네에서도 바틀 오십여일경을 쌀고 사는 요민이 되엇는데 누구나 빗을 잘갑지 안흐면
> "응 이놈들 쌀 파러 모흔 돈을 일흘줄 아늬응 더럽게 쌀파러 모흔 돈이다."
> 하고 쌀파러 모흔 돈이란 이야기를 자랑삼아 방패삼아 늘하기에 누구나 최영감네 돈은 한푼도 쩨어 먹을 생심을 못한다(김창걸, 〈암야〉, 《중국조선족문학사료전집》 3, 중국조선민족문화예술출판사, 2003, 125쪽.)

최령감의 성화에 결국 고분이 이백 원에 팔려가게 되자 명손은 이러한 고분을 데리고 기차를 타고 탈출하려는 계획을 세운다. 특히 고분과 명손이 가족이 아닌 자신들의 행복을 위해 가족의 착취에서 벗어나려 한다는 점이 기존의 작품들과는 다른 변화된 양상이다.

현진건 〈정조와 약가〉(1929)에서는 남편의 병 때문에 정조를 버리지만 당당하게 대응하는 아내가 등장하는데, 그녀의 당당함은 자신의 행위에 쾌락이나 욕망이 배제되었기 때문이다. 그녀는 순결주의

와 가부장제를 거부하고 의지대로 자신의 몸을 이용한다. 자신의 몸의 주체가 자신임을 인식한 것이다. 그녀의 이러한 행동은 생존이 정조보다 우선함을 주장하는 것은 물론 빈곤 아래에서 몸은 상품화 가능한 마지막 보루로 이를 활용해서라도 살아남는 문제가 중요했음을 증명한다. 그녀에게 지금 당장 필요한 것은 남편의 병을 고칠 약이고, 약을 사려면 돈이 필요하지만 그녀는 돈이 없기에 최주부에게 자신의 육체를 제공하고 약을 얻어내는 흥정을 시도한다. 고전적 여성의 역할에 함몰되지 않고 스스로의 의지에 의해 자신의 상품가치를 인식한 여성의 자발적 선택이다. 그러므로 그녀의 선택은 비참한 구걸이나 착취적 성격의 성매매가 아닌 당당한 교환의 의미로 받아들일 수 있다. 또한 지배계층의 부와 권력에 항상 착취당해 왔던 하층민 여성이 지배계층의 무기였던 윤리와 도덕을 내세워 오히려 최주부를 압박하면서 원하는 약을 얻어내고, 반면 최주부는 마지막까지 자신의 부도덕함은 외면하고, 민중의 윤리의식을 비웃는 이중적 모습에서 이미 윤리성을 상실한 지배계층의 실체도 확인할 수 있다.

안수길 〈벼〉(1941)에서 박첨지는 향옥에게 빠져 전 재산을 탕진하고 만주로 이주한다. 모든 분란의 원인인 향옥은 조선에서는 화류계의 여성이었지만 만주로 건너와서는 결혼도하고, 사업도 성공한다. 하지만 남편의 죽음 이후 박첨지와 다시 만나 그의 아들까지 낳게 된다. 그러나 여기서 주목할 것은 향옥의 도덕성을 떠나 그녀가 포주가 되어 부의 축적에 성공한다는 점이다. 작부에서 포주로의 변화는 성매매 여성이 일종의 신분 상승을 이루어 낸 것으로 볼 수 있다.

이효석 〈깨뜨려지는 홍등〉(1930)에서는 성매매 여성들이 동맹파업에 나서는 등 지금까지와는 다른 각도에서 성매매 여성을 다루고 있다. 현진건의 〈고향〉이나 강경애의 〈동정〉처럼 성매매 여성들은 열심히 일할수록 빚이 늘어나는 구조 속에 놓이게 되는데, 이 작품의 등장 여성들은 이러한 구조의 부당함과 그 원인을 정확하게 인식하고 있다. 또한 이러한 부당함을 감수하거나 현실에 절망하기보다는 신랄하게 비판하면서 동료와 연대하여 타개하려는 강력한 의지를 보인다.

> "그렇지 않으냐. 생각해 보려므나. 애초에 우리가 이리로 넘어 올 때에 계약인지 무엇인지 해가지구 우리를 팔아먹은 놈이 누구며 지금 우리가 버는 돈을 푼푼히 뺏어내는 놈은 누구냐. 밤마다 피를 말리우고 살을 팔면서도 우리야 돈 한푼 얻어 보았나?"
> "그야 그렇지."
> "한 사람이 하룻밤에 적어도 육원씩만 번다고 하여도 우리 여덟 사람이 벌써 근 오십원 돈을 버는구나. 그 오십원 돈이 다 뉘 주머니 속에 들어가고 마니? 하루에 단 오원어치고 못 얻어 먹으면서 우리 여덟이 애쓰고 벌어서 생판 모르는 남 좋은 일만 시켜 주지 않았니."(이효석, 《깨뜨려지는 홍등》, 작가문화, 2003, 10~11쪽.)

포주의 폭력과 위협 속에서도 이들은 위축되지 않고 힘을 모아 저항하면서 연대의 힘을 경험한다. 그리고 이를 더욱 굳건하게 유지하려 동맹파업으로 나아가는 등 발전적이고, 주체적 양상을 보이고 있다.

채만식 〈팔려간 몸〉(1933)에서 직녀의 부모는 남의 집에서 소를 부리는 견우에게는 딸을 줄 수 없다며 ××에서 여직공을 모집하러 온 사람에게 직녀를 보낸다. 그런데 직녀는 공장으로 가는 것이 아니라 신체매매를 당한 것이다. 이러한 직녀의 신체매매를 주도적으로 이끈

인물은 마을의 면장이다. 마을 사람들을 보호하고, 그들을 바른 방향으로 이끌어 가야 하는 자가 동네 처녀들을 모아 신체매매 업자에게 넘겨주는 역할을 하고 있는 것이다. 하지만 현재 놓인 상황과 인신매매의 구조를 이해하지 못하는 견우는 직녀와의 탈출을 미루고 5년간 돈을 모아 공장으로 그녀를 데리러 가겠다는 결심을 한다. 이것은 견우의 개인적 무지에서 비롯될 수도 있지만 이들을 모집하는 주도적 인물이 면장이었기 때문이기도 하다. 그러므로 이러한 신체매매의 악행은 마을의 사정을 잘 알고, 마을 사람에게 신뢰를 받는 면장 같은 이들이 주도하게 되면서 더 많은 피해자들을 양산하게 되었다.

> 맨 앞에 양복 입고 홀태바지 입은 키다리가 모집하러 온 사람.
> 그 옆에 납작하게 붙어서 오는 것이 면장님 —면장님은 이번 여직공을 모집하는데 매우 힘을 많이 썼다.
> 그 뒤로 울긋불긋하게 차린 열다섯 명의 처녀와 정거장까지 배웅을 하러 나선 부모네가 따라섰다.(채만식, 〈팔려간 몸〉, 《정통한국문학대계》 6, 어문각, 1986, 163쪽.)

견우는 직녀를 사랑하고, 직녀를 돕고 싶은 마음은 예전과 변함없지만 처음 그녀가 고향을 떠나 신체매매를 당했을 때도, 또 성매매를 당하고 있는 지금도 그녀에게 아무 도움이 되지 못하고 있다. 그러므로 직녀는 동료와 연대를 통해 착취의 구조에서 벗어나려는 적극적 의지를 보이게 된다.

여성들은 지금까지 일방적으로 착취당하는 모습에서 벗어나, 부당성을 인식하고 구조를 타개하려는 강력한 의지를 표명하는 모습으로 변화하고 있다. 이러한 방법만이 신체매매에서 성매매 그리고 신체의 소멸에 이르는 과정을 가족과 사회의 도움 없이 스스로 타개할 수 있는 유일한 방법이라는 사실을 인식하였기 때문이다.

4. 나가며

문학은 세상과 사람 안에 존재한다. 특히 소외된 사람, 자신을 변화하거나 자신의 위치를 증명하기 어려운 사람들을 형상화하여 그들의 존재를 입증해 왔다. 그 중에서도 인신매매되는 여성의 경우는 가장 대표적 경우 중 하나일 것이다. 2017년 서울국제문학포럼 참석차 방한한 소말리아 출신 작가 누르딘 파라(Nurddin Farah)는 "한 가지 주제에 대해 3부작을 쓰고 두 번째 이야기는 여성을 주인공으로 합니다. 제가 목소리 없는 사람을 대신해 메시지를 전달하는 거죠"[7]라고 말한 바 있다. 즉, 힘과 폭력에 맞서 공적 기억에서 사라진 약자인 여성의 목소리를 대변하는 문학의 역할에 주목하고 있는 것이다.

인신매매는 보통 소개업자가 신체매매, 포주가 성매매를 공권력과 사회의 묵인 아래 자행하는 것을 말한다. 그런데 소개업자에게 최초로 여성들을 인계하는 사람들이 아버지와 남편, 오빠, 친척 등으로 가족의 착취까지 한몫을 하게 된다. 가족 안의 정의가 무너지게 되면서 사회 정의 또한 지켜지지 않는 대표적인 경우이다. 하지만 대부분의 여성들은 이 사실을 알면서도 가족을 위해 신체매매를 감수하고, 상품 가치가 떨어져 더 이상 상품화될 수 없을 때까지 성매매는 지속

---

7 김계연, 「소말리아 작가 파라 '목소리 없는 사람 대신하는 문학'」, 『연합뉴스』, 2017. 5.23.

된다. 그리고 성매매가 진행될수록 빚이 늘어가는 착취의 구조 속에서 폭력이나 자살 그리고 질병 등으로 여성들의 신체는 소멸되고 만다. 간혹 여성들 중 일부는 성매매를 거부하기 위해 극단적인 경우 자살이나 탈출을 시도하기도 하지만 탈출의 경우 대부분 실패하고 다시 성매매의 길로 들어서는 악순환이 되풀이된다. 반면 연인과 연대하여 탈출을 감행하거나 동료와 연대하려 저항하는 여성들도 등장한다. 또한 성매매 여성이 직접 업소를 운영하여 부를 축적하면서 작부에서 포주로 신분 상승에 성공하기도 하고 봉건적 윤리 의식을 극복하고 자신의 몸의 상품 가치를 인식하고 이를 흥정하는 여성의 모습도 보이기 시작한다. 여성들은 신체매매와 성매매 등 일방적으로 착취당하는 구조에서 벗어나 자신의 상황을 인식하고 스스로 타개하기 위해 직접 행동하는 모습으로 발전, 변화하고 있다. 즉, 신체매매에서 성매매, 성매매에서 신체의 소멸에 이르는 과정을 주변의 도움 없이 스스로, 또는 연대를 통해 타개해 나가는 것이다.

가족은 착취했고, 사회는 이를 묵인하고 때로는 동조하는 식민지 상황 속에서, 대부분의 여성들은 인신매매의 구조 속에서 벗어나지 못했다. 이러한 여성들의 수난은 남성 중심의 가부장적 가족제도와 식민지 수탈정책에 의한 빈곤과 사회 구조의 결과이다. 반면 포주의 폭력과 위협 속에서도 위축되지 않고 저항하면서 동료와 연대하는 등 일부 여성들의 대응은 점차 발전적이고, 주체적 양상을 보이게 된다. 또한 문학은 여성들의 고통에 귀 기울이지 못했던 공적 기억과는 달리 배제된 여성들의 수난과 용기를 형상화하여 힘과 폭력에 맞서는 약자를 대변하고 다양한 인간성을 구현해냈다는 점에서 그 의의를 찾을 수 있을 것이다.

포로 체험의 재구성과
기억의 공유

1. 들어가며

　한국전쟁은 기록에 따르면 5백 20만 규모의 인적 손실을 냈는데, 당시 남북한의 인구를 약 3천만 명으로 추산할 때, 인구당 6명에 1명인 셈으로 특히 비전투요원의 인적 손실이 전사상 유례없을 만큼 컸다.[1] 또한 간과할 수 없는 사항 중 하나가 전쟁 포로 문제로 북에서 남으로 송환되는 남한군 출신의 포로와 더불어 약 17만 명의 공산국출신의 포로가 발생했는데, 이들 중 북한군 출신이 약 15만 명, 중국군 출신이 2만 2천 명이다.[2] 공산국 출신의 포로는 다시 출신국으로 송환을 희망하는 친공 포로와 포로 송환 과정에서 남한이나 대만을 선택한 반공 포로 그리고 남한과 북한을 모두 거부하고 인도, 브라질, 아르헨티나 등 중립국을 선택한 중립국 선택 포로로 구분할 수

　1　김학준, 『한국전쟁』, 박영사, 2003, 90쪽.

　2　조성훈, 「한국전쟁 중 유엔군의 포로정책에 관한 연구」, 한국정신문화연구원(박사), 1998, 17~18쪽.

있다.

공산국 출신의 포로가 수용되었던 포로수용소에서는 크고 작은 충돌이 계속 발생했다. 전쟁과 일상의 경계가 모호한 그 안에서 친공 포로와 반공 포로는 해방동맹과 대한반공청년단을 조직하고 전선을 방불케 하는 이념 갈등을 벌였는데, 그 배후로는 주로 공산주의자들인 친공 포로들이 지목되었다. 특히 거제도 포로수용소에 수용된 포로는 인민군과 중공군 그리고 민간억류자로 크게 나누어지며, 인민군을 세분하면 정규 인민군, 북한군에 강제 동원된 한국군 귀순자 또는 투항자, 남한의용군, 남한인 중에 강제로 의용군에 투신한 자 등이 있다. 이처럼 인민군 내부의 다양한 인적 구성은 친공과 반공으로 나누어지는 근본적 요인으로 작용하게 되었다. 그러므로 이들의 갈등은 세계 어느 곳에서도 볼 수 없는 특이한 양상으로 진행되었으며, 포로수용소장이 감금되는 초유의 사태를 불러일으키기도 했다. 반면 남한과 북한을 모두 거부했던 중립국 선택 포로의 경우 한국인 77명, 중국인 11명 등 총 88명[3]으로 절대적 숫자는 적었으나, 남과 북을 모두 거부하고 중립국을 선택했다는 사실만으로 그 중요성은 결코 친공 포로나 반공 포로에 뒤지지 않았다. 하지만 이들이 뚜렷한 사상적 지향에 따라 중립국을 선택했다기보다는 전쟁이 없는 곳으로 가고 싶다는 소박한 희망에 따라 제3국을 선택했다는 점에서 이념적 중립을 상징한다고 해석하기보다는 그들이 포로수용소에서 경험한 극단적 친공이나 반공에 대한 반감 정도로 해석할 수 있다.

---

3 이선우, 「한국전쟁기 중립국 선택 포로의 발생과 성격」, 『역사와 현실』 90, 2013, 338쪽.

객관적이고 일률적인 국가의 공적 기억을 기록하는 역사와 달리 한국전쟁에 관한 체험과 기억은 개인에 따라 차이가 난다. 그것은 우리가 기억이라고 부르는 모든 것이 순수한 기억의 덩어리가 아니라 사회적, 문화적으로 재구성된 것이고 이미 가공된 역사이기 때문으로 기억이 역사로 이행되는 과정에서 변질된 간극이 있었기 때문이다.[4] 국가의 공적 기억과 다른 한국전쟁에 관한 개인의 체험과 기억을 전달한 것은 문학이며[5], 역사를 서사화하는 문학적 가능성은 은폐된 담론의 이면을 추구하는 문학 고유의 성격에서 찾을 수 있을 것이다.[6] 그러나 포로와 포로수용소의 경우 그 소재의 특이성 때문인지 문학으로 다루어진 경우가 많지 않았으며[7], 연구 또한 통시적이고 지속적 논의가 아닌 주로 작가와 작품에 대한 각각의 개별적이고 산발적인 논의만이 주로 진행되어 오고 있다. 그러므로 공산주의를 비난하고 남한의 체제 우위를 선점하기 위한 도구적 성격의 작품이나 단순한 반공 수기가 아닌 포로들의 체험이 전경화 되고 그들의 삶 자체가 문학적으로 형상화된 작품을 대상으로 포로 체험이 포로들의 삶속에서 어떻게 나타나고, 그 기억이 타인과 어떻게 공유되는지, 또한 포로들의 이러한 삶의 궤적을 통해 역사는 어떻게 재구성될 수 있는지 논의해 보고자 한다.

전쟁 당시나 직후, 포로들의 체험은 자신의 의식 안에서 끊임없이

---

4 임은진, 「6.25전쟁에 대한 문화적 기억과 장소」, 『문화 역사 지리』 24, 2012, 156쪽.
5 이동헌, 「한국전쟁 후 '반공포로'에 대한 기억과 기념」, 『동아시아 문화연구』 40, 2006, 212쪽.
6 손정수, 「기억, 역사, 서사 -시간과의 유희로서의 서사」, 『문학동네』 34, 2003, 321쪽.
7 손영목, 「나의 거제도」, 《거제도》 2, 동서문화사, 2016, 303쪽.

재생산되면서 객관화되지 못했다. 그 결과 그들은 트라우마에 시달리며 자살과 죽음 등 비극적 결말을 맞았다. 그러므로 이들을 형상화한 작품은 주로 이념 대결의 장에서 살아남은 자보다는 주로 희생된 자들에 주목하게 된다. 역사가 모두에게 속하지만 누구에게도 속하지 않는데 비하여 문학은 작가, 개인의 특수한 문제를 다루고 있지만 우리 모두의 문제가 될 수 있다.[8] 포로들은 그 사실만으로 희생자이기 전에 전쟁의 가장 깊숙한 곳까지 목격한 증언자이기도 하다. 그러므로 이들의 증언을 친공 포로들의 만행, 반공 영웅들의 귀환이라는 이분적 관점에서만 해석할 것이 아니라 보다 다양한 접근을 통해 그 함의를 제대로 고찰해 낼 필요가 있다. 즉 공적 기억인 역사 속에 숨어 있는 개인의 체험과 기억을, 문학을 통해 해석해 냄으로써 한국전쟁 포로 소설의 특징과 존재 방식을 재구해 내는 것이다.

2. 이념 상실로 인한 포로 개인의 비극적 삶

1) 절망과 혼란으로 인한 비극적 선택

박용준 〈용초도 근해〉는 북에서 남으로 송환되는 남한군 출신의 포로가 겪게 되는 자의식의 갈등, 최인훈의 〈광장〉은 남과 북을 모두 거부한 중립국 선택 포로가 중립국으로 가는 과정에서 겪게 되는 내적 변화를 다루고 있다. 특히 최인훈의 〈광장〉은 휴전으로 남과 북, 누구의 승리라고도 단정할 수 없는 미묘한 정치적 상황에서 매우 예

8 변학수, 『문학적 기억의 탄생』, 열린책들, 2013, 27쪽.

민하고 위험한 중립국 선택 포로를 소재로 다루었으므로 그 특이성
과 중요성에 기인하여 포로 소설의 관점에서 논의해 보고자 한다.

박용준의 〈용초도 근해〉(1953)는 주인공 용수를 통해 북에서 남으
로 송환되는 남한군 출신 포로의 귀환을 다루고 있는 작품으로 용수
가 판문점을 통해 귀국한 후 북한에서의 포로 체험을 회상하는 장면
이 주요 내용이다. 용수가 가장 두려워하는 것은 다시 북한으로 돌아
가는 것으로 그는 북한 체제에 강한 거부감을 보이고 있다. 그 이유
는 인제, 평양, 천마, 우시 수용소까지 몇 천 리가 되는 길을 걸어서
이동하고, 추위와 굶주림에 강제 매장도 고통스러웠지만, 무엇보다
도 서로 남의 비행을 밀고하다가 자멸해 버린 3년간의 경험 때문이
다. 용수는 밥 한 덩이를 더 먹기 위해 동료를 밀고한 다른 동료가
열병으로 죽어가면서 흘리는 속죄의 눈물을 보면서 거룩하다고 생각
할 정도로 도덕성과 자의식이 강한 인물이다. 그러한 그가 죄책감을
느끼는 이유는 포로수용소에서 자신이 비판하고, 얼떨결에 6개월 영
창을 제안한 김성갑과 한때 사랑했으나 북에서 구해내지 못한 연인
혜민 때문이다. 물론 둘 다 그의 자발적 결정은 아니었다. 포로의 신
분으로 김성갑을 성토하라는 규율부위원장의 명령을 거부할 방법도,
혜민을 구할 수 있는 방법도 없었기 때문이다.

남한군 출신 포로는 북에서 송환된 후 인천에서 배를 타고 용초도
에 집결한 다음 고향으로 가게 되는데, 용초도로 가는 배에 오른 후
부터 용수의 죄의식과 불안감은 더욱 심해진다. 고향이 가까워지고
자신의 안전이 보장될수록 죄책감의 강도도 커지는 것이다. 3년간의
포로 생활동안 의식적 또는 무의식적으로 저지른 자신의 모든 행동
과 그 의미가 끊임없이 그의 의식 안에서 확대, 재생산되고 있다. 그

러므로 수많은 죽음의 고비를 넘긴 끝에 북에서 송환되었고 곧 꿈에서도 그리워하던 고향으로 귀환을 앞두고 있지만 그는 전혀 행복하지 않다.

반면에 용수의 동료인 성주는 북에서는 반미구국투쟁위원회에서 지도원으로 활동했고, 남으로 송환될 때에는 괴뢰군 공작원의 임무를 맡아가지고 남파되었지만 남에 도착하자 공산주의를 버리고, 남한에 동화되어 버리는 인물이다. 그는 특별한 갈등이나 괴로움 없이 바로 명랑성을 회복한다. 성주에게 도덕이나 양심은 상황에 맞게 변화되는 것일 뿐 그의 삶을 지배하지 않는다. 그는 자신이 그동안 저지른 행위에 대해서도 양심적으로 무감각하다. 오직 그는 현실에 충실할 뿐 과거를 돌아보지도, 괴로워하지도 않는다. 다만 자신의 과거가 누설되는 것만은 불안해 용수에게 이북에서 지냈던 이야기를 아무에게도 하지 말아 달라고 부탁할 정도로 현실감각만은 뛰어나다. 그러므로 자신을 스스로 깨끗하다고 단정내릴 수 있는 인물인 성주와 자신의 책임이 아님에도 온갖 죄책감에 시달리는 인물인 용수는 더욱 극단적으로 대비된다.

> 용수는 성주가 부러웠다. 마음이 무거워야 할 일을 생각한다면 성주가 자기보다 몇갑절 더해야 할 것이지만 성주는 자기 혼자의 결정으로 명랑성을 완전히 회복하고 말았다. 자기 자신을 스스로 깨끗하다고 단정 내릴수 있는 사람이 얼마나 행복할 것인가.(박용준, 〈용초도 근해〉, 『전선문학』7, 1953, 139쪽.)

용초도 근해의 해상에서 우연히 마주친 김성갑의 눈초리에 용수의 불안은 극에 달한다. 그와 김성갑은 한마디 대화도 나누지 않았지만 용수에게는 그의 목소리가 줄곧 환청처럼 들리고, 그의 모습이 환영처럼 보인다. 인간의 상상력은 인간의 공포에 더욱 더 공포를 느끼게 하는데, 심장 박동을 치게 하는 것은 장면이 아니라 우리가 본다고 생각하는 것들이기 때문이다.[9]

전쟁은 개인의 문제가 아니라 국가 간의 문제이며 그 책임 또한 국가에게 있다. 오히려 국가가 일으키는 전쟁의 가장 참혹한 피해자는 전쟁에 참여한 개인들이다. 하지만 국가의 문제를 개인의 도덕성으로 한정하면서 용수의 일상은 무너지고 만다. 피해의 당사자인 김성갑조차 용수의 행동을 괴뢰의 강압에 못 견딘 본의 아닌 행동이라고 너그럽게 생각하고 있었지만 용수만이 자신의 행동을 용납하지 못하고 죄의식에서 벗어나지 못한다. 그도 한편으로는 자기 힘으로 어쩔 수 없는 상황이라는 것을 인식하지만, 그의 이성과 몸은 따로 반응하고 있다. 마침내 실제로 아무도 그를 비난하지 않았지만 양심과 죄의식에서 오는 자의식 과잉의 상태를 이겨내지 못하고 그는 용초도 근해의 바다에 스스로 몸을 던지는 비극적 선택을 하게 된다.

최인훈 〈광장〉(1961)은 1960년대 소설에서 거의 유일하게 중립국 선택 포로를 다루고 있는 작품이다. 주인공 명준은 8.15 이후 북으로 간 아버지에게 자신의 삶이 송두리째 지배당하는 상황을 맞이한다. 그는 빨갱이 새끼 한 마리쯤 귀신도 모르게 해치울 수 있는 남한 사회에서 법과 제도 밖의 인간, 즉 '벌거벗은 생명'으로 존재했다.[10] 그는 형사들의 온갖 폭행과 욕설 앞에서 자신의 존재를 확인해 보기로

---

9 변학수, 『문학적 기억의 탄생』, 열린책들, 2013, 85쪽.
10 조르조 아감벤(박진우), 『호모 사케르』, 새물결, 2008, 36쪽.

결심하고 북송선을 탄다. 하지만 그는 북한에서도 제국주의자들의 균을 묻혀가지고 온 자로 동네 안에 살면서도 사람이 아닌 이방인으로 존재할 뿐이다.

이러한 그가 한국전쟁 중 인민군 장교로 남하했다가 포로가 되고 송환 과정에서 중립국을 선택한다. 북한은 앞으로 그에게 일체의 정치적 보복행위가 없을 것이라며 일자리와 연금을 약속했고, 남한은 과도기적 모순이 있지만 자유가 있는 사회임을 강조했으나 그는 냉소적이다. 그는 이미 두 사회의 밑바닥까지 모두 체험했으므로 어느 곳을 선택하든 다시 예전과 똑같은 일들이 되풀이될 것을 알고 있었기 때문이다. 밀실만 풍부하고 광장이 죽고 비어있는 남한, 광장에 사람이 아닌 꼭두각시만 있는 북한 모두 자신이 머무를 곳이 아니라고 생각하는 그에게 중립국은 마지막 구원과도 같았다. 하지만 석방자들과 경유지에서 상륙 문제로 갈등하고 그들이 명준을 위협하면서 그는 다시 절망에 빠져든다. 배가 목적지에 닿기 전까지 내릴 수 없다는 사실을 알고 있음에도 석방자들이 그를 협박하는 상황에서 그는 자신을 무릎 꿇렸던 과거의 기억들과 조우했기 때문이다.

> 명준은 둘러본다. 말을 해서 알아들을 얼굴들이 아니다. 그는 언젠가 한번 이런 얼굴들이 자기를 쏘아보고 있던 것을 떠올린다. 그렇지. 노동신문사 편집실에 있던 무렵 그 〈꼴호즈 기사〉 때문에 자아비판을 한 날 저녁, 그를 지켜보던 편집장을 비롯 세사람의 동료들이 꼭 이런 눈이었지. 그때 그는 슬픈 〈눈치〉를 깨달으면서 무릎을 꿇었다. 지금 이들도 나한테 무릎을 꿇기를 드리대고 있다. 아마 그들 스스로도, 상륙시켜 달라는 소리가 영 말이 안 된다는 걸 잘 알고 있으리라. 그러면서 나에게 그 일을 내민다. 그는 입을 연다.(최인훈, 〈광장〉, 《최인훈 문학전집》 1,

문학과지성사, 1979, 99쪽.)

더군다나 중립국을 향한 배를 줄곧 따라오던 갈매기가 무덤 속에서 몸을 풀고 자신을 찾아온 은혜와 딸일지도 모른다는 생각에 사로잡힌 후부터는 마지막 구원과도 같던 중립국행이 무의미해짐을 느끼기 시작한다. 딸과 그의 관계가 부정되지 않듯, 아버지와 그의 관계도 부정될 수 없다. 남과 북 어느 곳의 회유에도 동요하지 않고 중립국을 선택했던 그를 죽음에 이르게 한 표면적 이유는 은혜와 딸이 존재하는 푸른 바다, 가족으로의 회귀였다. 하지만 보다 근본적 이유는 끊임없이 되풀이되는 남과 북에서의 혹독했던 체험과 이를 다시 기억하고 각인시키는 석방자들과의 갈등이다. 결국 명준도 이를 극복하지 못하고 인도양 바다에 스스로 몸을 던지는 비극적 선택을 하게 된다.

2) 치열한 대립으로 인한 폭력과 살육

포로수용소에서 희생된 포로의 수는 조사 주체에 따라 각각 다르게 발표되었다. 하지만 그들이 모두 장기간 극심한 폭력에 노출된 것만은 부정할 수 없는 사실로 수용소 내부에서 사실상 전투에 가까운 전쟁이 벌어지고 있었다. 장용학의 〈요한시집〉과 강용준의 〈철조망〉은 포로수용소 안의 치열한 대립을 다루고 있다. 포로들이 겪게 되는 살의 칼날이 번득이고 유혈이 낭자한, 출구 없는 짐승의 우리나 다름없는 포로수용소에서의 야만적 폭력과 살육은 이데올로기조차 허구적 장치에 불과하게 만들어 폭력만이 전쟁의 목적이자 이유가 되게

하고 있다.[11] 또한 김송의 〈저항하는 자세〉는 영문도 모른 채 포로수
용소 밖으로 석방되어 나오는 주인공을 통해 폭력적 상황에 무방비
로 방치되는 포로들의 불안을 다루고 있다.

장용학의 〈요한시집〉(1955)은 누혜와 그의 어머니의 죽음을 통해
새로운 세상으로 나아가는 동호와 누혜의 과거가 교차되는 작품이
다. 동호는 1년 전 포로가 되면서 누혜를 만났다. 누혜는 포로수용소
에서 동호를 보고 비웃지 않은 유일한 벗으로 그와 잠자리를 나란히
하고 있다. 누혜는 북에서 내려온 탁월한 인민군으로 별다른 동요 없
이 포로 생활을 하고 있다. 하지만 그는 포로수용소 안에서 적기가
(赤旗歌)를 부르는 것보다 푸른 하늘을 쳐다보는 것을 더 좋아하게
되면서 최고 훈장을 받은 인민의 영웅에서 인민의 적으로 추락하고
만다.

철조망 안에서의 두 번째 전쟁은 말 그대로 포로수용소 안에서의
극심한 이념 대립을 말한다. 전장에서의 전쟁보다 더 비참한 수용소
의 전쟁에 누혜가 참가하지 않자 그에게 '타락한!', '반역자!', '인민의
적!'이라는 동료들의 비난과 함께 폭력이 가해지고 이러한 상황에서
벗어날 수 없었던 누혜는 철조망에 목을 매는 선택을 한다. 자신의
삶을 스스로 마감하는 자유만이 남아있는 이 안에서 그가 선택할 수
있는 유일한 의사표현인 것이다. 그는 포로수용소 안에서 동료들로
부터 살아서는 폭력, 죽어서는 시체에 잔인한 복수가 가해지는 심한
모욕을 당한다.

---

11 손영목, 「나의 거제도」, 《거제도》 2, 동서문화사, 2016, 305~306쪽.

'타락한!' '반역자!' '인민의 적!' 이런 고함 소리가 쏟아지면서 몽둥이
가 연달아 그의 어깨로 날아들었다. 나는 그저 그렇게 소 같은 줄 몰랐
다. 말뚝처럼 서 있다. 몽둥이가 머리에 떨어졌다. 그제는 비틀거리면
서 쓰러진다. 거기에 있는 발길이 모두 한두 번씩 걷어찬다. … (중략)
… 그 반역자의 시체에는 즉시 복수가 가해졌다. 그가 그렇게까지 잔인
한 복수를 받아야 할 까닭은, 그가 인민의 영웅이었다는 것과 그가 죽기
전에는 감히 그에게 더는 손을 대지 못했다는 것 이외 찾아볼 수가 없
었다.(장용학, 〈요한시집〉, 『현대 문학』 7, 1955, 236쪽, 239쪽.)

공산주의를 열렬히 신봉하고 지지하며 이데올로기적 삶을 살아오
던 누혜는 포로수용소 안에서 사상의 동요를 일으켰고 남과 북 이데
올로기를 모두 거부하기 시작하면서 자신의 동료이자 아군인 친공
포로들에 의해 죽음으로 내몰리게 된 것이다. 누혜는 동호에게 남긴
유서에서 인민의 벗이 되려고 당에 들어갔지만 인민의 적을 죽임으
로써 인민을 만들어내는 간극에, 포로가 되어서는 극심한 외로움에
괴로웠음을 고백하고 있다. 그가 친공을 거부한 이유는 이처럼 유서
에 자세히 드러났지만 반공을 거부한 이유는 끝까지 함구하고 있다.
그러나 그가 탈출이 아닌 철조망에 목을 매는 선택을 한 것만으로 반
공도 거부하였음을 짐작할 수 있다. 포로수용소 안에서 사상의 대립
은 그의 거부를 통해 다시 한 번 승자 없는 게임이 되었으며, 목적을
잃은 싸움은 이데올로기의 무의미함을 드러내게 된다.
  강용준의 〈철조망〉(1960) 주인공 민수는 평소 포로수용소 안에서
관심 있게 보아오던 까만 기미의 사내가 친공 포로들에게 갈기갈기
찢겨 죽자 자기도 곧 그와 같은 죽음을 맞이하게 될 것을 직감한다.
민수는 30여 명의 돌격대원들과 적색캠프를 전복시킬 결사대를 조직

하여 반격을 준비하지만 제대로 된 공격도 한 번 하지 못하고 연락책을 맡았던 동지의 밀고에 의해 발각되어 비밀 지하실에서 고문을 당하고 있다.

> 축축한 바닥에는 울퉁불퉁한 자리마다 아직 검붉은 피가 괴어 있고, 필시 그 피의 임자가 분명한 시커먼 덩어리 하나는 한쪽 구석에 아무렇게나 처박혀서 누더기 같은 것으로 덮여 있었으며, 다시 그 물건 둘레로는 금방 사용한 흔적이 아직도 남아있는 부러진 몽둥이며 쇠꼬치며 장도칼 따위들이 여기 저기 질서 없이 널려 있었다.(강용준, 〈철조망〉, 『사상계』 84, 1960, 397쪽.)

고문을 당하면서 민수의 의식은 테러와 잔학한 살육을 자행하는 친공 포로들이 수용소 안을 장악했던 지옥의 기억들로 회귀한다. 까만 기미의 사내가 갈기갈기 찢겨 하니 바께스에 들려 바닷가에 버려진 것, 그리고 그 사내와 가깝게 지내던 치안대장을 했다던 사내가 자결을 선택한 사실을 떠올린다. 민수는 자신과 부농이라는 출신 성분은 물론 곱상한 외모, 치안대장을 했던 경력까지도 비슷한 그 사내와 자신을 동일시하기 시작한다. 더군다나 자신의 과거를 잘 알고 있는 머슴 순구를 수용소 안에서 만난 뒤부터는 더욱 초조감을 느낀다. 민수는 그들과 마찬가지로 죽음의 손길이 다가와 자신을 반동이라는 이름으로 간단히 처리할 것임을 예감했기 때문이다. 이러한 그에게 옆자리의 김선생은 '살래문 전진하라'는 김소위의 이야기를 전해주고, 민수는 그들과 같은 죽음을 당하지 않기 위해서라도 오직 반격할 수밖에 없는 절박함을 느낀다. 그는 살기 위해 반격을 선택하지만 동지의 밀고에 의해 결과는 엄청난 폭력과 고문 그리고 싸늘한 철조망에 걸리는 참혹한 죽음이었다.

그는 끊임없이 까만 기미의 사내와 기억 속에서 조우하며 치안대장을 했던 사내와 자신을 동일시했다. 그러므로 살기 위해 그들과 다른 반격을 선택하지만 결과는 그들과 동일했다. 이데올로기 전쟁에 과감히 뛰어들은 반공 포로 민수의 참혹한 죽음은 이데올로기를 거부하고 포로수용소 안의 전쟁을 외면한 친공 포로 누혜의 죽음과 별반 다를 바 없이 비참하다. 포로수용소 안의 전쟁에서 이데올로기의 선택은 무의미하며, 그들의 치열한 대립 안에서 죽음은 누구에게도 예외일 수 없음을 말해주고 있다.

김송의 〈저항하는 자세〉(1953)는 1953년 6월 18일, 반공 포로 석방을 전면에 다루고 있는 작품이다. 주인공 상규는 고향에서 떠날 때 아내인 옥분과 갈라선 뒤, 인민군으로 한국전쟁에 참여하였고 마침내 포로가 되었다. 포로가 된 이후 그는 PW 마이크가 선명하게 찍힌 군복을 입고 삼중, 사중의 철조망 안에 갇혀 생활한다. 특히 반공 포로와 친공 포로의 대결이 극심했던 거제도 포로수용소에서는 이데올로기에 휘말려 불안한 나날을 보내기도 한다. 곧 포로들은 친공 포로와 반공 포로로 분리되었는데, 반공 포로인 상규는 대구, 거제도, 부산의 수용소를 거치게 된다. 상규는 부산에서 거제도 포로수용소의 동료 김칠복을 찾아온 그의 부인을 만나지만 그가 거제도 수용소에서 죽임을 당했다고 그녀에게 말하지 못한다. 그리고 그는 이러한 상황 속에서는 더 이상 생각하는 것이 불가능하다고 판단하고 사색하는 것에서 스스로 이탈한다. 그는 반항하지도 괴로워하지도 않은 채 흘러가는 대로 휩쓸려 가는 인간이 되고자 한다. 스스로 자신을 무기력하게 하는 것만이 전쟁에서 견디어낼 수 있음을 깨닫고 현실에 대한 일체의 저항도, 자기 인생에 대한 일체의 부정도 없이 무감각한 인간으로 살아가는 것이다.

극도로 무기력한 상태의 상규는 자신의 의지와 상관없이, 아무런 준비도 없이 갑자기 포로수용소 밖으로 나가게 된다. 그는 누가 포로들을 수용소에서 탈출하게 했으며, 누가 포로들을 체포하려는 것인지, 누구를 피해야 하는지조차 알지 못하는 극심한 혼란과 불안 속에서 폭력에 방치된 것이다. 전쟁이 갑자기 일어난 것처럼, 반공 포로 석방 역시 당사자인 그들의 의사는 전혀 반영되지 않은 채 전격 시행되었다. 이들의 석방은 전쟁에 있어서 전술의 한 방편이었을 뿐 그 어디에도 포로들에 대한 배려는 없었다. 그들은 또 다시 정치적으로 이용되면서 이 과정에서 수많은 희생자가 양산되었다.

그는 수용소에서 탈출한 후, 아내 옥분을 만나지만 그녀는 이미 흑인의 아내가 되어 아이까지 낳은 처지로 그에게 절망만을 확인하게 할 뿐이다. 그는 석방되었지만 그의 포로 체험은 과거 완료형이 아닌 현재 진행형이다. 그의 육체는 자유를 얻었지만 그의 정신은 이에 적응하지 못한 채 한 발자국도 포로수용소 밖으로 나아가지 못하고 있다.

상규는 신문지를 꽁꽁 뭉쳐쥐고는 처마에서 나와 신작로 한복판에 서서 어느 쪽으로 갈까 하고 두리번거리었다. 그는 북쪽에도 가고 싶고, 남쪽에도 가고 싶었다. 갈 곳이 없었다. …… 옷은 시민처럼 갈아 입었건마는, 자유의 손길은 보이지 않고, 앞도 뒤도 캄캄하였다. 그는 저 먼 곳에서 멸망의 붉은 신호가 명멸하는 듯 또는 자기의 둘머리가 온통 '캠프'의 세계인 듯한 그런 착각을 일으켰다. 생명의 진을 뽑던 '캠프'! 지긋지긋하다. 그러나 회색의 '캠프'는 여기까지 따라와서 들씌우는 것 같아 앞으로 마구 뛰어갔다. 어디로 가는가? 의식 없이 뛰어가다가 그는 진구렁에 쓰러지고 말았다. 정기 없이 뜨여진 안막(眼幕)에 무수한 철조망이 가로세로 다가왔다. 그는 손에 쥐었던 신문지 뭉치를 기운차게 홱 던지는 것이었다.(김송, 〈저항하는 자세〉, 『수도평론』 8, 1953, 87~88쪽.)

포로수용소에서 석방된 상규와 미군의 아이를 낳은 그의 처 옥분, 포로수용소에서 참살을 당한 칠복과 그를 찾아다니는 안사람은 모두 전쟁으로 자신의 의지와 상관없는 삶을 살아가고 있다. 이러한 삶 속에서 상규와 그의 처 옥분은 살아남기 위해 기억의 고리를 끊고 현실의 흐름에 자신을 던지는, 즉 주체적 삶을 포기하고 전쟁의 상처와 후유증에 함몰되는 일상을 선택하게 된 것이다.

남한군 출신 포로인 용수, 인민군 출신의 친공 포로 누혜와 반공 포로 민수 그리고 중립국 선택 포로 명준과 석방된 반공 포로 상규까지 누구도 전쟁의 승자는 없었다. 끊임없이 재구성되는 포로 체험의 고통 속에서 이들은 스스로 죽음을 선택하거나 아군 또는 적군에 의해 목숨을 잃었으며, 또한 살아남기 위해 주체적 삶을 포기하였다. 이것이 전쟁의 실체이며 전쟁의 가장 깊숙한 곳까지 목격한 포로들의 목숨을 건 증언인 것이다.

3. 기억의 공유를 통해 이루어지는 타자와의 공감

1990년대 이후, 성장소설이라는 형식을 통해, 한 개인의 성장과 역사가 만나는 접점을 그려냄으로써 이념 상실의 현실에 대응하는 정체성의 탐구가 시도된 바 있다.[12] 이 시기 대표적 작가인 김소진의 작품 속 주인공 역시 아버지의 포로 체험과 그 기억을 공유하고, 이에 공감하게 되면서 은유적 공간으로서의 역사로부터 벗어나게 된다.[13]

〈쥐잡기〉(1991)의 민홍은 한 장의 영정사진과 쥐 때문에 1년 전 폐암으로 세상을 떠난 아버지를 갑자기 떠올린다. 아버지는 포로였던 자신이 남한을 선택한 이유가 쥐 때문인지, 헛것 때문인지 모를 정도로 정치와 무관한 사람으로 포로들의 선택이 사상 때문이 아니었음을 직접 보여주고 있다. 쥐잡기에 번번이 실패하고 홀로 힘겨운 싸움을 하면서 느꼈을 아버지의 무기력함을 민홍도 아버지처럼 우연히 맞닥뜨린 쥐잡기에 실패하면서 알게 된다. 그리고 남한에 적응하기 위해 평생 고단했던 아버지의 삶도 쥐잡기와 별반 다를 것 없는 힘겹고 외로운 싸움이었음을 알게 된다.

〈첫눈〉(1994)은 동사무소 밀가루 배급창고 앞에서 터진 소동의 주동자로 몰려 징역을 살던 이웃집 봉학이 집으로 돌아오던 날을 아들 병호의 눈으로 보고 있다. 봉학이 징역을 살게 된 이유는 아버지가 형사들의 고압적인 태도에 맥없이 쓴 진술서 때문이다. 거칠고 괴팍스런 성깔을 지녔지만 이웃의 어려운 일에는 곧잘 앞장서는 봉학과 달리 자신의 일이었지만 경찰의 서슬에 놀라 오히려 거짓 진술을 하고 마는 아버지는 아들의 눈에 한없이 무능력하고 비겁하다. 그런데

---

12 손정수, 「기억, 역사, 서사 –시간과의 유희로서의 서사」, 『문학동네』 34, 2003, 323쪽.
13 문학동네에서 2002년 간행한 김소진의 전집 6권 중 아버지가 형상화된 것은 모두 13편, 이 중 아버지의 무능력을 다룬 작품은 8편, 이 중 그 원인이 포로 체험이나 전쟁 때문인 작품은 〈쥐잡기〉(『경향신문』, 1991), 〈고아떤 뺑덕어멈〉(『샘이 깊은 물』, 1993), 〈개흘레꾼〉(『한국문학』, 1994), 〈첫눈〉(『작가세계』, 1994), 〈두 장의 사진으로 남은 아버지〉(《장석조네 사람들》, 1995) 등 다섯 편이다.

이날, 어머니가 만든 앙꼬빵을 먹으면서 아버지는 나에게 자신이 남한에 정착한 이유가 앙꼬빵 때문인지 앙꼬빵을 팔던 처녀 때문인지 모르겠다는 이야기를 하며, 평생 불안해하느라 굽어진 등을 아들에게 숨김없이 보여준다. 나는 아버지의 무능력과 비겁은 본태적인 것이 아니라 자신은 상상할 수도 없는 불안한 삶을 살았던 그가 습득한 그 만의 삶의 방법이었음을 알게 된다. 이렇듯 아버지는 기억을 타자화하여 객관화하게 되면서 자신의 이야기를 아들에게 담담하게 할 수 있게 되었고 이를 통해 아들은 아버지를 이해할 수 있는 계기를 마련하게 된다.

〈쥐잡기〉의 아버지가 쥐 때문이라면 〈첫눈〉의 아버지는 앙꼬빵 때문에 남한에 정착하게 되는데, 이것들은 모두 이데올로기와 거리가 멀다. 누군가 목숨을 걸고 싸웠던 이데올로기가 아버지에게는 쥐나 앙꼬빵에 의해 좌우될 정도로 별것 아닌 것이다. 이것은 전쟁의 중심에 있던 포로들이 지극히 계급적이고, 사상적일 것이라는 예상을 깨고 다수가 목숨을 유지하고 살아남기 위해 또는 당장의 폭력을 피하기 위한 하나의 선택에 불과했음을 보여주는 것이다.

〈고아떤 뺑덕어멈〉(1993)의 민세는 우연히 '고아떤 최옥분'이라는 글씨가 쓰여 있는 사진을 발견하고, 반공 포로로 북쪽 고향에 처자를 두고 월남하여 구차하게 살다간 아버지의 삶을 회상한다. 아버지는 동네에 온 약장수 공연에 정신을 빼앗겨 매일 보러가곤 했는데, 학생 운동으로 우연히 집에서 쉬던 나는 그 이유가 아버지가 북에 두고 온 전처와 닮은 뺑덕어멈 때문임을 알게 된다.

아버지의 눈동자를 가만가만 들여다보던 나는 그 눈빛에서 어떤 환영이 둥지를 뜨는 새처럼 불쑥 튀어오르는 걸 보았다. 순간 나는 으스스를 처대며 그 환영을 잡으려는 듯 두 손을 움찔 내밀려는 자세를 발작적으로 취했다. 그 눈빛, 아, 당신은 올가미에 치인 멧비둘기였군요.(김소진, 〈고아떤 뺑덕어멈〉, 《열린사회와 그 적들》, 문학동네, 2013, 320쪽.)

뺑덕어멈을 향한 아버지의 상사증은 단순한 아버지의 육체적 욕망이 아니라 북에 두고 온 처자식에 대한 그리움에서 시작된 것으로 나는 아버지가 지니고 있었던 마음속의 한과 죄책감이 그를 평생 옭아매고 그의 삶을 지배하고 있었음을 알게 된다.

〈개흘레꾼〉(1994)의 아버지는 개흘레꾼이지만 나름대로 원칙이 있어서 개 족보를 꿰어 같은 항렬을 피해 개 궁합에 따라 흘레를 붙인다. 아버지는 누구에게 총을 겨눠야 하는지조차 배우지 않은 채 부모님과 결혼한 아내, 그리고 이름조차 확인하지 못한 갓난 아들을 두고 한국전쟁에 동원되었고, 포로가 되었다. 원래 군수요원이었던 아버지는 포로수용소에서 포로들의 돈 관리를 맡았는데, 그 때문에 우익에게 끌려가 개에게 아랫도리를 물리는 곤욕을 당했고 이를 핑계로 처자가 있는 북이 아닌 남을 선택했다.

내레 앞에총이 뭔지나 알았겠니?

그 말은 아버지는 애초부터 사상 따위와는 거리가 먼 사람이었던 것이다. 앞에총이란 대관절 무엇이었을까. 그것은 단순한 군사 훈련의 기본동작만은 아니었을 것이다. 아버지가 단지 서툰 병사였다는 의미 이상의 그 무엇이 담긴 말이었다. 어느 체제든 자기 식의 사상에 순치되지 않은 사람에게 무기를 쥐어 주는 법은 없는 일이다. 그 총구를 거꾸로 돌리는 날에는 체제 자체가 파멸이기 때문이다. 따라서 앞에총의 의미란 최소한 총구를 누구에게 겨눠야 하는지를 가르쳐 주는 기본동작이자 사상, 즉 이데올로기의 첫걸음이었던 것이다. 아버지는 심지어 그것조차 몰랐다는 것이다.(김소진, 〈개흘레꾼〉,《열린사회와 그 적들》, 문학동네, 2013, 408~409쪽.)

아버지는 전쟁 이후 지금까지 갖가지 곤욕을 당하면서도 자신의 기준과 원칙대로 살아왔다. 아버지는 일제강점기의 종도 해방공간의 남로당도 아닌 그저 평범한 사람으로 이데올로기가 아닌 운명이 이끄는 대로 순종했지만 그 안에서 만은 자신이 정한 질서와 규칙대로 최선을 다하는 삶을 산 것이다. 나는 이러한 아버지의 모습을 발견하게 되면서 절망스럽게 수치스러운 개흘레꾼인 아버지에 대한 증오가 사라지는 것을 느끼게 된다.

〈두 장의 사진으로 남은 아버지〉(1995)는 대조적인 두 장의 아버지 사진으로 시작한다. 하나는 세상살이에 지치고 짓눌린 삶의 표정을 지닌 영정 사진과 또 다른 하나는 온화하고 사명감과 자신감에 차 있는 표정을 지닌 선거 벽보이다. 처음부터 끝까지 아버지와 선거운동의 과정을 함께한 나는 예상과 달리 끝까지 최선을 다하는 아버지의 모습을 보게 된다. 전쟁으로 이북에 가족을 버리고 온 무기력한 영정 사진 속의 아버지가 한 번쯤은 운명을 거스르고 결전을 치르고 싶었던 비장한 선거 벽보 속의 아버지로 선거운동 기간 동안 살았던 것이다. 아버지는 자신이 왜 남한에 남게 되었는지를 평생 몸으로 변명하듯 살아가고 있다. 변명이란 그의 삶이 떳떳하지 못함을 말해주는데, 갓 결혼한 아내와 아들을 두고 남한에 온 아버지의 삶이 마냥 행복하고 당당했다면 아들인 나는 오히려 배신감을 느꼈을지도 모를 것이다. 이렇듯 어수룩하며 비굴한 아버지의 삶은 전쟁의 서사가 전쟁에

서 일상으로, 철저한 악인이나 위대한 영웅에서 평범한 사람으로 돌
아왔음을 보여준다. 많은 수의 평범한 사람들이 사상이나 계급과 관
계없이 얼떨결에 전쟁에 참여하고, 자신의 거취를 결정하여 생사를
도모하는 모습을 통해 전쟁의 다른 이면을 보게 되는 것이다.

포로였던 아버지는 평생을 자신의 의지대로 살아가지 못했다. 그
는 이데올로기조차도 쥐, 앙꼬빵, 개에게 아랫도리를 물리는 사건 등
온갖 비이데올로기적인 시각에 의해 선택했다. 그리고 남한을 선택
한 후에도 포로수용소의 체험과 북의 가족에 대한 죄책감에 자신의
인생을 송두리째 지배당하는 삶을 살아가고 있다. 이러한 아버지를
아들은 무능력하고, 비겁하며, 수치스럽게 생각해왔지만 아버지와
전쟁과 포로 체험의 기억을 공유하기 시작하면서 그의 삶을 이해하
게 되었고, 그의 삶을 이해하면서 그에 대한 증오는 연민으로 바뀌게
된다. 단 한 번의 선택이 평생의 죄책감이 되어 아버지의 고단한 삶
을 지배했지만 그에게는 끝까지 나와 동지들의 보따리를 지켜냈던
용기와 매번 비겁하기만 했던 자신의 선택을 물리고 한 번쯤 정직하
게 운명과 맞닥뜨려 대결하고 싶었던 비장함도 존재했음을 확인했기
때문이다.

1990년대 민주화와 쏟아지는 자유의 물결 속에서도 분단과 이데올
로기에 천착했던 사실만으로 김소진의 작품들은 특이성을 갖고 있
다. 그는 이데올로기를 선택한 자가 아닌, 이데올로기에 희생당한 아
버지의 삶을 통해 전쟁에 휩쓸린 사람들의 면모를 다시금 확인하였
다. 이처럼 소설은 역사학이 스스로를 부정하지 않으면 얻을 수 없는
일회성을 포함하고 있다는 점에서 타자의 체험과 그것을 분유할 수
있는 가능성을 남겨두게 된다.[14]

4. 나가며

다양한 관점을 무시하고 하나의 관점만 제공하게 되면서 만들어지는 하나의 기억, 이것이 공적 기억인 역사를 만들었고 그 안에서 지금까지 포로들의 이미지는 정형화되었다. 하지만 그들은 단지 전쟁의 몰아치는 불안과 쏟아지는 폭력 속에서 살아남기 위해 노력한 사람들 중 하나일 뿐으로 전쟁이 아니었다면 어디서든 볼 수 있는 보통의 사람, 평범한 우리의 모습일 수도 있다. 포로들의 삶이 개인의 특별한 체험에 불과하다고 치부하거나 또는 포로라는 이름으로 이들의 삶을 일률적으로 규정지을 수는 없다. 이들은 단지 포로가 아니라 전쟁으로 고통 받고 희생된 비극적 삶의 주체인 것이다. 그러므로 이들 각각의 삶을 통해 그 함축된 의미를 제대로 고찰해낸다면, 역사를 보는 시각은 더 다양해지고 우리 문학의 스펙트럼은 더욱 넓어질 것이다.

〈용초도 근해〉, 〈광장〉에서 보듯이 전쟁의 직접성에서 벗어나지 못한 상태에서 반복되는 포로 체험의 재구성은 포로들의 상처를 고착화시켜 자살이란 비극적 선택을 가져왔다. 또한 〈요한시집〉, 〈철조망〉에서처럼 포로수용소 안에서의 치열한 갈등은 무참한 살육과 폭력을 초래했고, 〈저항하는 자세〉에서 나타나듯이 포로들을 전혀 고려하지 않은 채 석방이란 명목 아래 그들을 살해와 폭력의 위험에 방치한 남한 정부는 그들을 정치적으로 이용했다. 전쟁의 목적조차 잃은 채 과열된 갈등으로 아군과 적군을 가리지 않고 폭력과 살육으

---

14 윤대석, 「서사를 통한 기억의 억압과 기억의 분유」, 『현대소설연구』 34, 2007, 79쪽.

로 폭주하는 포로들의 모습은 이데올로기의 허구성을 여실히 보여주
게 된다. 반면, 김소진 작품 속 인물들은 시간의 흐름에 따라 전쟁의
직접성에서 벗어나 일상이 전경화 된 상태에서 포로 체험의 기억을
공유하게 되면서 타자의 공감을 불러일으켰다.

비극적 결말이든, 화해의 결말이든 이들은 전쟁의 현장에서 만났
던 용감한 군인도, 악랄한 적군도 아닌 우리와 같은 평범한 사람들이
자 한국전쟁의 포로들이다. 이들은 자신이 선택한 비극적 결말과 더
불어 포로수용소 안에서 폭력이 개인의 선택이 아닌, 피할 수 없는
전쟁의 결과임을 보여주고 있다. 이것은 이데올로기 대결의 가장 중
심에 놓인 핵심적 인물인 포로들이 실은 이데올로기와 가장 무관한,
어쩌면 이데올로기에 의한 대표적 희생자임을 확인하게 하는 것이다.

잔류파의 현실 인식과
문학적 증언

1. 들어가며

한국전쟁 시 한국 문단은 도강파와 잔류파로 분류되고, 잔류파는 숨어 지내던 잠적파와 부역을 했던 부역자로 또 다시 나뉜다. 물론 부역자들도 그 정도에 따라 여러 단계로 나뉘게 된다.[1] 당시 도강과 잔류에 대한 구체적 상황과 현실인식은 도강파와 잔류파 문인들의 글과 작품들을 통해 파악할 수 있다. 처음 도강파는 국민을 버리고 또는 자신과 가족의 생명을 도모하기 위해 '피란 간 자'에 불과했으나 한강 다리가 끊어지고 남은 사람들의 피란이 원천 봉쇄되면서 그들은 투철한 반공의 영웅이 되어 서울에 입성하였다. 반면, 잘못된 방송과 보도 그리고 서울을 사수하겠다는 정부의 발표만을 믿고 따

---

1 조연현, 「6.25 동란과 문예전시판」, 『내가 살아온 한국문단』, 현대문학사, 1968, 88~92쪽.
  괴뢰 치하에서 문학가동맹에 잠시라도 나간 모든 문인을 대상으로 심사한 결과 A급은 조금이라도 자발적으로 움직인 표적이 있는 사람으로 무조건 기소, B급은 일단 구류, C급은 훈계 석방으로 처리하였다.

랐던 일반 시민들은 부역의 역도가 되어 도강파의 서울 입성을 공포 속에 지켜보게 된다. 다만 운이 좋아서, 또는 권력이나 돈이 있어서 가능했던 도강을 이념과 양심의 판단 근거로 삼은 잔류파 심판은 그 후, 민족분열과 혼란의 실마리를 제공하게 되었다.

당시의 문단은 상황을 보편적으로 드러내는 시, 소설, 수필 등의 창작물보다는 도강파의 우월의식과, 잠적파의 이중성 그리고 부역자의 죄의식 등 작가 자신의 상황을 정당화하거나 옹호하는 자기 고백적 글들이 주류를 이루었다.[2] 그런데 체험기, 수난기, 피란기, 종군기 등의 증언물은 그 표현의 직접성 그리고 논픽션(non-fiction)이라는 장르상의 특성으로 작가들이 오히려 자신의 생각을 사실적으로 드러내게 될 때, 책임을 져야 한다는 정치적 부담을 느끼게 한다. 그러므로 이러한 증언물에서는 잔류파들이 자신들의 억울함을 호소하거나 정부의 부당함을 항의하는 내용을 찾아보기 힘들다. 그 시기에 살아남기 위해서 이들에게는 진실이나 이를 밝히려는 노력, 잘함과 못함을 따지는 판단력보다는 속죄의 몸짓이 더 필요했다. 공산당의 지배 하에서 90일을 보낸 이들은 자신들이 잔류는 했지만 공산주의자가 아니었음을, 부역은 했지만 어쩔 수 없는 공산군의 강요였음을 끊임없이 입증하지 않으면 살아남지 못하는 상황이었다. 이러한 상황에서 자신의 솔직한 감정이나 생각을 이야기한다는 것은 목숨을 건 용기가 필요했기 때문이다.[3]

---

2 자기 고백적 글쓰기의 대표적 텍스트는 뒤늦게 도강하거나 은신했던 문인들의『고난의 90일』(수도문화사, 1950.11)과 부역을 했던 문인들의『적화삼삭 구인집』(국제보도연맹, 1951.3) 등이다.
3 그 대표적인 경우가 '한 사학자의 6.25일기'로 유명한 서울대학교 사학과 교수 김성

그러므로 이 시기 문학 연구 또한 창작물보다는 증언물에 의존하게 된다. 하지만 대한민국의 공식적 전쟁 해석을 뒷받침하는 회고록, 증언물, 역사서는 오직 국군의 승리와 인민군의 만행만을 기록하고 있을 뿐 잔류한 시민들이 겪은 일들에 대해서는 함구하고 있다. 그러므로 본고에서는 당시의 억압적이고, 폐쇄적인 분위기 속에서 직접적으로 말하지 못하고 작가들이 의식적, 무의식적으로 작품 곳곳에 남긴 문학적 흔적에 대해 논의하고자 한다. 도강파의 피란 체험 영웅화와 더불어 잔류파의 부역을 저주하거나 비난하는 우월적 태도에서의 글쓰기 또는 잔류파의 일관된 변명과 고해성사가 아닌, 당시의 문학작품을 통해 잔류파의 선택과 현실인식을 논의하는 것은 피란만이 자신의 이데올로기를 증명하는 중요한 수단으로 인정되었던 당시 현실이 놓치거나 은폐해 놓은 진실에 대해 말하는 것이다.[4]

정부의 잘못된 유도로 수많은 사람들이 피란 중 사망하거나 시기를 놓쳐 잔류 후 부역하여 처벌을 받게 되었다.[5] 그러나 당시의 사회적 분위기는 피란의 과정에 대해 일체, 책임을 물을 수 없는 방향으

칠의 『역사 앞에서』(창비, 2009)이다. 그가 남긴 이 증언물은 일기라는 사적 기록의 형식을 빌린 일종의 역사서로 시대상과 진실을 역사학자로서 저자가 경험과 통찰력을 통해 드러내고 있다.

4 김동춘, 『한국전쟁』, 돌베개, 2009, 119쪽.

5 한홍구, 「세월호 참사 특별기고 한홍구 교수 역사와 책임」, 『한겨레신문』, 2014.5.25. 부역자 처벌 과정에서는 9.28 서울 수복에서 1.4 후퇴 사이의 중간쯤에 해당하는 1950년 11월 25일 동아일보 기사에 사형이 선고된 부역자가 867명이고 이중 이미 사형이 집행된 사람은 161명에 달하는 것으로 되어 있다. 부산일보 1950년 11월 27일치에는 11월 24일에 322명의 공산당 협력자에 대한 형 집행이 있었다고 되어 있다. 1950년 12월 11일 주한미국대사관의 '한국 정부의 부역자 처리에 관한 보고'에 따르면 11월 8일까지 합동수사본부에 체포된 1만 7721명 중 민간법정에서 사형이 선고된 사람은 353명, 계엄군법재판에서 사형이 선고된 사람은 713명, 중앙고등군법회의에서 선고된 사람은 232명이었다.

로 흘러가고 있었으며, 정부 또한 국민에게 단 한마디의 위로와 사과도 없었다. 그러므로 잔류파의 침묵과 묵종은 어쩔 수 없는 상황에서 그들이 취한 최선의 선택으로 해석할 수 있는데, 이들의 진실은 사라진 것이 아니라 의식이 아닌 무의식의 세계, 진실이 아닌 허구의 세계, 증언물이 아닌 창작물의 세계로 숨어 버리게 된다. 특히 창작물 중 소설 속에는 그들의 고난과 고통에 대한 비교적 구체적인 책임과 정부에 대한 솔직한 생각이 증언물과 다른 양상으로 드러나고 있는데 이를 '문학적 증언'이라 규정하고 이에 대한 체계적인 접근을 진행해 보고자 한다. 또한 그동안 누락되었던 잔류파의 목소리를 문학적 증언을 통해 귀 기울이고 해석하여 그 의미를 규명한다면 새로운 문학사적 계보를 완성할 수 있는 계기가 될 것이다.

2. 잔류파의 현실인식과 세 가지 선택

1950년 6월 25일 새벽, 북한의 남침 이틀 후인 6월 27일 신문에는 우리 군의 승전보가 실렸다. 또한 대한민국 공보처에서는 중앙청 집무를 발표하고 국회는 서울 사수를 결의하기도 했다. 하지만 6월 28일 새벽 2시 30분, 전쟁 시작 사흘 만에 한강 인도교는 폭파되었고 낮에는 인민군이 서울을 점령하면서 남아 있는 서울시민들은 자연스레 잔류파가 되고 만다. 그러므로 6월 25일에서 28일까지 사흘은 서울 시민의 도강과 잔류를 결정짓는 운명의 시간은 물론 전쟁에서 생사를 가르는 시간이었다.

'잔류파의 현실인식과 세 가지 선택'에서 논의하는 작품의 공통점

은 주인공들이 모두 전문직에 종사했던 지식인들로 비교적 당시의
일반 시민들보다 전쟁에 대한 정보를 많이 알고 있으면서도 스스로
잔류를 선택했다는 점이다. 최인욱의 〈목숨〉의 주인공 조병기는 한
강로 K병원의 원장이자 육군 중위의 아버지, 최태응의 〈구각을 떨치
고〉의 주인공은 작가 그리고 곽학송의 〈철로〉의 주인공 현수는 철도
국 수색 조차장에 근무하는 통신요원으로 이들은 잔류 이후 각각 자
살, 뒤늦은 도강과 두 번의 피란 그리고 부역을 선택하게 된다.

1) 양심과 자존심에 고뇌하는 지식인의 자살

최인욱의 〈목숨〉(1950)은 전쟁 시작 후 사흘 동안의 긴박했던 상황
을 그린 작품이다. 이 작품의 주인공은 한강로 K병원의 원장 조병기
이다. 전쟁이 시작된 지 이틀 째 되던 날 밤, 조병기 원장의 둘째 아
들인 육군 중위 창기는 서울에서 후퇴하는 길에 트럭 한 대를 얻어가
지고 집으로 찾아와 그의 가족에게 피란을 권한다. 하지만 조병기 원
장은 군부의 공용차를 사사롭게 사용할 수 없다고 생각하고 가족들
과 잔류를 결정한 후 트럭을 돌려보낸다. 개인의 피란에 군부의 공용
차를 사용하지 않는 양심적 지식인의 모습을 보여준 것이다. 대부분
의 관료나 정치가 지식인들은 그와 같이 자신을 지켜보는 힘없는 시
민들을 뒤로하고 자신의 가족과 살림살이를 챙겨 피난의 길을 떠나
지 못했다. 하지만 이것이 조병기 원장이 잔류하게 된 첫 번째 원인
으로 아들인 창기가 떠난 뒤 바로, 그는 가족만이라도 피란을 시켜야
했음을 깨닫는다. 반면에 이것은 서울을 빠져나간 사람들의 면모를
알 수 있는 것으로 정보와 권력 또는 재력이 있었던 사람들이 주로
도강에 성공했음을 보여주는 것이다.

"시간이 없습니다. 빨리 자동차를 타세요. 괜히 이러고만 있을 때가
아닙니다." 창기는 마음이 초조해서 견딜 수 없다는 듯 자리에서 벌떡
일어섰다. 그러나 아버지는 백번을 고쳐 생각해도 창기가 가지고 온 자
동차를 타고 피란길을 떠날 마음은 나지 않았다. 지금 조국의 운명이 최
후의 일전에 달린 이 엄숙한 시각에 군부의 공용차를 일개인의 사용에
돌려 가족과 살림을 들어내다니, 생명도 귀하고 재산도 중하지마는 한
계단 초월해서 잠시 내들인 발을 멈추고 다시 한 번 냉정히 생각해야
할 일이었다.(최인욱, 〈목숨〉, 《최인욱 소설 선집》, 현대문학, 2012,
202쪽.)

조병기 원장은 창기가 떠난 뒤 곧 자신의 판단이 오류였음을 깨닫
고 가족들을 큰아들이 있는 대전으로 떠나보내고 자신은 서울에 잔
류하기로 결정한다. 이것이 조병기 원장이 잔류하게 된 두 번째 원인
이다. 그는 가족들을 피란 보낸 후 바로 그들을 따라가지만 한강다리
가 폭파되고 도강이 불가능해지면서 자신의 판단이 오류라는 사실을
깨닫기까지 몇 시간이 채 걸리지 않았다. 그가 가족을 보내고 마지막
까지 잔류를 선택한 이유는 자신의 집과 병원을 스스로 지킬 수 있다
는 판단 때문이었다. 이것은 그가 전쟁의 심각성을 파악하지 못했기
때문으로 그는 라디오 뉴스를 통해 나오는 정부의 발표만을 의심 없
이 믿었다. 또한 당시 서울 시민의 일반적 모습으로 이미 공산주의를
경험한 이북의 피란민들을 제외한 보통의 서울 시민은 불안과 공포
속에서도 일종의 희망을 가지고 자기 집들을 지키고 있었다.[6] 그들이
전쟁이 심상치 않음을 깨닫고 피란을 결심했을 때는 이미 한강 다리

---

6 유진오, 『구름위의 만상』, 일조각, 1992, 29쪽.

가 폭파되고 인민군이 밀려오고 난 후였다.

> "나만은 뒤에 남아서 좀 더 형편을 볼라오. 생명도 생명이지만 내 손
> 으로 이룩한 이 병원과 살림을 그대로 팽개치고 훌쩍 떠나자니 차마 마
> 음이 내키질 않구려. 끝까지 지키는 대로 지키다가 정 안되면 나도 뒤
> 따라 갈 테니깐 내 걱정은 조금도 말고 어서들 먼저 떠나오."(위의 책,
> 203쪽.)

한강을 건너지 못해 피란을 포기하고 집으로 돌아온 다음날 조병
기 원장은 서울이 이미 적의 수중으로 들어갔음을 알게 된다. 좌익
운동을 한 아들을 둔 어물도가 홍씨의 군인과 정부 비하 발언에 그가
분노하고 있다는 점에서 알 수 있듯이 확실한 반공주의자인 그는 적
의 손에 치욕을 당하기 전에 스스로 죽음을 선택한다. 이것은 정부의
발표를 믿어왔던 서울시민들이 정부의 철수와 한강다리의 폭파를 목
격하고 겪었을 정신적 공황을 보여주는 것이기도 하다. 하지만 대부
분의 일반 시민들은 서울이 수복되는 삼 개월 동안 공포와 굴욕을 고
스란히 감당해내야 살아남았으며, 그 이후에는 또 다른 성격의 공포
를 맞이하게 된다.

〈목숨〉은 지식인으로서 양심과 의사로서의 직분을 지키려 했던 주
인공이 잔류를 결정하고, 그 결정의 오류를 자각하고 자살하기까지
사흘간의 기록이다. 그가 잔류한 원인은 소박하게도 양심과 직분을
지키며 정부의 발표를 믿었기 때문으로 그의 잔류에는 정치적 이념
이 아니라 양심과 자존심에 고뇌하는 지식인의 갈등만이 드러날 뿐
이다.

2) 죄책감에 머뭇거리는 월남 작가의 피란

최태응의 〈구각을 떨치고〉(1951)에서도 전쟁 상황을 제대로 파악
하지 못한 주인공이 뒤늦게 피란의 대열에 합류하는 장면이 나온다.
그는 가족과 국군의 도움으로 겨우 도강에 성공하여 수원에 도착하
게 된다. 수원에 도착한 후, 그는 그동안의 행실을 뉘우치기라도 하
듯이 열심히 종군 임무를 수행하는데 삐라와 격문을 쓰고, 제작하는
과정들이 사실적으로 그려지고 있다. 그런데 그는 도강에 성공하였
음에도 전쟁 상황을 제대로 파악하지 못하고, 사흘만 견디어 내면 서
울이 다시 회복될 것이라는 생각에 남쪽으로 향하지 못한다. 하지만
이러한 망설임은 전쟁에 대한 낙관 때문만은 아니다. 그것은 그가 가
족을 적지인 서울에 버려두고 가장인 자신만이 피란을 왔다는 것에
대한 양심의 가책 때문이다. 그러므로 그의 머뭇거림은 가족에 대한
죄책감의 표현이기도 하며, 동시에 잔류파에 대한 도강파의 죄책감
이기도 하다.

> 시름시름 거러만 가도 목표만 남쪽으로 정하고 마냥 거르면 안전할
> 수 있는 길에 들어섰던 나도 금방 벗어난 지옥 같은 서울을 고대로 그려
> 볼 줄 알면서도 일보 남쪽으로만 혼자서 안전지대를 향하여 바쁘게 달
> 려 갈 마음이 없었다.
> 　그렇다 혼자서만 열흘이고 한달이고 무기한으로 서울과의 거리를 오
> 백리고 칠백리고 또한 무제한으로 멀리 떠러져 갈수가 없었다.
> 　– 한 사흘만 견디어 보자 –
> 　길에서 만난 사람들도 대개 나의 예상과 다름이 없는듯 그 당초에는
> 모다 가차운 시골에서 며칠씩만 기다리면 서울은 다시 회복되고 적은
> 물러가고 마는 것으로 치고 있었다.(최태응, 〈구각을 떨치고〉,《전쟁과

소설》, 계몽출판사, 1951, 186~187쪽.)

> 떠난지 달포만에 깡통을 차고 진짜 거지가 되어 나는 무사히 서울로
> 돌아갈 수 있었다. 집은 허무러 졌으나 대부분이 노인과 어린것들인 나
> 의 가족들은 하나도 상하지 않고 견디어 주었다.
> 두말 할 것 없이 그들을 데리고 사흘만에 두 번째 서울서 벗어나 두
> 달동안 나와 나의 가족들은 소위 백날에 걸친 '붉은 난리'를 이겨 내었
> 다.(위의 책, 202~203쪽.)

월남자나 대한민국의 지배층, 우익들의 다급한 피란에는 잔류와
피란을 선택하는 망설임, 즉 고민의 과정이 생략되었다.[7] 그러므로
그들은 전쟁 시작 후 사흘 만에 서울을 빠져나가는 데 성공할 수 있
었다. 이에 반해 이 작품에는 잔류와 피란을 선택하기까지의 갈등이
주인공의 머뭇거림으로 잘 표현되고 있다. 이 고민의 시간이 전쟁 당
시 생사를 규정하는 도강의 절대적 시간이 되었는데, 일반 시민뿐 아
니라 남북한 양 정권에 특별히 잘못한 일이 없다고 생각한 지식인이
나 중간층의 경우 피란과 잔류 사이에 고민하게 되면서 도강의 시기
를 놓치고 대부분 서울에 잔류하게 된 것이다. 하지만 그는 뒤늦은
도강에 성공했음에도 잔류한 가족들에 대한 죄책감을 견디지 못하고
전쟁 중의 서울로 다시 돌아와 가족들을 데리고 두 번째 피란을 떠나
는, 가장으로서 의무를 다하는 것으로 작품은 마무리된다. 그런데 이
작품의 작가인 최태응은 월남인으로서 자신의 사상을 검증받기 위해
과잉된 충성과 헌신으로 이승만 우상화에 열을 올리며 자신의 주체

---

7 김동춘, 『한국전쟁』, 돌베개, 2009, 162쪽.

위치를 증명하던 대표적인 친 체제, 반공 인사였다.[8] 그러므로 그의
작품에서 비록 가족으로 한정되기는 하지만 잔류한 자에 대한 도강
한 자의 죄책감이 구현된 것은 주목할 만하다.

주인공의 뒤늦은 도강과 피란 그리고 결국은 서울로 다시 돌아와
가족들과 함께 피란에 성공하기까지의 과정이 형상화된 〈구각을 떨
치고〉에서 가장 주목할 부분은 주인공의 머뭇거림의 의미일 것이다.
이것은 잔류하고 있는 사람들이 도강한 사람들의 적이 아님은 물론
모두 그들의 가족이고 이웃임을 보여주는 것이다. 그런데 이러한 도
강파의 죄책감은 국군의 서울 입성과 함께 잔류파에 대한 증오로 변
하게 된다. 그들의 희생을 외면해야만 자신들의 행동을 정당화하고
양심의 가책에서 벗어날 수 있기 때문인데 그러기 위해서는 잔류파
를 증오하고, 빨갱이로 처벌하지 않고는 불가능했기 때문이다.[9] 그러
므로 도강파의 자기증명은 잔류파 처벌로 시작할 수밖에 없었다. 도
강파의 도덕적 부채감이 잔류파를 상대로 이념적 순결성을 맹목적으

---

8 공임순, 「빨치산과 월남인 사이, '이승만'의 재현-대표성의 결여와 초과의 기표들」,
『상허학보』 27, 2009, 375쪽.

9 잔류파를 향한 증오가 드러나는 가장 원색적 비난으로 조영암의 「잔류한 부역문학
인에게-보도연맹의 재판을 경고한다」(『문예』, 1950.12, 74~75쪽)를 꼽을 수 있다.
그는 월남 작가로서 이념적 콤플렉스가 반공으로 치환된 대표적 경우이다. "너희는
90일 동안의 충견 노릇……굶주린 이리떼……악마의 화신……백의를 걸친 레-닌 스
탈린의 후예! 너희는 깍두기를 먹는 스라브의 자손들이다.……너희들의 갈 길은 이
제 하나 밖에 없다. 참회와 속죄의 기록을 남기라. 거룩한 여류작가, 갈보군상님들
은 수녀원으로 들어갈 것이고, 불연이면 탑골 승방으로 돌아가도 무방하고, 성스런
남류작가 시인군상님들은 따라 가서 함께 동서하시어도 무방무방하실 것이고……
또 불연이면 한강철교로나 청산가리로나, 점잖게 자진하야 만고에 남을 누명을 청
산해봄직도 하지만, 워낙이 우부우부들이라 그렇게 할 수 없을 터이니, 차라리, 또
우리에게 기류와 같은 추파를 보내라. 그러면 우리들은 너희의 허무하고 가엾은 인
생을 가상하여 훈1동 공2등 국화대수장을 주는데 인색치 않으리라."

로 강조하기에 이른 것이다.

3) 자유의지를 선택하는 개인주의자의 부역

곽학송의 〈철로〉(1955)는 철도국 수색 조차장에서 근무하는 통신 요원 현수가 피난을 포기하고 서울 잔류를 결정하면서부터 서울이 다시 회복하기까지 삼 개월 간의 부역과 그 후의 부역자 처벌 과정을 집중적으로 그려내고 있는 작품이다. 대부분 이 시기 작품들이 분한 의 감정이나 추상적 휴머니즘, 경직된 이데올로기 등에 머무른 반면 〈철로〉는 드물게 전쟁을 구체화하며 부역과 취조, 고문 등 당시 상황 과 그에 대한 주인공의 생각을 사실적으로 드러내고 있다.

주인공인 현수가 피란을 포기하고 서울 잔류를 결정한 것은 정치 적 이념에 의한 선택이라기보다 그의 개인적 성향에 의한 것으로 그 는 지극히 관념적인 개인주의자이다. 잔류를 결정한 후, 그는 지금껏 자기가 하던 일을 하기 위해 직장에도 계속해서 나간다. 그와 그의 일 사이에는 어떠한 사상도, 권력도, 정치도 끼어들 여지가 없다. 그 는 사람과 사람 사이의 관계에 소극적이고 서툰 반면 아무도 알아주 지 않는 통신 약어 사전 집필에 몰두할 정도로 자신의 일에는 편집증 적 애착을 가지고 있다. 그러므로 그는 전쟁 등 주변 상황에 휩쓸리 지 않고 자신의 판단에 따라 주체적으로 잔류와 출근을 결정한다. 그 에게 철로 통신선은 삶이자 생명이므로 이것을 부정하는 것이야말로 죽음이고 반동이다. 현수는 잔류를 결정한 후에는 갈등하지 않고, 묵 묵히 부역을 하면서 자신의 일터를 지켜나갔다. 그는 자신의 일터를 지키는 것이 부역이기에 앞서 자신의 사명이라고 생각하기 때문이

다. 그에게 정치적 판단은 중요하지 않았다. 그러므로 현수는 기수의
유격대 가입도 강의 공산당 입당의 권유도 끝까지 거절하며 일체의
정치적 행동을 거부한다. 그의 이러한 정치적 중립의 표현은 중도파
적 인물의 탄생을 보여준다는 점에서 문학사적으로는 의의가 있지만
실제적으로는 남과 북 양측에 모두 적대적 관계를 맺게 되는 자살 행
위로 그 자신에게는 파멸로 가는 지름길이 되고 있다.[10]

> 지금 이 시간까지 이십여 년간 지켜 온 서울 문산 간의 철도통신선은
> 벌써 그의 생명처럼 되어 있는 것이다. 그가 여기를 떠나서 하루 세 번
> 입에 풀칠을 할 수 있는 아무런 재주도 가지고 있지 않다는 사실도 그렇
> 지만 보다 더 그는 여기를 떠난 자기의 생활을 생각조차 해본 일이 없는
> 사람인 것이다. 그는 '이것'의 사살상의 주인이다. 어떤 권력이 개입하
> 여도 그를 '이것'과 떼어 놓을 수는 없다.(곽학송, 〈철로〉,《한국소설문
> 학대계》 38, 두산동아, 1996, 339쪽.)

이러한 상황 속에서도 현수는 자신의 부역행위에 대해 다른 부역
자처럼 고해성사나 변명으로 일관하는 것이 아니라 나름대로 그 당
위성을 이야기하고 있다. 또한 실제 아무 것도 바뀐 것 없이 표면적
반성만으로 용서받기도 하고 도강파에게 반성을 구하지 않았다는 사
실만으로 처벌받기도 하는 당시의 부역자 처벌을 비판한다. 생사가
오고가는 긴박한 상황 속에서 자신의 정체성에 고민하는 등 인간의
좀 더 근본적인 존재 의미를 탐구한다는 점에서 현수는 다소 어눌하
고 비현실적이지만 삶에 대한 진지한 성찰의 모습을 보여주고 있다.

---

10 정희모, 「역사체험의 회복과 실감 있는 전쟁의 엿보기」,『민족문학사연구』8, 1995,
275쪽.

또한 이 작품에는 부역한 자들의 잔류가 당국의 명령이었음이 드러나는 장면이 나온다. 그런데도 그들을 구제하지도, 그들을 위해 변명하지도 않고 오히려 그들을 희생양으로 삼아 책임을 면하려는 당국의 모습이 잘 나타나고 있다. 더구나 이 과정에서 행해지는 부역자에 대한 고문과 폭력은 부역자가 아니라 오히려 부역을 취조하는 자들의 부당성마저 보여준다. 전쟁에서의 잔혹함은 이를 지켜보는 이들이 권력에 대한 도전을 차단하게 한다. 그러므로 이러한 잔혹한 잔류파 처벌은 전쟁 이후 권력 장악과 유지에도 큰 역할을 하게 된다.

> 오늘까지 석 달 동안 나는 죄를 범했단 말인가. 설사 죄를 지었다 하자. 거기까지 양보하여 죄를 범했다 하고 그런 나의 죄가 이제 짧은 시간의 행동으로 부정될 수 있단 말인가. 그게 될 성싶은가. 도대체 나는 오늘까지의 나의 생활을 부정할 필요는 없는 것이다. 석 달 동안의 나의 행동을 부정하는 것은 그 석 달 동안의 생활을 있게 한 그 전의 나의 생활 전부를 부정하는 것이 아닐 수가 없으니까.(위의 책, 377쪽.)

> "나는 자네를 죄인으로 만들고 싶지 않네. 자네의 태도쯤은 나는 얼마든지 이해할 수가 있으니까…… 본의가 아니었다는 것을…… 당국에서 직장 사수명령을 내리지 않았던들 자네나 나나 모두 부산에 피난했으리라는 것을……"(위의 책, 432쪽.)

> 잠시 후 현수는 무지막지하게 생긴 두 사내에게 끌려 고문실에 갔다. 그리하여 온갖 방법에 의한 육체적인 타격을 받았다. 야구용 배트같은 곤봉과 고압선 토막들이 번갈아 육체에 몇 번 부딪쳤을 때 이미 현수는 맑은 의식이 아니었다. 구둣발로 무수히 챈 무릎, 그리고 뒷 전등을 때리는 고압선 토막이 두부(頭部)에 휘감겨 얼굴이 깨지고 하여서도 현수

는 별반 아픔을 의식하지 않을 정도에 이르렀다.(위의 책, 448~449쪽.)

〈철로〉에서 주인공 현수가 전쟁의 두려움과 고독함 그리고 잔류 후의 고문과 폭력 속에서도 자신의 행동을 후회하지 않은 것은 모든 것이 그의 냉철한 판단에 따른 자발적 선택이었기 때문이다. 하지만 전쟁은 인간의 다양한 선택, 국가가 벌인 전쟁이 내세우는 정체성과는 다른 종류의 정체성을 인정하지 않는다. 정부의 의도나 권력자의 의지에 조금이라도 반하는 생각과 행동은 적을 이롭게 하는 반역행위일 뿐이다. 그러므로 개인의 자유 의지와 선한 의도가 모두 정치적 판단과 이데올로기로 치환되는 전쟁의 한 복판에서 가치중립적 이데올로기를 지양하는 한 양심적 지식인의 선택은 개인뿐 아니라 주위 사람들의 불행이 되었다. 부역은 양심의 문제가 아닌 법률의 문제, 더 나아가 정치적 문제이기에 수많은 양심을 지키려했던 자들이 죽어갔던 전쟁은 비극이 될 수밖에 없다.

대부분의 사람들은 목숨을 지키기 위해 결국 양심과 타협하고 정치적 선택을 함으로써 정치적으로 용서를 받았다. 하지만 〈목숨〉의 조병기 원장은 정부에 대한 믿음과 지식인의 양심을 선택했기에 스스로 목숨을 끊었고, 〈구각을 떨치고〉의 주인공은 처음에는 현실에 대한 낙관적 전망으로 잔류했고, 후에는 서울에 남겨둔 가족에 대한 죄책감으로 남쪽으로 향하던 발길을 되돌려 전쟁 중의 서울로 다시 돌아오는 선택을 하게 된다. 또한 〈철로〉의 현수는 자신의 일에 대한 책임감과 자유의지로 죽음의 공포를 겪게 된다. 정부에 대한 믿음이든, 죄책감이든 또는 자유의지든 이들은 모두 평범한 일반 서울 시민이었다. 그러므로 양심과 도덕적, 지적 판단이 거세되고 오직 정치적

판단과 처세에 의해 움직이는 자만이 살아남는 피란의 현실은 무장
한 전장의 전투보다 더 폭력적이고 비극적임을 보여주고 있다.

3. 잔류파의 갈등과 민중의 기회주의

서울로 돌아온 도강파에 의해 자행된 부역자 처벌에서 살아남기
위한 방법은 남은 자들끼리의 치열한 다툼과 책임 전가뿐이었다. 그
러므로 잔류파 사이에서는 조금의 상황적 우위라도 선점하기 위해
위계를 정하려는 치열한 움직임이 나타났다. 물론 잔류파의 위계는
국가에서 이미 정한 바 있다. 하지만 똑같은 부역이라 하더라도 자신
은 어쩔 수 없는 상황임을 강조하고, 다른 이들은 자발적, 적극적 부
역임을 증언하면서 부역자들끼리 서로를 증오하고 비난하는 모습들
이 나타나기 시작한다. 또한 생존을 위해 양측에 모두 충성하는 기회
주의자들이 생겨나면서 이들의 횡포에 의해 잔류파의 고통은 더욱
극대화된다.

'잔류파의 갈등과 민중의 기회주의'에서 논의하는 작품의 공통점
은 주인공들이 도강파는 물론 같은 잔류파들에게도 이용당하고 치이
게 되는 사회적 약자로 염상섭의 〈해방의 아침〉, 손소희의 〈결심〉과
최정희의 〈정적일순〉은 여성과 노파, 강신재의 〈포말〉은 아내와 그
정부에게 이용당하는 남편, 곽학송의 〈철로〉의 현수는 인간관계에
소극적이고 서툰 인물이다.

1) 잔류파의 갈등과 위계

손소희 〈결심〉(1951)의 주인공인 영히는 도강하지 못하고 잔류한
다. 잔류한 상태에서 부역을 하지 않는 것은 목숨을 내놓는 행위와
다름없으므로 잠적하지 않는 한 누구나 부역을 하게 된다. 그런데 화
가인 영히는 쓰딸린과 김일성의 초상화를 그리는 똑같은 부역행위를
했음에도 남성 화가들의 부역행위와 자신의 부역행위를 분리하고 그
들의 행위를 타자화하여 비난하고 있다.

> 영히는 말없이 입을 비쭉하며 서글픈 표정을 지었다. 일찍이 애국투
> 사가 되지못한 그로서 대한민국에 충정을 다하지는 못했을망정 공산주
> 의라고 하면 생리적으로 싫고 거슬리는 그였다. 이번에도 남편이 늑막
> 염으로 앓고 누어 있지만 않았어도 영히는 한강을 건너 남쪽으로 흘러
> 가려고까지 결심했던 것이다.(손소희, 〈결심〉, 『적화삼삭 구인집』, 국
> 제보도연맹, 1951, 104쪽.)

> 영히에게 더욱 기가 막히는 것은 자기의 선배요 또 모범이 될 만한
> 남성 화가들이 묵묵히 이 굴욕에 머를 숙으리고 있는 것이었다. 영히는
> 또 한번
> "못살걸……" 하던 정숙의 말이 생각 났다.
> "목숨을 유지 한다는 것은 저렇게도 굴욕이란 말인가?"
> 영히는 혼자 속으로 중얼 거렸다. 동시에 '자유'와 '민주주의'가 얼마
> 나 고귀한 것인가를 새삼스레 느꼈다.(위의 책, 105~106쪽.)

그녀는 자신은 어쩔 수 없이 남편의 병으로 잔류했음을 강조하고
자유민주주의의 소중함을 역설함으로써 자신의 사상을 증명하고 부
역을 합리화하려 한다. 특히 그녀는 목숨을 부지하기 위해 굴욕에 머

리를 숙인다며 단지 선배와 남성이라는 이유만으로 그들의 행동을 비난하면서 그들이 원래 사상이 불순하여, 자발적으로 잔류하고 부역을 하는 것처럼 느껴지게 하고 있다. 똑같은 부역 행위를 했음에도 불구하고 은연중에 자신의 행위와는 전혀 다르게 해석되게 유도하여 자신에게 유리하도록 그 위계를 정하고 있는 것이다.

염상섭의 〈해방의 아침〉(1951)에는 내년이면 중학교를 나올 열여섯 소녀, 인임의 치열한 생존본능이 드러나고 있다. 자신이 죽지 않으면 상대방이 죽게 된다는 것을 인임은 전쟁을 통해 이미 터득하고 있었다. 그러므로 빨갱이의 물건을 맡아두다 걸린 부모님을 보호하기 위해 그녀는 부역 죄를 취조하는 치안대로 찾아간다. 당시 부역자 심판은 부역의 여부, 경중과 상관없이 변명을 똑똑히 하지 못하는 사람들이 죄를 뒤집어쓰는 경우가 많았다.

> 태극기를 이동리에서 누구집보다도 제일 먼저 내어달은 원숙어머니다. 그암팡지고 요사스러운 솜씨에 치안대도 넘어갈지 모르고 치안대가 넘어가면 저의는 감쪽같이 빠지고 이편만 덥태기를 쓰고 나설지 모를것이다. 더구나 어수룩한 성실 어머니 내외가 새에 끼었고 성실이 자신은 끝까지 성실히 회사에 디니면서 심부름을 하였으니 성실이네 세식구까지도 그 편을 들어주게 되면 까닭을 분명히 모르는 두 늙은이들만 변명도 똑똑히 못하고 잠시동안이라도 고생을 할것이 걱정이 되어 인임이는 따라나선 것이다.(염상섭, 〈해방의 아침〉, 『신천지』, 1951.1, 159쪽.)

이렇게 해서 인임네 네식구가 당장으로 풀려 나오게 된것이지마는, 나오는길에서 인임이 부친은 그래도 이웃간에 살던 원숙이 모녀가 가엾어서

"얘, 지금판에 위원장 총살일텐데 싸줄것까지는 없지 마는 그네들 위
원장이었다는 말을 한 것은 네입으로 사형선고를 한거나 다름없지 않으
냐?"
하고 말을 타일으니까, 인임이는 눈을 커다랗게 뜨고 부친을 한참 바라보
다가 한마디 하는 것이었다.

"온 별걱정을 다 하십니다. 그럼 저의를 살려주구, 우리가 죽어두 좋
을까요?"(위의 책, 164~165쪽.)

인임이 여맹위원장이었던 원숙어머니를 고발하고, 청년단 간부였
던 오빠가 나타나면서 인임의 부모님은 부역의 혐의를 벗고 무사히
귀가하게 된다. 원숙어머니의 말솜씨에 속아 넘어갈 뻔한 어수룩한
치안대는 인임의 고발로 원숙어머니가 공장지부 여맹위원장임을 비
로소 알게 된다. 위기에서 겨우 벗어난 인임의 아버지는 자신들 대신
총살을 받게 될 원숙어머니에 대해 걱정하는 인간적 모습을 보이지
만 이에 대한 인임의 당돌한 반응은 내가 죽지 않으려면 누군가가 죽
어야 하는 잔류파들의 당시 상황을 잘 대변해 주고 있다.

영히와 그의 선배도 그리고 인임, 원숙 어머니, 성실이네도 모두
전쟁 전에는 이웃들이었고 평범한 시민이었다. 그들은 경중의 차이
는 있지만 전쟁 중 살아남기 위해 부역을 하게 되었다. 그들이 처음
부터 공산주의를 추종하지 않았음은 누구나 알고 있다. 그들을 부역
으로 내몬 것은 굶주림의 공포와 공산군의 총살 위협이었을 것이다.
그렇다면 그들의 부역 책임은 국민들을 그러한 현실에 방치하고, 상
황을 방조한 국가에게 있을 것이다. 하지만 아무도 이러한 현실에 대
해 책임지지 않았다. 그러므로 이들이 부역의 죄를 면할 수 있는 방
법은 그들 스스로가 영히처럼 자신의 처지를 읍소하고 다른 부역자

와 자신의 차이를 찾아 강조하거나 인임처럼 자기보다 더 부역의 죄가 무거운 자를 스스로 찾아내서 고발하는 것뿐이다. 인천 상륙에서 서울 탈환까지 2주 동안 처벌을 받아야만 하는 진짜 빨갱이, 부역자들은 모두 북으로 올라간 상황에서 자기방어 능력과 현실 상황 판단능력이 부족한 아녀자와 노인들만이 남아 서로 부역의 위계를 다투고 그 죄를 나눠지게 되는 것이다.

2) 민중의 기회주의와 전횡

최정희는 잔류파 작가로서 『적화삼삭 9인집』에 이름을 올린 대표적 부역 문인이다. 그러므로 그의 작품 내용은 잔류파로서 변명과 더불어 어쩔 수 없이 부역을 하게 되는 과정이 잘 드러난다. 〈정적일순〉(1955)의 시간적 배경은 1.4후퇴 직후로 2차 피란상황이다. 그러므로 마을사람은 모두 필사의 탈출을 하게 되고 노파만이 텅 빈 마을에 남게 된다. 주인공인 노파는 북과 남에 각각의 자식을 두었기에 남한의 자식은 피란 보냈지만, 언제 자신을 찾아올지 모르는 북의 자식을 기다리기 위해 잔류를 선택한다. 이러한 노파에게 공산군이 찾아오고, 그들이 떠나지 이번에는 노파의 부역을 심판하겠나고 청년단이 찾아온다. 그런데 노파를 가장 괴롭히는 동회 청년은 공산군이 들어오면 공산군의 앞잡이로 국군이 들어오면 청년단의 일원으로 온갖 전횡을 일삼는 대표적 기회주의자이다. 도강을 못한 잔류파들 중에는 재빠르게 공산주의자로 변신한 이들이 많았다.

> 동회 청년이 알려준 것이라고 노파는 알고 있었다.
> "자네가 그럴 수가 어찌 있느냐. 자네는 공산당의 앞잡이가 아니었더

냐? 큰 아들네가 피난내려갔다는 것, 우리가 이북에서 월남했다는 것까
지도 자네가 고해 바쳐서 날 괴롭히지 않았더냐?"

　노파는 속으로 이런 말을 몇 십 번 되풀이하면서도 그냥 힐난을 당했
다.(최정희, 〈정적일순〉, 《한국전쟁문학전집》 1, 휘문출판사, 1969, 70~
71쪽.)

　이들은 북에서 내려온 공산주의자들과 달리 현시의 사정을 잘 알
기 때문에 남아 있는 사람들에게는 더욱 두려운 존재이다. 그런데 이
들은 서울이 수복되었을 때, 자신들의 전력을 숨기고 다시 한 번 변
신하여 잔류파 심판에 앞장서면서 그들을 더욱 잔인하게 몰아세우는
역할을 자청한다. 이들이 선택한 피란의 방법은 강을 건너 길을 떠나
는 도강이 아니라 전선의 이동에 따라 양측에 충성하며 남아있는 시
민들을 희생시키는 기회주의인 것이다.

　곽학송 〈철로〉에서도 서울이 회복되자 전쟁 중 출근했던 현수를
부역 죄로 처벌하겠다고 그의 집으로 철도치안대가 찾아온다. 당시
에는 부역자 처벌의 명목으로 각종 사설 치안 조직이 무분별하게 생
겨났고 그들이 권력을 휘두르며 사람들을 처벌하는 일이 많았는데,
먼저 치안 조직을 만들어 다른 사람들을 부역자로 몰아가면 당시 상
황에서 우위를 점하게 되었다. 그러므로 조직을 만들어 처벌에 앞장
서는 사람들 중에는 그 이력이 수상한 사람들도 많았다. 현수를 찾아
온 철도치안대도 마찬가지로 그 중 한 명은 인공기가 달린 장총을 메
고 서울 해방을 외치면서 피난민의 한강 도강을 저지하던 공산당의
자위대원이었고, 또 다른 한 명은 그와 같이 부역을 한 직장동료 순
오였다. 나이는 어리지만 세상 물정에 밝은 순오는 벌써 부역자에서

부역자 처벌에 앞장서고 있는 인물로 변신한 것이다. 전쟁 중의 세상
은 그들과 같이 기회주의자만이 살아남을 수 있는 곳으로 그러한 면
에서 현수는 한없이 불리하다.

강신재 〈포말〉(1955)에서는 아내가 정부인 다른 사내를 숨기기 위
해 남편을 의도적으로 부역으로 내모는 장면이 나온다.

> 六·二五때 사실 나는 조금 나쁜 짓을 하였다. 그것은 연옥이가 그렇
> 게 안하면 죽는다고 하였기 때문이지만, 하여간 나쁜 짓이라기보다는
> 무진 고생이었다고 함이 옳을 게다. 나는 동 위원회의 심부름 같은 걸
> 하고 돌아다니면서 통문 따위를 돌리기도 하였지만 더 많이 뼛골이 빠
> 지게 노동일을 하였다. 복구 사업이니 탄환 나르기에 매일같이 빠지지
> 않고 나갔다. 시커먼 수염을 기르고 아주 센 말씨를 쓰는, 모르는 사람
> 들이 나는 싫었지만 그러지 않으면 사는 수가 없다니까 어쩔 도리가 없
> 는 일이었다.(강신재, 〈포말〉, 『현대문학』, 1955.3, 401쪽.)

아내와 정부 그리고 남편 이들 셋은 모두 잔류하지만 이들 중 동위
원에서 목숨을 걸고 부역을 하는 것은 세상 물정을 잘 모르는 어수룩
한 남편뿐이다. 아내는 남편을 앞세워 부역을 하게 한 후 주위 사람
의 눈을 속이고 자신의 정부를 집 안에 숨겨주고 있다. 결국 남편은
전쟁 중에는 아내의 정부를 위해 부역행위를 하고, 전쟁 후에는 갖가
지 정부의 동원과 형사의 취조에 시달리는 등 불안과 고통 속에서 살
아가게 된다. 기회주의자들은 전쟁이라는 혼란한 사회적 상황을 이
용해 자신을 제대로 방어할 수 없는 사회적 약자들을 이용하고 착취
하는 비인간적 모습을 보이고 있다.

잔류파의 갈등은 처벌에서 시작되는데 〈결심〉과 〈해방의 아침〉에

서처럼 이들은 처벌을 피하기 위해 위계를 정하고 상황적 우위를 선점하려 한다. 진짜 가해자는 따로 있는데 피해자들끼리 서로 가해자가 되고 피해자가 되는 일이 벌어진 것이다. 또한 전쟁이 장기화되면서 남북 양측 모두에 충성을 다하는 기회주의자들도 등장하는데, 이들은 어느 쪽에든 자신들의 충성과 사상적 순결을 인정받기위해 과도한 충성을 보이게 된다. 이러한 상황에서 제일 먼저 희생되는 자들이 〈정적일순〉, 〈포말〉, 〈철로〉 등의 힘없는 사회적 약자들이었다. 전쟁에서 인간은 누구나 원초적인 자기보호본능에 사로잡힌다. 그러므로 사회적 약자들의 고통을 통해 살아남고자 하는 인간의 욕망이 전쟁을 만나면서 얼마나 비인간적이고, 폭력적으로 발현될 수 있는지 확인하게 된다.

4. 한국전쟁기 잔류파의 문학적 증언과 그 의미

일제강점기 때 피식민지의 작가들이 작품 속에서 암암리에 일본의 폭력성을 폭로해 낸 것처럼, 전쟁기 당시의 작가들도 암암리에 현실의 상황에 대한 부당함과 모순을 작품을 통해 표출해내고 있었다. 문학의 연구는 무심히 또는 의도적으로 작가가 작품에 남긴 증거를 찾아내 그 의미를 해석해 내고 그 의의를 규명하는 것이다.

한국전쟁에서 잔류는 결과적으로 죽음을 의미했다. 그럼에도 잔류를 결정했던 시민들의 선택 근거는 국가에 대한 믿음이며, 정부의 잘못된 발표였다. 하지만 그 책임은 누구도 아닌 그들 자신이 져야 했으며 그들에 대한 처벌은 잔인했다. 그러나 그 당시, 아무도 이러한 사실을 공식적으로 항의하지 못했고 도강파와 잔류파의 갈등은 표면적으로는 도강파의 일방적 승리로 마무리되었다. 하지만 당시 작가들의 작품 속에는 의식적, 무의식적으로 이러한 도식적 승리와는 다르게 해석될 장면들이 나타나곤 하는데, 이는 당시의 상황을 유추해 낼 수 있는 중요한 근거이다. 잔류파들이 겉으로는 반성하면서 느끼고 있었던 억울함, 도강파들이 자신들의 행위를 영웅화하면서도 느끼고 있던 죄책감은 은연중에 작품 곳곳에서 각기 다른 양상으로 드러나고 있기 때문이다.

지금까지 체험기, 수난기, 피란기, 종군기 등의 증언물에 대한 연구는 드물지 않게 진행되어 왔지만 창작물을 통해 당시의 상황을 파악하려는 노력은 이에 비해 비교적 드물었다. 그러므로 누락되었던 창작물을 바탕으로 잔류파의 현실인식과 더불어 잔류의 이유 그리고 책임 문제를 논하는 것은 의미 있는 작업이다. 전쟁 승리의 기록은 지배층이 갖고 있다면 전쟁의 피해 기록은 기층민들의 몫이다. 별다른 기록, 자료가 없어도 그들의 삶만으로도 이를 충분히 증명할 수 있기 때문인데, 이를 확인할 수 있는 것이 바로 문학이다. 인문학이 사회과학처럼 현세계의 문제들을 적극적으로 검토하거나 해결할 수는 없지만 작가는 권력을 향해 진실을 말할 수 있어야 하며 연구자는 이를 해석해 낼 수 있어야 한다. 그러므로 잔류파의 문학적 증언에 귀 기울이고 그 의미를 해석하는 것은 전쟁의 극한 상황 속에서도 살아남은 자뿐만 아니라 죽은 자, 승자뿐만 아니라 패자의 목소리를 통해 문학적 의무를 완성하고 그 의미를 규명해 내는 것이다.

Ⅱ
여성,
자아의 각성과 주체의 확립

문화론적 관점에서 바라본 이광수의 〈군상〉

1. 들어가며

〈군상〉은 동아일보에 연재된 〈혁명가의 아내〉(1930), 〈사랑의 다각형〉(1930), 〈삼봉이네 집〉(1930) 3부작 소설이다. 이들 작품은 춘원 이광수의 「문단 생활 30년의 회고」라는 글에서 밝힌 바와 같이 사실주의적 색채가 짙은 작품으로 1930년대 초의 한국 사회를 묘사했다. 이 시기의 한국 사회는 일제강점기 후반부로 들어서면서 일제 강압과 수탈이 더욱 강화되어 대부분 농업에 종사했던 우리 민족의 경제적 기반이 무너지고 있었으며, 밀려들어오는 서구 사상과 문화에도 제대로 대응하지 못한 혼란기였다. 이러한 시대의 인간 군상을 사실적으로 만나세 되는 것이 바로 이 작품이다. 그러나 이 작품은 이광수의 다른 대표작이나 문제작 등에 비해 많이 논의되지 않았을 뿐만 아니라 이광수의 작품이라는 이유만으로 일방적인 비판을 받기도 했다. 하지만 〈군상〉은 그의 다른 작품과는 달리 의도나 구상을 가지고 쓴 것이 아니라 시정의 잡사를 원재로 윤색한 것으로 진정한 의미에서 사실적인 작품이다. 또한 시대적 상황과 인물의 갈등을 치밀하고

리얼하게 부각시켰다는 점에서 예술적인 의미에서도 주목되어야 할 것이다.

문화론적 관점으로 문학을 바라볼 수 있는 근거는 문화와 문학이 모두 인간의 삶, 집단과 사회 그리고 개인의 문제를 다루고 있다는 점이다. 그러므로 문학을 그 자체로 보는 것이 아니라 이를 문화로 보고 그 의미를 읽어내는 작업은 한 시대의 문학에서 고난에 대응하는 삶의 방식을 발견할 수 있는 새로운 시도이며, 또한 이것이 생활 속으로 문학을 돌려놓은 이유이기도 하다.[1] 그런 의미에서 이광수의 〈군상〉에 나타난 1930년대 사람들의 삶의 모습을 다양한 문화론적 관점에서 살펴볼 수 있을 것이다. 지금까지의 연구 경향은 주로 이 작품을 개별적으로 논의하는 것으로 3부작 전체를 하나의 시각으로 논의한 경우는 매우 드물었다. 그러므로 이러한 논의를 통해 〈군상〉이 이광수 소설로서 갖는 의의와 더불어 1930년대 작품으로서 문학적 위치를 재고해 볼 수 있을 것이다.

우선 〈혁명가의 아내〉에서는 타락한 사회주의자들을 통해 그들이 등장할 수밖에 없었던 시대, 문화적 상황과 더불어 1930년대의 사상 문제, 〈사랑의 다각형〉에서는 자유연애에 빠진 주인공들을 통해 물질문명으로 타락한 1930년대 한국 사회의 모습과 애정문제를 각각 사회론적 시각을 가지고 접근하고자 한다. 문학을 사회론의 관점에서 본다는 것은 그것이 사회적으로 갖게 되는 권력 즉 대우라는 이권에 주목하는 것이다.[2] 〈혁명가의 아내〉와 〈사랑의 다각형〉에서는 사

---

1 김대행, 「국문학의 문화론적 시각을 위하여」, 『국문학과 문화』, 월인, 2001, 16쪽.
2 위의 책, 19~21쪽.

회주의자로서 주인공이 갖게 되는 권력과 신여성으로서 갖게 되는 이권에 주목하는 것이다. 다음으로 〈삼봉이네 집〉에서는 유랑하는 삼봉이네 가족들을 통해 1930년대 일제 강점하에서 농촌의 몰락과 만주 이주민들의 고통의 삶 등 농촌문제를 인간론적 시각을 가지고 접근하고자 한다. 인간론적 시각으로 문학을 보는 것은 문학이 인간을 인간답게 성장시키는 유용한 지식을 개발하는 것에 주목하는 시각으로 〈삼봉이네 집〉에서는 주인공들의 성장 과정을 중심으로 논의할 것이다.[3]

그런데 이 작품의 특징으로 작가의 주요 비판이 일본제국주의 횡포보다는 부정적 인물들의 악행에 있다는 점을 지적할 수 있다. 더구나 그 부정적 인물 또한 일본인이 아닌 한국인들이다. 〈삼봉이네 집〉의 경우 초반 삼봉이네가 한국을 떠날 수밖에 없는 이유가 조선의 경제를 독점하고 토지·자원의 수탈을 목적으로 한 일본의 '동척농업이민정책'으로 제시되었지만 더 이상 구체적인 일본의 횡포는 나오지 않고 있다. 또한 〈혁명가의 아내〉와 〈사랑의 다각형〉에서는 이러한 설정조차 나타나지 않는다. 일본제국주의의 횡포와 수탈보다는 한국인 내부의 폐해나 인간성의 문제로 논의의 초점을 돌리려는 작가의 의도 역시 생각해 볼 문제이다.

2. 실패한 사회주의자와 피상적 사회주의자

1929년 세계 경제 대공황으로 인해 전 세계적으로 자유민주주의의

---

3 김대행, 「국문학의 문화론적 시각을 위하여」, 『국문학과 문화』, 월인, 2001, 16~17쪽.

권위가 떨어지고 사회주의를 선호하는 사람이 급속하게 늘어갔다. 우리나라에서도 1919년 3.1운동 이후 민족운동의 일환으로 사회주의 운동에 가담하는 사람들이 많아졌다. 사회주의가 3.1운동 실패 후 민족 운동의 새로운 방향을 모색하던 젊은 지식인들에 의하여 수용되기 시작한 것이다. 이들 젊은 지식인들은 서적을 통하여 자극을 받고 사회주의에 동조하거나 사회경제적 불만으로 사회주의 운동에 참여했다. 이들은 반제국주의와 민족해방을 외치면서 실제 운동에 나섰지만 자신이 처한 식민지적 상황과 현실에 대한 인식을 바탕으로 하는 대안을 제시하지 못하였다. 이들을 보면 전반적으로 경제적으로는 빈곤하고 교육수준은 높은, 30대 전후의 가난한 젊은 지식인들이었다. 이들은 지배자와 피지배자가 없는 사회주의 국가 건설이라는 이상에 이끌려 교조적으로 사회주의 이념을 수용하고 그것을 직접적으로 실천하고자 서두르면서 많은 부작용을 낳았다. 이러한 상황이 바로 〈혁명가의 아내〉에 나타난 실패한 혁명가인 공산과 피상적 혁명가인 정희의 모습이다.

1930년대는 지식인이라면 누구나 한 번쯤 혁명을 꿈꾸던 시기로 지식인 사회의 유행은 사회주의였다. 일본의 강압 속에서 지기 신변 안정만 보장된다면 정희의 정부인 권오성처럼 지배자와 피지배자가 없는 사회주의 국가의 건설은 누구에게나 선호되는 사상이었다.

실상 권은 조금이라도 위험한 일이 있는가 싶으면 누구보다도 먼저 피해 달아날 사람이다. 마치 그의 사업에 쓸 생명보다는 향락에 쓸 육체에 손톱자국이라도 나기를 두려워하는 모양으로. 만일 몸이 경찰서의 유치장과 감옥에 끌려갈 위험이 없다 하면 그는 공의 뒤를 따라 혁명가가 되었을는지 모른다. 그는 혁명의 이론을 잘 안다. 그렇지마는 위험을

무릅쓰고 실천가가 되기에는 그는 너무 몸을 중히 여기고 너무 인생 향
락을 연련하게 안다.(이광수, 〈革命家의 아내〉, 《群像》, 태극출판사,
1981, 29쪽.)

물론 이 작품에 나타난 바와 같이 피상적 사회주의자와 실패한 사
회주의자도 존재하였지만 계급의식이 철저한 사회주의자와 혁명가
들도 있었다. 작가인 이광수가 민족주의자적 입장에서 사회주의의
한계를 드러내 보이기 위하여 이들만을 내세워 사회주의자들을 희화
화하고 왜곡한다는 비판을 받고 있는 것 또한 이 때문이다.[4] 하지만
이러한 논쟁은 이 시대에 사회주의자들과 민족주의자들이 첨예하게
대립하고 있었으며, 문단에서도 그러한 사실이 나타나고 있음을 방
증하는 것이기도 하다.[5]

남자 주인공 공산은 이름에도 나타나듯 사회주의 혁명을 꿈꾸는
혁명가, 마르크스주의자이다. 이 작품 속에 공진호라는 본명이 분명
하게 나옴에도 그는 사람들에게 공산이라고 불리고 있다. 또 공산의
동지이자 제×차 공산당사건에 준책임 비서 격으로 일하던 주요인물
인 여인현 역시 본문에 본명이 나왔음에도 북풍이라는 가명으로 불
리고 있다. 이 이름 역시 1920년대 초기 사회주의 운동의 주요세력을

---

4 이기영, 「〈혁명가의 안해〉와 이광수」, 『신계단』, 1933, 97쪽.
   이광수씨도 一時는 神秘夢幻之境에서 一心으로 正念 '南舞阿彌陀佛'을 부르고 塵世俗
   土와는 絕緣한것갓더니만 時勢의 變遷이 이와가티 自己발압헤 切迫하게되닛가 움첫
   든 자라가 모가지를 다시내밀드시 政治的으로 當日進出하엿다. 그의 斥候兵이 이 작
   품이 아니엿든가? 그는 아즉도 現實을 쪽바로볼 눈 없시 封建思想과 소 쑤르조아
   意識에 中毒된 自己讀者層이 남아잇는 것을 奇貨로 이자라목아지를 내밀고 실안개
   를 피워서 그들 盲文을 永久히 痲醉식히고 傳染자는 意圖下에 出馬한 것이다.
5 이러한 첨예한 대립의 결과, 이광수의 〈혁명가의 아내〉에 분노한 이기영이 〈변절자
   의 아내〉(1933년 5월 『신계단』)를 발표하기에 이른다.

이루었던 북풍회, 화요회, 서울 청년회 등에서 따온 것임을 알 수 있는데 작가는 이름과 부합하지 않는 인물들의 특성을 통해 이들을 비판하고 있다.[6] 이 작품 안에서 사회주의 혁명을 꿈꾸는 혁명가 공산이 거둔 뚜렷한 성과는 그의 이념에 감동받은 정희를 강의사로부터 빼앗아 혁명적 사랑을 이룬 것뿐이다. 공산이 아내까지 있는 몸으로 정희에게 반한 것은 단지, 육체적 욕망 때문이었다. 혁명가인 그는 사상이나 혁명 때문이 아닌 자신의 육체의 만족을 추구하기 위해 현숙한 전처와 이혼하고 정희와 당당하게 신가정을 이룬다.

공산은 혁명가로서 성공하지 못하고 병으로 죽어가지만 마지막까지 혁명에 대한 열의를 불태운다. 그런데 이유의 첫 번째가 아내에 대한 원수를 갚기 위한 것이고, 두 번째는 조선을 뒤흔드는 혁명 사업을 직접 한번 해보고 싶어서이다. 그는 끝까지 아내에 대한 원수를 갚기 위한 개인적 이유를 혁명의 첫 번째 목적으로 두고 있다. 또한 두 번째 이유도 무산 계급의 해방을 위해서라기보다는 조선을 뒤흔드는 큰일을 자신이 해보고 싶다는 개인적 욕망이 선행하고 있다. 관념적이고 이기적인 공산은 결국 한때 자신을 가장 존경하던 아내인 정희에게까지도 위선이라는 소리를 들으며 죽어가게 된다. 아내에게까지 갖은 모욕과 조롱을 당하는 공산은 죽음으로 철저히 실패한 혁명가로 자신의 인생을 마무리한다. 실천하지 못하는 공허한 사상과 이기적 생각으로 혁명뿐 아니라 인생의 문제 어느 것 하나도 제대로

---

6 박선애는 「〈혁명가의 안해〉와 〈변절자의 안해〉」(『영남어문학』 27, 1995, 189쪽)에서 "〈혁명가의 아내〉에 나오는 '공산'과 '정희'는 작품의 제목이 가지는 이미지와 부합하지 않는 인물로 이 작품의 아펠레이션 선정 문제는 잘못되었다"라고 말하고 있다. 하지만 이들의 이름은 아펠레이션(Appellation)에 부합하지 않기 때문에 독자의 주의를 집중시키고 인물들을 비판하는 새로운 효과를 갖게 된다.

풀어나가지 못한 것이다.

"마음에 드는 여편네를 얻어서 아들딸 낳고 살아요. 나는 죽으께, 혁
명이 다 무슨 빌어먹을 혁명이란 말야. 혁명가도 저렇게 죽기를 무서워
한담. 저렇게 더럽게시리 살고 싶어한담. 약이라면 무슨 큰일이나 난 듯
이 허더지덕이구, 그러구 혁명은 다 뭐야 집어치워요. 혁명간 체하는 것
도 다 위선이야 위선. 날 같은 계집애 나 따라다니고 후려내노라고 가장
혁명간 척 사상간 척 주의잔 척했지, 흥 혁명가? 혁명가가 그 따위야.
안 그래요. 글쎄?"(위의 책, 25쪽.)

방정희는 공산과 동거하는 동안 그의 사상에 감화를 받아 아주 첨
단을 걷는 여성 혁명가가 되었다. 처음에는 공의 혁명가적 기상과 명
성을 숭배하는 여성에 불과했지만, 공과 동거한 지 일 년도 못 되어
완전한 여성 혁명가가 된 것이다. 이렇게 완전한 여성 혁명가가 된
뒤에는 부부 간에도 절대 평등을 이루었다. 그것이 혁명의 원리에 맞
기 때문이기도 하고, 남편의 친구들이 이러한 그녀를 칭찬하여 준 것
도 정희가 자부심을 갖고 절대 평등을 이루어낸 큰 원인이다. 정희가
사회주의자가 되어 얻은 첫 번째 특권은 사회주의 사상에 대한 투철
한 의식이나 지식 없이도 첨단의 여성 혁명가로 대우받은 것이다. 하
지만 조선 제일의 여성 혁병가로 자부하는 징희는 겉으로는 무산대
중의 승리와 해방을 외치면서도 실생활은 이와는 반대인 이중적 모
습을 하고 있다. 정희는 이론으로는 무산계급을 동정하고 존경할 것
을 주장하나 실천으로는 집에서 일하는 사람을 멸시하고 시기하며
증오심마저 갖고 있다. 이러한 정희는 사회주의 사상은 무엇이든지
봉건적이고, 부르주아적이라고 비판하면 된다고 생각한다. 그녀는

오직 한 가지, '가치의 전도'라는 공식만을 알고 있을 뿐이다. 변증법
이 모순의 논리학이니 전통적으로 옳지 않은 것은 대개 옳은 것, 민
중적이라 생각하는 것이다. 정희에게는 반역자, 반항, 혁명, 파괴,
폭력, 막나감만이 가장 따를 만한 가치였고, 사회주의 사상의 모든
것이었다. 사상에 대한 지식이나 의식은 물론 민중에 대한 애정 없이
도 첨단의 일류 혁명가가 되었던 정희는 이로 인하여 인간으로서 기
본적인 조건마저 결핍된 기형적 인간이 되고 만다.

정희는 사회주의 이론을 더욱더 자기 마음대로 생각하고 실천해
나가는데, 그녀는 성적 욕구의 자유로운 실현 역시 사회주의 사상인
인간해방이라 생각한다. 그러므로 그녀는 병든 남편을 방치해 두고
혁명가다운 용기로 정부인 권오성과의 관계를 정당화하며 쾌락 속으
로 빠져든다. 이러한 정희의 행동은 결국 자신을 파멸로 이르게 하는
육체적 욕망을 합리화시키면서 결국 죽음마저 부르게 된다. 그리고
그녀도 공산과 마찬가지로 마지막까지 허위의식에서 벗어나지 못한
채 죽음을 맞이한다. 이 작품의 결말은 더욱 아이러니한데, 병든 남
편을 버리고 다른 남자와 정을 통하다 그에게 맞아 죽은 정희는 투쟁
원리의 이론과 실행에 앞장선 용감한 여성이라 하여 당장으로 공의
곁에 묻히게 된다. 살아서 미워하고 증오하며, 뜻을 달리했던 부부가
죽어서야 타인들에 의해 비로소 뜻을 같이하게 된 것이다.

> 동지들은 정희가 남편 공진호를 간호하느라고 몸이 피곤하여서 죽은
> 것이라 하여, 또 여자 동지로 가장 투쟁원리에, 이론과 실행에 용감한
> 여성이라 하여 공에게 한 것과 같은 당장으로서 정희를 공의 곁에 묻었
> 다.(위의 책, 59쪽.)

이 작품에는 사회주의를 배경으로 인간 군상의 허위성과 기만성에서 나오는 아이러니와 풍자가 나타난다. 그러나 그 대상은 사회주의 그 자체이기보다는 인간들이다. 즉 사회주의 자체에 대한 비판이라기보다 사회주의 사상을 제대로 이해하지 못하고 명분과 허상에 사로잡혀 자신들의 특권만을 주장할 뿐 인간으로서 도리에는 관심 없었던 사람들에 대한 비판인 것이다. 이 작품은 이기영도 지적하고 있듯이 사회적 변환에 대한 척후병으로 조선 문단의 개척자 춘원 이광수가 역습을 강행하는 것으로 보는 시각도 있다.[7] 즉 작자가 의식적으로 무산계급의 전위를 폄하하기 위하여 일부러 소설의 주인공을 색광과 요부로 만들어 사이비 혁명가로 몰고 있다는 것이다. 하지만 이러한 시대 상황은 이 소설의 중요한 사회적 배경이 되는 것은 물론 그 시기를 가장 잘 설명하는 장치가 되어주고 있다.

3. 신여성과 자유연애

근대 새로운 애정의 풍속도였던 신여성과 자유연애는 1930년대 사회의 한 단면을 들여다 볼 수 있는 단서가 된다.[8] 이 시기에 과연 세

---

7 이기영, 「〈혁명가의 안해〉와 이광수」, 『신계단』, 1933, 97쪽.
8 권보드래, 『연애의 시대』, 현실문화연구, 2003, 61쪽, 63쪽, 109쪽.
   '신여성(New Women)'이라는 말은 일본에서는 1900년경에, 한국과 중국에서는 좀 더 늦게 정착되었으나 '신여성'의 의미가 명확히 규정된 적은 거의 없었다. 1930년 대에 접어든 이후 주요섭이 '신식 교육의 중등 정도를 마친 여자'를 신여성이라고 그렇지 못한 여자를 구여성이라고 부르는 것이 가장 적절하리라는 의견을 피력한 기록이 남아 있는 정도다. 이 기준대로 따르자면 '신여성'이라 불러줄 수 있는 고등 보통학교 이상 수학자는 극히 일부에 지나지 않았다.

계를 넘나들며 애정행각을 펼칠 수 있을까 하는 의문이 들기도 하지
만, 작가는 이들이 그 시대를 각각 대표하는 인간 군상이라고 분명하
게 말하고 있다.

> 왜 이러한 이야기를 쓰느냐 하면, 나는 이렇게 대답할 수밖에 없다.
> "그 중에 나오는 인물들이 다 오늘날 조선에서 어떤 한 부분씩을 대
> 표하는 사람들인 까닭이다"
> 하고. 이것은 무론 지위로나 명성으로 그렇다는 것은 아니다. 각기 성
> 격의 특색으로 그러하다는 것이다.
> 이 이야기를 보고 혹시
> "이건 나를 두고 쓴 것이로군."
> 하고 혹은 성을 낼 이도 있겠지마는, 요전번에도 약속 한 바와 같이, 이
> 야깃군은 결코 본명을 누설하지 아니하는 도덕을 가진 것이니까 당자
> 만 잠자코 회개만 하면 고만일 것이다.(이광수, 〈사랑의 다각형〉,《群
> 像》, 태극출판사, 1981, 60쪽.)

1920년대 유행한 자유연애의 대상자들은 신여성과 기생, 그리고
자유이혼으로 연애와 결혼의 시장으로 다시 나선 남성들이었다. 조
혼의 부정과 자유이혼, 그리고 그 결과로서의 자유연애와 자유결혼
은 날로 기세를 더해갔다. 송신희(은희)는 은교와 교제를 하다가 은
교가 기미년 사건으로 감옥에 들어간 사이에 그를 배반하고 젊은 지
도자를 만났으나 사랑을 이루지 못했다. 그러자 이번에는 이름까지
은교의 이름을 따라서 은희로 바꾸고 미국으로 떠난 은교에게 다시
사랑의 편지를 보내, 자신을 미국으로 초청할 것을 부탁한다. 그녀는
은교를 통하여 미국 유학의 기회를 얻고, 은교의 뒷바라지로 유학 생
활을 한다. 하지만 그녀는 그 사이에도 화려한 사교 생활을 통해 민

장식을 만나 또 다시 은교를 배반하고 그와 결혼한다. 그녀가 은교를
배반한 첫 번째 이유는 민장식이 부자였기 때문이고, 두 번째 이유는
은교는 자신이 언제든지 버리고, 원하면 다시 돌아갈 수 있는 안식처
라고 생각했기 때문이다. 하지만 사랑하는 여자에게 배반당한 은교
는 은희의 생각과는 달리 몸과 마음이 병들어 공부도 끝마치지 못하
고, 고국으로 돌아온다.

  은희는 신여성으로 자유연애란 미명 아래 은교를 이용하고, 부자
인 민장식을 선택해 결혼에 성공했으나 그녀의 결혼생활은 행복하지
않았다. 인간이 물질적 욕구를 충족하는 것만으로 행복해 질 수는 없
기 때문이다. 하지만 그녀가 행복하지 않은 보다 근원적 이유는 남편
인 민장식 때문이 아니라 배금사상에 빠져 물질적, 세속적 욕망으로
도덕적 기준을 상실한 자기 자신 때문이다.

> 그들은 구라파를 돌아서 서울에 오는 길로 삼청동 경치 좋은 곳에다
> 가 석재로 양옥을 짓고 독일제 피아노를 들여라, 미국제 유성기를 들여
> 라 하여 으리으리하게 신가정을 꾸미고 어떻게 하면 인생의 향락을 가
> 장 잘할까를 궁리하기에 세월을 보내었다. 혹은 조선 호텔의 점심 때에,
> 혹은 삼월 오복정의 끽다점이며, 혹은 유흥의 골프장에서 장식 부부의
> 모양을 보았다.(위의 책, 93쪽.)

> "속았어! 속았어!"
> 하고 은희는 몸을 흔들었다. 민장식에게 속았단 말이다. 맘대로 돈을
> 써 볼까 했더니 그것도 속았고, 일생에 은희 저 밖에는 다른 여자를 엿
> 보지 아니하리라 했더니 그것도 속았고, 자기는 언제까지든지 여왕과
> 같은 존경과 귀염을 받으리라 했더니 그것도 속았고, 이 모든 것보다도
> 돈 있는 남자의 아내만 되면 행복되리라 했던 것이 가장 크게 속은 것

이다.(위의 책, 104쪽.)

그 당시 민장식과 같은 부유층에서 유행했던 '첩이 둘'이란 말은 자유연애와 더불어 당시의 애정관을 들여다 볼 수 있게 한다. 신여성들이 자유연애를 주장하며, 구여성인 본처를 몰아내고 첩이 아닌 본처의 자리를 당당히 차지했지만 그들 또한 처가 되는 순간부터 첩의 문제로 전전긍긍하게 되었다. 그들의 특권은 자유연애로 본처의 자리를 차지하기까지이며, 결혼과 함께 자신들도 구여성과 똑같은 입장과 처지가 되고 만 것이다.

> 왜 하필 첩이 둘인가 하면, 하나는 기생첩이요, 하나는 여학생 첩이다. 이것은 민장식의 속한 계급에게 근래에 유행하는 일이다. 은희도 어느 때에 기생 시앗 여학생 시앗을 볼는지도 모르는 일이다. 그렇지마는 은희에게는 이것을 제재할 또는 이것을 대항할 아무 길도 없다. 다만 전전 긍긍하게 민 장식의 비위를 아니 그슬리도록 힘쓸 수밖에 없었다.(위의 책, 99~100쪽.)

은희와 같은 신여성들이 전전긍긍했넌 첩들도 행복한 것은 아니다. 그들도 처음에는 자신들의 처지를 합리화했지만 대부분 사회의 이목과 비난의 한계를 뛰어 넘지 못하고 그들 또한 피해자로 남게 되었다. 또한 자유연애의 특권을 누렸던 남성들도 마냥 행복하지 만은 않았다. 자신의 허영이나 육체적 향락을 위해 자유연애를 무기 삼아 수월하게 이혼하고 그간 억눌렸던 욕구를 충족시켰으나, 그들도 그에 합당한 대가는 치러야 했다.

왜 그런고 하니 그는 동경 유학 사년 동안에 자기 아내를 이혼해 버리고 지금은 아무러한 처녀에게라도 사랑을 걸 수 있는 뻐젓한 자격을 가진 줄로 자신하였기 때문이다. 이것은 딴 이야기지마는 그는 전처를 이혼하느라고 애걸, 위협, 사기 등 모든 수단을 다한 외에 자기에 있던 토지 삼천 원짜리를 내어주고 말았다. 그래서 그의 홀어머니—스물 세 살에 과부로 두 살 먹은 풍호를 기르면서 그만한 재산을 만든 홀어머니는 모든 재산을 잃어버리고, 풍호의 다섯 살 먹은 아들 하나를 안고 풍호가 돌아오기까지 이 집 저 집 친척의 집으로 돌아다녔다.(위의 책, 75쪽.)

모두가 행복할 수 있을 것만 같았던 자유연애가 모두를 불행하게 만들었다. 그 이유는 이들이 자유연애를 구도덕에 대한 반감의 표출로 단순하게 이해하고 향락과 불륜, 퇴폐로 받아들였기 때문이다. 또한 이 시기의 자유연애는 사회적으로 권력이 있던 남성과 신여성의 전유물로 누구나가 누릴 수 있었던 혜택이 아니었다. 그러므로 자유연애의 한 측면에는 항상 구여성과 같은 피해자가 존재했고, 신여성들 역시 곧 그들과 같은 입장이 되었으며, 남성들도 이에 따른 책임을 져야만 했다. 그동안의 구질서 속에서 자신의 의지와 상관없이 결혼하고 갈등하던 젊은이들이 서양에서 들여온 자유연애를 종교처럼 믿고, 유행처럼 퍼뜨렸지만 자유결혼에 따른 책임과 의무는 외면하는 모습을 보인 결과이다.

옥귀남은 성욕과 물욕만 가득한 김만식과 육 년 동안의 결혼(첩)생활을 청산하고 집을 나온다. 집을 나온 그녀는 간호부로 새 인생을 시작한다. 1930년대에 간호부라는 직업은 교사와 더불어 여성이 자립할 수 있는 가능성이 높은 직업 중 하나이다. 교사에 비해 간호부가 좀 더 쉽게 될 수 있었지만 사회적 지위는 낮았다. 그러므로 간호부를 하고 있는 본인들도 직업의식이나 사명감보다는 자립의 방편으로 선택하는 경우가 많았다. 하지만 귀남은 이러한 사회적 편견에 연연하지 않고 스스로 자립할 수 있는 길인 간호사를 선택해 새로운 인생을 시작한다. 간호부로 일하던 귀남은 전 남편인 김만식과 모든 면에서 대조적인 은교를 만나자 그의 고귀한 인품에 반해 사랑에 빠진다. 은희가 물질적이고 세속적인 사랑을 선택해 은교를 배반한 것과는 달리, 귀남은 그런 사랑의 공허함을 경험으로 깨닫고 자신의 의지에 의해 은교를 선택하는 진정한 자유연애를 시작한 것이다.

반면 은희는 민장식의 집을 뛰쳐나와 언제나처럼 다시 은교를 찾아가지만 냉정한 은교의 모습과 헌신적인 귀남의 사랑을 보고 은교는 더 이상 자신의 안식처가 아님을 깨닫는다. 신여성 은희는 분명한 자신의 의지로 배우자를 선택한 자유연애의 최대 수혜자였지만 결국 자살을 선택할 수밖에 없는 자유연애의 최대 피해자가 된다. 이것은 은희가 자신의 정체성이나 존재의 이유를 자신이 아닌 결혼을 통해 남성에게서 찾으려 했기 때문으로 남성에게 거부당한 그녀가 선택할 수 있는 경우의 수는 몇 개 존재하지 않았다. 또한 물질적 만족을 위해 은교에게서 장식에게로 간 것처럼 다시 자신에게 결여된 것을 충족시키기 위해 장식에게서 은교에게 돌아온 것은 진실한 사랑의 결과가 아니었다. 그녀는 결혼에 대한 진지한 성찰이나 고민 없이 신여성이라는 권력을 가지고, 자유연애를 마음껏 향유하며 자신의 욕망을 추구했지만 진실한 사랑과 결혼, 그리고 이에 따르는 의무와 책임은 간과하였다. 이 작품은 이러한 그녀의 애정행각을 통해 물질문명으로 타락한 당시 자유연애와 애정의 행태를 비판하고 있다.

4. 농촌의 몰락과 유랑

1930년대 일본의 농업정책으로 우리의 농촌은 위기에 직면한다. 지주들은 동척(東洋拓殖株式會社)이나 식은(朝鮮殖産銀行)에 땅을 저당 잡혀 손쉽게 돈을 얻어 썼으나 제때 갚지 못하면서 땅을 잃었다.[9] 그 아래 계층인 소작농들은 땅을 잃은 지주 때문에 아무런 준비 없이 집과 농토를 잃고, 농노가 되거나 유랑민이 되어 만주로 떠나게 되는데 이 시기가 〈삼봉이네 집〉의 시간적 배경이 되고 있다.[10]

> 그러나 인제는 삼봉이네 생활의 기초가 되던 〈박가동〉은 박 진사 손 자가 만주 좁쌀 장사를 한답시고 서울로, 봉천으로 덤벙이고 돌아다니 다가 동척(東拓)과 식은(殖銀)에 저당하였던 토지는 그만 경매되어 동척 에게로 넘어가고, 그 토지는 동척 농장이라는 것이 되어서, 일본 이민 십여 호가 지난 가을부터 박 진사네 땅 전부를 맡아서 갈게 되었다. 이 때문에 본래 박진사네 작인이던 동민 수십호는 무슨 방법으로든지 달리

---

9 조기준, 「일인 농업 이민과 동양척식주식회사」, 『한국근대사론』, 지식산업사, 1997, 67~68쪽.

10 이금선, 「식민지 검열이 텍스트 변화 양상에 끼친 영향」, 『사이』 7, 2009, 273~297쪽. 이광수의 〈삼봉이네 집〉은 1930년대 이광수의 〈군상(群像)〉 3부작의 하나로 동아일 보에 연재되었다. 하지만 〈삼봉이네 집〉은 1935년 5월 29일자로 일제에 의해 출판 "불허가 처분"을 받게 되면서, 대폭 개작하여 1941년 영창서관판 〈삼봉이네 집〉이 출간된다. 영창서관판에서는 '주인공 삼봉이가 만주에서 단체를 이루어 경찰을 죽 이고 지주나 동포를 괴롭히는 조선인을 죽여 원수를 갚는다는 내용'이 삭제되어있 다. 해방 이후, 성문당 서점의 1948년 〈유랑(流浪)〉, 중앙출판사의 1949년 〈방랑자 (放浪者)〉와 대지사의 1955년 〈방랑자(放浪者)〉는 영창서관에서 중요하다고 인정 되는 몇몇 구절만을 복원하고 소설의 결말을 '삼봉이가 정처 없이 방랑하는 내용'으 로 고쳐 출간된다. 그리고 1963년 삼중당판 〈삼봉이네 집〉과 태극출판사, 우신사 판, 범우사판 〈삼봉이네 집〉 등은 『동아일보』에 연재된 내용을 기본, 영창서관판을 참고로 하여 간행되었다.

생계를 구하지 아니하면 아니 되게 되었다.(이광수, 〈삼봉이네집〉, 《群像》, 태극출판사, 1981, 155쪽.)

일본 농업이민의 정책에 의해 우리 농토의 많은 부분을 일인들이 차지하게 되면서 우리 농민들은 어쩔 수 없이 만주로 떠나게 된다. 그러므로 서간도로 떠나는 삼봉이네 가족들은 당시 조선에서 어떤 한 부분을 대표하는 사람 곧 이농민 군상 중의 하나가 된다. 또한 〈삼봉이네 집〉은 직업이 농민인 주인공이 농촌에서 살지 못하고, 고향을 버리고 간도 또는 만주로 떠나는 과정을 형상화한 최초의 작품으로 그 의의가 있다.[11]

〈삼봉이네 집〉의 등장인물 중 가장 문제적 인물이 삼봉의 누이인 을순이다. 그 이유는 모든 사건의 발단에 항상 을순이 있기 때문이다. 을순은 어머니를 닮아 어여쁜 얼굴을 하고 있는데, 그녀의 아름다움이 삼봉이네 집의 고난의 원인이 되고 있다. 즉 모든 고난은 을순의 아름다움을 탐내는 사람들에 의해 시작되었고, 그 사건의 해결은 삼봉이 하는 것이다. 아버지가 돌아가시고 농사짓던 논 '박가동'이 동척에 넘어가 소작권을 잃게 되자 삼봉이네 가족은 서간도 행을 결정하고 기차를 탄다. 그런데 거기서 그들의 첫 번째 고난의 시작이 되는 박주사와 노참사를 만난다. 노참사는 얼굴이 어여쁜 을순을 첩으로 얻기 위하여 삼봉의 죽은 고모의 남편인 박주사를 통해 삼봉이네를 자신의 집으로 끌어들인다. 그 후 노참사는 을순을 강제로 범하려다 미수에 그치자, 삼봉에게 강도를 당했다고 거짓 신고를 해 삼봉

---

11 오양호, 『만주이민문학연구』, 문예출판사, 2007, 78~79쪽.

을 위기 속에 몰아넣는다. 일제 말기에 친일을 하여 도의원이 되고, 그로 인한 권력으로 부를 모으고, 또 자신이 강간하려다 미수한 사건을 오히려 강도를 당하였다고 신고하는 노참사는 그 시대 권력을 갖고 있었던 사람들의 전형적인 모습이다. 개까지도 노참사네 개는 큰 집 개라 불리며 특별 대우를 받는 상황에서 경제적 기반까지 잃은 삼봉이네 가족이 처음부터 그의 유혹을 뿌리치기는 쉽지 않았다. 더군다나 삼봉의 가족을 꼬드겨 을순을 노참사에게 안내한 박주사는 삼봉의 죽은 고모의 남편이다. 이러한 삼봉이네 가족의 처지는 사회적으로 큰 관심을 불러일으킨다. 그 이유는 말 그대로 이 이야기가 1930년대 보통 사람들이 사는 모습, 즉 농촌 파멸의 이야기이기 때문이다. 인구 대부분이 농민이었던 1930년대 농촌 파멸의 이야기는 조선 파멸의 이야기이기도 하다. 삼봉이네 가족은 을순의 옛 애인 유정석의 친구이자 변호사인 장재철의 도움으로 위기를 벗어나 그들의 원래 목적지인 서간도로 향하게 된다.

서간도에서 삼봉은 그에게 두 번째 고난을 안겨주는 김문제를 만난다. 김문제는 아버지의 죽마고우로 삼봉이 조선에서부터 믿고 찾아온 사람이었다. 하지만 그는 삼봉에게 울로초로 가득한 못 쓰는 땅을 팔아먹고, 나중에는 그 땅까지 빼앗는다. 그런데 그 결정적인 이유가 을순을 탐내다가 삼봉에게 싫은 소리를 들은 것 때문이다. 김문제는 영향력 있는 이 고장 최고의 권력자로 그는 권력을 통하여 삼봉이 개간한 땅을 빼앗고 딸과 같은 을순을 넘보며 삼봉을 강도로 몰아가는 가장 부정적 인물이다.

삼봉은 김문제에게 개간했던 땅을 빼앗기고 매까지 맞고 쫓겨난 후 중국인 호로야의 돼지몰이꾼으로 다시 새로운 삶을 시작한다. 그

러나 돼지 팔러간 봉천에서 유정석을 만나면서 그의 세 번째 고난이
시작된다. 유정석이 준 공산당 팸플릿이 결정적 이유가 되어 삼봉은
호로야와 김문제의 집에 강도로 들어왔던 조선공산당과 한패로 몰리
게 된다. 그런데 이 사건 역시 을순의 아름다움을 시기하던 호로야의
두 번째 부인 암범과 을순의 일 때문에 삼봉을 미워하던 김문제의 증
언에 의한 것이다. 이렇게 위기에 빠진 삼봉이네를 상대로 협잡을 하
고 을순까지 넘보는 박통사의 등장으로 을순은 인생의 전환점을 맞
게 된다. 노참사에게 몸을 빼앗기기 싫어서 울부짖던 올순이 오빠를
살리기 위해 당당하게 김문제에게 자신의 몸을 흥정하러 가게 된 것
이다. 그녀의 이러한 행동은 모든 것을 빼앗긴 그들 가족이 마지막까
지 지켜낸 것이 그녀의 몸밖에 없었기 때문이다. 그녀는 이 사건 이
후 현실을 극복하려는 적극적 모습으로 변화하는데, 나약하고 의존
적이며 얌전하던 예전의 자신을 버리고 자신의 몸을 사회적으로 재
구성한 것이다.[12] 이는 여성의 몸이 실제로 여성을 억압하는 것을 보
여주는 것으로 그 억압적 요소를 제거함으로써 이를 극복하게 된
다.[13]

> 을순의 얼굴에는 늠름한 장부의 빛이 돌았다. 그의 눈물과 여자다운
> 얌전은 다 스러지고 말았다. 그는 머리채를 머리에 휘어 둘러 감고 수건
> 으로 질끈 머리를 동여 눈썹 위 이마 전체를 가리워 버렸다. …(중략)…
> "나도 오빠를 따라갈 테야요. 나도 오빠와 함께 우리 원수를 갚아 보렵
> 니다. 오빠가 당한 모든 고생은 다 나 때문이었고 또 오빠의 원수는 다

---

12 박훈하, 『몸의 역사와 문학』, 태학사, 2002, 18~19쪽.
13 장필화, 『여성·몸·성』, 또 하나의 문화, 1999, 207쪽.

내 원수입니다. 나도 오빠를 따라서 마적이 되든지, 혁명당에 들든지 오
빠 따라갈테야요!"하였다.(위의 책, 249~252쪽.)

　하지만 삼봉의 투쟁 때문에 ○○성 정부에서는 한인고용법이 새로
생기고, 그로 인해 조선인 거의 대부분이 지금까지 구축한 논밭에서
쫓겨나거나 중국인의 농노가 되었다. 삼봉은 다시 한 번 위기를 맞게
되는데 이 위기는 지금까지와는 전혀 다른 성격으로 자기와 가족뿐
만이 아니라 만주에 온 조선인 모두의 문제이다. 결국 삼봉은 자신이
조선사람이라는 생각을 먼저하고 개인을 넘어 전 민족적으로 이 문
제를 해결해야 된다는 결론을 내리게 된다. 부당한 억압과 차별에 당
당히 맞선 용기와 투지는 지배자에게는 범죄자로 분류될지 모르지만
억압받는 자들에게는 지도자가 될 수 있음을 깨달았기 때문이다. 그
는 이제, 한 가족의 가장에서 벗어나 세상에서 밀려난 사람들의 지도
자가 되기 위해 투쟁의 선봉에 선다. 민족의 고난에 대해 관심을 갖
는 것은 도의원인 노참사도, 구장인 김문제도, 통역사인 박유병도 아
니다. 그것은 그들에게서 끊임없이 억압당하고 무시당한 삼봉이다.
그에게는 노참사나 김문제와 같은 권력도, 박유병과 같은 기득권도,
장재철이나 유정석과 같은 지식은 없지만 오직 자신 스스로 고난과
함정을 해치면서 도달한 깨달음이 있기 때문이다. 삼봉은 처음에는
가족의 원수를 갚아야 하겠다는 신념으로 투쟁을 시작했지만 곧 그
의 투쟁은 개인의 원수 갚음을 넘어서게 된다.

　"오, 개인을 넘어서, 오, 크게 동지를 모아서 큰 단체를 이루어 가지
고 전민족적으로 문제를 해결해야된다는 말이다!"

하고 삼봉이는 벌떡 일어나 앉았다.

삼봉의 이 해답은 유정석이가 의미한 것과는 전혀 딴 것인지 모른다. 유정석이는 삼봉에게 아마, 삼봉이가,

"오 개인을 넘어서 오, 전세계의 무산 대중이 합해서……"라고 깨닫기를 바랐을 것이다.

그러나 김삼봉의 생각은 '조선 사람'이하는 것을 벗어 날 때가 되지 못한 것이었다. 혹은 이것이 다음 걸음을 밟는데 반드시 먼저 밟아야 할 계단일는지도 모른다.

"오, 나는 내 길을 찾았다!"

하고 삼봉은 곁에서 곤하게 자는 동지를 돌아보았다.(위의 책, 261쪽.)

삼봉의 깨달음 못지않게 을순도 여성이라는 억압적 요소를 극복하고 새롭게 다시 태어나는 모습을 보여주었다. 이것은 이들 남매가 가난하지만 비굴하지 않게, 어떠한 순간에도 가족 간의 사랑을 바탕으로 인간으로서의 자존심을 잃지 않는 주체적 인물로 성장했기 때문에 가능했다.

그러나 삼봉이에게 물어 보면, 그 어머니의 관념과도 딴관념이었다. 첫째로, 누이동생을 남의 첩으로 준다는 것은 더 말할 수 없는 수욕이었고, 둘째로, 먹고 입을 것으로 말하면, 자기의 주먹이 든든한 동안 걱정이 없는가 싶다.(위의 책, 160쪽.)

어디서 그 소리가 나왔을까. 어디서 그 비둘기 같은 가슴 속에서, 어디서 그 앙상이 나왔을까. 거지 같은 신세에 있으면서 어디서, 돈 천 원을 개통같이 팽개를 치는 기운이 나왔을까. 노참사는 지금 당하는 일이 도무지 꿈 같았다. 결코 있을 수 없는 일이 있는 것만 같았다.(위의 책, 179쪽.)

삼봉이는 유정석이가 자기를 동등으로 같은 친구로 대우해 주는 것
이 기쁘고 자기도 남에게 존경을 받을 만한 어른이 되었다는 자존심의
쾌감을 맛보았다.(위의 책, 224쪽.)

이들이 수많은 고난을 극복하고 인간적으로 성장하는 과정은 우리
에게 문학이 인간에 대한 해명이라는 본질을 잘 설명해준다. 그 해명
은 인간의 본질, 가치 등 인간다움에 관여하는 모든 문제와 관련되는
것으로 인간다움이란 권력이나 지식에서 나오는 것이 아니라 인격적
으로 성장하여 인간의 본질을 증명하는 것이기 때문이다.[14] 또한 이
작품의 논의의 초점이 일본제국주의의 횡포보다는 내부의 부정적 인
물인 노참사, 김문제, 박유병 등으로 향하는 것은 작가가 '객관화된
민족주의'을 추구하고 있기 때문이다.[15] 이것은 이 작품 자체가 이러
한 인물들의 악행을 객관적으로 서술하고 그 비판을 통해 민족적 자
각을 촉구하고자 한 의도로 창작되었기 때문이다. 하지만 1930년대
혼란한 사회상과 농촌 파멸의 원인을 식민지라는 큰 틀이 아닌 민족
과 개인의 내부적 문제로 인식하고 해결하고자 하는 작가의 역사의
식은 그가 비난받게 되는 결정적 이유가 되고 있다.

4. 나가며

문학은 어떤 공동체가 지니고 있는 삶의 방식을 형상화한 것이라

---

14 김대행, 「국문학의 문화론적 시각을 위하여」, 『국문학과 문화』, 월인, 2001, 16쪽.
15 오양호, 『만주이민문학연구』, 문예출판사, 2007, 96쪽.

는 점에서 문화가 된다.[16] 작가가 밝히고 있듯이 〈군상〉은 1930년대
의 조선의 기록이다. 사상과 이념에 눈을 떠가는 주인공들의 모습과
세계를 넘나드는 주인공들의 애정 행각, 굶주림에 지친 주인공들의
처절한 생존과 유랑 등이 모두 동시대에 나타난 각기 다른 삶의 모습
들인 것이다. 그러므로 1930년대 삶을 사실적으로 형상화한 이 작품
을 문화론적 관점에서 살펴보는 것은 의미 있는 논의이다. 또한 이러
한 논의를 통해 〈군상〉이 지닌 이광수 작품으로서의 문학적 의의는
물론 1930년대 초의 소설사적 가치까지도 생각해 볼 수 있었다.

　먼저, 〈혁명가의 아내〉에서는 사회주의를 배경으로 인간 군상의
허위성과 기만성에서 나오는 아이러니와 풍자를 확인하였다. 그러나
그 대상은 사회주의 그 자체가 아니라 인간들이다. 실패한 사회주의
자인 공산과 사회주의 사상을 피상적으로만 이해한 정희를 통하여
사회주의 사상을 제대로 이해하지 못하고 허상에 사로 잡혀 자신들
의 특권만을 주장할 뿐 의무에는 관심이 없었던 사람들을 비판하는
것이다. 다음으로, 〈사랑의 다각형〉에서는 신여성이라는 권력을 가
지고 자유연애를 향유했지만 자신의 정체성과 의무를 간과한 주인공
을 통해 자유연애가 영원한 행복을 보장하지 않음을 확인하였다. 또
한 자유연애를 구도덕에 대한 반감의 표출로 단순하게 이해하고 향
락과 불륜, 퇴폐로 받아들였던 이들은 모두 자유연애의 피해자가 될
수밖에 없음을 보여주면서 물질문명으로 타락한 당시의 자유연애와
애정의 행태를 비판하고 있다. 마지막으로, 〈삼봉이네 집〉에서는 고
난을 극복하고 인간적으로 성장하는 주인공의 모습을 통해 문학이

---

16 김대행, 『문학교육론』, 서울대출판부, 1999, 57쪽.

인간에 대한 해명이라는 본질을 확인하였다. 인간다움이란 권력이나 지식에서 나오는 것이 아니라 인격적으로 성장하여 인간의 본질을 증명하는 것으로 인간의 존엄을 인정하며, 인간성을 찾아가는 데 있기 때문이다. 또한 작품의 비판적 시선이 일본제국주의가 아닌 내부의 부정적 인물로 향했던 것은 작가가 객관화된 민족주의를 추구하고 있음을 보여주는 것이다. 그러므로 부정적 인물의 척결을 통해 1930년대 농촌 파멸의 문제를 해결하고자 하는 작가의 소박한 역사의식은 그를 비판받게 하는 이유가 되었다.

이 작품의 문학적 성과는 직접적인 계몽성의 탈피와 더불어 예술성의 지향에 있을 것이다. 또한 〈삼봉이네 집〉의 경우 본격적 농민 이주 소설의 효시로서 1930년대 농민들의 어려운 현실을 형상화하면서 인물들의 성격까지도 생동감 있게 드러내고 있다. 특히 여성이라는 억압적 요소를 극복하고 적극적으로 현실에 대응하는 주체적 인물로 을순을 형상화한 것은 이 작품의 가장 커다란 성과일 것이다.

자아의 각성과 주체의 확립
- 강경애의 〈인간문제〉론

1. 들어가며

　1930년대 대표적 리얼리즘 작가인 강경애의 〈인간문제〉는 1934년 8월 1일부터 12월 22일까지 120회에 걸쳐 동아일보에 연재되었다. 이 작품은 일제강점기를 시대적 배경으로 하여 대지주와 농민, 자본가와 노동자의 대립 구조 속에서 주인공들의 의식 변화 과정을 공간의 이동에 따라 형상화했다. 또한 식민지 사회 구조 속에서 농민과 도시 빈민 등 하층민들이 어떻게 철저하게 고통 받고 몰락해 가는지 그들의 피폐한 삶을 통해 극명하게 고발하고 있다. 특히 노동 현장의 폭 넓고, 다양한 묘사는 우리 문학사 최초의 것으로 다른 시기, 다른 소설에서 찾아보기 어려운 구체성과 현실성을 지닌 것으로 높은 평가를 받고 있다.[1]

　강경애의 〈인간문제〉는 용연을 중심으로 한 농촌소설과 인천을 중심으로 한 노동자 소설로 내용과 성격이 확연히 구별되어 나타나고

---

1 이상경, 『문학에서의 성과 계급』, 건국대학교 출판부, 1997, 109쪽.

있다. 먼저, '전설의 공간 원소'에서는 우리나라 전역에 무수하게 많
이 퍼져 있는 '장자 늪 전설'의 특징, '원소의 전설'을 작품 서두에 놓
은 이유와 그 상징적 의미에 대해 살펴볼 것이다. 원소 부분은 서두
에만 잠깐 나타나고 있지만 작품 끝까지 주인공들은 물론 독자까지
도 원소의 전설에서 벗어날 수 없게 하는 역할을 하고 있다. 원소는
용연 사람들에게는 예시와 구원의 상징으로 나타나고 있는 것이다.
다음으로, '고난의 공간 용연'에서는 용연에서 고통 받던 선비와 첫
째의 삶을 통해 식민지 사회 구조 속에서 농민들이 지주와 대립하다
몰락하여, 집과 고향을 잃고 도시로 탈출해 가는 과정을 살펴볼 것이
다. 용연이라는 공간은 봉건적이고, 유교적이며, 폐쇄적 공간이다.
용연을 물질적, 정신적으로 지배하는 지주이자 면장인 덕호는 마을
사람들에게 자신의 품을 떠나서는 살 수 없으며, 자신은 이들에게 굉
장한 은혜를 베풀고 있음을 쉬지 않고 주입시킨다. 이러한 상황에서
마을 사람들은 덕호를 거역하는 것은 인간의 도리가 아니라는 생각
에 스스로 빠져들게 된다. 그러면서 용연은 더욱더 폐쇄적 공간이 되
어 가는데 첫째와 선비, 간난이 등 소수만이 용연에서 탈출하게 된
다. 마지막으로, '각성의 공간' 인천에서는 농촌의 가난과 지주의 학
대를 피해 도시로 온 첫째와 선비가 동료와 연대를 통해 거대 자본과
투쟁하면서 자신의 위치와 사회구조를 이해하고 자신들의 문제는 스
스로 해결해야 한다는 것을 깨닫게 된다. 첫째의 주체가 확립되고,
선비의 자아가 각성하는 공간 인천은 이 작품에서 매우 사실적이고
근대화된 공간으로 제시되고 있다. 1833년 인천항의 개항과 1901년
경인선의 개통으로 교통과 물류의 중심지로 자리매김하게 된 인천은
항구도시, 공업도시, 상업도시로 빠르게 변모하면서 노동자계층이

다른 도시보다 일찍 형성되어 조선의 심장이자 노동자의 도시가 되었으며 이러한 두터운 노동자층의 형성은 1930년대의 적색노동조합 운동과 맞물려 활발한 노동운동으로 이어지게 되었다. 〈인간문제〉는 이러한 인천의 변화를 포착하면서 주로 노동자들의 삶에 맞추어 인천을 그리고 있다.

〈인간문제〉는 노동자의 의식적, 조직적 성장과정을 관념적, 도식적이 아닌 현실적, 구체적 방법으로 뛰어나게 형상화한 것으로 그 문학사적 의의를 인정받은 작품이다. 또한 이 작품이 기존 노동가와 자본가의 이분법적 대립이라는 틀에서 벗어날 수 있었던 것은 첫째를 노동 운동으로 이끄는 신철이라는 지식인 계급의 역할과 한계를 구체적으로 형상화하면서 가능해졌다. 하지만 노동자 계급이 역사적 주체가 되는 것을 확인했다는 긍정적 평가에도 불구하고, 신철이라는 지식인 계급의 전향과 배신이라는 예정된 결론 속에서 노동자 의식을 도출하고 있다는 점에서 기존의 노동소설의 한계에서 벗어나지 못한다는 평가 또한 받고 있다.[2] 그러므로 본고에서는 이러한 한계를 넘어 주인공들이 극한 상황에서 불의와 타협한 사실을 비난하기보다 첫째와 신철이 대조적인 삶을 살 수밖에 없었던 시대적 상황을 통해 인간 존재의 비극성을 규명하고, 작품의 의의를 밝혀내고자 한다.

2. 전설의 공간, 원소

인간의 삶에서 발생하는 다양한 일들 가운데, 사람들의 마음을 극

---

2 류찬열, 「30년대 이후 노동소설의 전개와 새로운 노동소설의 전망」, 『어문론집』 33, 2005.6, 127쪽.

도로 긴장하게 하는 것 중 하나가 홍수이다. 홍수는 대자연의 엄청난 변화로, 한때 기고만장하던 인간을 한없이 초라하게 한다. 따라서 각 시대와 각 지역의 크고 작은 홍수와 관련된 경험들은 매우 흥미로운 이야기가 되어 다양하게 전승되고 있다.[3] 이 작품은 원소라는 못에 얽힌 전설로 시작하고 있다. 이 부분은 얼마 안 되는 짧은 부분이지만 작품의 서두에 등장하여 작품의 끝까지 그 의미를 되새기게 하면서 주인공들을 위로해 주는 상징적 역할을 하고 있다. 홍수화소는 설화 가운데서 큰 물, 큰 비, 해일, 소나기로 나타나며 그 범위도 국지적인 것에서 세계적인 것까지 다양하다. 그러나 범위가 국지적이든 세계적이든 간에 인간이 그것을 자신이 몸담고 있는 세상의 침수로 체험하고, 인지하였던 점은 다를 바 없다. 그리고 그것이 세상의 종말과 새로운 시작의 분기로 인식되었음도 동일하다. 이렇게 홍수의 상징은 종말과 동시에 재생을 함의하고 있다.[4] 설화 속의 홍수는 신이 인간에 내리는 응징이자 심판의 의미로 받아들여졌으므로, 어떤 개인 혹은 집단의 악행에 대한 징벌의 표상으로 발생하게 되는 것이다.

여기에 나오는 '원소의 전설'과 우리나라 전역에 무수하게 많이 퍼져있는 '장자 늪 전설'과는 상당 부분 차이가 있는데 이것은 작자의 의도에 의해 변용된 것으로 보인다. 우선, 이들의 공통점으로는 인색한 큰 부자가 나오고, 그들이 홍수로 몰락한다는 것이다. 차이점으로는 장자 늪 전설에는 선인으로 며느리가 나와 도사에 의해 구제의 기

---

3 박정세, 「한국 홍수 설화의 유형과 특성」, 『신학논단』 23, 1995, 219쪽.
4 천혜숙, 「홍수설화의 신화학적 조명」, 『민속학연구』 1, 1989, 58~59쪽.

회를 얻지만 금기를 어겨 화석이 된 반면에, 원소의 전설에서는 선인의 역할을 하는 사람이 나오지 않기에 구제도 없다. 또 '장자 늪 전설'에서는 구걸을 온 도사에게 장자가 두엄을 주는 것으로 끝나지만, 원소의 전설에서는 장자첨지가 관의 힘을 빌려 농민들을 모두 잡아가게 하고 관가는 또한 무수한 악형을 가하고, 또 죽이거나 멀리 쫓아 버리는 등 악랄한 모습을 보인다. 장자에 대한 징벌도 장자 늪 전설에서는 부처님이 내리는 천벌의 성격이 강하지만, 원소의 전설에서는 마을 사람들의 눈물과 원망이 모여 집터가 하룻밤 새에 큰 못으로 변하는 것으로 마을 사람들의 응징의 성격이 강하다. 작가가 장자 늪 전설의 내용을 변형시켜 원소의 전설을 만들면서 그 주인공인 장자첨지와 덕호를 비슷하게 형상화하여 독자들에게 이들의 결말을 예시하고 있다.

〈인간문제〉 안에서 원소가 나온 장면은 모두 다섯 장면이다. 첫 번째, 첫째가 선배를 만나 싱아를 빼앗아 먹고, 선비에게 사랑의 감정을 처음 느끼는 장면으로, 첫째와 선비가 인천에서 다시 만나게 되는 것을 암시하는 장면이다. 두 번째, 신철이 선비를 만나기 위해 옥점을 교묘히 따돌리고 원소로 찾아가는 장면과, 신철이가 용연을 떠나기 직전 선비를 생각하며 원소에서 세수를 하던 장면으로 이 부분 역시 신철이가 전향을 해 가는 과정에서 점점 선비에 대한 회상이 줄고 옥점에 대한 회상이 늘어나면서 떠올리는 상징적인 장면들로 신철의 전향을 암시한다. 네 번째, 첫째가 주재소에 끌려갔다 돌아와 밭을 떼이고 원소의 푸른 물을 들여다보며, 그 옛날의 농민들도 자기와 같은 그런 공경에 빠졌으나 살아남았던 것을 기억하는 부분이다. 그리고 마지막으로 신철이가 전향하기 직전 그의 머리에 떠나지 않고 있

는 것은 선비가 아니라 옥점임을 깨닫고 자신의 한계를 인정할 때 선
비와 함께 원소를 떠올리게 된다.

원소는 종말과 함께 재생을 의미한다.[5] 즉 그것은 마을 사람들이
악행을 일삼는 덕호의 몰락과 함께 자신들의 새로운 시작을 믿는다
는 것을 말한다. 그 옛날, 사람들의 눈물이 모여 장자첩지의 집을 몰
락시켰듯이 하층민의 힘이 모인다면 장자첩지와 같은 지주나 거대자
본에 맞서 훌륭히 싸워낼 수 있음을 의미하는 것이다. 원소의 전설은
작품의 중요한 고비마다 주인공들을 위로하고 희망을 주기에 그들에
게 좌절하지 않고 끝까지 맞서 싸울 힘을 주고 있다. 억압받는 사람
들은 침묵하고 있지만 그 사실을 망각하고 있지 않기에 "다 죽은 듯
하건만 새움이 파랗게 돋아나는 늙은 버드나무"처럼 생명력이 있는
것이다. 원소의 전설은 끊임없이 이 사실을 사람들에게 상기시키는
역할을 하고 있다.

3. 고난의 공간, 용연

선비의 아버지는 덕호의 매질이 원인이 되어 죽는다. 하지만 그는
죽는 순간까지 덕호를 원망하지 않고 오히려 그를 두둔하기까지 한
다. 그는 덕호를 부모처럼 여기고 있다. 그렇기 때문에 덕호의 말을
듣지 않는 것은 부모의 뜻을 어기는 것이라고 믿으면서 자신의 삶을
운명처럼 받아들인다.

덕호는 아들을 얻는다는 이유로 축첩을 일삼고, 자신의 첩이 '월경

---

5 천혜숙, 「홍수설화의 신화학적 조명」, 『민속학연구』 1, 1989, 58쪽.

을 건넜다'고 하여 온동네 사람들을 들볶아대는 인물이다. 그는 마을
사람들에게 잘 여문 옹골찬 조알을 받고, 그들에게는 장리쌀로 쭉정
이가 절반인 조를 내주고, 일 년 동안 농사지은 벼를 베기도 전에 입
도차압(立稻差押)하면서도 큰소리를 친다. 이러한 덕호의 악행은 마
을 사람들에게 묵인되는 것처럼 보이지만 그들이 부르는 노래 속에
서는 그 실체가 나타난다.

> 흙이야 돌이야 / 알알이 골라서 / 임 주고 나 먹으려 / 가을 묻었지.
> 눈에 난 가시 같은 / 장재첨지네 / 함석 창고 채우려고 / 가을 묻었나.
>
> 내가 바친 조알은 / 밤알 대추알 / 임의 입에 딩굴딩굴 / 구으는 조알
> 장재첨지 조알은 / 쭉정이 조알 / 내 가슴에 마디마디 / 맺히는 조알
>   (강경애, 《인간문제》, 소담출판사, 2001, 55~56쪽.)

　선비는 아버지를 잃고 곧 어머니까지 병으로 잃은 후, 덕호의 주선
으로 그의 안방 맞은 편, 옥점의 방으로 거처를 옮긴다. 덕호는 말끝
마다 선비에게 "부모자식 새 같은 우리 해… "라고 말하지만 딸인 옥
점이가 돌아오자 바로 선비를 할멈 방으로 쫓아 버리는 이중적인 모
습을 보인다. 이것은 덕호가 말로만 부모 자식이라 했을 뿐 진심으로
선비를 옥점과 같은 자기 자식이라고 생각하지 않고 있음을 나타낸
다. 그는 후에 선비를 성적으로 유린하면서도 선비에게 자신을 아부
지라고 부르라고 하는 비도덕적인 모습을 보인다.
　전통적 가족주의에서 가족 구성원은 자율적이고 독립적인 개별자
로 존재하는 것이 아니라 다른 가족 구성원과의 관계 속에서 위치를
부여받고 공동의 목표를 함께 추구한다. 가족주의적 윤리가 조화롭

게 공동체를 지탱하고 구성원간의 관계를 위계적으로 조직하는 장유유서(長幼有序)의 원칙에 의해 구성원의 존경을 받는, 내부의 연장자가 곧 공동체의 인도자가 되어 전 영역을 관장한다. 개별주체는 공동체의 가치규범에 완전히 동일시되고 자신의 욕망도 공동체 안에서 합당한 방식으로 추구한다. 그러므로 공동체를 관장하는 내부의 연장자에게 갈등, 대립하는 것은 있을 수 없다. 덕호는 말끝마다 자신은 "마을 사람들을 친 자식들처럼 사랑하는 부모"와 같다며, 자신이 스스로 공동체의 인도자가 되어 마을 사람들이 자신에게 대립하거나 반항할 수 없게 한다. 그는 지주로서 마을의 경제권을 쥐고, 면장으로 무소불위의 권력을 갖으며, 그들을 부모와 같이 보살펴 준다는 명목으로 가장으로서의 권위마저도 손에 넣은 채 마을 사람들을 끊임없이 착취하고 유린한다. 하지만 오랜 시간 덕호에게 동화되어온 마을 사람들은 이러한 봉건적 폐쇄성에 스스로를 가두고 저항하려 하지 않는다. 그들은 덕호의 말대로 자신들이 그의 곁을 떠나거나 그의 뜻을 거스른다면 부모의 은공을 몰라보는 배은망덕한 인간이 된다고 믿고 있는 것이다. 이러한 이들의 봉건적 사고가 자신의 몫을 빼앗기고도 억울하다고만 생각할 뿐 저항을 할 줄 모르는 수동적이고 순종적인 인간을 만들어 낸다.

　"배은망덕이란 말이 이런 것을 두고 이름일세 그려, 허 거정 나두 손두 없는 사람이라 저희들을 내 친자식들과 같이 사랑한단 말이어, 어제만 하더라도 내가 생각해서 벼 한 섬을 거저 주지 않았나. 그런데 그놈이 그 은공을 몰라본단 말이어, 하필 올뿐인가, 작년, 재작년에도 그래왔지"(위의 책, 119쪽.)

집은 휴식과 안락이라는 긍정적인 의미를 지닌다. 즉 내부공간의
내밀함으로 가치를 가장 확실히 지니고 있는 존재로서, 인간 최초의
세계이자 하나의 우주로서 하늘의 뇌우와 삶의 뇌우를 거치면서도
인간을 붙잡아는 주는 곳이다.[6] 또한 집은 외부 공간에서 끊임없이
떠돌았던 인간을 포용하여 안락하게 해줄 수 있는 원초적 공간이다.
하지만 선비는 덕호의 성적 유린과 덕호 처의 학대 그리고 신철과의
관계를 수상히 여기는 옥점의 의심에서 벗어나 쉴 수 있는 자신 만의
공간, 집이 없다. 그는 어머니를 잃은 후 덕호의 성화에 못 이겨 그의
집으로 옮기면서 집의 비호를 받지 못하는 처지가 되었다. 그녀는 덕
호의 집을 벗어나겠다고 결심하지만 마땅히 갈 곳이 없어 번번이 포
기하게 된다. 선비가 현재 머무르고 있는 덕호의 집은 선비에게 있어
비호성, 내밀성, 안정성 등을 의미하는 따뜻한 공간이 아니라 매 맞
고 쫓겨나면서도 오히려 안도하는 공포의 공간이다. 그러므로 선비
는 덕호의 집에 머무르면서 언제나 어머니와 단둘이 살던 초가집을
그리워했다. 결국 선비는 학대받고, 유린 받았던 공포의 공간인 덕호
의 집을 떠나게 되면서, 그에게 고통을 주는 덕호의 가족에게서 벗어
나게 되고, 자신의 운명을 개척할 수 있는 독립적 주체로 설 수 있는
전기를 마련하게 된다.

> "선비는 언제부터인지는 알 수 없으나 이렇게 맥을 놓으면 몸이 오실
> 오실 추우면서도 이마에는 담이 척척하게 흐르곤 하였다. 이런 때마다
> 그는 따뜻한 온돌방이 그리웠다. 그의 어머니와 단둘이 살던 그 초가!

---

6 바슐라르(곽광수), 『공간의 시학』, 동문선, 2003.

> 나무 반 단만 넣으면 잘잘 끓던 그 아랫목! 그 아랫목에서 이불을 막쓰
> 고 땀을 푹 내었으면 그의 몸은 가뿐해질 것 같았다.(위의 책, 287쪽.)

첫째는 자신의 땅에 농사지어 보는 것이 소원인 술 잘 먹고 사람
잘 치는 동네 청년이지만, 거지이며 결손 인간인 이서방을 친부모와
같이 따르고, 이웃의 처녀인 선비를 위하는 따뜻한 마음을 지니고 있
다. 그는 담배 한 모금 마음 놓고 먹지 못하고 애써 지은 쌀알을 덕호
네 함석 창고에 들여보낼 생각을 하자 감정이 폭발한다. 그는 마을
사람들 중 유일하게 덕호에게 반기를 들지만 경찰서에 잡혀가고 만
다. 이후 그는 자기와 같은 처지인 마을 사람들이 오히려 자기를 원
망하자 덕호에게 욕먹는 것보다도, 순사에게 밤새워 매 맞는 것보다
도 더한 배신감을 느낀다. 첫째는 이러한 사건들을 겪으면서 가진 자
의 횡포를 정당화하는 법에 의혹을 갖기 시작한다. 또한 첫째에게도
집은 선비와 마찬가지로 휴식과 안락이라는 긍정적 의미의 공간이
아니었다. 그의 집은 생계를 위해 매음을 하는 어머니에 의해 낯선
사내들이 드나들고, 그들의 싸움으로 잠마저 제대로 잘 수 없는 폭력
의 공간이다. 또한 어머니가 밥이라면 배가 터지도록 먹고 싶을 정도
의 가난과 굶주림의 공간이었다. 이렇듯 선비와 첫째에게는 긍정적
의미의 집이 존재하지 않는다. 그러므로 첫째는 애를 쓰면 쓸수록 신
성불가침의 법에 걸려 들어갈 수밖에 없게 하는 덕호의 영향력을 피
해, 선비는 자신을 성적으로 유린하는 덕호의 악행을 피해 각각 용연
동네를 떠나게 되는 것이다.

4. 자아 각성과 주체 확립의 공간, 인천

신철은 경성제국대학 법학과에 다니는 지식인으로 덕호의 딸인 옥점이 사랑하는 남자이다. 그는 옥점의 집에서 우연히 아름다운 선비의 모습을 보고 호감을 느꼈지만 남의 집에서 일하는 그녀와 교제하고자 하는 마음은 선뜻 들지 않는 이중적인 모습을 보인다. 그는 자신의 아버지가 경제적 이유로 덕호의 딸인 옥점과 결혼을 서두르자 반발하여 집을 나온다. 신철은 집을 나와 잠깐 동안 서울에서 전락한 인텔리의 전형인 그의 친구들과 생활한다. 결국 신철은 진정한 민중의 지도자가 될 수 없는 나약하고 기회주의적인 그들의 모습을 떨쳐버리고 노동 운동가가 되기 위해 인천으로 떠난다.

인천에서 신철은 부두에 나가 노동을 하지만 그의 육체는 힘든 노동을 견뎌내지 못한다. 그는 책상에서 『자본론』을 통하여 읽은 잉여 노동의 착취보다 직접 당하는 잉여 노동의 착취가 얼마나 무서운가를 깨달은 채, 노동의 현장에서 물러나 첫 번째 방향 전환을 한다. 그는 우연히 용연에서 마디가 굵고 손톱이 밉게 갈린 손을 본 적 있는데, 그것은 선비의 손이었다. 하지만 신철은 아무리 일을 한들 저렇게까지 손톱이 밉게 갈리고 마디가 굵어질 수 있냐는 생각을 했다. 그것은 신철의 세계에서는 아무리 생각해도 상상할 수 없는 하층민, 노동자의 삶인 것이다. 그 후 그는 노동의 현장에서 만난 첫째의 손과 자신의 손을 비교하면서 무쇠 같은 팔뚝을 가진 첫째를 부러워하고, 자기가 지금까지 배웠다는 것이 자기로 하여금 이렇게 연약한 몸과 마음을 가지게 한 것밖에 없음을 부끄러워한다.

하지만 그는 지식인으로서 자신의 한계를 극복하지 못하고 결국

마지막 방향 전향을 하게 된다. 그의 전향은 처음부터 예상된 결과이
다. 그는 서울에서 친구들의 모습을 보면서 자신의 모습을 예감했었
고, 힘든 노동을 견디어내지 못해 노동의 현장에서 뒤로 빠지면서 자
신의 한계를 느꼈었다. 그러나 무엇보다도 그의 전향은 그가 노동 운
동에 뛰어든 이유가 확실한 당위성을 지니지 못하고 있음을 말해준
다. 그는 고문 시험을 준비하면서 지식인으로서 삶을 차근차근 준비
하다가 아버지와 결혼 문제에 대한 갈등을 겪으면서 가출하였다. 또
한 이를 계기로 치열한 고민이나 특별한 사명감 없이 시대적 조류에
휩쓸려 노동 운동에 뛰어들었다. 더구나 그는 순간순간 상황의 변화
에 따라 민첩하게 현실에 적응하는 지식인의 면모를 갖추고 있다. 그
는 용연에서는 선비를 사랑하지만 용연을 떠나 시간이 흐르자 선비
를 잊게 되고, 인천에서는 노동 운동가가 되지만 인천을 떠나 감옥으
로 가자 재빠르게 사상 전환을 하는 모습을 보인다.

  신철은 감옥에서 그의 머리를 절실히 떠나지 않고 있는 사람은 그
가 사랑한다고 믿었던 선비가 아니라 지금의 위기에서 그를 구원해
주고 앞으로의 안락한 삶을 보장해 주는 지주의 딸 옥점임을 깨닫는
다. 신철은 선비를 보면서 느꼈던 감정도, 노동자들을 보면서 느꼈던
감정도 허위요, 가장이었을 뿐 자신이 순순하게 그들과 같을 수 없음
을 시인한 것이다. 그는 실패한 노동 운동가로서의 삶을 인정하고 원
래 자신의 삶으로 돌아갈 것을 결심한다. 신철의 이중성은 그의 결혼
으로, 그의 소극성은 그의 순응주의와 출세주의로 폭로되고 만다.

  아버지와 면회를 하고 돌아온 신철이는 감방문 닫기는 소리를 가슴
이 울리게 느끼며 맥없이 주저앉았다. 그가 처음으로 이 방에 들어올 때

저문 닫기를 소리란 기가 막히게 거의 자존심을 저상시켰으며 반면에 비창한 결심까지 나도록 반발력을 돋워 주었는데, 오늘의 저 닫기는 소리는 그의 자존심이 이때까지 허위요 가장이었다는 것을 느끼게 하였다. 그는 머리를 움켜쥐고 얼굴을 찡그렸다.(위의 책, 289쪽.)

선비는 고향 용연을 떠나 친구 간난이가 있는 인천의 대동방적 공장에 들어가게 된다.[7] 선비와 간난이가 취업한 인천의 대동방적 공장은 1930년대 일제의 대규모 독점 자본이 유입되면서 세워진 대표적인 식민지 수탈의 공산으로 상징적인 의미가 있다. 선비가 들어간 방적 공장에서는 여공들의 사숙을 허가하지 않고 기숙사에 수용하는데, 기숙사는 여공들을 효율적으로 통제하여 생산력을 높이기 위한 수단으로 운영된다. 공장에서는 여공들에게 기숙사 생활을 시키면서, 또한 저녁에는 야학에 참여시키고, 삼 주에 한 번 쉬는 일요일에는 운동장에서 운동과 유희를 시킨다. 이것은 여공들에게 사적 시간을 전혀 허용하지 않기 위한 것으로 감독들은 취침 시간에도 잠자고 있는 여공들의 방문을 열고, 이불까지 벗기는 등 이들을 완벽하게 통제하고 있다. 공장과 군대는 시간을 계산하고 통제하는 규율을 통해 근대적인 주체를 생산한다. 또한 공장은 수용소나 감옥과 마찬가지로 사회의 다른 영역과 단절된 노동자들의 행동을 강제하고 통제할

---

7 신영숙, 「일제 식민지하의 변화된 여성의 삶」, 『우리 여성의 역사』, 청년사, 1999, 318쪽.
　여성노동자의 수는 1922년 20.4%이던 것이 지속적으로 증가하여 1930년에는 33.7% 1934년 당시에는 34.2%의 비율을 보여준다. 여공 중 방직공장에는 50.27%, 화학공업 23.8%, 식료품 공업에는 20.32%가 종사하였다. 특히 방직업의 경우 전체 방직 노동직의 80~90%가 여성이었다.

수 있는 공간이다. 그러므로 노동자들의 노동을 자본가들이 바라는
방식대로 강제함으로써 그 결과를 착취, 채취할 수 있다.[8] 자본가들
은 인간의 심리적, 인성적 측면을 배제하고 인간의 기계화에 치중하
고 있다. 식민 지배 아래 공장 노동자의 삶은 감시와 억압으로 얼룩
져 있으며 노동에 의해 혹사당하고 있는 것이다.

> 공장 남쪽 벽은 전부가 유리로 되었으며, 천장까지도 유리를 달았다.
> 그리고 제사기도 두 줄씩 마주 놓고 그 가운데는 길을 내었으며, 그리로
> 는 감독들이 왔다갔다하고 있다. 서울서는 감독이 다섯 사람이었는데,
> 이 곳은 삼십 명은 되는 모양이다.(위의 책, 242쪽.)

악덕 지주인 덕호가 쭉정이 조알을 장리쌀로 마을 사람들에게 내
놓은 것처럼 공장에서도 도저히 먹을 수 없는 안남미로 만든 밥과 비
린내 나는 새우젓을 반찬으로 노동자들에게 주고 있다. 이것은 지주
나 자본가나 모두 인간으로서 최소한의 기본인 먹는 것까지도 철저
한 경제논리로 인식하고 있음을 보여준다. 또한 지주인 덕호가 신천
댁과 간난이, 선비 등을 성적으로 유린한 것과 같이 공장 내에서도
수많은 순진한 처녀들이 감독에게 성적으로 유린당하고 있다. 이러
한 성적 유린은 이들의 지배를 좀 더 효율적으로 만들어 여성 노동자
들을 정신적 육체적으로 지배하는 강력한 영향력을 발휘하게 된다.

> "선비야! 그런 것을 몰라서는 안 된다. 저 봐라! 지금 야근까지 시키
> 면서도 우리들에게 안남미 밥만 먹이고, 저금이니 저축이니 하는 그럴

8 이진경, 『근대적 시·공간의 탄생』, 푸른숲, 2003, 262쪽.

듯한 수작을 하여 우리들을 속여서 돈 한 푼 우리 손에 쥐어 보지 못하게 하고 죽도록 우리들을 일만 시키자는 것이란다. 여공의 장래를 잘 지도하기 위하여 외출을 불허한다는 등, 일용품을 공장에서 저가로 배급한다는 등 전혀 자기들의 이익을 표준으로 하고 세운 규칙이란다. 원유회를 한다느니 야학을 한다느니, 또 몸을 튼튼하게 하기 위하여 운동을 시킨다는 것도 그 이상 무엇을 더 빼앗기 위하여 눈 가리고 아웅 하는 수작이란다."(위의 책, 250쪽.)

악덕 지주인 덕호나 거대지본기인 공장이나 소작인과 노동자를 착취하려는 것은 똑같다. 다만 달라진 것은 착취의 대상이었던 간난이와 선비 그리고 첫째가 용연에서는 이와 같은 사실을 몰랐으나 인천에서는 조직화된 노동 운동을 통해 이를 알고, 대항하게 된 것이다. 선비는 수많은 노동자들과 연대하여 싸우지 않으면 안 된다는 것을 깨달으면서 새로운 세상에 눈 뜨게 된다.

"선비야! 우리들을 부리는 감독들과 그들 뒤에 있는 인간들은 덕호보담도 몇 천 배 몇 만 배 더 무서운 인간이란다."(위의 책, 250쪽.)

그 뿐이랴! 마침내는 그에게 정조까지 빼앗기고 울던 자신! 몇 번이나 죽으려고 했던 자기! 얼마나 유치하고 어리석었는가! 그리고 그 덕호를 아버지! 아버지! 하며 부르던 그때의 선비는 어쩐지 지금의 자기와 같지 않았다. 여기까지 생각하니, 이때껏 의문에 붙였던 그의 아버지의 죽음이 얼핏 떠오른다. 옳다! 서분 할멈의 말이 맞았다! 그는 무의식간에 벌떡 일어났다. 그때 손끝이 몹시 아파왔다. 그래서 손끝을 볼에 대며 덕호를 겨우 벗어난 자신은, 또 그보다 더 무서운 인간들에게 붙들려 있다는 것을 강하게 느끼며, 오늘의 선비는 옛날의 선배가 아니라……

고 부르짖고 싶었다.(위의 책, 289쪽.)

　〈인간문제〉에 등장하는 인천의 모습은 공업 도시이면서 노동의 활력이 넘치는 공간이자 근대 자본주의의 모순이라고 할 수 있는, 노동의 문제가 제기되는 문제적 공간으로 표상되고 있다. 개항으로 근대 문물을 받아들인 근대적 공간이자 근대의 모순이 집결되는 공간으로 그려지고 있는 것이다. 근대가 직면한 문제를 근대 자본주의를 넘어서는 방식으로 극복함으로써 새로운 사회를 보여주려 했던 노력의 중심에 인천이라는 도시가 존재하고 있다.[9]

　　인천의 이 새벽만은 노동자의 인천 같다! 각반을 치고 목에 타월을 건 노동자들이 제각기 일터를 찾아가느라 분주하였다. 그리고 타월을 귀밑까지 눌러쓴 부인들은 벤또를 들고 전등불 아래로 희마하게 꼬리를 물고 나타나고 또 나타난다. 나중에 알고보니 이 부인들은 정미소에 다니는 부인들이라고 하였다. …(중략)… 조선의 심장지대인 인천의 이 축항은 전 조선에서 첫손가락에 꼽힐 만큼 그 규모가 크고 또 볼만한 것이었다. 축항에는 몇 천 톤이나 되어 보이는 큰 기선이 뱃전을 부두에 가로 대고 열을 지어 들어서 있었다. 그리고 검은 연기는 뭉실뭉실 굵은 연돌 위로 피어 올라온다. 월미도 저편에 컴컴하게 솟은 섬에는 등대가 허옇게 바라보이고 그 뒤로 수평선이 멀리 그어 있었다.(위의 책, 217쪽, 225쪽.)

　선비는 신궁에 참배를 하러 가다 우연히 첫째와 마주친다. 선비는 용연에서 첫째를 무서워하고 두려워만 했다. 하지만 인천에서 소작

---

9 이현식, 「항구와 공장의 근대성」, 『한국문학연구』 38, 2010.6, 179쪽, 180쪽, 181쪽.

인과 노동자를 착취하려는 지주와 자본가의 실체를 파악한 후, 진짜 두려운 것이 무엇인지 알게 되면서 용연에서의 첫째의 행동을 이해할 수 있게 되었다. 선비는 어디에서 생활하고 있는지조차 모르는 첫째에게 자신이 알고 있는 계급의식을 전해 주기를 희망한다. 그녀는 자신 못지않게 쓰라린 현실에 부대끼었던 첫째가 누구보다도 튼튼하고 무서운 투사가 될 것을 알고 있었기 때문이다. 이들은 용연을 떠나 인천에서 서로를 그리워하며 비로소 연대감을 느끼게 된다.

> 이렇게 생각하고 나니 선비는 첫째를 꼭 만나보고 싶었다. 그래서 무엇보다 먼저 계급의식을 전해 주고 싶었다. 그러면 그는 누구보다도 튼튼한, 그리고 무서운 투사가 될 것 같았다. 그것은 선비가 확실하게는 모르나 그의 과거 생활이 자신의 과거에 비하여 못하지 않는 그런 쓰라린 현실에 부대끼었으리라는 것이다. 그는 아직도 도적질을 하는가? ……지금 생각하니 어째서 그가 도적질을 하게 되었으며, 매음부의 자식이었던 것을 그는 깊이 깨달았다.(위의 책, 288쪽.)

첫째는 인천에서 신철을 만난 후 고통스러웠던 자신의 삶을 되돌아보며, 비참할 수밖에 없었던 사회 원리를 깨닫게 된다. 그는 하루의 임금에 몸뚱이 내지는 생명까지 걸어야 하는 처지였지만 신철과의 만남을 통해 불과 몇 달 만에 용연에서와는 달리 신철에게까지 위압을 주는 존재로 성장한다. 첫째는 "인간이란 그가 속해 있는 계급을 명확히 알아야 하고, 동시에 인간 사회의 역사적 발전을 위하여 투쟁하는 인간이야말로 참다운 인간"이란 신철의 말을 생각하며, 용연에서의 삶을 다시 되풀이하지 않기로 결심한다. 또한 그는 부두 노동자들의 파업을 이끌어 내면서 단결의 힘이 얼마나 위대한가도 깨닫게 된다. 첫째는 용연에서 유일하게 덕호의 부당한 착취에 반기를 들고, 기득권 계층만을 보호하는 법에 대해서 의문을 갖은 자이다. 그리고 그는 결손인간인 이서방을 따르고 자신이 사랑하는 선비를 위하는 따뜻한 인간애를 갖고 있다. 또한 자신의 스승인 신철을 신뢰하고 보호하려는 동지애도 있다. 이러한 첫째의 삶은 봉건적, 패쇄적 공간인 용연에서는 거부되었지만 근대적 공간인 인천에서는 노동 운동가로서 위압감을 발휘하게 된다. 첫째는 자신이 믿고 의지하며, 스승이라고 여겼던 신철이 전향을 하고, M국에 취직하고 돈 많은 계집을 얻었다는 소식을 듣는다. 그는 신철의 전향 이유가 자신들에게는 없는 여유이며 그것이 자신과 신철과의 차이점임을 알게 되면서 비로소 자신이 노동 운동의 선봉에 서야 한다는 사실을 깨닫는다.

> '돈 많은 계집을 얻구, 취직을 하구…….'
> 그렇다.! 신철이는 그만한 여유가 있었다! 그 여유가 그로 항금 전향을 하게 한 게다. 그러나 자신은 어떤가? 과거와 같이, 그리고 현재와 같이 아무런 여유도 없지 않은가? 그러나 신철이는 길이 많다. 신철이와 나와 가른 것이란 여기 있었구나. …(중략)… 이 인간문제! 무엇보다도 이 문제를 해결하지 않으면 안 될 것이다. 인간은 이 문제를 위하여 몇 천만 년을 두고 싸워 왔다. 그러나 아직 이 문제는 풀리지 않고 있지 않은가! 그러면 앞으로 이 당면한 큰 문제를 풀어나갈 인간이 누굴까? (위의 책, 303쪽.)

인천에서 첫째와 선비는 거대 자본에 맞서 투쟁하며 그 과정을 통해 자아의 각성을 이룬다. 그러나 선비는 고된 육체적 노동으로 얻은 병과 노동 운동을 이끌면서 얻은 과로로 그 이상의 단계로 나아가지 못한 채 죽음을 맞는다. 하지만 이러한 선비의 죽음과 신철의 사상 전환은 오히려 첫째를 더 강하게 단련시킨다. 그는 돌아갈 고향이 없고, 물러설 여유가 없는 자신이 바로 인간 문제를 해결할 주체임을 깨닫게 되는 것이다. '원소의 전설'에서 지배 계급을 몰락시킨 주체가 하층민들의 눈물과 분노였던 것과는 달리 현실에서는 노동자의 자각과 분노로 단결된 힘만이 이 사회를 바꿀 수 있다는 사실을 통해 자신의 주체를 확립해 나가는 것이다.

5. 나가며

본고에서는 첫째와 선비 등 주인공들이 동료와의 연대를 통해 거대자본과 투쟁하면서 1930년대 노동자, 농민의 위치와 사회 구조를 이해하고 자신의 문제는 스스로 해결해야 한다는 사실을 깨다는 과정을 지식인 신철의 전향 과정과 대비시켜 논의하였다.

첫째는 용연에서 유일하게 기득권 계층에 저항하고 그들을 보호하는 법에 대해 의문을 가졌던 인물로 덕호의 부당한 착취에 반기를 들은 유일한 자이다. 이러한 첫째의 주체적인 삶은 용연에서는 거부되었지만 인천에서는 노동 운동가로서 위압감을 발휘하게 된다. 하지만 이와 같은 사실을 자각하지 못하고 살아가던 첫째에게 신철의 전향과 선비의 죽음은 자신이 어떤 존재인가를 깨닫게 하는 계기가 된다. 또한 이러한 과정을 통해 첫째와 선비 등 등장인물은 깨우침을 받아야 하는 존재에서 노동 운동을 주도해가는 주체로서 성장하게 된다.

1930년대 지식인이 주도하는 사회에서 계몽의 대상으로, 거대 자본의 소모품으로 전락하던 노동자와 농민들에게 주체적 삶을 확인시키고 각각의 임무와 역할을 부여하는 이 작품은 이러한 특징만으로도 1930년대 우리의 소설사에 있어서 중요한 자리를 차지하게 된다.

박경리 초기소설에 나타난
여성인물의 양가적 특성

1. 들어가며

　박경리 소설에 있어서 여성인물은 〈토지〉의 서희로 완성되었다고 해도 과언이 아닐 것이다. 하지만 서희는 〈토지〉에서 갑자기 등장한 인물은 아니다. 박경리가 〈토지〉를 발표하기 전까지 그 이전의 작품 속에서 등장한 매혹적이면서도 생명력 있는 여성인물이 수 없이 다듬어지고 보완되면서 완성된 것이다. 박경리 초기소설에 나타난 여성인물의 공통점인 생명력은 '운명에 항거하는 강인한 의지가 자신의 삶뿐 아니라 타인의 존엄까지도 지키는 것'으로 규정할 수 있는데, 이것은 단순히 운명에 대한 개인의 태도를 넘어 인간 보편의 가치이자 삶의 본질로 추구되고 있다. 그러므로 이들은 그 자체만으로도 문학적으로 규명할 만한 충분한 가치가 있을 뿐 아니라 박경리 문학 속에서도 여성인물의 변화 양상을 추정할 수 있는 중요한 인물들이다.

　구체적으로는 박경리의 초기 단편, 3부작에서는 자신에게는 생명이 남아있음을 인식하면서 절망적 상황을 운명으로 받아들이고 이에

항거할 것을 다짐하는 〈불신시대〉의 진영, 〈김약국의 딸들〉에서는
냉철한 이성으로 자기 자신뿐 아니라 가족과 주변을 돌보는 둘째인
용빈이 해당된다. 〈김약국의 딸들〉의 경우 육체적 욕망과 물질적 욕
망으로 자식까지 외면하는 자기애를 보여주는 첫째인 용숙, 자기 자
신의 삶 이외에 타인의 삶에 무관심한 채 남들의 입장을 전혀 고려하
지 않고 마음 내키는 대로 살아가다 발광하고 마는 셋째인 용란, 종
교적 귀의를 통해 남에게 피해를 주지 않으려는 극도의 결벽성을 보
이며 자기희생을 스스로에게 강요하다가 결국 죽고 마는 넷째인 용
옥 그리고 아직 인물의 성격이 본격적으로 부각되지 않은 막내 용혜
는 해당하지 않는다.

　또한 박경리 초기소설에서는 생명력 있는 여성인물과 더불어 타인
에 대한 무관심과 삶에 대해 무의지로 일관하는 여성인물의 등장도
주목할 만하다. 이들의 삶은 주동인물의 대척점에서 그들을 자극하
여 숨어있는 삶의 본성을 드러내게 하거나 극단으로 흐르던 그들의
삶을 조율하는 역할을 해내고 있는데 주동 인물들과 대비되는 이들
의 삶을 통해 인물 간의 다양한 조화를 구현하고 문학적 성과를 높이
게 된다. 다만 여기서 다루는 초기의 몇몇 작품만을 가지고 박경리
문학의 여성인물 전체의 특성을 규정한다거나 재단하는 것은 무리가
있음을 전제한다.

2. 운명에 저항하는 여성인물

1) 초기 단편, 3부작에 나타나는 여성인물

박경리는 한국전쟁으로 남편과 아들을 잃고 홀어머니, 딸과 함께 전쟁 후 가장으로서 힘겨운 나날들을 보낸다. 이 시기가 작품의 시간적 배경인 〈불신시대〉(1957.8), 〈영주와 고양이〉(1957.10), 〈암흑시대〉(1958.6~7)는 보통 박경리의 자전적 초기 단편, 3부작이라 불린다. 발표 순서와는 달리 작품의 내용은 〈암흑시대〉, 〈불신시대〉, 〈영주와 고양이〉의 순이며, 연작의 형식을 취하고 있어 함께 읽을 때 작품이나 작가에 대한 이해가 높아진다.

특히 〈암흑시대〉와 〈불신시대〉는 아들의 죽음이라는 동일한 소재를 가지고 쓴 작품으로 아들이 죽을 당시 세상에 대한 주인공의 암흑과도 같은 절망과 아들이 죽고 난 후 세상에 대한 불신에 대해 말하고 있다. 〈암흑시대〉에서는 어린 아들을 엑스레이 한 번 찍어 주지 않고, 피도 준비해 놓지 않은 상태로 뇌수술을 하여 죽음에 이르게 하는 전후의 냉혹한 현실을 보여준다. 〈불신시대〉에서는 헌금에만 관심 있는 성당, 시주에만 관심 있는 절, 주사약의 분량을 속이는 Y병원, 주사를 제대로 놓을 줄 모르는 간호원이 있는 엉터리 S병원, 빈 약병을 파는 H병원 등 온통 불신할 수밖에 없는 전후의 사회현상을 고발하고 있다. 가장 도덕적이어야 할 종교인과 의사들에게까지도 배금주의에 물든 천박하고 위선적인 모습을 발견할 수 있다.

시간의 흐름에 따라 〈암흑시대〉의 순영, 〈불신시대〉의 진영, 〈영주와 고양이〉의 민혜 등 주인공들도 변화하는데 이는 작가의 자전적 모습이기도 하다. 순영이 아직 아들을 잃은 슬픔에서 헤어 나오지 못

하고 있는 반면, 진영은 남편과 아들의 죽음으로 절망했지만 그 끝에
서 자신에게 현실과 운명에 항거할 수 있는 생명이 아직 남았음을 깨
닫는 모습을 보여준다. 또한 민혜는 딸에 대한 애정으로 스스로를 위
로하며, 세월 속에서 상처를 잊고 안정되고 평안하게 살아가기를 희
망하는 모습을 보여준다.

> 괴로운 몸부림을 몇 번이나 치다가 겨우 순영이는 어둠 속에서 일어
> 나 앉았다.
> 명수는 그림자처럼 없어지고 다만 순영이 눈앞에는 헤쳐볼 수 없는
> 어둠만 꽉 차 있었다.
> 순영이는 양 무릎을 모으고 머리를 부여안으며 중얼거린다.
> "엑스레이는 있었다. 엑스레이를 찍었더라면 아이는 숨막히는 저 붕
> 대를 감지 않아도 좋았을 거야. 팔과 다리를 마춰도 하지 않고 살을 베
> 내는 참혹한 짓도 하지 않았을 거야"
> 어둠과 냉기가 순영이의 몸을 감싸기 시작한다.
> 딱때기꾼이 지나간다.
> "딱! 딱! 딱!"(박경리, 〈암흑시대〉, 《불신시대》, 지식산업사, 1987,
> 261~262쪽.)

> 진영의 깎은 듯 고요한 얼굴 위에 두 줄기 눈물이 흘러내리고 있었다.
> 겨울 하늘은 매몰스럽게도 맑다. 잡목 가지에 얹힌 눈이 바람을 타고
> 진영의 외투깃에 날아내리고 있었다.
> "그렇지, 내게는 아직 생명이 남아 있었다. 항거할 수 있는 생명이!"
> 진영은 중얼거리며 잡나무를 휘어잡고 눈 쌓인 언덕을 내려오는 것
> 이다.(박경리, 〈불신시대〉, 《불신시대》, 지식산업사, 1987, 29쪽.)

　민혜는 고양이의 발길에 채여서 굴러가는 호두알을 바라보며 속으로
중얼거리고 있었다.
　"세월아 빨리빨리 가거라. 내 얼굴에 주름살이 지고 내 머리카락이
희게 변하면 나는 그 청승스럽게 목청을 돋우며 외치고 가는 밤거리의
찹쌀떡 장사의 슬픔 모습을 생각하지 않겠다."(박경리, 〈영주와 고양이〉,
《불신시대》, 지식산업사, 1987, 313쪽.)

　박경리 초기 단편, 3부작의 세 가지 요소는 남편의 부재와 가난 그
리고 아들의 죽음이며 결론은 사회에 대한 불신과 절망이었다. 차이
가 있다면 〈불신시대〉의 마지막 장면에서 주인공이 자신에게는 생명
이 남아있음을 인식하면서 절망적 상황을 운명으로 받아들이고 이에
항거할 것을 다짐하는 장면이 나타난다는 것이다. 그런데 이러한 다
짐은 일회성이 아니라 작가의 그 후 작품에서도 일관되게 실현되면
서 작가를 규정하는 하나의 키워드가 된다. 물론 작가는 작품뿐 아니
라 평생 자신의 삶을 통해 우리에게 이를 증명한다. 박경리는 노년에
들어서서 본격적으로 생명·환경사상을 추구하며 작품과 강연, 대담
을 통해 생명의 평등과 생태의 중요성 등을 강조해왔다. 생명사상이
자신의 삶을 긍정하고 생명의 중요성을 인식하는 것에서 시작되는
것은 당연할 것이다. 그러므로 이러한 인식이 시작되는 〈불신시대〉
는 박경리의 초기작 중 가장 주목할 만한 작품이며, 진영 또한 가장
주목할 만한 인물이다.

　2) 〈김약국의 딸들〉에 나타나는 여성인물
　박경리는 〈토지〉라는 대작과 더불어 한국문학사에 한 획을 그은

소설가이다. 이러한 작가의 감수성의 원천이자 끊임없는 예술혼이 집약된 곳은 고향 통영이다. 사람들은 통영 사람들을 만나기 전에, 또는 직접 가보기 전에 그의 작품을 통해 미리 경험하게 된다. 통영 이라는 지역적 특성은 그의 작품을 통하여 우리나라 사람들의 보편 적 정서로 자리 잡게 되는데, 〈김약국의 딸들〉(1962)이 대표적이다. 김약국의 운명과 더불어 딸들의 현재와 미래가 존재하는 통영은 대 한민국의 남단에 위치하지만, 우리 정서의 중심에 존재하고, 작가의 문학적 역량의 정점에 위치하고 있다. 〈김약국의 딸들〉은 작가에게 있어서도 두 가지 중요한 의미를 갖고 있다. 하나는 지금까지 작가가 다루던 작품의 시간적 배경이었던 한국전쟁에서 벗어나 그 이전 시 대를 향하였다는 것이고, 하나는 공간적 배경이었던 서울을 벗어났 다는 것이다. 이러한 사실은 이 작품이 여러 면에서 작가의 초기 작 품들과 〈토지〉를 이어주는 중요한 매개 역할을 하고 있음은 물론 작 가에게 중요한 전환점이 되고 있음을 말해 준다.

십 년 전부터 약국을 그만두고 어장을 경영하고 있으나 여전히 김 약국이라 불리는 성수는 다섯 명의 딸을 두고 있다. 그의 아내인 한 실댁은 딸들을 하늘만 같이 떠받들었지만 큰 딸인 용숙이 과부가 되 면서 딸들의 운명은 그녀의 바람과는 전혀 다르게 전개되고 만다. 둘 째 딸 용빈이 강극에게 말하는 김약국 일가의 역사는 고아, 자살, 살 인, 영아 살해, 과부, 파혼, 아편쟁이, 발광, 근친상간, 익사, 파산 등 세상의 온갖 불행과 불운이 끊이지 않는 재앙의 전시장과도 같다.

그러나 한실댁은 그 많은 딸들을 하늘만 같이 생각하고 있었다. 그는 딸을 기를 때 큰 딸 용숙은 샘이 많고 만사가 칠칠하여 대가 집 맏며느

리가 될 거라고 했다. 둘째 딸 용빈은 영민하고 훤칠하여 뉘 집 아들자
식과 바꿀까보냐 싶었다. 셋째 딸 용란은 옷고름 한 짝 달아 입지 못하
는 말괄량이지만 달나라 항아같이 어여쁘니 으레 남들이 다 시중들 것
이요, 남편 사랑을 독차지하리라 생각하였다. 넷째 용옥은 딸 중에서 제
일 인물이 떨어지지만 손끝이 야물고, 말이 적고 심정이 고와서 없는 살
림이라도 알뜰히 꾸며나갈 것이니 걱정 없다고 했다. 막내둥이 용혜는
어리광꾼이요, 엄마 옆이 아니면 잠을 못 잔다. 그러나 연한 배같이 상
냥하고 귀염성 스러워 어느집 막내며느리가 되어 호강을 할 거라는 것
이다.(박경리, 《김약국의 딸들》, 나남, 1993, 83쪽.)

"저의 아버지는 고아로 자라셨어요. 할머니는 자살을 하고, 할아버
지는 살인을 하고, 그리고 어디서 돌아갔는지 아무도 몰라요. 아버지
는 딸을 다섯 두셨어요. 큰딸은 과부, 그리고 영아살해 혐의로 경찰서
까지 다녀왔어요. 저는 노처녀구요. 다음 동생이 발광했어요. 집에서
키운 머슴을 사랑했죠. 그것은 허용되지 못했습니다. 저 자신부터가
반대했으니까요. 그는 처녀가 아니라는 험 때문에 아편장이 부자 아들
에게 시집을 갔어요. 결국 그 아편장이 남편은 어머니와 그 머슴을 도
끼로 찍었습니다. 그 가엾은 동생은 미치광이가 됐죠. 다음 동생이 이
번에 죽은 거예요. 오늘 아침에 그 편지를 받았습니다."(위의 책, 381쪽.)

김약국 가족의 비극은 그의 어머니인 숙정의 사주에서 시작된다.
동네 총각 욱은 숙정을 사모하여 혼사가 성사될 뻔하였으나 처녀의
사주가 너무 세다는 이유만으로 어긋나 버리고, 숙정은 김약국의 아
버지인 봉룡의 후취로 시집을 간다. 그리고 숙정을 잊지 못하는 욱이
통영으로 그녀를 찾아왔다가 봉룡의 칼에 맞아 죽는다. 이를 본 숙정
은 비상을 먹고 자살하며, 봉룡은 통영을 떠나 평생을 떠돌 수밖에

없게 된다. 그리고 그 후 숙정과 봉룡처럼 김약국의 사촌누이인 연순과 택진, 김약국과 한실댁, 용란과 연학, 용옥과 기두의 잘못된 만남은 애정 없는 결혼 생활을 통해 더 이상 손쓸 수 없는 비극으로 치닫게 된다. 결국 한실댁이 셋째 딸 용란의 남편인 아편쟁이 연학의 도끼에 맞아 비참한 죽음을 맞이하고, 용란의 광기와 용옥의 사고, 용빈의 파혼과 김약국의 파산과 죽음을 맞아 용빈과 용혜가 통영을 떠나서야 이 비극은 비로소 대단원의 막을 내린다.

선험적 조건으로 부과된 부조리 앞에서 인간은 과연 어떻게 대응하는가? 알베르 카뮈(Albert Camus)는 부조리를 극복할 수 있는 방법으로 자살, 희망, 반항 세 가지를 예시하였다. 하지만 자살은 문제의 해결이 아닌 소멸이며, 희망은 자기기만이며 치명적 회피일 뿐이다. 참다운 해결책은 반항이다. 부조리는 합리성을 열망하는 인간의 의식과 비합리성으로 가득 찬 세계 사이에서 발생하는데, 반항이란 세계의 모순을 살아 있는 의식으로 바로 보며 정면으로 맞서 대항하는 것이다. 〈김약국의 딸들〉의 등장인물들도 모두 자신만의 방법으로 운명에 반항하지만 실패와 좌절을 맞볼 뿐이다. 한실댁은 자신의 죽음을 예감하고 무당과 함께 자신의 장례까지 미리 지내는 등 죽음에 반항하지만 죽음을 피하지 못했다. 용숙은 물질적 욕망을 추구하면서 사람들의 비난과 모멸에 고개를 꼿꼿이 들지만 그녀의 삶은 허무할 뿐이다. 용빈은 이지적 판단과 냉철한 성품으로 가족의 불행을 응시하지만 외로움만은 어찌할 수 없다. 용란은 무심함으로 자신의 삶을 남의 일처럼 살아가고, 용옥은 쉴 새 없이 일하면서 자신을 힘들게 하는 방법으로 고통과 대적한다. 이것은 김약국도 마찬가지이다. 그의 삶은 비상 먹은 어머니와 소문으로만 떠도는 아버지, 귀신들린 집에서 단 한 번도 벗어날 수 없었다. 하지만 그는 무엇도 자신의 삶의 방향을 바꾸지 못한다는 의지로 평생을 살아간다. 그는 섣부른 희망도, 그렇다고 처절한 절망도 하지 않는다. 거듭된 불행을 통해 결코 피할 수 없는 것이 운명이란 사실을 알게 되었을 때, 그는 온몸으로 맞서는 방법을 택한다.

죽음으로 인생의 대단원을 앞둔 김약국의 눈길이 머문 곳은 노오란 머리칼이 물결치는 막내 딸 용혜의 얼굴이다. 이 노오란 머리칼은 그의 그리움의 대상인 아버지 김봉룡과 그가 유일하게 마음을 열었던 사촌누이 연순에게 물려받은 것이다. 외양적인 공통점 이외에도 그녀는 아직 집안의 비극과 조우하지 않은 유일한 인물로, 죽음을 향하는 김약국의 마지막 눈길에는 그녀만이라도 이 비극의 수렁에서 빠져나가기를 바라는 기원이 담겨 있다. 김약국의 기원대로 용혜는 그의 죽음 후, 용빈의 손에 이끌려 비극의 땅인 통영을 떠난다. 그녀들은 살을 에는 찬바람을 맞으며, 멀지 않은 봄을 향해 북방으로 향하는 배에다 몸을 싣고 서울로 떠난다. 그런데 이들이 통영을 떠나는 이 작품의 마지막 장의 제목이 '마무리'나 '끝'이 아니라 '출발'이다. 이 출발의 의미는 김약국으로 비롯된 한 시대가 지나고 용빈과 용혜의 새로운 시대가 왔음을 말해주는 것이며, 봄이 아직 멀지 않았음에도 살을 에는 듯한 찬바람은 그 새로운 세상이 만만치 않게 냉혹함을 예고하는 것이기도 하다.

새까맣게 탄 얼굴로 김약국은 임종을 앞두고 있었다. 맑은 눈이다. 의사도 분명한 듯하였다. 그의 눈은 흐느끼고 있는 용혜로 향하고 있었다. 노오란 머리칼이 물결친다. 김약국은 오래 오래 용혜를 보고 있었다. 그의 눈은 천천히 이동한다. 시원하게 트인 이마만 보이는 고개 숙인 용빈에게 옮겨간 것이다. 용빈은 김약국의 시선을 느끼자 얼굴을 들었다. 오열과 같은 심한 떨림이 그 눈 속에서 타고 있었다.

"아부지!"

김약국은 눈을 돌렸다. 천장을 응시한다.

"임종입니다."

……(중략)……

"큰어머니, 안녕히, 안녕히 계시이소."

용빈과 용혜는 손을 흔들었다.

배는 서서히 부두에서 밀려나갔다. 배허리에서 하얀물이 쏟아졌다.

"부우웅."

윤선은 출항을 고한다. 멀어져가는 얼굴들, 가스등, 고함 소리.

통영 항구에 장막은 천천히 내려진다.

갑판 난간에 달맞이꽃처럼 하얀 용혜의 얼굴이 있고, 물기찬 공기 속에 용빈의 소리 없는 통곡이 있었다.

봄이 멀지 않았는데, 바람은 살을 에일 듯 차다. 끝.(박경리,《김약국의 딸들》, 1993, 나남, 384~387쪽.)

김약국은 비상 먹은 집의 자식은 지리지 않는다는 운명에서 벗어나지 못한다. 몇 번의 포기나 회피의 기회가 있었지만 그는 평생 통영과 자신의 집을 떠나지 않고 온몸으로 견디며, 자신의 방법으로 운명과 대결을 펼친다. 이러한 김약국이 결코 운명의 패배자가 아닌 이유는 결말이 뚜렷한 자아와 운명과의 대결에서 끝까지 포기하거나 물러서지 않고 완주를 펼치며, 자신에게 겨누어진 칼끝을 피하지 않는 용기를 보여주었기 때문이다. 이 대결에서 이기는 것은 중요하지 않다. 진정한 승리는 승패와 관계없이 어떠한 고난 속에서도 끝까지 견디며, 주어진 삶을 성실하게 감당해 가는 용기 있는 자의 몫이기 때문이다.

3. 무관심, 무의지에 함몰되는 감성적 여성인물

타인에 대한 무관심과 삶에 대해 무의지한 태도를 보이는 여성인물이 등장하기 시작한 것은 〈김약국의 딸들〉에서 김약국의 이종사촌인 중구의 첫째 아들, 의사 정윤의 아내인 윤희부터이다. 용빈은 윤희를 만나기 전, 진주의료원에서 한 간호부의 우수가 있는 눈을 보고 독특한 매력을 느낀다. 사람들은 자신이 갖지 못한 것에 끌리는 법인데, 이성적인 용빈이 간호부의 감성적인 우수에 끌린 것으로 우연한 둘의 만남은 앞으로 등장할 인물에 대한 그녀의 태도를 말해준다. 용빈의 높은 교양과 가혹한 체험에서 나오는 침착하고 세련된 태도는 윤희의 병적인 미소와 대비되어 더욱 강조되고 있다. 용빈의 교양과 윤희의 무관심은 어느 쪽도 어색함을 느끼지 않고 자연스럽게 제법 어울리는 모습을 보인다. 더군다나 용빈은 간호부, 윤희와 같이 자신의 성향과 다른 인물들에게 배타적 감정을 갖고 경멸하는 것이 아니라 계속해서 호감을 드러낸다. 이것은 냉철하고 이성적이기만 용빈이 그들을 통해 자신의 안에 숨어 있던 감성적 측면을 확인하고 삶에 대한 유연성과 더불어 다양성을 드러내는 계기가 된다.

무료한 시간을 보내고 있는데 저녁때가 미처 못되어 내외가 찾아왔다. 정윤의 처는 김약국에게 인사를 드리고 용빈에게 미소하며 손을 내밀었다. 용빈은 윤희의 얼굴을 가만히 바라보며 그의 손을 잡았다.

'묘한 미소로구나.'

높은 교양과 가혹한 체험에서 나오는 용빈의 침착하고 세련된 태도
는 윤희보다 훨씬 연상의 인상을 준다.

"서로 멀리 떨어져 있으니 만나볼 기회가 없었습니다."

윤희는 손아래인데도 용빈에게 경어를 썼다. 용빈은 상냥하게 웃으
며 자리에 앉기를 권하였다. 그리고,

"진주 마음에 드세요?"

윤희는 아까와 같은 병적인 미소를 띨 뿐이다. 정윤은 김약국과 말을
주고받고 있었다. 초대면의 시누이와 올케는 덤덤히 마주 보고 있다 그
러나 어느 쪽도 어색함을 느끼지는 않았다. 속된 인사치례를 하기에는
용빈의 교양이 너무나 높았고 또한 윤희는 천성적인 무관심이다.(위의
책, 340쪽.)

〈김약국의 딸들〉에서 용빈과 대비되면서 그녀의 긴장을 늦추고,
그녀 안에 숨어있는 감성적 측면을 드러내게 했던 윤희와 같은 인물
이 〈시장과 전장〉에서는 가화, 〈파시〉에서는 수옥이라는 인물로 다
시 등장한다. 이들은 각각 다른 상황에 놓여있지만 모두 무관심과 무
의지로 일관하는 삶을 살아가고 있다. 역사의 무게와 가족에 대한 책
임감에 버거워하는 주인공들과 상관없이 이들은 세상에 무관심하다.
다만 이들이 자신의 의지를 자각하고 드러내는 것은 본능적인 감정
인 사랑뿐으로 사랑하는 사람 앞에서만은 적극적이라는 공통점을 가
지고 있다.

〈시장과 전장〉(1964)의 가화는 전쟁으로 아버지와 오빠를 사랑하
는 사람의 손에 잃고 삶에 대한 의지를 잃고 살아가고 있다. 그녀는
길거리에서 빈혈증으로 쓰러질 정도로 육체적으로 허약하고 충동적
으로 바다에 뛰어들 정도로 정신적으로도 나약하다. 이러한 그녀가

성도 이름도 모르는 기훈을 만나 사랑하고 나서는 그를 만나기 위해
스스로의 의지로 의용군에 지원한다. 그녀의 이러한 사랑은 자신의
스승도 사상이 다르다는 이유로 외면하는 냉혈한 공산주의자 기훈을
변화시킨다. 냉혈한 공산주의자가 백치 같은 여자를 만나 오히려 그
녀와 같은 백치 같은 모습으로 동화된 것이다.

> 기훈은 또 웃었다. 가화도 방긋이 웃는다.
> "선생님" / "또."
> "아이 참… 저, 선생님도 이 동무 좋아했어요?" / "남자는 원래 여자
> 를 다 좋아하지."
> "저도 그렇게만 좋아하셨어요?"
> "그렇겠지. 하지만 여자가 남자의 마음을 바꾸어놓는 일이 있어." /
> "그건?"
> "그건 가화가 바보니까 나도 바보가 된 거야. 여자가 똑똑하면 나도
> 똑똑해지고 여자가 잡스러우면 나도 잡스러워지고… 하지만 빠지지는
> 않아."(박경리, 《시장과 전장》 2, 나남, 1993, 558쪽.)

〈파시〉(1965)의 수옥은 평소 확실하게 자신의 의사를 표현하지 않
고 물어 보는 질문에 바보같이 눈을 크게 벌리는 것으로 답하곤 하는
데, 이러한 삶의 태도가 전쟁 통에 그녀를 이북에서 부산 그리고 통
영까지 오게 한다. 그녀는 자신의 의지에 의해서가 아니라 주변에 의
해서 삶을 소비하며 살아가고 있다. 하지만 그녀도 학수의 사랑을 깨
닫고 나서는 비로소 전쟁에 나가는 그를 기다리겠다는 확고한 의지
를 갖게 된다. 이러한 수옥의 모습은 학수의 동생인 학자의 삶을 변
화시킨다. 학자는 연이은 집안의 불행으로 남을 원망하고 스스로를

자학하면서 되는대로 살아가고 있었다. 스스로가 자신을 나쁘고 천하게 만든 것이다. 그런데 수옥의 바보와 같은 모습은 학자에게 그녀와 그녀의 아이를 지켜내야 한다는 보호 본능을 일깨워 책임감을 갖게 한 것은 물론 자신의 삶에 대해서도 긍정적 변화를 갖게 하는 계기가 되고 있다.

> "그 여자, 저도 알아요. 언제가 본 일 있어요. 너무 착하게 보여서 바보가 아닌가 생각했어요. 오빠는 그 여자가 불행했기 때문에 자기 짝으로 차지할 수 있었을 거예요. 지금 기분으론 그 여자, 아니 오빠의 아이를 불행하게 하지 않겠다는 이상한 흥분을 느껴요. 이상스러운 감정 같아요. 내 아이도 아닌데 어째서 핏줄기를 이렇게 강하게 느낄까요? 받아주든 안 받아주든 무슨 보호자가 된 듯 의젓해지기도 하고 가슴이 아파지기도 하고."(박경리, 《파시》 2, 나남, 1993, 545쪽.)

무관심과 무의지로 일관하는 여성인물의 모습은 운명에 저항하는 생명력 있는 여성인물의 삶과 대비될 뿐 아니라 주변의 다른 인물과도 비교되고 있다. 이러한 다양한 인물들은 새로운 인간유형의 창조 및 이들에 대한 심층적 이해에 대한 계기를 마련하게 된다. 윤희와 용빈의 무관심과 교양, 가화와 기훈의 나약함과 강인함, 수옥과 학자의 순박함과 무모함이 대표적 경우이다. 이들은 주동인물의 대척점에서 그들을 자극하여 숨어있는 삶의 본성을 드러내게 하거나 극단으로 흐르던 그들의 삶을 조율하는 차별화된 캐릭터로서 역할을 해내고 있는 것이다.

4. 나가며

〈불신시대〉에서 모든 것을 다 잃었다고 생각하는 순간, 진영은 자신에게 운명에 항거할 수 있는 생명이 남았음을 비로소 인식하였다. 〈김약국의 딸들〉에서는 첫째 딸인 용숙의 물질적 탐욕, 셋째 딸인 용란의 육체적 욕망, 넷째 딸인 용옥의 종교적 귀의보다 둘째 딸 용빈의 냉철한 이성과 강인한 생명력이 돋보였다. 이들은 그 시대의 보통의 전형적 여성들과는 다르다. 절망에 빠진듯하면서도 희망의 끈을 놓지 않고, 강인한듯하면서도 인간적이고, 냉철한듯하면서도 정열적이다. 모두 현실에서 집안의 몰락과 사랑하는 사람의 죽음이라는 치명적이고, 회복하기 힘든 상처를 지니고 있지만 절망하거나 물러서지 않는다. 강인한 생명력을 갖춘 소수적이고, 특이한 인물로 작품의 창조적 핵심을 인물의 특이성으로 본다면 그 누구보다도 적합할 것이다.[1]

〈토지〉를 통해 수많은 인물을 창조해낸 박경리 문학의 저력은 그의 초기 작품에 근원을 두고 있다. 특히 여성인물의 경우 초기 작품은 운명에 저항하는 생명력 있는 여성인물과 무의지에 함몰되는 감성적 여성인물로 한정할 수 있다. 작가는 극단적 고통이나 슬픔, 괴로움 속에서 이러한 상황을 양가적으로 받아들이는 여성인물을 배치하여 조율해가면서 다양한 삶의 양상들을 보여주었다. 작가가 구현한 다양한 인간군상은 결국 〈토지〉에서 700여 명의 인물로 재창조되는 원동력이 되었고 개인의 상처와 한을 수용하면서도 이를 다른 차원의 가치로 고양시키는 여성인물을 탄생시키게 된다.

---

1 정남영, 「비평이란 무엇인가?」, 『민중이 사라진 시대의 문학』, 갈무리, 2007, 103~124쪽.

전쟁소설에 나타난
여성인물의 특이성과 사회적 함의

1. 들어가며

　전쟁에서는 일반적으로 민간인과 전투원을 구분하는데 대개 여성
은 참전한 소수를 제외하고 어린이, 노인과 함께 민간인 신분을 유지
한다.[1] 여성은 민간인으로서 전쟁 중에는 어린이와 노인을 부양하고
생존을 책임지며, 자신의 생명도 유지해야 하고, 전후에는 부상자들
의 치유와 회복, 재기를 담당한다. 그런데 여기서 자신의 생명 유지
란 목숨뿐 아니라 적의 성폭력 위협에서 자신을 지켜야 하는 정조의
의무까지도 포함한다. 이렇게 여성에게는 두 가지 방식의 생명성이
존재한다. 전쟁 시 가부장제 윤리를 바탕으로 체제를 이끌어가는 유
교국가의 전통 속에서 여성은 본연의 역할을 수행해야만 한다.[2] 여성
들은 자신을 희생하여 구원자로서의 역할을 완수하여야 함은 물론
더불어 실절의 경우 진상 여부에 상관없이 타락자의 비난마저 감수

1　지그먼트 프로이트(김석희), 『문명속의 불만』, 열린책들, 2005, 45쪽.
2　장미경, 「전쟁시에 나타난 여성의 양가성」, 『한국고전여성문학연구』 11, 2005, 332쪽.

해야만 했다. 여성이 담당했던 생명의 유지와 관련된 활동은 전후의 남성들에게 희망을 주고, 재기의 발판을 마련하게 하는 등 구원의 의미로 다가오지만 여성의 실절은 남성들에게 엄청난 치욕으로 받아들여져, 무능함과 패배를 각인시키고 남성성을 훼손시켜 절망에 빠지게 했기 때문이다.[3]

1950년대 전쟁소설에 나타난 여성인물을 살펴보면, 전통적 가부장제 사회에서 기대하는 희생과 치유의 긍정적 여성과 서구 물질주의에 부합한 쾌락추구의 비윤리적 여성뿐만 아니라 다양한 모습의 여성들이 경쟁하듯 나타나고 있다. 이것은 전쟁을 계기로 전면적 전환을 가져온 가치관 때문으로, 앞으로 여성의 모습이 전통적 역할에 머물지 않을 것임을 말해준다. 물론 한국전쟁 이전의 신여성들에게도 이러한 모습은 나타나고 있다. 하지만 1950년대 소설에서 볼 수 있는 여성의 모습은 그 양상을 달리한다. 그것은 신여성들만의 제한된 선택이 아닌 밀려들어오는 서양 문물과 전통가치 몰락에 의한 남성성과 여성성의 붕괴에 기반을 두고 있기 때문이다. 전통사회에서는 여성의 정체성을 숙명이라고 생각했다면 근대에는 신여성들의 제한된 선택으로 그리고 1950년대 전쟁 이후의 여성들에게는 자의적 선택으로 받아들인 것이다.[4]

자신을 매체로 인식하고 매춘을 하면서 윤리적으로도, 주변의 환경에도 전혀 위축되지 않고 남성들의 위선을 폭로하는 김성한의 〈매체〉 여주인공 천옥, 양공주에서 가정으로 다시 양공주로 일탈과 일

---

3 와카쿠와 미도리(김원식), 『사람은 왜 전쟁을 하는가』, 알마, 2007, 200쪽.
4 김광기, 「양가성, 애매모호성, 그리고 근대성」, 『한국사회학』 37, 2003, 26쪽.

상을 반복하면서도 자신의 선택을 끝까지 책임지는 강신재의 〈해방
촌 가는 길〉 여주인공 기애, 조건 없이 타인의 회복을 돕고, 이를 통
해 자신의 전쟁 상처도 성공적으로 치유하는 김성한의 〈방황〉 여주
인공 미스김은 1950년대 전쟁을 경험한 여성인물의 세 가지 삶의 양
상을 극명하게 드러내고 있다. 이들은 고정돼있는 전통적 성 역할에
서 벗어나 스스로 선택하고, 자신의 판단을 책임지는 인물로서 사회
의 주변적 인물이면서도 어떤 전형적인 인물들보다 삶의 창조성을
구현하는, 소수적이고 특이한 모습을 보인다. 그러므로 위의 작품들
에 나타난 여성인물의 특이성을 밝히고, 그것이 의미하는 1950년대
의 사회적 함의를 살펴보고자 한다.

2. 자신의 불의로 남성의 위선을 폭로하는 여성

전쟁을 통해 한국 사회는 근본적인 변혁을 겪게 된다. 전쟁은 한국
사회에 엄청난 충격을 가함으로써 19세기 후반 이래 서서히 붕괴되
고 있던 한국의 전통 문화 및 사회 질서를 뿌리째 흔들어 놓았다.[5]
특히 서울은 한국 국민의 국가 정체성을 표현하는 데 중심이 되어왔
기에 서울을 지키지 못하고 국민을 기만한 지도자는 국민에게 커다
란 충격을 준 것은 물론 그 권위도 상실하게 되었다. 즉 국토와 국민
을 보호하지 못하는 지도자, 가족을 보호하지 못하는 아버지, 여성을
보호하지 못하는 남성의 권위는 몰락하게 되는 것이다. 더구나 국민

---

5 박지향 외, 『해방 전후사의 재인식』 2, 책세상, 2006, 469~471쪽.

에게 수도인 서울을 되찾아 주고, 평화와 안정을 가져다 준 것은 UN 연합군의 참전, 즉 타자의 도움이었다. 그러므로 상실된 남성성은 타자로 대표되는 미국이 이어받게 되고 서구문물과 가치관은 민주적이요, 전통적인 것은 모두 봉건적이라는 극심한 정체성 혼란을 겪게 한다.

〈매체〉(1954)의 주인공 한천옥은 자신의 육체를 국제적인 매체라고 생각하고, 여러 나라 사람들이 자신의 육체를 매개로 교류를 한다고 생각하는 특이한 인물이다. 전통적으로 대부분 여성인물은 생계를 위해 매춘을 하면서도 그 사실을 치욕스러워하고 부끄러워했다.[6] 이것은 전쟁 중에 자신의 희생으로 가족의 생계를 부양하면서도 인정받지 못하는 우리 사회 전통적 가치관에 따른 것이다. 하지만 그녀는 손꼽히는 대학을 우수한 성적으로 나와 원하기만 하면 일자리 정

---

6 1950년대 전쟁 소설이 여성의 매춘·불륜 등의 일탈을 다룬 양상을 살펴보면 다음과 같다. 첫 번째, '쾌락형'에는 전쟁으로 남편이 경제적, 육체적으로 무능해지자 쾌락과 물질을 찾아 떠나는 여성들이 등장하는데, 추식의 〈인간제대〉, 김광식의 〈환상곡〉, 전용의 〈퇴색된 훈장〉, 김광주의 〈남편은 무능했다〉, 오영수 〈눈사람〉, 한무숙의 〈허무러진 환상〉 등이 있다. 두 번째, '생계형'에는 전쟁으로 남편이나 가족을 잃고 생계를 위해서 매춘을 하는 여성들이 등장하는데, 본인 생계형에는 한무숙의 〈파편〉, 추식의 〈부랑아〉, 서기원 〈암사지도〉, 한말숙의 〈신화의 단애〉, 송병수의 〈쇼리킴〉 등이 있고, 가족 생계형에는 손창섭의 〈미해결의 장〉, 박용구의 〈고요한 밤〉, 손창섭의 〈소년〉, 이범선의 〈오발탄〉 등이 있다. 세 번째, '복합·변이형'은 매춘·불륜을 포함하는 여성들의 총체적 일탈행위를 말한다. 생계의 문제가 아닌 호기심과 주변의 환경적 여건으로 '양갈보'가 되는 하근찬의 〈왕릉과 주둔군〉, 몸을 파는 것은 거부하면서도 사기와 도둑질에는 양심의 가책을 느끼지 않는 자매가 등장하는 최태응의 〈자매〉, 남편이 죽자 아들을 버리고 도망가서, 아편쟁이가 되어 되돌아오는 어머니가 등장하는 황순원의 〈윤삼이〉, 전시의 부산을 공간적 배경으로 퇴폐와 향락을 즐기는 선전부장관의 부인이 등장하는 김광주의 〈나는 너를 싫어한다〉, 일탈의 위기에서 남편과 아이들을 위해 하룻밤의 정절을 지킨 여성이 등장하는 이무영의 〈일야〉 등이 있다.

도 구하는 것은 문제가 아니며, 가족들 또한 뚜렷한 직장을 갖고 있는 인텔리이다. 그녀가 국제적인 매춘을 하는 이유는 단지 한국남자들이 고리타분하기 때문으로 그녀는 지금까지와는 다른 새로운 여성의 유형을 보여준다.

> 자기를 보고 양갈보라 손가락질하는 위인들이 도리어 고리타분했다. 고리타분하다는 말이 났으니 말이지 이 길에 발을 들여놓은 것도 결코 먹을 것이 없어 며칠을 굶다가 헐수할수없이 검둥이의 미끼가 됐다는 고리타분한 동기에서 출발한 것은 아니다.(김성한, 〈매체〉, 《한국소설문학대계》, 동아출판사, 1995, 94쪽.)

> 일언이폐지해서 '고리타분'이라는 것이 유일충전(唯一充電)의 이유였다. 한국남자들은 고리타분해서 견딜 수가 없었다.(위의 책, 95쪽.)

그녀가 견딜 수 없다는 고리타분이란 자신의 가족도 지키지 못할 정도로 무기력하면서 가장의 권위만은 지속하려는 한국 남성의 속성을 말한다. 그녀는 우연히 만나 잡아본 미국 사람의 손을 어떠한 한국 남자의 손보다도 큼직하고 힘차게 느낀다. 그것은 전쟁에서 UN군의 참전으로 겨우 안정을 되찾은 국민들의 입장에서 미국에게 느끼는 남성성과 안도감의 표현이다. 더군다나 도강 증명을 위해 찾아간 관청에서 그녀는 미국인의 도움으로 도강 증명은 물론 취직까지 해 버린다. 애인 철수가 발바닥이 닳도록 다녀도 하지 못하는 취직도, 한국인들에게 아무리 부탁해도 안 되는 도강 증명도 미국인은 손쉽게 해결해버리는 무소불위의 권력을 갖고 있다. 이에 비해 한국 남성들은 대부분 남성성을 상실한 무기력한 모습임에도 불구하고 한천옥에게만은 비열하고 위압적 모습을 보인다. 회사 직원들은 그녀의 미국인 애인이 출장을 가자 기회를 노렸다가 그녀를 때려 내쫓는다. 그녀의 표현대로라면 야만종들은 문명인 앞에서는 돼지 여성에게 굽신거리지마는 문명인이 없다면 당장에 여성을 존중할 줄 모르는 미개인으로 변하는 것이다.

> 발바닥의 흙만치도 생각하지 않던 한국인 직원들은 마침내 폭발했다.······ 공교롭게 이 야만종들을 다스릴 수 있는 힘을 가진 유일한 문명인은 출장을 가고 없었다.······ 그러나 그들이 손을 못 댈 것만은 확실했다. 자기한테 손을 댔다가는 모가지가 당장에 도망갈 것을 누구보다도 그들 자신이 잘 알고 있기 때문이었다.······ "여성을 존중할 줄 모르구, 응 이 미개한 야만종들아!" ······ "너 같은 건 여성은 여성이라도 돼지 여성이다. 목구멍이 포도청이라구 할 수 없이 나오구 굽신거린다마는 창피해서 살 수가 있어야지."(위의 책, 105~106쪽.)

그녀의 아버지도 매춘을 하고 있는 그녀의 집에 뛰어 들어와 그녀를 비난하지만 결국은 그녀가 쥐어주는 패물을 한 보자기 싸서 들고 사라지면서, 자신이 이곳에 온 것이 알려지는 것을 두려워한다. 그녀의 오빠 역시 밤이면 몰래 나타나 그녀에게 손을 벌릴 뿐이다. 그녀는 가장으로서 가족을 보호하고 책임질 아버지가 이백만 환을 잃고 목을 맨다는 이야기, 밤이면 몰래 나타나는 오빠, 미국인이 없을 때 자신을 폭력으로 응징하는 직장 동료 등 모두가 고리타분하다. 이러한 한국남성들의 고리타분함은 제 역할을 못하고 남의 손을 빌어 겨우 생존을 이어나가면서도, 여성에게만 의무를 강요하는 남성들의 위선을 말해준다.

손에 들었던 개화장으로 발가숭이 천옥을 마구 갈겨 대다가 숨이 차서 의자에 걸터 앉았다.

"너 좀 들어 봐라. 집안이 망해두 이렇게 망할 수야 있냐. 회산가 무엔가 하누라다가 폴랑 망해서 이백만 환을 몽땅 잃어버렸다. 게다가 딸년은 양갈보라. 하아 이런 변이 있나…… 목을 매 죽든지 깡통을 들고 빌어먹든지 이제 별수없다아……."

"천옥아 나 여기 왔더란 말 아무하구두 말아라, 알았지?"

작년 가을에 환도령이 내려서부터 피난 갔던 사람들이 몰려들어도 천옥의 생활에는 별다른 변화가 없었다. 낮이면 나일론을 휘감고 거리를 쏘다니는 것과 댄스하는 도수가 는 것, 그리고 전에는 보지 못하던 오빠가 가끔 몰래 나타나서 돈을 달라고 손을 벌리는 것이 다를 뿐이다.(위의 책, 109~110쪽.)

매체란 어떤 작용을 한쪽에서 다른 쪽으로 전달하는 물체나 수단으로, 그녀는 자신을 비인간화하고 있다. 이러한 비인간화는 전쟁 중 희생자에게는 인간성을 박탈해 동물이나 혹은 아무것도 아닌 존재로 만들어 형편없는 정체성을 부여하고, 가해자에게는 주변사람들의 침묵을 자신의 행위를 용인한다는 신호로 해석하게 한다.[7] 가족들의 묵인은 그녀에게 죄의식이나 수치감을 느끼지 않게 할 뿐 아니라, 그녀의 비인간화를 가속시킨다.

---

7 필립 짐바르도(이충호·임지원), 『루시퍼 이펙트』, 웅진지식하우스, 2007, 453~454쪽.

요즘 와서 콜롬비아 생활 설계를 머릿속에 그리면서도 마음 한구석
에는 아쉬움이 있었다. 토이기 사람을 아직 만나지 못한 것이다. 천옥이
토이기 사람을 기다리는 정은 실로 간절한 바가 있었다. 그래야만 국제
적 매체 작용이 완전무결한 것이다.(위의 책, 110~111쪽.)

그녀는 자신의 경제적 가치를 이용하는 가족들 앞에서 이왕이면
완벽한 국제적 매체가 되어 상품성을 발휘하기로 마음먹고 더욱 당
당하게 문란한 생활을 지속한다. 그녀의 아버지는 그녀가 매체가 되
기 전부터 어려운 일만 있으면 언제나 그녀를 시켰고, 그녀는 열에
아홉은 성공해 가지고 돌아왔었다. 이것은 그녀 자신이 터득한 "한
번 웃고 몸을 비스듬히 비트는" 방법을 사용한 결과로 자신의 상품성
을 발견하게 되는 계기가 되었다. 또 도강증명을 위해 찾아간 CAC의
직원 역시 "우리가 가지구 갔댔자 퇴짜 맞는 건 빤하니깐요, 되건 안
되건 해보시오"라고 말하면서 그녀가 미국인에게 통할 것이라는 암
시를 주고, 그녀는 국제적으로도 통하는 자신의 상품성을 확인하였
다. 이렇듯 그녀의 상품성을 알아보기 시작한 것은 그녀가 아니라 남
성들이었다. 남성들은 생존을 위해 사회의 묵인하에 여성을 경제적
가치로 이용하면서도 그 책임은 여성의 몫으로만 남겨 두는 모습을
보인다.

이 작품은 주체성을 망각한 한 여인의 타락한 생활을 과장되게 표
현하여 전통 가치 몰락, 외래 문화의 선망, 삶의 진정성 상실 등을
통해 당시 사회상을 비판하고 있는 풍자적 작품이라고 평가받아 왔
다.[8] 하지만 이를 통하여 발견하게 되는 중요한 사회적 함의는 여성
과 남성의 전통적 역할이 무너지기 시작한다는 사실이다. 또한 이 사

실을 은폐하고, 여성들에게만 의무를 강요하는 남성들의 위선이다. 인간을 분노자로 만드는 것은 불의가 아니라 위선으로 자신이 불의하다는 것을 감추거나 은폐할 때, 상대방이 느끼는 분노는 불의 자체를 무력화시킬 정도로 강력한 것이다.[9] 그러므로 도의에 어긋나는 여성 한천옥은 자신의 불의로 아버지나 오빠, 직장동료 등 남성들의 위선을 통렬하게 비판하는 것이다.

3. 자발적 선택을 책임지는 여성

한국 사회에서 장녀로 태어났다는 것은, 그 사실만으로 갈등적 상황에 놓이게 된다. 장녀는 맏이로서 의무를 수행하며, 딸로서 아들을 위하여 희생하여야 한다는 이원적 논리 속에 존재하는 것이다. 더군다나 전쟁 중이라면 가장의 역할은 대개 장녀의 차지가 된다. 대부분의 늙은 아버지는 납치되거나 전사하고, 젊고 건장한 아들은 전쟁에 참전한다. 그렇다면 늙은 어머니와 어린 동생들의 생계 책임과 집안 재건은 장녀 몫으로 남게 되는데, 이러한 상황에서 여성들이 선택할 수 있는 경우의 수는 몇 개 존재하지 않는다.

〈해방촌 가는 길〉(1957)의 기애는 양공주일 때는 뒤꿈치가 세 인치나 되는 정신 나간 것처럼 새빨간 빛깔의 구두를 신지만, 집으로 돌아와서는 머리도 감아 빗어 동여매고 꺼내주는 치마저고리로 얌전하

8 민현기, 「김성한 소설 연구」, 『어문학』 60, 1997, 352~353쪽; 강태근, 『한국현대소설의 풍자』, 삼지원, 1993, 140쪽.
9 한나 아렌트(김정한), 『폭력의 세기』, 이후, 2000, 102쪽.

게 꾸미는 등 두 가지 속성을 모두 가지고 있는 인물이다. 이러한 속성이 혼재하기에 그녀는 자신의 의지에 의해 고역을 감수하며 집으로 돌아올 결심을 하게 된다.

> 뒤꿈치가 세 인치나 되는 정신나간 것처럼 새빨간 빛깔의 구두를 신고, 그 까맣게 높다란 비탈길을 올라야 한다는 것은 정말 우스꽝한 고역이 아닐 수 없었다. 기애는 뒤뚝거리면서 그 길을 올라가고 있었다.(강신재, 〈해방촌 가는 길〉, 《한국소설문학대계》, 동아출판사, 1999, 45쪽.)

> 사흘째 되는 엊저녁에는 머리도 감아 빗어 동여매고 꺼내 주는 치마저고리로 얌전하게 꾸며 보이기도 하였다.(위의 책, 55쪽.)

하지만 어머니는 집으로 돌아온 그녀의 다른 하나의 속성을 애써 외면하는 모습을 보인다. 이것은 돈은 반갑고 귀하면서 돈이 되는 물건에는 무언지 떳떳하지 못함을 느끼고, 딸은 기특하고 고마운 반면 낙담되고 꺼려짐을 느끼는 모순된 감정으로 어머니의 이원적 윤리관을 나타낸다. 어머니의 이러한 태도는 기애에게 수치감, 비굴함, 모욕감을 줄 뿐 아니라 자아정체감을 훼손시켜 이차 일탈행위를 유발하는 요인이 된다.

> 그러한 어머니의 윤리관에 그대로 동조할 수는 없는 기애로도 또 그리 버젓하게 나설 용기도 미처 없는 것이었다. 여하간 모친에게 그것은 너무 잔인한 결과일 것이고, 기애 편에도 일종의 본능적인 수치감이 있었다.(위의 책, 48쪽.)

장씨 자신 돈은 반갑고 귀하면서 돈이 되는 그 물건에는 무언지 떳떳
지 못한 것을 느끼듯이, 딸에 대하여도 기특하고 고마운 반면에는 낙담
이 되고 꺼려하는 무엇이 없지 않았다. …(중략)… 그러니까 장씨에게
느끼는 무엇인지 비굴한 그 느낌은 곧 기애가 기애 스스로에게 느끼는
비굴감이기도 했다. …(중략)… 기애로 보면 자기의 실태(實態)가 끊임
없이 그리고 전면적으로 모욕당하고 있는 셈이다.(위의 책, 55쪽.)

그녀의 모습을 있는 그대로 받아들이는 사람은 남동생 욱이다. 욱
은 기애의 모습을 있는 그대로 이해하고, 배려하며 모든 일에 적당히
무관심하며 밝고, 건강하다. 이러한 욱의 적당한 무관심은 가치평가
적, 가치담지적인 이원론에 맞서는 논리이다.[10] 그러므로 그녀도 욱
에게는 자신의 모습을 허세 없이 보이며, 단 오만 이천 환의 일자리
지만 최선을 다하는 모습을 보인다. 욱과의 상호관계를 통해서 그녀
는 정상화, 인간화하는 모습을 보여준다.[11]

욱이에게는 장씨 앞에서처럼 허세를 부릴 필요가 없었다. …(중략)…
욱이에게는 어느모로 보나 과잉한 감정이라곤 없는 것 같았다. 그는 모
든 일에 적당히 무관심하고, 밝고, 건강하였다.(위의 책, 60쪽.)

단지 이만 오천 환의 일자리였지만 기애는 취직을 하였다. 어째서인
지도 모르는 도가 넘친 진지함을 가지고 기애는 그 무역회사 일을 열심
히 보았다.(위의 책, 66쪽.)

10 피터 지마(서영상 · 김창주), 『소설과 이데올로기』, 문예출판사, 1997, 31쪽.
11 한남제 · 김철수, 「일탈과 사회통제에 대한 비판적 관점」, 『논문집』 47, 경북대학교, 1989, 80쪽.

욱과 어머니 사이에서 불안하지만 일상성을 찾아가던 기애의 재기
는 전쟁 전 애인이었던 근수의 등장으로 실패한다. 그는 고뇌의 실체
를 본 사람의 모습으로 기애에게 찾아와 청혼을 하지만 기애는 근수
에게 그가 보지 못한 나머지 반의 실체를 드러냄으로써 청혼을 거절
한다.

> 그러나 방 안을 들여다본 그는 아무 말도 하지 못했다. 욱이의 책상
> 위에 버릇 사납게 걸터앉은 기애는 담배 연기를 후욱 내뿜고 있는 것이
> 었다. 담배를 끼고, 저리 본 턱을 괸 손가락 끝에 길고 빨란 손톱이 표독
> 스러웠다.(위의 책, 65쪽.)

근수는 자신의 절망으로 기애의 상처와 고통을 보지 못했을 뿐 아
니라, 그가 원하는 것은 과거의 기애이다. 근수가 보지 못한 기애의
나머지 반은 자신의 말을 잘 듣지 않는 왼팔, 전멸한 그의 가족과 같
이 외면하고 싶은 자신의 실체이기도 하다. 근수는 기애와 자기의 동
일시를 통해, 자신의 모습을 확인하고 죽음을 선택한다.[12] 근수의 죽
음은 그녀에게 현재의 노력으로는 과거에서 벗어날 수 없다는 확실
한 낙인을 찍는 역할을 한다. 어머니의 외면에 의해 훼손되기 시작한
그녀의 자아정체감은 근수의 죽음으로 완전히 손상된다. 그녀는 이
러한 사실을 도피하는 방법으로 이차적 일탈을 선택한다. 그녀의 일
차적 일탈이 가난과 수치를 견디지 못한 의도하지 않은 순간적 선택
이었다면, 그녀의 이차적 일탈은 일차적 일탈에 대한 사회의 반응에
따른 결과이다.[13]

---

12 지그먼트 프로이드(김석희), 『문명속의 불만』, 열린책들, 2005, 115쪽.

기애는 자기가 그것을 갚는다고 단언하고 날카로운 어조로 **빨리** 나가라고 되풀이하였다. 그들이 사라진 뒤를 이어서 기애는 이 고갯길을 힘껏 달려 내려갔다. …(중략)… 물론 그들은 거기 있을 것이었고 그 주소에 대고 기애는 꼬박이 송금을 하여 온 터이었다.(위의 책, 51쪽.)

'청년이 염세 자살. 넉 달 전에 제대한 육군 중위가 ….' …(중략)… 그 밤으로 취직이 되지는 물론 않았지만 기애는 그 장교와 스윙을 추었다. 그리고 마티니를 반병이나 마셨다. 굽이 세 인치나 되는 금빛 구두를 그녀는 신고 있었다.(위의 책, 66쪽.)

이차적 일탈 후, 그녀는 오히려 더 단단하고 강인하게 변모해 가는 특이한 모습을 보인다. 낙인이 찍히게 되면 대부분의 일탈행위자는 그에 맞는 역할을 발전시키며 부정적 자긍심을 갖게 되는데, 기애의 부정적 변화를 긍정적 변화로 돌린 것은 동생 욱의 존재이다. 기애의 이차적 일탈 후 어머니는 큰길을 피해 가파른 길로 돌아다니며 그녀를 외면하는 모습으로 자극하고 있지만, 욱은 여전히 한결같은 모습으로 기애의 일탈을 담담히 받아들인다. 자신을 일탈자가 아닌 그 존재 자체로 인식해주는 욱의 태도가 그녀에게 손상된 자아 정체성을 되찾아주고 긍정적 변화를 갖게 한 것이다. 단 한 명이라도 개인에게 부여된 일탈의 규정이 합리화될 수 있고 용인되게 하는 사람이 있을 경우 일탈자의 부정적 변화는 멈출 수 있다. 전쟁의 현실 속에서도 상처받지 않은 욱의 건강함은 그녀에게 이러한 변화를 이끌어 냈다. 이제 욱의 존재는 정신과 육체, 남성과 여성, 도덕과 비도덕 등 치열

---

13 강세현, 「일탈행동에 있어 행위와 구조의 문제」, 『논문집』 27, 제주한라대학, 2003, 196쪽.

하게 양극으로 분열되는 이원적 세계의 가치에서 벗어나 인간 자체
를 진심으로 볼 줄 아는 새로운 인간형의 탄생을 기대하게 한다.

> 욱이가 똑바로 자라나 줄 것만이 여기서는 필요한 일이었다. 똑바로
> 자라나 다오. 그것은 누나처럼, 근수처럼, 그리고 어머니처럼 되지 않
> 는 일이다. 다른 무슨 방법을 발견하는 일이다. 너는 그것을 해낼 소질
> 이 있을 듯해 보인다……. …(중략)…
> '하리이가 지금 당장 어디루 가버린뎄자 나는 꿈쩍도 하지 않을걸.
> 백 번 팽개쳐진뎄자 꿈쩍도 하지 않을걸…….'(위의 책, 69쪽.)

기애는 일차적 일탈 후 사회 반응으로 인하여 현실 적응에 실패하
고 이차적 일탈을 겪지만 자신의 선택에 의한 주체적 삶을 사는, 절
반의 성공을 거두는 모습을 보인다. 그녀는 현실에 대한 대안으로 동
생 욱의 미래를 제시하는데, 그에게서 자신의 실패를 극복할 다른 모
습을 발견했기 때문이다. 이것은 이제 그녀가 장녀로서 혈연의 의무
에서 벗어나, 미래의 희망을 선택하여 자발적으로 책임지는 모습으
로 발전하고 있음을 함의하고 있다.

4. 상처의 치유에 성공하는 여성

〈방황〉(1957)의 주인공 홍만식은 전쟁 후 정거장에서 상습적으로
석탄을 훔쳐 생활하면서 공상으로 시간의 대부분을 보낸다. 그는 이
러한 일에 '석탄반출작업', '사고구축작업'이라는 거창한 이름을 붙이
며 자신의 왜곡된 세계관을 나타낸다. 그가 이러한 직업을 택한 이유

는 굶주림을 견디고 살아남기 위한 나름대로의 방편이었다. 그는 자신이 인간이 아닌 생물이기에 무엇이나 닥치는 대로 먹고 살 권리가 있다며, 자신의 행동에 정당성을 부여한다. 또한 자신의 석탄반출작업은 자신의 것을 자신이 가져가니 반출일 뿐 범죄가 아니라고 주장한다. 자신이 인간임을 부정하는 이러한 정체성 변형 증상은 전쟁을 겪은 피해자나 가해자에게 나타나는 생존자 증후군이다.[14] 하지만 이러한 증상을 이해하지 못하는 사람들에게 그는 하나의 정신이상자에 불과하다.[15] 특히 그는 주변 사람들의 이기주의와 물신주의 등으로 커다란 상처를 받고 있다. 그는 옆집 주인 사나이에게 개보다 못한 대우를 받고, 친구의 어머니에게는 도적놈 취급을 받는다. 이웃에게 무시와 소외를 당하는 그는 자신 또한 이웃을 소외시키고 비인간화하는 등 인간으로서 심각한 정체성 위기를 맞게 된다.[16]

나 홍만식은 인간이 아니다. 생물이다. 더 구체적으로는 동물이다. 동물은 무엇이나 닥치는 대로 먹고 살 권리가 있다. 덤비는 놈은 눕힐 권리도 있다. 힘이 모자라면 맞아서 죽을 뿐이다.(김성한, 〈방황〉, 《한국소설문학대계》, 동아출판사, 1995, 190~191쪽.)

취조는 순조롭지 못하였다. 홍만식은 어떻게 보면 똑똑한 것 같고 또 다르게 보면 정신이상에 틀림없는 듯하였기 때문이다. 돌았다고 주장하는 축도 있고 돈 척하는 악질이라고 주장하는 사람도 있었다. …(중략)… 며칠을 두고 물어도 꼭 같은 대답이었다. 마지막에는 의사를 불러

---

14 주디스 허먼(최현정), 『트라우마』, 플래닛, 2007, 141~166쪽.
15 슬라보예 지젝(이수련), 『이데올로기라는 숭고한 대상』, 인간사랑, 2003, 134쪽.
16 주디스 허먼(최현정), 『트라우마』, 플래닛, 2007, 117쪽.

다가 정신상태를 감정시켰으나 똑바른 결론을 얻지 못하였다. 이상한 듯도 한데 정확한 진단은 단시일 내에 내릴 수 없다는 것이었다.(위의 책, 192~195쪽.)

타자와 소통의 부재 속에 갇혀 있는 홍만식을 보호하고 받아들인 것은 작은 식당의 주인 애꾸눈 처녀, 미스김이다. 그녀는 그의 호소를 들어주고, 그의 증상을 알아봐 준 유일한 사람이다. 이것은 그녀가 눈에 보이는 것에 집착하지 않고, 내면의 목소리를 들을 역량이 있음을 나타낸다. 그녀는 그의 호소를 듣고 해석을 통해 그의 증상에 주목한다. 이것은 증상을 제거하는 것과는 다른 것으로 그가 세상과 소통할 수 있게 도와주는 조력자가 되어주는 것이다. 그는 그녀를 처음 만났을 때부터 보통의 사람과는 다른 그녀의 생명력을 발견했었다. 그 생명력은 본인뿐 아니라 주변의 사람들에게까지 영향을 줄 만큼 활기차고 강인한 것이다.

결국 홍만식은 애꾸눈 처녀 미스김의 식객이 되어 그녀의 집에 머물게 된다. 그녀의 집에 머물게 된 그가 맨 처음 하는 일은 그녀의 본질, 애꾸의 본질에 대하여 사고구축사업을 하는 것이다. 그녀는 전쟁 때 폭격으로 부모가 즉사하고 남동생도 세상을 떠난 천애고아다. 전쟁은 그녀에게도 씻을 수 없는 상처를 주었으며, 육체적으로도 불완전한 애꾸이다. 이 식당도 폭격 맞은 대지를 팔아 꾸민 것에 불과하다. 하지만 그녀는 이웃 아낙네들의 남자를 끌어들여 수작을 부린다는 쑥덕공론에도 까딱없는 모습을 보이고, 바람난 처녀의 술 맛을 보겠다는 목수의 뺨따귀도 후려갈겨 내쫓는데, 이러한 그녀에게 홍만식은 압도된다.

"누가 아니랬어요? 싫건 좋건 무대에 선 자가 춤 안추구 먹구 살 수 있나요?

이건 강철 이상이다. -만식은 압도되는 것을 느꼈다. …(중략)…

"발악이란 건 억지의 요소가 많은 걸 말하는 겁니다. 애꿀 애꾸라구 하는 것도 발악인가요?"(위의 책, 201쪽.)

"저는 미스터 홍을 돕는 자세예요"

만식은 십여년 만에 처음으로 어떤 따뜻함을 느꼈다. 이북에서 단신 월남할 때 멀리 집 앞 큰바위 밑까지 바래다 주던 어머니의 눈물 고인 눈에 서렸던 그러한 따뜻함이었다.(위의 책, 204쪽.)

홍만식을 대하는 그녀의 태도는 동정이나 적선이 아닌, 신뢰와 지지를 보내는 것이다. 전쟁 트라우마의 회복은 모두 세 단계를 거쳐 완결되는데, 그녀는 그의 생계를 책임지며 안전을 확립시켜주었고, 그의 상처에 대하여 충분히 애도하면서 인간에 대한 믿음을 주어 그의 인간성을 회복시켜주었다. 이제 세 번째 단계로 그녀는 그로 하여금 다시 일상과 연결되는 방법을 모색하게 한다. 이러한 그녀의 노력은 그에게 세계에는 질서와 정의가 있다는 느낌을 갖게 하고, 사회에 대한 불신을 해소시킨다.[17] 그녀는 그에게 세상을 상대로 자신의 무대를 찾고, 자기 자신도 찾아보라고 권유한다. 이것은 그가 자신의 정체성과 자신의 사회적 위치를 찾고 사회적 질서에 편입되기를 간절히 원하는 그녀의 바람이기도 하다. 그녀는 그에게 洪萬植이라는 이름 석 자가 한자로 수놓인 양복과 얼마의 돈을 내어 놓고, 그 역시

---

17 주디스 허먼(최현정), 『트라우마』, 플래닛, 2007, 117쪽, 260쪽.

자신에게 일어날 변동을 감지하며 세상 속으로 나아간다.

> "……우린 결국 인간이에요. 생물이니 강철이니 하고 빗나가 보아도
> 인간이지요. 이것은 어쩔 수 없는 운명 아니에요?" …(중략)…
> "오해 마세요, 미스터 홍은 여길 떠나야 합니다. 사람마다 무대가 있
> 잖아요? 제 무대에 올라서야 사람 구실을 한다—이것이 제가 한 달 동안
> 두구두구 생각한 결론이에요. 여기 그냥 있어서는 무대가 생길 가망이
> 없어요. 좁은 껍질을 쓰구 자신을 상대로 악을 쓰지말구 넓은 세계를 상
> 대해 보세요. 무대를 찾으세요. 그건 자기사신을 찾는 것도 되겠지요.
> 자기의 자세두 만들구요." …(중략)…
> 만식은 힘껏 껴안아 주고 밖으로 나섰다.
> 어쩌면 무슨 변동이 있을 듯도 하였다.(위의 책, 203~205쪽.)

치열한 전쟁에서 생존한 그녀는 홍만식을 도움으로써 자신의 고통
에 의미와 존엄을 부여할 수 있게 되었다.[18] 전쟁으로 인해 상처받고
훼손된 불완전한 자신의 모성 본능을 다시 확인하고 완전한 인간으
로 회복하는 것이다. 이것은 그녀가 단지 여성으로서 남성을 구원하
는 의미에 머무르는 것에서 벗어나, 그를 도움으로써 자신을 치유하
고 정체성을 되찾는 건강한 방법을 선택한 결과라는 함의를 이끌어
낸다. 즉 타자의 행복을 위해 스스로를 희생하는 것이 아니라, 그 희
생을 통해 스스로 자신을 치유하는 것이다.[19] 오직 자신에 의해서만
치유될 수 있는 홍만식과 소통에 성공할 때 그녀는 자신의 상황을 건
강하게 극복하고 재기의 발판을 마련하였음을 확인할 수 있다.

---

18 주디스 허먼(최현정), 『트라우마』, 플래닛, 2007, 117쪽, 395쪽.
19 슬라보예 지젝(이수련), 『이데올로기라는 숭고한 대상』, 인간사랑, 2003, 61쪽.

5. 나가며

본고에서는 정조의 의무에서 벗어나 자신의 불의로 남성의 위선을 폭로하는 여성, 혈연의 의무에서 벗어나 자신의 자발적 선택을 책임지는 여성, 구원의 의무에서 벗어나 타인과 자신의 상처 치유에 성공하는 여성의 특이성을 밝히고, 그것이 의미하는 사회적 함의를 살펴보았다.

〈매체〉의 한천옥은 그 시대 매춘 여성들과는 달리 자신을 매체로 인식한다는 점에서 전형적 의미의 매춘여성이 아니다. 또한 그것이 결과적으로 남성들의 위선을 비판한다는 점에 특이성이 있다. 〈해방촌 가는 길〉의 기애는 두 번의 일탈을 감행하지만 혈연의 의무에서 벗어나 건강하고 희망적인 인물을 자발적으로 선택하여 책임지게 되면서 더 이상의 부정적 변화를 멈추게 된다는 점에서 역시 전형적이지 않은 특이한 인물이다. 〈방황〉의 애꾸눈 처녀 미스김 역시 혈연관계도 아니며, 애정관계도 아닌 타인을 순수하게 돕고 치유한다. 더구나 이것이 단지 여성으로서 남성에게 희생하는 전통적인 구원의 의무에서 벗어나 이를 통하여 자신의 전쟁 상처 또한 치유한다는 점에서 전형성에서 벗어난 특이한 인물이다.

앞에서 살펴본 여성인물들은 모두 반영론의 관점에서 접근할 수 없다. 작품의 창조적 핵심을 특이성의 생성으로 보았을 때, 이들의 출현은 1950년대 우리 소설의 다양성을 확인할 수 있게 한다. 이러한 다양성의 발견은 보다 폭넓게 전쟁 속 인간을 바라볼 수 있는 시선의 확장은 물론, 1950년대 전쟁문학의 주변부로 밀려나 있던 작품들의 의의를 밝혀 논의의 대상을 넓히는 계기가 되고 있다.

III
1950년대,
전쟁과 파편화되는 일상

전쟁기 소설의 관변화(官邊化) 양상

1. 들어가며

전쟁기의 문인들은 종군작가로 활동하면서 애국심과 전의를 고취하고자, 목적의식이 강한 작품들을 많이 발표하였다. 이들은 전쟁을 소설로 옮기는 것은 작가의 사명이라고 강조하면서, 종군작가의 펜은 "수류탄(手榴彈)이며 야포(野砲)며 화염방사기(火焰放射器)며 원자수소(原子水素)며 신무기(新武器)가 되어야 하고", 종군작가의 임무는 "전선(戰線)과 후방(後方)을 연결(連結)하여 촌호(寸毫)의 승리(勝利)도 허락(許諾)지 않는 견결(堅決)한 축대(縮帶)로써의 연결병(連結兵)이 되어야 한다"라고 주장하였다.[1] 이러한 인식 아래, 작품 활동을 한 종군작가들은 전쟁기, 자신들의 문학적 성과에 대해서도 강한 자부심을 갖고 있었다. 『전시문학독본』의 후기에서 김송은 "전시하(戰時下)에 있어서 문화인(文化人) 삼십명(三十名)을 동원(動員)하여 이만한 문학독본(文學讀本)이나마 맨들어 내는 것은 대국적(大局的)으로 보아서 큰 수확(收穫)"이라 말하고 있다.[2] 한편 최독견은 『전선문학』의 창간사

---

1 박영준, 「후기」, 《전쟁과 소설》, 계몽출판사, 1951.

에서 "일선장병(一線將兵)의 사기(士氣)를 헌앙(軒昻)케 하고 난민의 전의(戰意)를 앙양(昻揚)케 하기 위해 발행"되었음을 밝혔다.[3] 또한 김종문은《전시한국문학선》이 "전쟁기에 발표된 뛰어난 작품을 뽑아 전시문학을 집대성하겠다는 포부"로 만들어졌다고 하고 있다.[4]

한국전쟁기 소설은 대개 한국전쟁 중 또는 직후 발표된, 전쟁을 직접적 제재로 하는 소설로 보통 관과 군에서 주도하고 작가들이 확실한 사명감으로 참여하여, 군의 이야기가 소재, 반공 이데올로기가 주제가 되는 관변소설이 주류를 이룬다.[5] 이러한 소설의 특징은 반공 이데올로기의 지향과 텍스트 간의 상호 전이 현상이다. 한 작가가 같은 내용의 작품을 단편과 장편으로 발표하고, 비슷한 내용의 이야기를 되풀이할 뿐만 아니라, 작가는 다르지만 내용이 흡사한 작품들도 많이 존재한다. 하지만 이러한 공통된 특징 속에서도 구분되는 내용상의 차이점이 발견되는데, 이를 중심으로 종군소설, 선전소설, 결연소설로 유형을 분류하여 한국전쟁기 소설의 관변화 양상을 연구해 보고자 한다.

2. 체험과 기록의 종군소설

조연현은 전쟁 중에 쓰는 문학은 전쟁에 대한 체험의 기록일 수는

---

2 김송, 「후기」,『전시문학독본』, 계몽사, 1951.

3 최독견, 「창간사」,『전선문학』1, 육군본부종군작가단, 1952.2, 9쪽.

4 김종문, 「序라 題하여」,《전시한국문학선》, 국방부정훈부, 1954, 2~3쪽.

5 이상원은 「1950년대 한국 전후소설 연구」,(부산대학교(박사), 1993)에서 '선전성'과 '이데올로기적 경직성'을 한계로 지적하면서 관변문학이라는 명칭을 사용하고 있다.

있지만 전쟁에 대한 경험의 형상화일 수는 없다고 지적한 바 있다.[6]
그의 지적과 같이 전쟁의 현장에서 쓰이는 종군소설은 전쟁을 문학
적으로 형상화하기보다는 전쟁을 체험하고 그것을 기록하기에 급급
했던 면이 많았다. 또한 작가조차도 자신의 종군은 한국작가로서의
역사적 임무를 완수하는 것으로[7] 전선 종군과 서울 시민방송을 맡아
서 원고를 쓰거나 직접 생방송에 나가고, 일선장병을 위문하고, 정훈
국 편집실에서 삐라와 격문을 제작하고 군가 가사의 작곡, 대민 선무
공작 등이라고 인식하고 있다.[8] 그러므로 종군소설에 대한 문학성을
논의하는 것에는 어느 정도 한계가 있음을 전제한다.[9]

최태응의 〈구각을 떨치고〉(1951)는 애정의 유희에 빠져 한심하고
무가치한 시간을 보내던 작가가 전쟁을 맞아 종군하기까지 행적들이
묘사되어 있다. 전쟁 상황을 제대로 파악하지 못한 작가는 서울 잔류
를 결정하는데, 이러한 상황 판단이 한국전쟁 초기 짧은 시간에 많은
인명이 희생된 결정적 이유이다. 주인공은 가족과 국군의 도움으로
수원에 도착한 후, 그동안의 행실을 뉘우치기라도 하듯이 열심히 종
군 임무를 수행하는데 삐라와 격문을 쓰고, 제작하는 과정들이 사실
적으로 드러나고 있다. 그는 전쟁을 통해 예전의 타락한 생활, 즉 낡
고 묵은 껍데기를 벗어버리고 가족의 소중함을 인식하면서 인생의
값을 깨닫는데, 개인의 각성과 성장이 종군을 통하여 이루어지면서

6 조연현, 「한군전쟁과 한국문학-체험의 기록과 경험의 형상화」, 『전선문학』 5, 육군
  본부종군작가단, 1953.5, 18~21쪽.
7 구상, 「종군작가단 2년」, 『전선문학』 5, 육군본부종군작가단, 1953.5, 57~59쪽.
8 고은, 『1950년대』, 향연, 2005, 105쪽.
9 정호웅, 「분단소설의 새로운 넘어섬을 위하여」, 『한국문학』, 1986.6, 369~370쪽.

종군이 개인에게 미치는 긍정적 효과를 제시하고 있다.

최태웅의 〈찬미소리 들으며〉(1953)에서 주인공인 윤국은 전쟁 중 공산군에게 학살을 당한 스승의 외아들 봉호의 소식을 듣기 위하여 해병대에 종군하였다. 그는 전선을 돌아다니며 사병들의 심부름을 해주고, 소식을 전해주는 등 종군작가로서의 역할을 보여준다. 윤국의 눈을 통하여 보는 전쟁은 역동적이고 사실적으로 묘사되고는 있지만, 정제되지 못한 표현과 감정들이 곳곳에 나타난다.

> 그들 쏘련 족속들은 그들의 근성과 욕심과 사정과 정책에 의해서 마음껏 배를 채우고 힘없는 이민족인 우리나라 여자들 쯤 닥치는 대로 능욕을 퍼부어대고 훔척질을 해 간들 제재할 사람도 처벌한 기관도 없는 무법천지에서 가진 만행을 다 했다 치드라도 그들의 꽁문이에 붙어다니며 분하고 억울하고 아퍼하고 슬퍼 할줄을 모르기는 또 차지하고 오히려 그들을 도아주기도 하고 앞장을 서 다니며 그들에게 길을 인도해주고 숨은것을 들추어 주고 독장드러 찌꺽이를 주서 먹기에 눈알이 뒤집혀 날뛴 자들 터문이 없는 공산주의자들이 다 같이 나노은 피 같은 형제 같은 동포를 욕주고 죽이기 까지 그야말로 미친개와 다를 것이 없었던 그들의 실태를 윤국은 비단 자기의 눈으로 보고 자기의 피부로 당하고 수난받지 않았다고 해도 얼마든지 알 수 있었다. (최태웅, 〈찬미소리 들으며〉, 『해병과 상륙』, 계문출판사, 1953, 93쪽.)

윤국은 성탄절 밤에야 봉호가 있다는 최전선의 섬에 도착하여 그를 만나지만 자정을 기해 적의 공습이 시작되고 전투에 참가한 봉호는 행방불명된다. 다음 날 전사한 용사들을 위하여 모여 찬송가를 부르는데, 그 순간 온몸에 피를 묻힌 봉호가 언덕을 기어 올라온다. 감동을 위한 이러한 극적 구성은 핍진성의 부족을 드러내는 요인으로 종군소설의 문학적 한계를 보여주는 대표적 요인이다.

최태응의 〈무지개〉(1954)의 윤중사는 동부전선 884고지의 처절한 탈환전 중, 왼쪽 팔에 적탄을 맞았다. 그러나 불사신이라는 별명처럼 그 상태로 세 명의 괴뢰군을 생포하는 등 전투에서 뛰어난 성과를 거둔다. 윤중사는 포상으로 휴가를 얻었으나, 가족들이 자신의 부상을 염려할 것을 걱정해 집에도 가지 않는다. 더군다나 윤중사는 자기 팔을 쏜 괴뢰군을 즉결처분하지 않고 법에 따라 생포하는 등 인도적인 군인의 면모를 보인다. 한 달 가량의 동부전선 종군을 마치고 돌아오면서 작가는 윤중사를 위해, 그의 집을 찾아 소식을 전하기로 결심한다. 작가는 그곳에서 순박하고 선량한 그의 가족들을 만나고, 또 다시 전선의 윤중사에게 가족의 소식을 전해준다. 작가는 전쟁 중, 전선의 군인과 후방의 가족들을 연결해 주는 역할까지도 충실히 해내고 있다.

이무영의 〈바다의 대화〉(1953)에서 작가는 박대위에게 어떤 모자의 이야기를 듣는다. 박대위는 갑자기 전쟁이 터지자 우연히 만난 모자의 도움으로 무사히 귀대하게 되는데, 어느 날 그 부인이 찾아와 아들 창걸의 군 입대를 면제해 달라는 부탁을 한다. 박대위는 생명의 은인인 부인의 부탁을 차마 거절 못한다. 그런데 박대위를 찾아온 창걸은 오히려 어머니를 설득하다 늦었다며 입대수속을 빨리 해달라고 부탁한다. 박대위는 창걸의 기특한 마음에 감동받아 진해까지 가서 입대 수속을 해주고, 창걸을 작가에게 소개한다. 그러자 작가는 창걸과 기념사진을 찍고, 부산에 도착하여 식사를 대접한다. 이 작품은 박대위의 회상과 박대위와 작가의 대화를 중심으로 내용이 전개된다. 그런데 박대위와 작가는 일반 시민, 특히 창걸의 입대를 만류하

는 어머니 같은 이는 깨우쳐야 하는 존재, 어머니의 반대를 무릅쓰고
입대하는 창걸 같은 이는 본받아야 하는 존재라는 생각을 전제로 대
화를 나누고 있다.

  "훌륭한 군인이다. 자 악수 한번 하자. 아주 훌륭해. 박대위 이 위대
  한 대한민국의 청년과 사진을 한 장 찍읍시다. 박대위도 오시요. 이 사
  진긴 자동이니까. 그러구 부산에 내려서는 내 점심을 한턱 내리라. 잘
  싸웠다는 의미와 또 앞으로 잘 싸워달라는 의미, 그리고 이 위대한 애국
  정신이 우리 청소년들의 뼈속까지 침투되기를 비는 의미―"(이무영, 〈바
  다의 대화〉, 『전선문학』 3, 육군본부종군작가단, 1953, 18쪽.)

  독자들은 인물의 갈등이나 구성을 통하여 주제를 자연스럽게 파악
하고, 작가는 이를 통해 하고 싶은 말을 전달하여야 하는데, 등장인
물들의 일방적 설교는 작품의 긴장을 떨어뜨릴 뿐 아니라 작품을 도
구적 선전물로 추락하게 한다.
  박연희의 〈새벽〉(1953)에서 작가는 군함을 타고 종군하던 중 적에
게 공습을 당하는데, 이 전투로 가깝게 지내던 강하사가 큰 부상을
당하여 혼수상태에 빠진다. R정장은 작가에게 강하사의 용감함을 칭
찬하면서, 일선 해군의 활약을 국민에게 잘 전달해 달라고 부탁한다.
이것이 전선에서 기대하는 종군작가의 임무이다.

  "이번에 가시면 우리 일선 해군이 이처럼 싸우고 있다는 기사나 잘
  보도해 주시오. 하하하하……더욱이나 강하사의 오늘 전투에서 한일이
  란 우리 국군이 아니면 못해 낼 것입니다. 관통상을 당하고 그대로 포
  (砲)를 놓치 않았읍니다. 그렇기 때문에 출혈이 심해서 더욱 고통이 심

한 모양인데……"(박연희, 〈새벽〉, 『전선문학』 3, 1953, 40쪽.)

작가는 강하사와 같은 동네에 살았을 뿐 아니라 그의 형이 출판노조 위원장으로 부모와 함께 전쟁 중에 행방불명된 사정을 알고 있었다. 우연히 그가 어머니를 그리워하며 눈물을 흘리는 모습을 보았던 작가는 강하사를 두고 갈 수가 없어 수술 후 경과를 기다리고 그가 깨어나는 것을 확인한 후 병원을 떠난다. 가족 간의 이념 대립은 개인에게 커다란 갈등의 요소이며 상처이다. 자신의 이념을 지키기 위해 가족을 향해 총부리를 겨눌 수밖에 없는 강하사와 아픔을 이해하는 작가의 고뇌가 잘 나타나고 있는 이 작품은 용맹하기만 한 강하사의 뒤에 가려진 아픔과 그것을 헤아릴 줄 아는 작가의 모습을 그려내고 있다.

오영수의 〈동부전선〉(1955)은 '나의 종군기'라는 부제가 붙은 작품으로 작가가 군인들과 함께 동부전선인 고성에서 원산까지 동행하며 쓴 이야기이다. 고성에서 만난 젊은 장교와 군인들은 하나같이 후방은 퇴폐했으며, 전방의 처참한 싸움을 강 건너 불구경처럼 한다는 불만을 작가에게 전한다. 이러한 남남 갈등은 남북 갈등 못지않게 심각한데, 작가는 전방의 군인들의 입을 통해 직접 밝히고 있다. 작가는 숙소로 돌아가는 길에 우연히 동생이 이곳에 있다는 사실을 알고 극적으로 해후하지만, 또 다른 동생은 안강전투에서 전사했다는 안타까운 소식도 함께 듣는다. 다음 날 고성여중에 다니는 여학생을 따라 여학교에도 가보고, 낮에는 온정리의 외금강 역에서 장전을 향해 포격하는 전투장면을 목격한다. 그런데 작가는 종군작가이면서도 군의 잘못된 정훈정책을 비판하는 등 다른 종군작가들과는 달리 비교적 객관적 모습을 보여준다.

> 여기저기 국군환영 삐라가 나붙었다. 그 중에는 – 위대한 영도자 이
> 승만 대통령 만세……도 있다.
> 이런 건 물론 시민들이 붙인 것이겠으나 좀 생각할 여지가 있지 않을
> 까?
> – 위대한 영도자 김일성 장군 만세……가 거리마다 붙었고 오 년 동
> 안 귀에 딱지가 앉도록 들어 온 이북 동포들에게 이름만 바꾼 이 문구가
> 무슨 새로운 자극이 될까 싶다.(오영수, 〈동부전선〉, 『현대문학』, 341쪽.)

작가가 이와 같은 태도를 가질 수 있었던 이유는 종군작가로서의
임무에 지나치게 고무되어 있지 않고, 소박하고 실속 있는 태도와 함
께 전쟁을 냉정하게 생각하고 반성하는 태도를 취하고 있기 때문이
다.[10] 작가는 흥분과 격앙된 감정을 감추며 전쟁을 한 번쯤 다시 생각
해 보겠다는 다짐을 작품 여러 곳에서 하고 있는데, 이것이 이 작품
이 다른 종군소설과 구별되는 이유이다.

종군소설은 종군작가 본연의 임무로부터 군에서 기대하는 종군작
가의 역할, 이상적 군인의 면모, 후방에 대한 전선의 불만, 정훈정책
의 비판까지 여러 관점에서 전쟁을 다루고 있다. 이렇듯 전쟁을 내부
와 외부에서 동시에 바라보는 것이 가능한 것은 이들이 종군작가이
기 때문이며, 이것이 종군소설의 특징이 된다. 하지만 1인칭 관찰자
시점을 견지한 인물의 묘사 방법으로 정제되지 못한 격한 표현과 감
정들을 쏟아내고 일반 국민들은 깨우쳐야 하는 존재로 소설 속 주인

---

10 고은, 『1950년대』, 향연, 2005, 124쪽.

공들은 본받아야 하는 존재로 설정하여 독자를 설득하려 하는 점 등
은 종군소설의 한계이다. 또한 작가는 전쟁의 현장에 뛰어들어 직접
전쟁의 상황을 중계하는 역할을 하고 있지만 그 역할은 철저하게 군
인들의 사기를 진작하고 또한 그들의 활약을 통해 국민들을 안심시
키는 것에 머무르면서 종군소설은 경험의 형상화에 도달하지 못하고
체험의 기록에 그치고 만다.

3. 입대 권유와 체제 홍보의 선전소설

1) 입대 권유와 여성의 위치

입대 권유의 선전소설은 입대자와 입대를 중개하는 자 그리고 입
대에 동참하는 자들의 입대 과정과 당위성이 당사자들을 통해 직접
이야기되고 있다. 입대 연령의 청년들에게는 군대에 들어가는 것과
군 입대를 회피하고 기피자가 되는 두 가지의 선택이 있다. 그러나
당시 우리 사회는 전쟁 중이었음에도 불구하고 기피자가 능력자가
되고 입대자가 무능력자가 되는 어처구니없는 상황이 벌어졌다.[11] 그
러므로 군에서는 입대가 얼마나 중요하고 신성한 의무인지 국민들에
게 일릴 필요성을 느끼면서 입대를 권유하는 작품이 나타나기 시작
했다. 입대를 권유하는 역할은 주로 어머니와 아내, 애인 등 여성들
이 맡게 된다. 이들은 처음에는 망설이지만 곧 남성을 입대시키는 것
에 앞장서게 된다. 어머니는 원래 자식의 생명을 무조건적으로 보호

---

11 서기원, 「정신적으로 타락한 전쟁」, 『월간문학』, 1986.6, 276쪽.

하는 모성 본능을 지니고 있는데, 이러한 본성과는 반대로 입대를 권유하는 역할을 하고 있는 것이다. 그런데 이러한 소설들은 주로 여성작가들에 의해 많이 창작되었다. 이들은 어머니의 입장에서 자식을 전쟁터로 보내는 것에 앞장서고 있다.[12] 전쟁에 여성작가들이 적극적으로 동원된 것은 일제강점기부터이다. 많은 여성 지도자들이 일본의 총동원 체제에 협력하였는데 어용단체 관여, 황민화를 위한 순회강연, 징병과 학도병 권유, 국민 헌금 등을 하고 솔선하여 신사참배를 하였다.[13] 당시 여성 지도지들의 주요 관심사는 여성의 권익증진이나 지위향상이 아니라 자신의 정치적 지지기반과 배경의 확보 등 사적 영역에 있었다.[14] 이들의 면면은 한국전쟁기 소설에 이어 1960년대 파월 종군 작가단까지 이어지게 된다.[15]

입대 권유 선전소설의 첫 번째 유형은 자식을 입대시키는 어머니의 복잡한 심정을 묘사하는 내용의 작품들이다. 최정희의 〈출동전야〉(1954)의 성악가 성진려는 사랑하는 남편을 전쟁에 잃고, 아들 승수만을 의지하며 살아가는데, 승수에게 제2 국민병 소집영장이 나온다. 장덕조의 〈어머니〉(1951)의 박진순 여사도 아버지 없는 외아들 종한과 의지하며 살아가는데, 아직 열여섯 살도 못 된 종한이 자원입대를 한다. 이서구의 〈어머니〉(1953)에도 서른네 살에 폐병으로 남편을 잃고 육남매를 훌륭하게 키운 어머니가 나온다. 하지만 큰아들 준

---

12 박정애, 「'동원'되는 여성작가 : 한국전과 베트남전의 경우」, 『여성문학연구』 10, 2003, 84쪽.

13 가와 가오루(김미란), 「총력전 아래의 조선 여성」, 『실천문학』 67, 2002.8, 310쪽.

14 이임하, 「한국전쟁과 여성성의 동원」, 「역사연구」 14, 2004, 114쪽.

15 박정애, 「'동원'되는 여성작가 : 한국전과 베트남전의 경우」, 『여성문학연구』 10, 2003, 72쪽.

기는 제자들에게 체포되어 가고, 둘째 아들 순기는 의용군으로 끌려 나간다. 큰사위는 총살을 당하고, 셋째인 신기는 학도병으로 동부전 선에 출정하여 전사한다. 이제 진해 통제부에서 근무하다 함상근무, 출정을 명령받은 막내 명기와 어머니 곁에 남아있던 진숙마저 약혼 자를 따라 간호부로 떠나야 하는 처지이다. 어머니들은 처음에는 자 식들의 전사 소식에 충격을 받고, 남은 자식들의 입대를 만류하려 하 지만 입대 당사자인 아들의 설득과 주위 입대자들의 의젓한 행동을 보며 자식들을 전선에 보내겠다고 결심한다. 그리고 그 후에는 그 누 구보다도 열렬한 후원자가 되어 그들을 응원한다.

> "어머니두 참 난 어머니가 젤존 어머닌줄 알았더니, 어떻게 ○○씨 한테 가서 빼달란 말씀을 할 수 있어요? 어머니 그런 잘못된 생각을랑 하지마세요. ○○씨와 같은 사람에게 청을 해서 빠질수 있는 사람은 죄 다 빠지구 전쟁은 누가 합니까? 어머니 그런 옳치못한 생각은 버려주세 요."(최정희, 〈출동전야〉, 《전시한국문학선》, 국방부정훈부, 1954, 256~ 257쪽.)

> 너이들은 내 뱃속에서 나왔지만 인제는 내것이 아니다. 나라의 일꾼 이오. 남의 귀중한 배필이다. 명기야, 너는 주저말고 내일 아침에 떠나 가서 용감히 배를 타거라. 그리고 진숙이는 며칠안으로 일선 야전병원 으로 가거라. 에미는 조금도 근심할필요가 없다. 너이들을 위하여 삼십 년동안 싸워온 에미이니 이 에미도 그렇게 약하기만한 여자는 아니다. 에미곁에는 어느때나 하느님이 계시다."(이서구, 〈어머니〉, 《해양소설 집》, 해군본부 정훈감실, 1953, 74쪽.)

이 초라한 가정 단조(單調)하고 실리적(實利的)인 생활속에 뜻하지않

고 피려는 영웅, 화려한 용사를 자기는 무슨 권리로 여태 만류해 왔단말
인가.

　　－ 참사랑 가장 경계해야할 것은 맹목적 사랑이다 －

　박선생의 결심은 차차 흔들리지않는 확실한것이 되었다.

　　－ 대한의 아들들아, 모두 마음놓고 나가거라, 뒤에는 우리들이 대기
하고 있다.－(장덕조, 〈어머니〉, 『전시문학독본』, 계몽사, 1951, 107쪽.)

　입대 권유 선전소설의 첫 번째 유형에서는 특히 어머니들의 안타
까운 사연을 많이 다루고 있다. 성진려는 전쟁 중 남편을 잃고 난 하
나 남은 가족인 외아들, 박진순 여사는 유복자이자 유일한 가족인 아
들, 또 서른네 살에 혼자가 된 어머니는 훌륭하게 키운 자식 여섯 중
넷을 잃고서도 나머지 두 명의 자식을 전선에 보내는 모습을 보여줌
으로써 자식을 입대시키는 어머니들의 박탈감을 상대적으로 감소시
키려 하고 있다. 하지만 당시 사회는 입대를 회피하기 위해 갖은 술
수를 쓰고 있는 데 반하여 소설 속 인물들은 서로의 입대를 축하하는
등 현실과는 상당한 거리를 보이고 있다.

　입대 권유 선전소설의 두 번째 유형은 입대자인 남성이 입대하는
것에서 더 나아가 여성들까지 자원입대하는 내용의 작품들이다. 장
덕조의 〈젊은 힘〉(1951)에서는 정훈을 따라 그의 애인 미혜가 의용군
으로 자원입대하고, 장덕조의 〈선물〉(1953)에서는 병준을 따라 애인
오은희, 외아들 현식을 따라 어머니 박간호부장이 자원입대를 한다.
그리고 박간호부장과 오은희를 따라 외과병원 간호원들이 총궐기하
여 전선종군을 하는 내용이다. 정비석의 〈간호장교〉(1952)에서는 자
원입대하는 교사 이건호를 따라 애인 김선주가 간호장교로 참전을

하여 부상당한 이건호를 만난다. 곽하신의 〈남편〉(1954)에서는 말도
없이 자원입대를 한 남편을 따라 임신 중인 아내 영숙이 간호병으로
자원입대한다. 하지만 남편은 아내를 전선의 병원에서 만났으면서도
외면하는 냉혹한 모습을 보이기도 한다. 이것은 전쟁 중 여성은 한
남자의 아내로서 역할보다 군대 안에서 간호병으로서 역할에 충실할
것을 요구하는 것과 더불어 자신도 남편으로서 역할보다는 군인으로
서 역할에 충실하겠다는 것으로 해석된다. 배우자의 입대 소식을 들
은 주인공들은 기쁨과 자랑스러움을 표현하며 행복해 한다. 즉 연인
이나 배우자에 대한 사랑과 조국에 대한 사랑을 동일시하면서 입대
권유라는 목적을 자연스럽게 드러내는 것이다. 등장인물에게서 입대
에 따르는 개인적인 고민이나 실존적 회의는 전혀 나타나지 않는데,
이들은 반공의 도식에 따라 평면화된 존재들로 그려지고 있을 뿐이
다.[16]

> "여자 의용군을 지원할 작정입니다.
>
> 아버지가 글쎄 인철일 병역회피 식히느라 가진수단을 쓰구 계시니
> 그걸 시정하기위해서라두 제가 나가야죠."
>
> "음!"
>
> "고대위를 따른다는것뿐만이 아녜요. 입에 내여 말하기조차 부끄러
> 운 제 가정형편입니다."
>
> 정훈의 얼굴에는 완연히 감격한 표정이 들어났다.
>
> 동시에 그것은 기쁨의 표현이었다.(장덕조, 〈젊은 힘〉,《전쟁과 소설》,
> 계몽출판사, 1951, 137쪽.)

---

16 엄미옥, 「한국 전쟁기 여성 종군 작가 소설 연구」, 『한국근대문학연구』 21, 2010.4,
274쪽.

며칠후 전선으로 떠나는 병준은 은히로부터 참 좋은 선물을 받았다. 외과병원 간호원들이 총궐기하여 전선종군을 지원했다는 신문기사였다. 기사와 함께 게재된 사진에는 은히와 나란히 박간호부장이 병준을 바라보며 자랑스레 웃고 있었다.(장덕조, 〈선물〉, 『전선문학』 4, 육군본부종군작가단, 1953, 89쪽.)

"저두 선생님의 뒤를 따를 결심으로 간호장교가 됐어요!"
"선주씨가 간호장교로?……"
이건호는 그제야 모든 것을 깨달은듯이 선주의 손을 힘차게 꼭 쥐었다. 선주도 이건호의 손을 울면서 마주잡았다.
마주잡은 손과 손! 사랑하는 사람끼리 마주잡은 두 손은 무언의 맹세를 속삭이는듯, 행복에 넘치는 두 가슴이었다.(정비석, 〈간호장교〉, 『전선문학』 2, 육군본부종군작가단, 1952, 41쪽.)

등장인물에게는 입대가 애국과 애정을 동시에 획득할 수 있는 기회로 입대를 통해 상대방의 사랑을 확인하거나 부녀의 갈등이나 모자의 갈등까지도 완전히 해소하고 있다. 전시 체제 안에서 이런 식으로 동원되었던 여성들은 곧 전후, 커다란 사회문제로 대두될 것을 예상할 수 있지만 작품 안에서 그러한 모습은 어느 곳에도 형상화되지 않고 있다.[17] 전시 체제 안에서 여성은 끊임없이 동원되고 있으나 보

---

17 장덕조, 「군인과 여성」, 『전선문학』 2, 육군본부종군작가단, 1952.12, 26~28쪽. 나는 그가 아들을 전지(戰地)로 내보낼 때의 광경(光景)을 상상(想像)해 본다. 아직도 우리나라에는 최초(最初)부터 어떤 신념(信念)을 가지고 만족(滿足)하여 아들이나 남편(男便)이나 사랑하는 사람을 전지(戰地)로 내보낼 수 있는 여성(女性)은 그리 많지 못하다. …(중략)… 아무튼 이번 전란(戰亂)은 모든 여성(女性)들을 역경(逆境)으로 몰아넣는 거대(巨大)한 괴물(怪物)이었다. 아들을 빼앗긴 어머니 애인(愛人)을 잃은 처녀(處女)며 미망인문제(未亡人問題) 모든 것이 결국(結局)은 커다란 사회문제(社會問題)에 결부(結付)된다.

호할 필요는 없는 존재일 뿐이다.

입대 권유 선전소설은 국민들에게 입대를 독려하고 애국심을 고취시키는 확실한 목적을 갖고 있다. 그러므로 모든 작품에 나타나는 입대자는 주위 사람들의 축하와 축복을 받으며, 배우자들의 동반입대로까지 이어진다. 하지만 이러한 비슷한 내용의 소설이 자주 등장한다는 것은 당시의 많은 국민들이 참전을 회피하거나 입대를 두려워했다는 사실을 방증해 주는 것이기도 한다. 또한 단일한 주제를 효과적으로 부각시키기 위한 단순 구성, 동일한 성격의 인물과 배경 등의 반복은 입대 권유 선전소설의 한계이다.

2) 체제 홍보와 휴머니즘의 한계

체제 홍보의 선전소설은 민주주의 체제와 국군의 우월성을 선전하는 내용으로 구성되어 있다. 특히 〈빨치산〉의 경우 민주주의 체제의 우월성을 선전하는 등 이데올로기 문제를 정면으로 다루고 있다. 또한 〈김장군〉에 등장하는 정의롭고 인자한 상사와 〈용사〉의 용맹한 군인 그리고 〈전우애〉의 동료들과의 우정을 통해 국군의 이상적 모습을 홍보하고 있다.

박영준의 〈빨치산〉(1952)은 공산주의 체제에 실망한 주인공이 전향하는 내용을 다룬 최초의 빨치산 소설이다. 추일은 서울대학교 법과대학 2년을 중퇴한 뒤, 월북한다. 그리고 한국전쟁이 발발하자 빨치산 소대장으로 남한에 내려온다. 그는 과거를 지우기 위해 김명구라는 본명을 거부하고, 공비 두목 추일 부대장으로 불리며 나약한 지식인이 아닌 혁명적 빨치산으로 성공한다. 그러나 괴뢰군이 후퇴하고, 국군이 함흥, 청진까지 진격하는 등 전세가 불리해지자 그도 인간으로서 어쩔 수 없는 불안과 공포를 느끼기 시작한다.[18] 그러면서 어떠한 감정도 전혀 표현할 수 없는 공산주의의 기만성과 이러한 사실을 협박과 의식적인 미화로 은폐하고 있는 공산주의의 절대성에 의문을 갖기 시작한다. 또한 그의 부대에 배속된 스물 한 살의 대학생, 윤귀향과 사랑을 통해 인간에게는 은폐시키려고 노력해도 안 되는 감정이 존재한다는 것도 알게 된다. 교전 중 상황이 여의치 않아 명령을 실행하지 못한 그에게 지대장이 교양 멍령을 내리자, 그는 공산주의란 조금의 실수도 인정되지 않고, 약간의 관용도 베풀지 않는 비인간적인 체제임을 깨닫는다. 더구나 교전 중에 귀향마저 숨을 거두자, 그는 국군 앞에 투항하고 전향 의사를 밝힌다. 그는 사회문제를 공산주의의 원리로 풀어내려는 생각을 하지만 공산주의는 자본주의 사회의 노동자보다 더 비참한 생활을 하는 계급이 존재하며, 인간의 감정을 부정하고 은폐하는 모순에 빠진 체제일 뿐이다. 공산주의 체제의 모순과 부당함을 밝히는 것은, 민주주의 체제의 우월함을 입증하는 가장 확실한 반공 이데올로기가 된다. 대부분 사람들은 빨치산은 농민이나 노동자 등 사회 하층민이 참여한다고 생각하였다. 그러므로 서울법대에 다니던 엘리트 빨치산이 공산주의에 환멸을 느껴 전향하였다는 사실은 그 자체만으로도 선전문학의 목적에 부합된다.

박영준의 〈용사〉(1951)는 군의 용맹함을 선전하기 위한 작품이지만 반공문학의 한계점을 가장 잘 드러내는 작품이다. 또한 이 작품에는 여성이 간호병이 아닌 전투병으로 등장하여 높아진 여성의 위상

---

18 이재선, 『현대한국소설사』, 민음사, 1994, 126쪽.

을 보여줄 것으로 기대되었지만 여성병사인 김란수 하사는 남성 전
투병의 우월성을 돋보이게 하고 그들을 위안하는 보조적 역할만을
수행하면서 병사형 주체로서의 주체성은 상실한 채 위안형 주체에
머물고 만다.[19] 주인공 권중사는 적을 칠십 명이나 생포하여 전공을
세우고 한 계급 승진하는 등 용감한 군인이다. 하지만 그는 자신의
연애편지에 답장이 없자 자신을 모욕하였다며, 김란수 하사를 구타
할 정도로 폭력적이다. 그런데 그의 상사인 김소위는 동료를 구타한
권중사를 처벌하기보다, 오히려 그의 사기를 높여준다는 이유로 포
로를 쏴 죽이라는 잔인한 명령을 내린다. 상급자라면 하급자의 잘못
된 행동을 제재하거나 처벌해야 하는데 그는 김란수 하사의 명예나
고통, 포로의 인권에 대해서는 별 관심이 없다. 이러한 김소위의 명
령에 응답이라도 하듯 권중사는 포로를 풀어 도망가게 하고 뒤에서
쏴 죽이는 더욱 잔인한 방법을 선택한다. 권중사의 이러한 행위는 인
간으로서는 물론 군인으로서도 영웅이나 용사와는 거리가 먼 모습으
로 잔인하고 야만적일 뿐이다. 그 후 권중사는 괴뢰군 다섯 명을 생
포했다는 이유로 찬사를 받고 김소위의 중재로 김란수 하사와의 관
계도 회복한다. 김소위는 권중사의 폭력의 심각성을 인식하지 못하
고 권중사에게 구타를 당한 김란수 하사까지도 그를 용감하다고 찬
양한다. 하지만 권중사의 폭력은 그가 용맹한 인간이 아니라 힘으로
다른 사람을 종속시키고 지배하려 하는 폭력 성향의 인간이라는 것
을 말해주는 것이다.

---

19 이임하, 「한국전쟁과 여성성의 동원」, 『역사연구』 14, 2004, 110쪽.

172 전쟁 서사의 문학적 증언

"너희들 이제부터 놔 줄테니까 마음대로 도망쳐라-"하고는 메고 갔던 따발총에 힘을 주었다.(박용준, 〈용사〉, 《전쟁과 소설》, 계몽출판사, 1951, 24쪽.)

"그래두 권상사는 손버릇이 좀 사나워 걱정이야-"
김소위가 너털 우슴을 웃으며 두사람을 돌려 보았다.
그러나 뜻밖에도 난수가
"그렇기에 용감하게 싸우겠지요." 했다.(위의 책, 45~46쪽.)

〈용사〉를 통해 작가는 용감한 군인의 모습을 보여주려 했지만 오히려 군인의 비인간성과 야만적 행위를 여과 없이 보여주고 군 체제 안에서 여성을 도구화하는 모습도 드러내게 된다. 즉 선전소설이 조국애, 동포애, 전우애를 외치지만 도리어 반공 이데올로기에 함몰되어 가장 근본적인 인간애는 상실되고 있음을 보여주는 것이다.

박영준의 〈김장군〉(1953)은 군의 용맹함과 더불어 강직함, 겸손함 등 이상적인 지휘관의 모습이 묘사되었다. 당시 『전선문학』에는 이러한 이상적인 지휘관의 모습을 선전하는 수기가 자주 실리곤 했는데, 이러한 내용을 소설화한 것으로 보인다.[20] 중부전선 사단장 김준

---

20 장덕조, 「빼과 S소장(小將)」, 『전선문학』 4, 육군본부종군작가단, 1953.4, 44쪽.
그는 자기 사택(自己 私宅) 문 앞에 보초(步哨)를 세우지 않았다. 누구나 아는 사람이면 신분(身分)의 고하(高下)를 막론(莫論)하고 'S선생' 하거나 'S형' 하며 서실(書室) 앞까지 저벅저벅 들어온다. …(중략)… 그의 열 아홉 살 된 동생이 학도병(學徒兵)인 포병이등병(砲兵二等兵)으로 가평 전선(加平 戰線)에서 장열(壯熱)한 전사(戰死)를 한 것은 아는 사람이 많지 못하다.
정비석, 「M준장(准將)의 인격(人格)」, 『전선문학』 4, 육군본부종군작가단, 1953.4, 45쪽.
M준장(准將)은 눈물을 아는 사람이었다. 북진 중(北進中)에 일등병(一等兵)의 강간사건(強姦事件)이 있어서 그에게 총살언도(銃殺言渡)를 나렸을 때, M참모장(參謀長)은 사단본부(師團本部)의 전장병(全將兵)을 일실(一室)에 모아놓고 다시는 그런 불

장은 아군의 희생을 줄이면서 적을 가장 효율적으로 물리치기 위해 참호를 파기 시작한다. 그는 군기 확립을 중요하게 생각하여 군법을 어긴 부하들을 냉정하게 처벌하기도 하지만, 그들을 배려하는 마음도 잊지 않는다. 그는 모든 일을 독단적으로 결행하지 않고 신중하게 결정을 내리며, 효과적으로 부하들을 지휘하지만 국회의원의 시찰에는 무관심한 모습을 보인다. 이 작품에는 그동안 잘 다루어지지 않던 지휘관의 고뇌하는 모습이 나타나 있다. 김장군은 따뜻한 인간애부터 뛰어난 지도력까지 두루 갖춘 이상적 지휘관의 면모를 보여주며 우리 국군을 홍보하고, 국민을 안심시키고 있다.

김장수의 〈전우애〉(1953)에서는 군인에게 용맹함만이 있는 것이 아니라 따뜻한 전우애까지 있다는 것을 보여주고 있다.[21] 박중사는 흉부에 적탄을 맞고 육 개월 동안의 병상 생활을 한다. 그는 병원의 위문공연에 갔다가 백마고지 전투에서 자신이 목숨을 구해주었던 허중사를 만나 연락을 취하지만 그에게는 소식이 없다. 우연히 병원 마당에서 다시 만난 허중사는 그동안 오른 팔을 잃은 절망 속에서 박중사의 전우애와 어머니의 사랑으로 부상을 극복하고 있다고 고백한다. 치료가 끝난 후 허중사는 명예 제대하여 귀향하고, 이북이 고향인 박중사는 휴가를 얻어 그를 찾아가 재회의 기쁨에 눈물을 흘리며

상사(不祥事)가 업도록 눈물을 흘려가면서 훈시(訓示)하는 것을 나는 보았다. 이름이 훈시였지 그때의 그의 훈시는 눈물의 호소(呼訴)였다. …(중략)… 군인에게는 자칫하면 결핍(缺乏)되기 쉬운 인정(人情)을 풍부(豊富)이 가졌기에 나는 M준장(准將)을 존경(尊敬)하는 것이다.

21 〈전우애〉는 1953년 12월에 『전선문학』 7호에 발표되었고, 이를 장편으로 개작한 〈백마고지〉는 1년 뒤인 1954년 12월 희망출판사에서 간행되었다. 〈백마고지〉는 총 9장으로 구성되었고, 그 중 1장인 '아름다운 인정'의 앞부분 일부가 〈전우애〉의 내용과 동일하다.

끈끈한 전우애를 확인한다.

체제 홍보 선전소설은 민주주의 우월성과 군의 용맹함을 선전하는 것 등으로 나타나고 있다. 민주주의 체제를 입증하는 가장 확실한 방법은 공산주의 체제의 모순과 부당함을 이야기하는 것이다. 더구나 서울법대에 다니던 엘리트 빨치산이 공산주의에 환멸을 느껴 전향하는 내용은 체제 홍보 목적에 효과적으로 부합하게 된다. 또 군 지휘관의 전투력 강화에서 따뜻한 인간애, 군인의 용맹함에서 생사를 뛰어넘는 전우애까지를 그려내는 작품들은 군인들의 사기 진작과 사부심을 고취시키려는 목적을 달성하고 있다. 그러나 간혹 나타나는 지나친 폭력성은 휴머니즘의 정신을 간과하는 반공문학의 이면으로, 체제 홍보 선전소설의 한계이다.

4. 민과 군 결속의 결연소설

민과 군 결속의 결연소설에서는 사건을 통하여 서로에 대한 신뢰와 애정이 돈독해지는 과정을 보여주는데, 선전소설과 종군소설과는 달리 주제의 일방적 전달이 아닌 민과 군의 감정의 상호 교류가 나타나는 특징이 있다.

박영준의 〈변노파〉(1952)의 노파는 전선에서 죽은 아들의 생일을 맞아 불공을 드리러 대구로 향한다. 차 안에서 아들과 비슷한 나이의 군인들을 보자 눈물이 쏟아져 다른 찻간으로 옮기려 하는데, 한 사병이 자리를 내주어 앉게 된다. 노파는 그들을 보며 어쩐지 아들이 살아 돌아온 것 같은 느낌을 받는다. 노파는 사병이 자신을 부모처럼

대하는 따뜻한 마음에 감동받고, 사병은 노파를 보며 이북에서 굶어 돌아가신 어머니를 생각한다. 전쟁 중 소중한 가족을 잃은 공통의 상처를 지닌 두 사람은 서로에게 혈육으로 맺어진 것과 같은 친밀감을 느끼며, 감정을 교류한다. 이러한 모습을 통해 민과 군은 부모와 자식 같은 한 가족으로, 개별적이 아닌 유기적 관계임을 보여준다.

박영준의 〈도하기〉(1956)는 대동강 철교 수선 사건을 바탕으로 구성되었다.[22] 선우대위는 평양 철수를 완료한 후 대동강으로 나가보니 시민들이 끊어진 철교 위를 위험하게 건너고 있었다. 선우대위는 그 장면을 보고 목수 경험이 있는 사람들을 뽑아 철교를 수선하기 시작한다. 그 와중에 서울시민증과 승려증을 내미는 사람, 대한부인회회장이라는 사람들이 먼저 건너겠다고 요구하지만 선우대위는 일절 허락하지 않고 원칙과 질서를 세운다. 선우대위의 강직한 모습과 의지를 보고 군중들은 자발적으로 목교 수리에 동참하기 시작한다. 선우대위는 적의 유격대가 침투해 다리를 파괴할 것에 대비해 바깥에서 잠을 자며 철교와 목교를 지켜준다. 그리고 다음 날 철교를 넘어 강을 건넌 선우대위는 만 하루 동안 대동강을 넘어 피난 온 사람들이 십만 명이 넘는다는 사실을 알게 된다. 자신의 뜻과 군중들의 힘이 이루어낸 성과에 놀라운 마음을 감추며, 강 건너 피난민들도 무사히 강을 넘을 때까지 폭격이 없기를 기원한다. 군과 민 합동작전의 놀라운 성과를 보여준 이 작품은 일체의 부정과 청탁을 물리치며 예외를 인정하지 않고, 국민의 목숨을 소중히 여기는 군의 태도야말로 어떠

---

22 '대동강철교 수선사건'은 실화로 선우대위는 소설가 선우휘를 말한다. 고은의 『1950년대』(향연, 2005, 194~197쪽.)를 보면 그 과정이 자세하게 나와 있다.

한 홍보나 설교 없이도 민의 신뢰를 이끌어 낼 수 있는 바탕임을 보여준다.

최인욱의 〈면회〉(1953)에서 만삭의 옥림은 남편인 형수가 일선으로 떠나기 전, 한 번만이라도 얼굴을 보기 위해 시어머니와 함께 남편이 있는 대구로 향한다. 대구에 도착해 눈을 맞으며 남편을 기다리던 옥림은 갑자기 진통을 시작하여 건강한 아들을 순산한다. 형수는 자신이 일선으로 향하기 두 시간 전에 아들이 면회를 온 것이라며 기뻐하고, 소식을 들은 부대장은 부대의 길한 징조라 하여 아기의 이름을 '길조'라 짓는다. 군은 약자인 여성과 아이를 보호하고 일선으로 향하기 두 시간 전의 형수에게 면회를 허락하는 등 융통성을 발휘하는 모습을 보인다. 또 부대장인 일선 지휘관이 사병의 출산을 진심으로 기뻐하며, 산모와 아기를 돌보는 등 어버이와 같은 역량을 보여준다. 그런데 옥림의 출산이 모든 이들에게 더욱 축복받을 수 있었던 이유는 옥림이 전사가 될 남아를 출산했기 때문이다. 전쟁기에 여성들에게 요구되는 최고의 덕목은 앞서 살펴본 입대를 권유하는 어머니와 더불어 남아를 출산하는 어머니이다.[23]

유주현의 〈기상도〉(1954)는 악천후 속의 비행을 중심으로 전쟁과 같은 위기 상황에서 군에게 진정으로 필요한 것이 무엇인지를 보여준다. 기상이 좋지 않은 상태에서 서울에서 대구까지 가는 수송기 안에는 삼십여 명이 타고 있다. 기상이 더욱 악화되어 착륙하지 못하는 비행기 속에서 사람들은 당황하지만 상이군인만은 침착하게 사람들

23 가와 가오루(김미란), 「총력전 아래의 조선 여성」, 『실천문학』 67, 2002.8, 305~309쪽.

을 안심시키며 조종사에게 신뢰를 보낸다. 그런데 추락을 대비하여 낙하산을 배부받는 과정에서 '레이디 화스트'를 주장하는 미군장교와 장정의 목숨이 소중하다는 C대령과 다툼이 생긴다. '레이디 화스트'를 주장하는 미군을 외면하는 것은 그 여성이 일반 여성이 아닌 양공주였기 때문이다. 국가는 일부 여성에게 전쟁 시, 위안부의 역할을 요구하지만 막상 이러한 역할을 하는 여성들은 사회에서 철저하게 비인간화하고 무시당하는 등 국가와 사회는 여성에게 이율배반적 역할을 요구하고 있다.[24] 결국 C대령의 조종으로 비행기는 악천후 속을 무사히 날아 안전하게 대구공항에 도착한다. 상이군인은 탑승 시작부터 대령을 신뢰하는 일관된 태도를 보였다. 그의 이러한 태도는 전쟁과 같은 위기 상황에서 군에게 가장 필요한 것은 민의 신뢰이며, 그 신뢰 속에서 정신력과 성의의 힘이 나온다는 것을 보여준다.

오영수의 〈아찌야〉(1954)는 어린아이와 보초병의 순수한 우정을 다루고 있다. 다섯 살 난 형이는 아버지가 체육교사로 근무하던 학교가 육군병원으로 바뀌자 놀이터가 없어져 우울해 한다. 형이는 오랜만에 학교에 놀러가 우연히 보초병을 만난 후에는 매일같이 그를 찾아간다. 이들의 만남은 형이에게뿐 아니라 전쟁에 지친 보초병에게도 기다려지는 시간이다. 근무 교대 시간이 되면 보초병은 형이를 집 앞까지 데려다주고, 월급이라도 받으면 군것질거리를 사주는 등 긴

---

24 이임하, 「한국전쟁과 여성성의 동원」, 『역사연구』 14, 2004, 110쪽.
　미군(UN군) 고위 장교들과 외교관들, 한국군 고위 장성들이 여성지도자들이 개최한 파티에 참가하는 동안 초대 받지 못한 수십만에 달하는 미군과 한국군 병사들은 거리의 산야, 군부대의 막사에서 여성의 성을 제공받았다. 성매매의 형태를 취하고 있는 '병사들 위안하기'는 국가의 주도 아래 공공연한 성매매 장소인 댄스홀과 위안소를 설치하고 정비 기관이 나서서 성매매 여성을 관리하는 형식을 취하고 있었다.

박한 전쟁 상황 속에서도 아이의 동심을 지켜주기 위해 노력한다. 하지만 보초병은 일선으로 배치를 받아 형이에게 인사도 못하고 급하게 떠나게 된다. 형이는 보초병이 떠난 후 사흘 째 되는 날 기다리던 보초병의 반가운 첫 번째 편지를 받고, 두 번째 편지가 오기 여드레 전에 폐렴으로 숨을 거둔다. 그러나 한쪽의 일방적인 희생이나 강요가 아닌 어린아이와 군인의 자연스러운 감정의 상호 교류는 보는 이까지 동화되어 애틋한 감정을 느끼게 한다.

민과 군 결속의 결연소설에서는 군의 용맹함을 강조하기보다는 군의 자애로움, 따스함 등 인간애를 강조하는 내용이 많다. 그러므로 전선이 아닌 후방이 공간적 배경으로 등장한다. 군은 적군에게는 용맹하지만 국민에게는 친절하고 자애로운 모습을 보여주면서 군에 대한 국민의 신뢰를 회복하게 된다. 결연소설의 목적은 전선과 후방을 연결하여 상호 사기를 진작시키는 것으로 어린아이와 보초병의 순수한 우정, 노파와 군인의 가족적 만남, 악천후 속 비행에서 나타난 민과 군의 신뢰, '대동강철교 수선 작전'에서 보여준 민과 군의 결속력 등을 강조하고 있다. 반공문학의 한계로 지적되던 정치선전과 휴머니즘정신 결여를 극복하면서도 관변소설의 역사적 임무를 다하고 있다. 특히 일방적이 아닌 군과 민의 상호 감정의 교류가 나타난다는 점에서 관변소설의 발전된 형식으로 제시할 수 있다.

5. 나가며

한국전쟁기 소설의 가장 큰 특징인 관변화는 사상의 선전이나 전달과 같은 목적을 달성하기 위한 것으로 작가들의 명확한 인식하에 이루어졌다. 전쟁기 작가들은 전장에 목숨을 걸고 뛰어들었으며, 상황과 시대에 맞서 치열하게 작품 활동을 했다. 그러므로 한국전쟁기 소설은 그 시대를 들여다 볼 수 있는 하나의 '열쇠'이며[25], 전쟁과 문학의 거리를 단축시키는 '파로미터'로써 가치가 있다.[26] 그러므로 본고는 이러한 작품들을 관변소설이라 규정하고 아래와 같이 유형화하여 역할과 한계, 소설사적 가치 등을 논의하였다.

먼저, 종군소설은 작가 자신이 작품 속에서 서술자로 존재하며 전장의 생생한 장면을 묘사하고 전선의 이야기를 독자에게 직접 들려주는 르포르타주(reportage) 형식이지만 현실과 거리를 유지하면서, 전쟁을 객관적으로 형상화하는 것에 실패하고 만다. 더군다나 관변소설은 대개 사회 효용 가치를 중시하는 목적소설로 인물, 사건, 배경이 모두 흡사하고 구성이 일률적이라는 공통점을 보이고 있다. 하지만 종군작가로서 임무를 다하고 있는 군인들을 취재하는 종군소설은 전쟁의 안과 밖에서 전쟁을 조망하면서 전쟁의 역동성을 포착하는 성과를 올리게 된다.

다음으로, 선전소설은 참전을 독려하며 입대를 권장하고, 민주주의 체제의 우월성과 군의 용맹함을 선전하는 특징이 있다. 입대 권유의 선전소설의 경우 여성들에게 군에 입대하는 아들을 말리지 말 것을 요구하는 작품이 매우 많이 나타나고 있다. 따라서 한국전쟁기 소설에 등장하는 여성들은 남편이나 애인, 또는 아들을 전선으로 보내

25 이재선, 『현대한국소설사』, 민음사, 1994, 11~19쪽.
26 「편집후기」, 『전선문학』 1, 육군본부종군작가단, 1952.2, 50쪽.

는 역할을 하고 있으며, 자신은 물론 주변의 사람들까지도 같이 선동하여 입대하는 모습을 보여주었다. 이들은 자신의 정체성인 모성을 지켜 가족의 입대를 만류하면 국가주의, 군사주의 안에서 적대적 타자가 되어 사회로부터 엄청난 비난을 받게 되는 모순 속에서 자식과 남편에게 적극적으로 입대를 권유해야만 상황에 몰리게 된 것이다. 그런데 이러한 여성의 모습을 제외하고는 여성들은 매우 수동적이고 비주체적 모습으로 형상화되고 있다. 자의에 의해 군대에 입대하는 여성까지도 자신의 임무나 역할에 충실한 주체적 인간의 모습으로 그려지기보다는 남성들의 우월성을 강조하기 위한 도구적 모습으로 전락하고 있다. 또한 체제 홍보의 선전소설의 경우 체제 선전을 위해 유난히 동포애, 조국애, 전우애 등을 강조하는 작품들이 많았다. 하지만 이와 더불어 인간애, 즉 휴머니즘의 원칙에서 형상화하지 못하는 작품들도 많이 나타나고 있다. 이러한 모순은 작가들이 정치적 이데올로기에 함몰되어 전쟁으로 고통 받는 인간의 모습을 휴머니즘의 원칙에서 형상화하지 못했기 때문이다. 특히 적군, 입대를 기피하거나 방해하는 자들에 대한 작가의 분노는 전혀 정제되지 못한 채 이들에 대한 횡포와 억압, 폭력 등으로 표출되고 있음을 확인할 수 있다.

마지막으로 결연소설은 민에 대한 군의 보살핌, 군에 대한 민의 믿음 등 상호 작용이 나타나는 특징이 있다. 특히 군과 민이 사건을 통하여 단단한 결속으로 맺어지는 과정을 묘사한다. 반공문학의 한계로 지적되던 정치 선전과 휴머니즘의 결여를 극복하면서도 관변소설로서 그 임무를 다하고 있는데, 특히 군과 민의 상호 감정의 교류는 관변소설의 발전된 형식으로 제시할 수 있다.

한국전쟁기 소설은 그동안 경험의 형상화에 도달하지 못한 채 체

험의 기록에 머무르고 말았다는 비판과 함께 휴머니즘의 결여, 문학
적 도구화에 대한 문제 등으로 그 문학적 의의를 살펴볼 온전한 기회
를 상실했다. 하지만 한국전쟁기 소설은 당당히 우리 문학사의 한 자
리를 차지하고 있는 실제로서 이것들을 정리, 규명하는 작업은 필요
하다. 그러므로 한국전쟁기 소설의 가장 큰 특징인 관변화 양상을 유
형화하고, 그 과정에서 반공이라는 주제와 선전이라는 역할 외에 숨
겨진 논리를 규명하는 것은 의미 있는 작업이 될 것이다.

전쟁과 일상성의 상호 침투 양상

1. 들어가며

1950년대에 발표된, 한국전쟁기를 시대적 배경으로 하는 소설의 연구는 전쟁의 직접성과 현장성에 매몰되어 단편적이고 자극적 모습, 흥분되고 정제되지 않은 전장의 목소리를 들려주는 작품들로 일반화하는 경향이 많았다. 그러므로 이 시기의 소설은 전쟁과 이데올로기의 대립이 전면화 되는 반공과 선전의 시대로만 각인되어 한국현대소설사에서 외면당해 왔다.[1] 그러므로 지금까지의 연구 경향에서 벗어나 공간적 배경은 후방, 등장인물은 민간인들로 전쟁보다는 일상이 전경화(前景化)되어 나타나는 작품을 논의해 보고자 한다. 이는 전쟁기의 일상성을 통해 겉보기에 무의미한 듯이 보이는 사실들,

---

1 전쟁기 소설에 대한 연구는 극히 단편적이거나(권영민, 『한국현대문학사』, 민음사 1994; 김윤식 · 김현, 『한국문학사』, 민음사, 1991; 조남현, 『한국현대소설의 해부』, 문예출판사, 1993 등) 검토되지 않는 상태(이재선, 『한국현대소설사』, 민음사, 1991; 김우종, 『한국현대소설사』, 성문각, 1991 등)이다. 이들은 전쟁기는 미학적 소화 불량 상태와 강한 목적성의 원리에 의해 제한될 수밖에 없으므로 1950년대 소설의 본격적 등장은 휴전 이후부터 가능하며, 한국전쟁기는 우리 소설사에서의 불임기로 결론짓고 있다.

그동안 전쟁의 공포에 가려 간과되어 왔던 개인의 고통, 불안과 극복 그리고 욕망을 잡아내어 논의함으로써 그것을 생산해 낸 사회를 이해하기 위해서이다.[2] 또한 정치하고 미세하게, 한편으로는 다양하고 폭넓게 전쟁 속 인간을 바라볼 수 있는 시선의 확장을 가져오고자 한다.

소설에서 일상성을 논의할 때는 두 가지 측면을 생각할 수 있는데, 한 측면은 근대 이전의 이야기문학에서 발견하기 어려웠던 현실 재현의 한 특질이다.[3] 다른 한 측면은 사람들의 개별적 삶을 매일의 테두리 속에서 조직하는 것으로, 개인의 삶과 역사의 진행을 지배하는 시간의 조직이며, 리듬으로 보는 것인데, 앞으로 논의하게 될 일성상의 의미이다.[4] 인간, 혹은 존재하는 모든 양식은 제각기 일상성을 갖는다. 그러나 일상의 세계는 인간에게 너무도 친숙하고 낯익은 세계로, 현실의 진정한 모습은 이를 통해 드러나기 어렵다. 그러므로 문학은 종종 거대한 역사를 일상 속에 투사시켜 일상성을 단숨에 파괴시켜 현실의 모습을 드러내려는 시도를 하는데, 1950년대 문학에서는 전쟁을 일상 속에 투사시키는 방법으로 나타나고 있다.[5] 전쟁은 일상성을 붕괴시킨다. 그것은 수백만의 사람들을 그들의 환경으로부터 강제로 끌어내고, 그들의 일로부터 떼어내며, 그들의 친숙한 세계로부터 몰아낸다. 그러나 전쟁은 하나의 파국으로서 일상성에 뛰어들기는 하지만 이를 변화시키지는 못하고, 일상성은 곧 전쟁을 압도

2 앙리 르페브르(박정자), 『현대소설과 일상성』, 세계일보, 1992, 63쪽.

3 이언 와트(전철민), 『소설의 발생』, 열린책들, 1988, 245~246쪽.

4 카렐 코지크(박정호), 『구체성의 변증법』, 거름, 1985, 57~76쪽.

5 한수영, 『소설과 일상성』, 소명출판, 2000, 95~122쪽.

하며 회복한다. 그리고 이러한 일상성과 전쟁의 충돌을 통하여 내면에 잠재되어 있던 인간의 이면이 나타나기 시작한다.

1950년대 한국전쟁 소설 속에 나타난 전쟁과 일상성의 상호 침투 양상을 손소희의 〈그날에 있은 일〉, 최상규의 〈포인트〉, 김동리의 〈밀다원 시대〉, 최정희의 〈정적일순〉, 한무숙의 〈파편〉, 김이석의 〈분별〉을 통해 논의해 보고자 한다. 이들 작품은 지금까지 1950년대 문학의 주변부로 밀려나 있던 작품들이지만 일상성과 전쟁의 길항관계를 조절하면서 전쟁 속 인간의 다양한 내면을 보여주고 있다. 앞으로의 논의를 통하여 일상성에 대한 관심은 기존의 지배적인 관점을 확장, 보강시키는 것은 물론 새로운 관점과 양식을 제공할 수 있는 잠재력을 갖고 있음을 확인할 수 있을 것이다.[6]

2. 예견되는 공포와 불안

전쟁은 역사이다. 전쟁은 일상성을 붕괴시킨다. 특히 전쟁이 일상성으로 자리 잡기 전에 이러한 경향은 두드러지는데, 손소희의 〈그날에 있은 일〉과 최상규의 〈포인트〉의 주인공들은 전쟁을 직접경험도 하기 전에 전쟁을 예측하는 것만으로도 일상성의 균열과 붕괴를 경험하기 시작한다.

〈그날에 있은 일〉(1952)은 1950년 6월 25일 오전, 전쟁 직전의 평화로운 일상으로 시작한다.

---

6 강수택, 『일상생활의 패러다임』, 민음사, 1998, 22쪽.

먼 산에 피어 오르는 또 감돌고 있는 아지랑이를 바라보며 안욱하게
부프러 오르던 회열과도 같은…무엇에 연유한 것인지도 모를 어릴때의
그것처럼…안욱한 즐거움에 쌓여 은숙은 시금치 조금하고 계란 한 꾸레
미와 파 한단을 사서 저자 바구니에 넣고는 천천이 걸어서 집에 왔다.
(손소희, 〈그날에 있은 일〉, 『전선문학』 2, 1952.12, 49쪽.)

   은숙이 "안욱한 즐거움"을 느끼며 살아갈 수 있는 이유는 매일매일
되풀이되는 안정된 일상 때문이다. 그러나 그녀의 평화로운 일상을
파괴라도 하듯 갑자기 대문을 두들기며 시골 노인이 등장한다. 밥을
구걸하는 노인의 모습은 그가 내민 "눈 같이 새 하얀 헝갑 조각"처럼
어색하기만 하다. 은숙은 밥만 얻어 바로 사라진 노인에게 호기심을
느껴, 그를 찾아 나선다. 그리고 학교 담장 그늘진 곳에 쭈그리고 앉
은 노인과 아픈 손자를 발견한다. 노인은 아픈 손자의 치료를 위해
고향 장단서 서울까지 왔는데 잠깐 사이에 거짓말같이 짐을 잃어버
렸다고 한다. 타인의 불행과 고통은 보는 사람들에게 그것이 세상의
미개한 곳과 뒤떨어진 곳, 즉 가난한 사람들에게서만 빚어진다는 생
각을 갖게 만들어 타인에 대한 동정과 함께 자신의 안정된 일상을 확
인하는 이중의 역할을 한다.[7] 은숙 역시 마찬가지로 노인과 아픈 아
이에게 동정심을 느낀다. 그녀는 집에서 돈 이천 원과 먹다 남은 생
선 토막을 신문지에 싸 가지고 와 노인에게 내밀고 돌아서는데 조금
전과는 사뭇 다른 주변의 분위기를 감지한다. 청년 두 사람이 황급하
게 삐라를 붙이고 뛰어가는데, 그 내용이 북한 괴뢰군 남한 침입이
다. 삐라를 본 은숙도 노인과 같이 거짓말 같은 현실을 파악하지 못

---

7 수전 손택(이재원), 『타인의 고통』, 이후, 2008, 110쪽.

하고, 갑자기 머리가 쇠방망이에 얻어맞은 듯이 어릿하기 시작한다.

> 은숙은 고개를 돌려 삐라를 쳐다 봤다. 차츰 은숙의 동공이 커 갔다.
> 바짝 돋아진 등심속에 스며드는 글자 글자 그것은 붓으로 쓴것이었다.
> '북한 괴뢰군 남한 침입'
> 글짜가 말이 되어 뜻이 머리 속에 왔을때는 흡사 쇠방망이에 얻어 맞
> 은듯이 그 글자들이 다시 머리 손에서 어릿 어릿 하기 시작 했다.(위의
> 책, 54쪽.)

노인이 눈 깜작할 사이에 짐을 잃어버리는 사건을 통하여 자신의
일상에서 밀려난 것처럼 은숙에게도 예고 없이 북한 괴뢰군의 남한
침입이라는 사건이 벌어진다. 이는 견고한 우리의 일상이 얼마나 쉽
게 무너질 수 있는지, 일상의 안락함이란 내일을 알 수 없는 데서 오
는 환상임을 보여준다. 보통 인간들의 소박한 의식은 일상성을 자연
스런 분위기 혹은 친숙한 현실로 간주하는 반면 역사는 자기도 모르
게 진행되어 마치 가축이 도살장에 끌려가듯 개인이 숙명적으로 내
던져져 들어가는 파국의 형태로 일상성에 불쑥 뛰어 들어오는 어떤
초월적 실재인 것으로 생각한다.[8] 하지만 일상과 역사는 따로따로 존
재하거나 어떤 특정한 사람에게만 일어나는 특수한 사건이 아니다.
일상성과 역사성은 혼재하거나, 상호 침투하며 이들의 부딪침은 격
변을 초래하게 된다.

〈포인트〉(1956)는 일상성의 세계에서 벗어나, 대립되는 세계의 진
입을 예측하는 것만으로 일상성의 균열과 붕괴를 경험하는 주인공의

---

8 카렐 코지크(박정호), 『구체성의 변증법』, 거름, 1985, 67쪽.

이야기이다. 개인이 계산하고 지배하는 세계를 넘어서면 일상성에 대립되는 세계가 시작된다. 일상성의 세계에서는 내가 세계를 지배하게 되지만 일상성에 대립되는 세계에서는 세계가 나를 지배하게 된다. 주인공은 찌개냄비가 바글바글 끓던 평범한 아침에 갑자기 날아온 영장으로 인하여 심리적 공황 상태에 빠진다. 인간은 누구나 갑작스러운 상황을 맞이하면 타인들은 조금도 고려하지 않고 각자 자신만을 염려하며, 염려는 불안과 두려움을 동반하게 된다.[9] 그러므로 부정적 요인을 점진적으로 감소시키거나 긍정적 요인을 최대한 활성화하는 방법으로 두려움을 극복하게 된다.

그는 어머니도 모르는 외아들로, 무능력한 작가로, 아내의 부양을 받으며 생활한다. 더구나 그의 장모는 그 때문에 딸과 의절까지 한 상태로, 그의 주변은 온갖 부정적 요소로 가득 차있다. 그가 가장 손쉽게 할 수 있는 방법은 주변에 가득한 부정적 요인들을 거부하는 것이다. 그러므로 첫 번째로 그는 자신에게 나온 영장을 거부한다. 그는 무의식적으로 영장을 전소시키고 곧 체념하는 등 영장 자체를 거부하고 싶은 자신의 심리를 감추지 못한다. 하지만 영장을 태웠다고 하여 입대사실이 소멸되는 것이 아님을 그도 알고 있다. 두 번째로 그는 영장이 나오게 된 원인, 전쟁을 거부한다. 그에게는 이데올로기에 대한 고민이나 민족과 조국에 대한 생각은 나타나지 않는다. 그는 단지 아름답고 착한 아내와 소박하게 살고 싶었을 뿐인데, 자신이 왜 전쟁을 책임져야 하는지 혼란스럽기만 하다. 세 번째로 그는 자신의 소멸을 시도한다. 그는 자신의 존재 근원인 아버지를 부정하며, 그에

---

9 지그문트 프로이트(김석희), 『문명속의 불만』, 열린책들, 2005, 105쪽.

게 물려받은 책들을 모두 헐값에 팔아 버린다. 하지만 이러한 행동을 통해 그가 지금까지 아버지의 책을 소중히 간직하고 있었음을 확인하고, 그나마 자신에게는 자신을 기억해 줄 아들조차 없음을 깨닫게 된다. 마지막으로 그는 영장이 나온 오늘을 거부한다. 하지만 그는 곧 오늘은 자신에게 군림하고, 자신은 오늘에게 복종할 수밖에 없음을 인정하며, 이를 예측하지 못한 자신을 원망하게 된다. 주변으로부터 시작하여 자신에 이르기까지 여러 요인을 부정하였으나 현실은 달라지지 않았고, 그의 불안은 극복되지 않는다. 그의 불안은 과거가 아닌 미래에 대한 두려움이기에 과거의 부정은 잘못된 방법이다.

그는 이제, 자신의 일상과 주변상황에 대한 긍정적 요인을 활성화하는 방법을 시도한다. 먼저 그는 어제와 오늘을 가르는 것은 영장이 아니라 자신임을 인정한다. 그동안 그는 아내의 부양을 받고, 장모에게 인정을 받지 못하는 이유가 자신에게 경제력이 없기 때문으로 자신은 어른이 아니라고 생각해왔다. 하지만 영장은 그가 대한민국의 건강한 성인 남자임을 증명한다. 이제 어른이 된 그는 책을 팔아 만든 삼천 환으로 아내와 멋진 연애를 시도한다. 그가 오늘의 불안을 극복하기 위해 선택한 최선의 방법은 그의 유일한 가족, 아내와 몇 해치의 연애를 하면서 오늘의 일상을 잔뜩 살아보는 것이다.

> "오늘은 우리 기껏 잔뜩 살아보잔 말야. 실컷이라도 좋지. 구비조건은 다 갖추어 있어. 남은 것은 연애를 하는 것뿐이야. 우리는 오늘 될 수 있으면 몇해치를 살것을 목표로 해야 해. 자, 됐지? 옷갈아 입어, 어서." …(중략)…
> 겨울이 그들 앞에 무사히 뻗쳐 있었다. 아무리 헤어 나가도 끝이 없을 것만 갔다.(최상규, 〈포인트〉, 《한국전후문제작품집》, 신구문화사,

1960, 79쪽.)

이데올로기를 강조하고, 참전을 독려하고 체제를 선전하는 작품 속에서 일상의 소중함을 강조하는 이러한 작품은 전쟁을 직접적으로 언급하고 있지 않아도 그 참혹함을 효과적으로 전달한다. 총과 칼이 등장하지 않아도, 폭력과 죽음이 등장하지 않아도 진정으로 사랑하는 사람과의 일상이 붕괴되는 것만으로 전쟁은 불안이고 공포이다. 그러므로 이 시기의 작품들은 예외적이고 익숙하지 않은 불안과 공포, 초조한 인간의 내면의 모습을 통해 전쟁을 반영하게 된다.

3. 전쟁을 압도하는 일상성

일상성은 전쟁에 의해 붕괴되지만, 전쟁이 지속되면서 일상성은 곧바로 회복되며 전쟁을 압도해 버린다. 전쟁은 일상성에 뛰어들기는 하지만 일상성을 변화시키지도 그 진부성에 내용을 채우지도 못하기에 전쟁의 공포가 익숙해지면서 일상의 회복은 가능해진다.[10] 사람들은 전쟁으로 익숙한 생활의 리듬을 잃어버리자, 새로운 생활조차 곧 익숙한 생활의 리듬으로 포섭시키며 일상성을 되찾아 간다. 일상성의 회복에는 여러 방법이 존재하는데, 김동리의 〈밀다원 시대〉에서는 이상향으로의 도피, 최정희의 〈정적일순〉에서는 모성으로의 회귀를 통해서 일상성이 전쟁을 압도해 가는 과정을 보여주고 있다.

---

10 카렐 코지크(박정호), 『구체성의 변증법』, 거름, 1985, 68~70쪽.

〈밀다원 시대〉(1955)는 전쟁과 절망의 끝에 선 사람들이 모여드는 종착역이자 전쟁의 최후방, 부산이 공간적 배경이다. 이곳은 살아남기 위해 모여든 사람들에게는 생존과 실존의 공간이지만 소설가인 이종구에게는 가족들을 끝까지 책임지지 못한 데서 오는 죄책감에 부끄러움의 공간으로 다가온다.

> 스물일곱 시간하고 삼십오 분. 그렇다. 그동안 중구의 머릿속은 줄곧 어떤 '땅끝'이라는 상념으로만 차 있는 듯했다. 끝의 끝, 마다른 끝, 거기서는 한 걸음도 더 나갈 수 없는, 한 걸음만 더 내디디면 '허무의 공간'으로 떨어지고 마는, 그러한 '최후의 점' 같은 것에 중구의 의식은 완전히 사로잡혀 있는 듯 했다. …(중략)… 이러한 이유를 다 합친 그 위에 또 다른 이유가, 무언지 더 근본적이며 더 절실한 이유가 있는 듯했다.
> 그러나 중구는 그것을 알 수도 없었을뿐더러 생각하기조차 싫었다.
> (김동리, 〈밀다원 시대〉, 『현대문학』, 1955.6, 105~106쪽.)

그러나 피난민들이 모여드는 밀다원만은 중구에게 일상의 편안함으로 다가온다. 길여사가 사람 수대로 시킨 커피는 그의 가슴속에 쌓이고 맺혀 있던 모든 아픔을 한꺼번에 훅 쓸어내려주는 듯하다. 그는 비로소 밀다원이라는 공간을 집과 같이 안전(security)과 안정(stability)을 의미 하는 장소로 인식하기 시작한다.[11] 이러한 밀다원에는 피난 온 문인들을 위해 방을 비워두고 기다리는 오정수와 길여사 등이 존재한다. 중구는 자신을 초대한 오정수의 집에서 그의 가족들을 보며, 그동안 애써 외면했던 자신의 가족과 마주서게 된다. 결

---

11 이-푸 투안(구동희·심승희), 『공간과 장소』, 대윤, 1999, 19쪽, 124쪽.

국 그의 부끄러움은 그를 오정수의 집에서 밀어내고, 다시 같은 처지의 피난민들이 모여드는 밀다원으로 향하게 한다. 그는 서울에서 스물일곱 시간하고 삼십오 분 기차를 타고 부산에 내려왔으면서도 밀다원에서 한 시간도 안 걸리는 오정수의 집은 만 리도 넘는 것처럼 느껴져 견딜 수가 없었던 것이다. 부산이 중구에게 전쟁에서 탈출한 피난의 공간이라면, 밀다원은 부끄러움에서 탈출하게 해 주는 장소이다. 각각 사연과 아픔을 갖고 있는 피난민들의 고통과 부끄러움이 다 같은 처지의 이곳에서만은 무력화되고 중화되기 때문이다. 하지만 바깥세상은 여전히 낯설고 위험한 공간이다. 그들은 계속되는 전쟁의 위험을 피해 제주도로 떠날 것을 의논하지만 그 누구도 밀다원을 떠나는 데 선뜻 동의하지 못한다. 전쟁이라는 상황 속에서 찾은 밀다원에서의 일상을 쉽게 포기하지 못하는 것이다.

자살이란 일상성을 획득하였다는 증거이자, 일상을 탈출하는 시도이다. 전쟁이란 거센 물결에 애인을 빼앗기고, 밀다원의 벽화 같은 생활마저 불안해지자 박운삼은 주저 없이 죽음을 택하는데, 이는 더 이상 일상에서 밀리고 싶지 않다는 의지의 표현이기도 하다. 중구는 부산에 도착한 첫날 밤, K통신사에서 뱃고동 소리를 피리 소리로 잘못 들었는데, 박운삼의 죽음을 바라보면서 이제야 그것이 무엇을 의미하는지 깨닫는다. 그가 부산에 도착하면서부터 외면했던 것은 어머니의 주검이며 그의 귀에 들리던 피리 소리는 만가였던 것이다. 그는 박운삼의 죽음을 계기로 그동안 외면하던 어머니의 죽음을 현실로 받아들인다. 그는 이제 밀다원을 벗어나 현대신문 논설위원을 맡고, 동료들의 평론과 컷을 박운삼의 유작시와 함께 게재한다. 그는 어머니의 장례를 치르듯 박운삼의 죽음을 정리하고, 밀다원을 넘어 부산이라는 장소를 일상으로 받아들인다. 그의 일상성의 회복과 생활의 새로운 의지는 박운삼의 죽음을 통해 그동안 외면하고 있던 자신의 현실 상황을 인정하고, 일상과의 연결을 시도했던 일련의 과정을 통해 이루어지게 된다.

〈정적일순〉(1955)에는 전쟁 중에도 육백 평이 넘는 정원과 삼십여 칸짜리 양옥집을 지키는 칠십 노파가 등장한다. 노파가 피난을 가지 않은 이유는 집이 남과 북으로 헤어진 자식들을 만날 수 있는 가능성이 열려있는 유일한 희망의 장소이기 때문이다. 집은 따뜻한 모성의 가치와 보호의 기능을 갖고 있는 삶의 중심이며 공동체의 상징이다.[12] 노파는 이북에서 육십 칸이 넘는 집의 지주로 살았으나 6.25 때 미처 피난을 가지 못해 작은 아들이 공산당에게 잡혀가고 집과 토지는 모두 몰수당하는 수모를 겪은 바 있다. 북한에서 가족과 집을 빼앗겨 본 경험이 있는 노파에게 집은 더 이상 물러설 수 없는 보루이자, 적대적인 세계 앞에서 용감하게 맞서는 하나의 도구이다.[13] 노파에게 전쟁은 이데올로기의 갈등이 아닌 가족의 상실이며, 전쟁의 고통은 가족의 붕괴를 의미한다. 그러므로 노파에게 전쟁의 극복은 가족을 지켜내는 것으로 집에서 아들과 딸, 사위와 외손자들에게 주려고 마련해 둔 옷과 옷감들을 숨기는데 온 힘을 쏟으며 하루하루를 살아간다. 이러한 노파를 황폐화시키는 것은 단순히 포탄이 날아다니는 전쟁의 공포가 아니라 혼자라는 외로움, 자식에게 주어야 할 것들을 지켜야 한다는 절박함, 자식을 보지 못하고 죽을지도 모른다는 두

---

12 이재선, 『한국문학의 주제론』, 서강대학교출판부, 2001, 322쪽.
13 가스통 바슐라르(곽광수), 『공간의 시학』, 동문선, 2003, 133쪽.

려움 등이다.

노파는 집 안에서 매일매일 창문을 통해 바깥의 동정을 살피는데, 자식들에 대한 기다림과 더불어 자신의 기억이 소실되는 것에 대한 두려움 때문이다. 그러나 노파는 창문으로 가족이 아닌 인민군이 들어오는 모습을 보게 된다. 이제 집은 인민군이 차지하고, 노파는 아래채에서 생활하게 된다. 빨치산인 스물세 살의 정채혜는 얼어 부푼 발을 가지고 인천까지 가서 식량배급을 받아오는 상황에서도 아침마다 노파의 며느리 경대에서 화장품 찌꺼기를 바른다. 사랑하던 남자를 따라 빨치산이 되었다는 그녀는 다시 산으로 들어가면서도 노파가 만들어 준 '륙색'에 화장품을 담아 떠난다. 뒤를 이어 나타난 성철 어머니는 틈만 나면 무엇을 얻어와 노파더러 숨겨달라고 부탁한다. 전쟁 중 언제 쓰일지, 기약도 할 수 없는 온갖 물건들을 숨기는 이유는 군에 간 아들, 기관에서 일하는 남편과 모여 살기 위해서라고 말한다. 하지만 그녀는 남편이 죽고, 일선에 나간 아들마저 전사하자 창자가 끊기는 울음을 울더니 자신도 폭격에 죽고 만다. 그녀들에게도 전쟁은 여성의 본능을 앗아가지 못했을 뿐 아니라 가족의 유대를 뛰어넘지 못하고 있다.

인민군이 휩쓸고 간 후 집은 폐허가 되었다. 더구나 인민군이 물러간 후 온갖 사람들이 노파의 집으로 몰려와 물건을 들어내면서, 노파와 집은 모두 복구가 불가능하게 훼손된다. 인민군이 물러가고 들어온 청년단도 노파에게 우호적이지 않다. 특히 한때는 이웃이었던 청년단 단장은 노파에게 역산 행위를 했다며 집과 남은 모든 가재도구를 빼앗아 가겠다고 엄포를 놓는다. 그러자 노파는 자신의 물건뿐 아니라 성철 어머니가 주워 모았던 물건까지 모두 처리한 후 마지막으로 난리 통에도 잊지 않고 받아두었던, 완두콩과 강남콩을 텃밭에 심는다. 노파는 이제 물질이 아니 자식들의 마음이 이곳에서 뿌리 내리고 치유되기를 기원하며, 자신도 텃밭에 누워 눈을 감는다.

> 콩씨를 심으면서 노파는 지난 여름 그 난리통에서도 완두콩과 강남콩꽃이 피어 있던 광경을 생각한다. 강남콩꽃은 파랗고 완두꽃은 하이얗했다.
> 서로 엉키며 뻗어 올라가는 그것들은 마치 형제와도 같이 다정했다.
> 노파는 이런 생각을 자꾸 하고 있는 사이에 차츰 졸음 같은 것이 엄습해 오는 것을 깨닫는다. 앉았을 수가 없었다.
> 호미를 쥔 채 따사로운 흙 위에 누워 버렸다.(최정희, 〈정적일순〉, 《한국전쟁문학전집》 1, 휘문출판사, 1969, 75쪽.)

전쟁에도 불구하고 지속되는 노파의 일상은 자식들을 기다리는 것이었다. 노파가 집을 지키는 것은 돌아올 자식들을 위해서이며, 그녀에게 집은 곧 모성이다. 하지만 전쟁의 공포에도, 이데올로기의 위협에도 침범당하지 않았던 모성은 결국 이웃의 횡포로 무너진다. 노파는 지금껏 자신이 힘들게 지켜온 집을 자식들이 돌아와 강인한 생명력으로 살아가기를 마지막으로 소망한다.

4. 물신화된 일상성의 전면화

일상의 질서 속에서 드러나지 않고 잠재되어 있던 인간의 비속함과 욕망은 일상성의 붕괴와 회복 사이에서 전쟁 상황을 매개로 폭로된다. 일상성과 전쟁 사이의 낯선 상황과 분열의 경험은 인간에게 왜

곡된 일상생활의 단편화된 물신성을 드러내게 하는 것이다. 전쟁을 시간적 배경으로 하는 작품들 속에서 일상의 붕괴와 회복이 교차되면서 이러한 작품들이 나타나기 시작한다. 이들 작품 중 한무숙의 〈파편〉은 지식인과 부유층의 속물성을, 김이석의 〈분별〉은 물신화된 일상성을 인식하게 하는 역할을 해 주고 있다.

일상의 삶이 완전체라면 피난지에서의 삶은 파편으로 완전체가 손상된 상태를 의미한다. 자신의 고향에서 피난지로 밀려난 피난민들은 자신들의 삶이 일상의 원형에서 전쟁에 의해 깨어진 파편이라 생각한다. 고향은 누구에게나 감수성과 세계의 중심이다.[14] 전쟁으로 고향에서 밀려난 피난민들은 세계의 중심에서 밀려났다는 생각에 좌절하고, 피난민을 맞이하는 토착민들은 이들로 인하여 자신들의 고향이 훼손된다는 생각에 경계하게 되므로 이들은 충돌하게 된다. 피난지에서 토착민에게나 피난민에게나 삶은 유기적으로 조직되지 못하고 단편화하여 분절되며, 분열과 불신 속에 존재한다.

> 여기는 다만 전쟁이란 선풍에, 뿔뿔이 흩어진 민족의 파편(破片)을, 아무렇게나 쓸어담은, 구접스레한 창고 —실질적으로나 상징적(象徵的)으로나 한 개의 창고에 지나지 않는다. 이윽고 자기도 역시 한쪽의 파편, 완전체(完全體)의 파편으로 인간 감정을 무시한 삶의 막다른 골목, 생활을 잃은 생존을 하고 있는 것이다.(한무숙, 〈파편〉, 《한국전쟁문학 전집》 1, 휘문출판사, 1969, 421쪽.)

〈파편〉(1951)은 피난지 부산을 공간적 배경으로 하여 다양한 사람

---

14 이-푸 투안(구동희·심승희), 『공간과 장소』, 대윤, 1999, 239쪽.

의 일상을 그려내고 있다. 전쟁을 피하여 각자의 고향에서 밀려난 사람들은 부산의 허름한 창고에서 피난민으로 살아간다. 그들은 피난지 부산을 몰상식하고 인정이 없는 공간으로 부정함으로써 자신의 고향을 기억하고, 정체성을 확인하지만 점차 일상성을 회복해 간다.

아내와 세 아이를 데리고 피난 온 태현은 부모를 버리고 왔다는 불효와 자신의 모략을 스스로 용서할 수 없어 죄책감으로 괴로워한다. 하지만 그의 비합리적이고 지나친 죄책감은 현실에서 가족을 책임지지 못하는 자신의 무능력을 은폐하고 합리화하는 역할을 한다.[15] 그는 피난지에서 낯설고 수치스러운 자신의 상황을 죄책감에 빠진 무기력으로 모면하는 것이다. 황해도 대지주의 외아들이자 경성제대의 수재였던 깔끔한 외모의 그는 피난지인 이곳에서도 자신이 지식계급으로 선택된 사람이라는 사실을 인식하며 지낸다.[16] 그는 길가에서 담배장사를 하는 아내와 순박한 이웃의 도움으로 생활하면서도, 도움을 받지 않으면 그들이 오히려 민망해 할 것이라는 생각으로 자존감을 유지한다. 하지만 그도 창고 안 사람들에게 느끼는 이러한 격의가 자신의 서글픈 최후의 우월임을 알고 있다. 태현의 계속되는 자기혐오는 본인의 도덕적 순결이 훼손된 것에서 오는 분노로 전쟁이라는 상황과 자신의 처지를 제대로 인식하지 못한 결과이다. 하지만 아내가 아파 누워 버린 후 값나가는 모든 물건들을 다 팔아버리고 마지막으로 남은 그의 양복은 자신을 객관적으로 보게 한다. 그는 이제 양복이 아닌 작업복을 입고 생활인으로 나서야 할 때가 왔음을 깨달

---

15 슬라보예 지젝(이수련), 『이데올로기라는 숭고한 대상』, 인간사랑, 2003, 284쪽.
16 오양호, 『한국현대소설과 인물형상』, 집문당, 1996, 36쪽.

는다.

창고에서 혼자 살아가는 병민은 전쟁 속, 모든 것이 무의미하고 추악하다고 생각한다. 부도덕한 인간들의 탐욕에 의해 자신의 이성은 혼란되고, 성격은 무너졌으며, 일상이 파편화되었다고 주장한다. 그는 자신의 도덕적 기준으로 타인을 평가하며, 그들의 적극적인 삶의 의지를 경멸한다. 그러나 도덕과 정의를 추구한다는 본인은 정작 부모의 경제력에 의존하여 생활하고 있다. 태현은 고뇌의 기호를 가졌다는 말로 병민의 감상성을 지적하며 "자신에게 출발하여 자신에게 그치는 도덕에 의지하라"는 충고를 건넨다.

거리의 여자가 된 신미령과 곧 입영해야 할 인쇄소에 다니는 이상호, 부두에서 노동을 하는 지상과 정서방, 배노인 부부 등은 태현이나 병민과 대비되는 평범한 사람들이다. 사회의 하류층으로 분류되는 이들은 인간미를 잃지 않으면서도 강인한 생명력으로 전쟁 속에서도 자신들에게 주어진 일상을 최선으로 받아들이며 열심히 살아간다. 창고에서 살다 자취를 감춘 스물다섯의 미령은 창고에서의 생활은 생존일 뿐이라며, 화장과 차림으로 자기의 신분을 또렷이 표시하고 자신의 의지대로 살아간다. 이러한 그녀의 눈에 비친 병민의 행동은 자신만이 흙물을 뒤집어쓰지 않으려는 안간힘으로 보일 뿐이다. 지금 병민에게 필요한 것은 세상 속으로 나갈 용기와 스스로 살아갈 생명력으로 관념으로서가 아닌 생활인으로서의 자세이다. 그의 도덕적 우월감은 지금까지 그가 누려왔던 안정된 일상의 관성과 자기 순결성에 불과할 뿐이다.

"……그런데 예기 안 했던 일이 생겼읍니다. 글쎄 옷을 쫄딱 버린 후 부터는, 그저 마른 땅 걷는 것과 마찬가지로, 진 땅을 걸을 수가 있지 않겠어요? … 참 자유럽구 거리끼는 것이 없구, 말하자면 불명예의 향략이랄까요? 네 그래요 옷을 버리지 않으려구 애를 쓰지 않으니깐, 아주 쉽게 힘 안 드리고 걸어갈 수가 있었어요. 호호!"(위의 책, 439쪽.)

태현과 병민의 문제는 그들이 전쟁이라는 상황 속에 충분히 녹아 들어가지 않고 지식인과 부유층으로 특권이 존재하던 전쟁 전의 일 상에 머물러 있다는 것이다. 태현의 안으로의 천착과 병민의 밖으로 의 천착은 자기혐오와 타인혐오로 대비되지만 이기적이고 배타적인, 자기기만으로 가득 찬 지식계급과 부유층들의 우월 콤플렉스라는 점 에서는 같다.[17] 그들에게는 선택된 인간으로서 특권이 존재하던 전쟁 전의 일상성이 아닌 전쟁의 상황 속에서도 생명을 유지할 수 있는 일 상성의 회복이 필요하다. 국군용사의 양친이자 동시에 과격한 빨치 산의 어버이기도 한 배노인 부부는 말수도 식사량도 줄이며 최소한 의 방법으로 일상을 견디어 간다. 누구도 원망하거나 미워하지 않는 그들은 눈물을 가리고 감정을 죽이며, 아들을 가슴에 묻는다. 인쇄소 에 다니는 이상호는 임신한 어린 새댁을 남겨두고 제이국민병 소집 령을 받지만 담담한 표정으로 응소한다. 이들의 이러한 의연함과 담 담함은 태현과 병민이 지금까지 간과하고 있던 사실들을 체감하게 한다.

전쟁에서 지식인과 부유층들은 자의적인 도덕 기준으로 자신과 타 인을 평가할 뿐, 생활인으로 현실 적응 능력은 떨어지는 무기력한 모

---

17 오양호, 『한국현대소설과 인물형상』, 집문당, 1996, 33쪽.

습을 보인다. 이들에게 필요한 것은 가족을 부양하고 자신도 살아남아야 한다는 사실이다. 현실이 녹아들지 않는 이상은 무의미할 뿐이며, 생명력을 잃어버린 도덕은 허무할 뿐이다.

〈분별〉(1952)의 응섭은 서울에서 교원생활을 할 때보다 피난민 장사치가 된 지금, 경제적으로 여유 있고 도덕적으로도 자유롭다. 일상을 벗어난 낯선 공간에서 인간은 두려움과 함께 자유를 느끼지만 개방적일 것 같은 낯선 공간은 상당히 위협적이다.[18] 낯선 공간에서의 익명성은 인간에게 용기와 더불어 양심, 자기 인식, 개인적 책임감, 의무감, 헌신, 책무, 도덕성, 죄의식, 수치심, 두려움 등을 마비시켜 평소에 개인을 억누르는 책임감은 완전히 사라지고, 개인이 자신을 억제하는 경향은 줄어든다.[19]

응섭은 피난민을 상대로 현금을 굴리고, 아내 역시 돈 장사를 하므로 자신에게 찾아온 운을 놓치지 않고 잘 살아보기로 단단히 마음먹는다. 그는 셋째 아들놈의 돌잔치를 핑계로 서울 종로에서 삼십여 년이나 전당포로 살아온 흉하고 능글스럽기가 끝이 없는 구렝이 강영감, 죽은 친구의 동생인 이필수, 이름도 모르는 작달막한 최가를 청한다. 하지만 자신의 옛 동료인 현선생을 청하지는 않는다. 현선생에 대한 애틋함은 가난하지만 평화로웠던 과거와 물질적 욕망을 추구하는 현재를 비교하게 하지만 새로운 세계를 꿈꾸는 그에게는 극복해야 할 과거일 뿐이다. 응섭은 아들의 돌잔치에 온 최가가 가져온 다이아 반지가 천만 원은 된다는 필수의 이야기를 듣고, 다음날 재빨리

18 이-푸 투안(구동희 · 심승희), 『공간과 장소』, 대윤, 1999, 19~20쪽.
19 필립 짐바르도(이충호 · 임지원), 『루시퍼 이펙트』, 웅진지식하우스, 2007, 465쪽.

구백만 원에 사들이지만 곧 어제와는 다른 가짜라는 사실을 알게 된다. 그는 도난계를 내려 경찰서에 가면서 갑자기 자신의 물질적 욕망에 대한 부끄러움을 느낀다. 돌아오는 길에 우연히 현선생을 만나 우정에 대한 갈망도 느끼지만 그의 물질적 욕망은 이미 이것들을 넘어서고 있었다. 그는 자신의 능력 이상 커버린 물질적 욕망으로 자신을 제어 하지 못한 채 최소한의 봉변을 피할 수 있는 기회마저 놓쳐 버린다. 응섭은 전전긍긍하다 강영감을 꼬드겨 반지를 맡긴 후 손해를 메우려 하지만 오히려 그에게 조롱만을 당하게 된다.

> "하하…교원질이나 하던 이자식아 네가 나를속여…"
> 터져 나오는 웃음소리가 응섭이 얼굴에 배았아지는 그 순간에 미닫이가 벌컥 열려지며 젊은이의 구둣발이 앞가슴을 거더찼다. 응섭이는 악하고 소리도 못친체 다시금 구둣발이 면상에 달려들며 불이 번쩍 늘었다. 이 찰라에 분함과 부끄러움에 악이 바치는 그대로 매라도 싫건 맞으면 씨원할것만 같은 응섭이는 미친듯이 때려라 때려라 날을 싫건 때려다고
> 나를… 나를… 때려다고…(김이석, 〈분별〉, 『전선문학』 2, 1952.12, 63쪽.)

돈을 벌겠다는 욕망에 정신없이 속이고 속는 이들에게는 양심이 없다. 최가는 응섭을 속이고, 응섭은 강영감을 속이고, 다시 강영감은 응섭을 속인다. 서로 물고 물리는 상황에서 응섭과 같이 어리숙한 인간만이 손해를 보는 것이다. 응섭은 자신의 어수룩함을 인식하지 못하고, 자신이 속은 것처럼 남을 속일 수 있다고 생각하지만 그것은 착각이다. 응섭은 예전의 가난하지만 평화로웠던 일상과 우정은 물

론, 이성과 양심, 그리고 재산까지도 모두 잃어버린다. 비대해진 물질적 욕망으로 자신의 정체성을 잃어버린 것은 물론 사물을 판단하는 분별마저 잃은 인간의 당연한 결과이다.

5. 나가며

1950년대에 발표된 한국전쟁기를 시대적 배경으로 하는 소설의 전쟁과 일상성에 대해 논의하였다. 그 결과 전쟁으로 일상성은 단숨에 예고 없이 붕괴되지만 전쟁이 다시 일상이 되면 일상성은 전쟁을 압도하며 회복되고 이러한 과정을 통해 평상시에는 나타나지 못하고 숨어 있던 인간의 이면 즉 물신화, 속물성, 위선 등이 들어나기 시작한다.

구체적으로 살펴보면 〈그날에 있은 일〉과 〈포인트〉를 통해 예외적이고 익숙하지 않은 불안과 공포, 초조한 인간의 내면에 의해 일상성이 붕괴되는 모습을, 〈밀다원 시대〉와 〈정적일순〉을 통해 전쟁은 일상성을 단 시간에 붕괴하지만 곧 전쟁마저 일상성 안으로 포섭하고, 전쟁을 압도하며 회복하는 모습을, 〈파편〉과 〈분별〉을 통해 일상의 한가운데 매몰되어 전혀 모습을 드러내지 않지만 전쟁과 일상성의 상호침투를 통해서 비로소 나타나기 시작하는 일상성의 속물성과 물신화를 확인하였다.

또한 논의를 통하여 문학의 주변부로 밀려나 있던 전쟁기를 다룬 작품의 새로운 의의를 제시하여 1950년대 전쟁문학의 대상을 확장시킬 수 있는 가능성을 확인하였다. 물론 1950년대는 전쟁의 시기이며,

전쟁의 영향력을 제외하고 전쟁 문학을 논할 수는 없다. 하지만 더 나아가 일상성의 영역까지 확대시켜 전쟁과 일상성의 상호관계를 밝힌다면 추상화되지 못하는 다양한 경험들이 삶의 현장성과 생생한 체험을 갖고 존재함을 확인할 수 있다. 이러한 다양성이 존재함을 증명할 때 이 시기의 문학이 단순히 단절기나 반동기, 휴지기 등으로만 규정할 수 없음을 확인하는 의미 있는 작업이 될 것이다.

전후 사회의 자본주의적 소외와 대안

1. 들어가며

1950년대는 전쟁의 시대였기에 전쟁의 기억에서 자유로울 수는 없다. 하지만 전쟁기에도, 또 전후에도 전쟁의 공포만큼 사람들을 불안하게 했던 것은 경제적 어려움이다. 치열한 전장에서 가족들과 함께 무사히 살아남은 가장들은 전후에는 산업화의 의무를 수행하기 위해 산업 현장으로 뛰어들었다. 전쟁에서 어떻게 살아남아야 하는가 하는 절박한 문제는 가족을 어떻게 부양해야 하는가로 변화하였을 뿐, 전쟁과 똑같이 치열히 싸워야 했다. 그리고 낙오되면 전쟁에서처럼 패배자가 되어 산업현장에서 소외되었다. 한국은 자본주의 사회로 사유재산 및 시장경제 제도를 기초로 하기에 경제적인 소외의 문제를 회피할 수는 없지만 전후라는 특수한 상황은 이를 더욱 심화시켰다.[1] 인간은 누구나 경제생활을 영위하며 살아간다. 하지만 자본주의적인 경제적 합리성의 극단적인 추구는 일상생활이 오랫동안 물신주의적인 태도에 의해 지배되도록 하여 일상생활의 직업 생활화와 상

---

1 정문길, 『소외론 연구』, 문학과지성사, 1983, 181~182쪽.

품화를 초래하게 되었다. 전후 한국 사회는 전후 부흥기에서 경제 성
장 목표 위주의 산업자본 형성기로의 이행기로서 앞으로 맞이하게
될 본격적 자본주의 사회의 문제점을 미리 예측할 수 있는 기회이기
도 하다.[2]

1950년대 전후 사회의 자본주의적 소외와 대안을 이무영의 〈영
전〉, 유주현의 〈장씨일가〉, 김광식의 〈의자의 풍경〉과 〈213호 주택〉,
김동립의 〈대중관리〉를 통해 논의하고자 한다. 이 작품들은 비교적
아직까지 전후소설로서 체계적인 논의가 충분히지 않은 상태이다.
이것은 전후소설의 논의가 전쟁에 초점을 맞추었기 때문으로 아직
경제적 측면의 소외문제까지 역량이 미치지 못하고 있음을 말해준
다. 그러므로 전후 부흥기에 나타난 자본주의적 소외의 양상을 폭로
하고 원인과 극복 방안을 논의하는 것은 전후 소설에 대한 균형적인
시각을 갖게 하고, 그 논의의 대상을 확장시키는 계기가 될 수 있을
것이다.

2. 자본주의적 소외를 통한 비인간화 폭로

1) 인간성과 타인으로부터의 소외

이무영의 〈영전〉(1954)은 남북전력회사 C주 지점을 자신들의 의지
대로 움직이면서 권력과 이익을 독점하다 몰락한 전 지점장 일파들
의 비도덕적이고 탈법적인 행위들을 적나라하게 폭로하고 있다. 특

---

2 김철, 「현대 한국문화에 대한 법철학적 접근」, 『현상과 인식』, 2000.봄여름, 18쪽.

히 지연, 학연 등을 이용한 이권의 독점과 대항 세력의 몰락, 자신들의 안위를 위한 직원들의 침묵이 주인공의 눈을 통해 핍진하게 드러난다.

탁은 전력회사의 과장 대리에서 두 계단이나 뛰어 C주의 지점장으로 영전하지만 마냥 기쁘지만은 않다. 남북 전력회사는 기호, 영남파의 철옹성에 이북출신들이 도전을 하는 판국으로 엄청난 알력이 작용하는 곳이다. 더군다나 C주 지점은 영남의 직계가 아니면 한 달을 견디지 못한다는 지방색이 강한 곳이다. 그는 남한에 전혀 기반이 없는 평북 출신이며 오남매의 가장으로 간부층에서 살뜰하게 보아주는 사람도 없는 처지이다. 그러므로 그는 처음부터 전력회사의 파벌 싸움에 대항하거나 순응하지 않고 관망하며 줄을 타 왔다.

> "미친놈들! 회사일에 영남, 기호는 어디 있으며 평안도 함경도는 어디 있는거야? 모두 쥐일 놈들아. 난 탁파다. 탁파야."
> 탁은 이렇게 초연했다. 그는 취하면 그런 입 빠른 소리도 곧잘 한다. 그러나 그런 탁이면서도 자칫하면 그 어떤 파에 붙어 버리는 경우가 많았다. 감정에 지배될 때도 있었지만 과장 대리 자리를 보전하기 위할 경우도 있었다.(이무영, 〈영전〉, 『신천지』, 1954.6, 182쪽.)

지점장 발령을 받고 탁은 C주 지점으로 출근을 한다. 그러나 곧 그는 C주 지점 직원들의 냉랭한 반응에 당황하고, 업무 과장이라는 자의 협박과 공갈에 묶고 있던 여관까지 옮기게 된다. 비교적 정상적인 생각과 윤리를 갖고 있는 탁이 지역적 파벌의식과 비리로 가득한 C주 지점에서 겪는 일들은 모두 상상 이상이다. 제 정신이 아닌 것처럼 느껴질 정도로 C주 지점의 사람들은 음모와 부패, 타락 등의 광기로 가득 차 있다. 하지만 탁의 대응자세도 문제가 있다. 그는 적극적인 저항의지를 보이지 않고, 계속해서 머뭇거리며 회피하려는 태도를 보여 왔다. 처음에도 부임하지 않을 도리가 없었기 때문에 어쩔 수 없이 발령을 받았다는 태도였고, 업무과장이 찾아왔을 때도 여관을 옮기며 그를 피하기만 할 뿐 적극적으로 대응하지 않았다. 이것은 전쟁을 겪고 난 지 얼마 안 되는 사회 분위기에도 원인이 있다. 어느 쪽을 선택하여도 나머지 한쪽에는 적이 되는 것이다. 그러므로 그는 자신의 의견이나 생각을 직극적으로 주장하기보다는 흐지부지 문제가 종결되기를 원하지만 상황은 그의 생각대로 되지 않는다.

> 탁은 어이가 없었다.
> 한낱 전력회사의 지점장을 가는데 경찰이 하상관이며 신문기자단이 알은 체 할 택도 없겠거니와 항차 시 의회에서 문제가 된다는 것이며 대통령 비서실이 무슨 아랑곳이라 했던 것이다. 만일 자기의 부임이 사실 그렇게 문제가 되었다면 경찰이고 신문기자단이고 모두가 정신이상이 생긴 사람들만 모였느니라 했다. 그렇지 않다면 이런 소리를 하는 업무과장이 요새 말로 머리가 돈것이 아닌가 싶어 탁은 약간 취기가 돌기 시작한 그의 눈속을 들여다 보는 것이었다. 붉은 기는 돌아도 미친 사람의 눈동자 같지는 않다. (위의 책, 184쪽.)

업무과장은 각 기관장들과 시의원, 실업가들을 찾아다니면서 전 지점장의 유임운동을 하고, 진정서를 돌린다. 하지만 탁이 진정으로 두려운 것은 진정서나 업무과장의 협박보다 눈에 보이지 않는 조직의 움직임과 구성원들의 침묵이다. 탁은 한국전쟁 직전, 전 지점장과 업무과장, 송이라는 자가 윤이라는 동료를 남로당의 프락치로 몰아

밀고하였던 것을 알고 있다. 결국 윤은 전 지점장의 대항세력으로 몰리면서 그들에 의해 목숨을 잃고 말았다. 그런데 당시 대부분의 직원들은 윤이 남로당이 아니며, 모함 받았다는 사실을 알고 있었지만 침묵하였다. 전 지점장의 세력은 그 후, 대부분 직원들의 침묵을 발판으로 세력을 넓혀 지금까지 C주 지점에서 막강한 권력을 휘둘러 온 것이다.

> "윤이 그런 사람이 아닌 것은 내가 증명할 수 있오. 첫째 그는 예술가요. 둘째 그가 그렸다는 그림 이야기를 들어보면- 그렇게 친해도 난 못 봤어. 들어보면 그건 서양화 소재지 어디 동양화가가 그런 테-마를 잡던가? 그게 또 우습고, 윤은 자기 형과 절교한 사람이오. 형이 붉었거든."
>
> "그럼 왜 그래 그를 못 구해 주었오?"
>
> "내가 늘 마음에 괴로운건 그 점이오. 구할 수 있었소. 그러나 용기가 없었소. 그때가 어느 판이라구. 변명을 하구 나서다간 어떻게 되 올킬지 아오? 그래 죄없으니 나오겠거니 하고 있는데, 그놈의 六·二五가 탁 터졌구려! 그래 죽었지! 그판에야. 그런 것을 밝힐 여유가 있었소. 어디? 거 무서운 사람들이오. 조심하오. 그러구 계장이 됐지! 계장으로 한 일주일 있었든가? 그러다 六·二五가 터졌구 부산 와서 과장이 됐구 지점장으루 돌리기 시작했지 …(중략)… 정말 조심해!"(위의 책, 187~188쪽.)

전 지점장과 업무과장 등은 자신들의 권력 유지를 위해서면 어떤 짓이라도 할 자들이다. 부당한 세력이 오랜 시간 유지된다는 것은 주변의 침묵이 있었다는 것을 말한다. 조직원들의 침묵은 부당한 세력에게는 지지와 동조의 의사로 받아들여지게 마련이다. 어쩌면 탁에게는 부당한 세력보다 더 두려운 것이 침묵의 세력이다.

사무인계를 받아 한 달 남짓 지점장으로 업무를 수행한 탁은 누군 가가 상공부에 밀고한 투서 때문에 본사에서 호출 명령을 받는다. 탁 은 투서의 내용을 읽어 본 후 그것이 업무과장의 모략임을 알게 된 다. 하지만 그 사건으로 그는 본사에서는 동료를 모략하는 놈이란 욕 설을 듣고, C주로 돌아와서는 전 지점장에게 자신을 모함했다고 하 여 의족을 달 각오를 하라는 협박을 받는다. 또 업무과장에게는 자신 을 투서 작성자로 지목했다고 하여 무려 한 시간 동안이나 행패를 받 는 수모를 당한다. 그는 그들의 정신없는 공격에 C주 지점의 지점장 직을 포기하지도, 그들에게 대항하지도 못하는 위기 속에 직면한다.

처음부터 어쩔 수 없이, 아무 준비 없이 부임해 온 탁에 비해 전 지점장 일파들은 단순한 협박에서, 사회 각계의 진정서까지 주도면 밀하다. 그리고 마지막으로 거짓 투서를 이용하여 그를 어디에도 발 부칠 수 없는 비열한 인간으로 몰아갔다. 전 지점장이나 업무과장은 한국전쟁 전 자신들이 모함하여 남로당으로 몰았던 윤처럼 탁에게도 압력의 수위를 높여가고 있다. 상식과 기본이 무너지고 비리와 부패 가 난무하는 C주 지점은 전후 한국 사회의 일상의 모습을 빗대어서 보여주고 있다. 직장을 개인적인 치부의 수단으로 혼동하는 사람들 의 총체적 비리와 지역사회가 능력 평가의 객관적 기준 없이 파벌에 의해 움직이고 있음을 보여준다. 전후 한국 사회는 구성원들의 의식 의 변화 없이 급속한 산업화와 경제적 재건으로 사회 여건과 규모만 커졌을 뿐, 그것을 유지하고 발전시킬 역량이 부족했다. 전력회사도 마찬가지이다. 산업화와 기계화는 해방 전과 달리 합리적인 시스템 을 원하지만 직원들의 사고와 행동은 해방 전의 모습에서 벗어나지 못하고 있다.

해방전과 달라서 전기를 써줍소사는 것이 아니라 전기를 좀 쓰게 해
달라고 돈 봇다리를 둘러메고 회사로 집으로 쫓아 다니는 세상이고 보
니 전력과면 아무리 과장 대리라해도 생활에는 큰 위협을 느끼지 않지
만 지점장쯤 되고 보면 그 까짓 생활비는 문제가 되지 않는다.(위의 책,
180쪽.)

이 작품은 타인, 즉 경쟁관계에 있는 피고용자들끼리의 소외를 다
루고 있다. 그런데 이유가 소외를 당하는 자에 있지 않고, 소외를 하
는 자의 부당함에 있다. 문제는 소외를 당하는 자의 대응 자세이다.
탁은 처음부터 끝까지 대항하지 않고 그저 관망하기만 했다. 이것은
그가 비난했던 윤의 사건을 침묵하는 조직 구성원들의 태도와 같은
것이다. 그의 무기력한 대응이 전지점장 일파들이 그에게 계속해서
모략을 가하게 하는 원인이 되고 있다. 이무영의 〈영전〉은 조직의 부
패상을 박진감 있게 묘사함으로써 당시 사회와 인간성의 추한 모습
을 고발, 냉소하는 성과, 즉 인간성의 소외를 고발하고 있지만 그것
이 실천적 의지로 나아가지 않는다는 점에서 한계를 드러낸다.[3] 즉
전 지점장 일파의 비리, 조직원들의 침묵, 탁의 무기력한 대응 등이
폭로에 그칠 뿐 대안이나 주인공의 실존적 수정이 이루어지지 않고
있다.

2) 조직과 가족으로부터의 소외

유주현의 〈장씨일가〉(1959)는 조직과 가족으로부터의 소외를 다루

---

3 이주형, 『이무영(세계 작가 탐구 : 한국편 14)』, 건국대학교 출판부, 2007, 108~109쪽.

고 있다. 〈장씨일가〉에는 한 집안에서 생활하는 가족이지만, 어떠한 유대의식이나 친밀감도 갖고 있지 않는 인물들이 등장한다. 가족의 유일한 통로이자 집안의 구심점이었던 어머니는 이미 죽고 존재하지 않으며, 가장과 장남은 출세지상주의, 며느리와 차남은 향락주의 등 자신들만의 세계에 빠져 있다.

장남인 장정표는 개인의 영달을 위한 발판으로 군대를 이용하려 했지만 눈과 귀를 모두 잃는 사고를 당한 후, 오히려 자신이 군의 배경과 명분에 유혹 당했다는 사실을 깨닫는다. 군대는 그가 불구의 몸이 되자 일 계급 특진, 예비역 준장이라는 석별의 정을 표시함으로써 그와의 관계를 끊고, 그는 군 조직으로부터 소외된다. 그는 지금껏 자신의 존재와 가치를 훈장으로 가늠하는 삶을 살아왔기에 현재 자신의 현실을 받아들일 수 없다. 권력이나 명성은 자아의 본질 바깥에 있다. 하지만 인간은 권력이나 명성을 잃어도 계속 살아가야 하는 존재이다. 그런데 권력이나 명성을 잃은 것은 너무 쉬운 일로 잠깐의 실수나 순간의 방심, 인간의 욕심으로도 가능하다. 그러므로 인간이 자신의 내면 이외의 부차적인 요소에서 정체성이나 행복을 찾게 되면 조그마한 환경의 변화에도 정체성의 변형을 보이며 피폐해지고 만다.[4]

장정표는 분노와 피해의식으로 피폐해진 하루하루를 살아간다. 이것은 자신의 경솔함과 사고의 억울함, 군 조직에 대한 미련 등 복합된 감정이다. 야망이 좌절되고 불구가 된 현재의 그에게는 이름뿐인 가족만이 남아 있다. 그는 아버지인 장의원과 사고 전까지는 돈독한

---

4 필립 짐바르도(이충호·임지원), 『루시퍼 이펙트』, 웅진지식하우스, 2007, 303쪽.

관계를 유지하여 왔으나 사고 후에는 서로에게 소원하다. 사고 전까지 아버지와 아들은 각자 자신의 야망을 추구한다는 공통점이 있었지만 이제 이들에게는 어떠한 공통점도 남아 있지 않다. 그는 아내와도 소통되지 않는데, 이것은 그가 8년간이나 자신만을 위해 살아온 결과이다. 이들 부부는 생활은 물론 대화마저도 소통되지 않는 상태이다.

> 경심은 그가 듣거나 말거나 혼자 중얼거렸다.
> "당신 또 술 마셨군요. 뭐구뭐구 그 놈의 계돈이 걸혀 먹어야지. 얘 순자야, 서방님 금침 깔아드려!"
> 장정표는 장정표대로 아내가 듣거나 말거나 뇌까렸다.
> "너무 늦게 다니지 말잖구. 밤거리엔 부량패가 많을 텐데."(유주현, 〈장씨일가〉, 『사상계』, 1959.5, 363~364쪽.)

장정표의 아내인 경심은 국회의원인 시아버지의 비서이자, 남편의 후배인 김윤수와 불륜 관계를 맺는다. 그녀는 마음대로 할 수 있을 거라고 생각했던 김윤수가 자신의 마음대로 되지 않자 초조함을 느낄 뿐, 후회나 남편에 대한 미안함은 없다. 그녀에게서 자존심이나 윤리의식 등을 찾아볼 수 없는데 그녀는 자신이 이렇게 된 것이 모두 남편 때문이라고 생각한다. 그러나 이것만으로 그녀가 윤리적 비난에서 자유로울 수는 없다. 스스로도 자신에게 굴욕감을 느끼고 있듯이, 이것은 자신의 합리화에 불과하다. 또한 불륜의 대상인 김윤수도 그녀에게서 쾌락과 금전적 이득만 취할 뿐 그녀의 남편과 별반 다를 것이 없기 때문이다.

"내가 이렇게 변한 것은 남편 때문이에요. 그이가 병신이 되었다구 해서 그런 건 아녜요. 결혼한지 팔년이니 되지만 그이는 그이 자신을 위해서 살았어요. 그이는 내가 아무리 애원을 했어도 가정으로 돌아오지를 않았어요.……지금두 그인 가정에 돌아온게 아네요. 군대에서 쫓겨났으니까 집으로 들어온 거에 불과해요.……"(위의 책, 356쪽.)

겉으로는 큰소리를 치며 그를 위압하고 굴종시키고 있지만, 그는 보이지 않는 끈으로 경심을 결박했으며, 소리 없는 웃음으로 경심을 비웃고 있으며, 특출한 사나이의 힘으로 경심의 윤리적인 양심을 짓밟아 버린 것이다.(위의 책, 356~357쪽.)

집안의 가장인 장의원은 국민을 대표하는 국회의원이지만 국민을 위하여 일하기보다는 당에서 자기에게 맡긴 역할을 처리해 내는 데 급급한 인물로 부당한 정치권력에 영합하는 대표적인 부류이다. 그는 ×당의 주요 간부로서 이미 확정된 방침을 공식화하기 위하여 토론에 붙이는 등 권력의 꼭두각시 역할을 훌륭하게 해 냄으로써 그의 관록에 비중을 더해 간다. 그는 한껏 기대를 걸었던 장남이 불구가 되어 집에 돌아오자 위로하고 감싸주기보다는 그를 못마땅하게 생각한다. 장군이라는 목표를 이루지 못한 장정표는 결과만을 중시하는 장의원에게는 낙오자일 뿐이다.

이로써 국회의원 장만중은 새로운 법률안을 만든 ×당의 중요간부로서 그 관록이 더욱 비중을 더하게 된 셈이다.
장의원은 술잔을 들어 쭈욱 마시며 자기가 지금 한 말은 의사당에 농성하는 것만이 민주주의를 수호하는 유일한 방법이라고 떠들어대는 상대편에게도 똑같이 할 수 있는 말임을 깨닫자 정치라는 이름의 직업이 갑자기 싫어졌다. 우울했다.(위의 책, 360~361쪽.)

장씨 일가의 차남이자 고등학생인 성표는 친구들끼리 몰려다니면서 술을 마신다. 또 자신의 아이를 임신한 가정부에게 아무렇지 않게 중절을 권유한다. 그는 육체적으로는 아직 성인이 아니지만 윤리적으로는 성인보다 더 문란하고, 타락한 모습을 보인다. 그는 형수의 불륜까지도 눈감아준다는 허세를 보이며 어른 흉내를 낸다. 자녀의 교육과 사회화는 가족의 고유한 기능이며, 특히 인성교육은 아동발달에 가장 큰 영향을 미치는 요인으로 가정이 책임져야 하는 부분이다.[5] 하지만 성표에게는 기본적인 인성교육을 맡아줄 제대로 된 가족 구성원이 존재하지 않는다. 가장인 아버지와 형은 권력과 명예만을 추구하였고, 어머니의 부재를 메워 줄 형수는 쾌락과 물질만을 추구하였다. 그는 가족의 관심에서 소외된 채 성적, 윤리적으로 삐뚤어진 인간으로 성장한다.

이들 가족 구성원들은 자신의 위치나 임무에 가치를 두지 못하고 있을 뿐 아니라 그 안에서 서로 간에 고립되어 있는 소외의 상태이다. 그러므로 이들은 한밤중에 잘못 걸린 전화벨 소리 하나에도 모두 신경이 날카로워져 당황하고, 허둥대는 불안한 모습을 보인다. 장의원은 정당이라는 조직 속에서 자기 자신도 용납하기 어려운 회의의 안건을 훌륭하게 처리한 후, 대견하지만 한편 초조한 자신의 마음을 감추지 못한다. 김윤수는 경심과의 일이 신경 쓰여 전화도 받지 못하

---

5 공세권, 「가족의 본질과 정책적 접근」, 한국가정관리학회 기조강연, 가정관리학회, 1996, 3쪽.

214 전쟁 서사의 문학적 증언

는 등 비서로서 기본적인 자신의 임무조차 제대로 수행하지 못한다. 경심 역시 김윤수와의 불륜이 마음에 걸려 헛기침을 하며 전화의 내용과 소란스러운 주변의 정황을 살핀다. 그러므로 금속성 음향의 날카로운 전화 벨 소리는 이들에게 자신의 도덕적 타락을 자각시키고 지적하는 역할을 하게 된다.

> 그 때였다. 이 조용한 집안에 별안간 전화의 벨이 요란스럽게 울렸다. 그 벨의 금속성 음향은 유난히 날카롭게 온 집안의 신경을 찔렀다.
> 그러자 안에서 커다란 음성이 튀어 나왔다. 가장(家長) 장만중 의원의 흥분한 듯한 고함소리였다.
> "얘들아! 전화 왔다. 전화 받어!"
> 아무나 얼른 받아보라는 호통에 가까운 고함을 쳐 놓고서 그는 기다리고 있지 못하고 마루로 달려 나왔다. 잠옷의 띠를 허둥지둥 앞으로 매면서 그는 몸소 응접실로 뛰어들었다. 그는 비서 김윤수가 마악 집어든 전화기를 홱 뺏아 가지고는 귀에다 붙였다.
> ……
> 장만중의원은 수화기를 덜커덕 놓고 아들 장정표를 못마땅한 눈으로 한번훑어본 다음 김윤수에게는 비서가 전화도 안받고 뭘하느냐는 짜증을 보이고는 횡하니 응접실을 나갔다. 이때 그가 끊은 전화의 수화기는 제 자리를 떠나 옆으로 메어박혀 있었다.
> 다시 집안은 조용해졌다. 한 두 번 경심의 기침소리가 응접실까지 들려왔을 뿐이다.(위의 책, 365쪽.)

이들은 사회의 상류층 인사들로 생존의 문제와 관계없이 자신들의 개인적 욕망과 속물성에 의해 저마다 윤리적 일탈의 상태에 놓여있다. 그러므로 개인의 도덕성 회복을 통한 가족 내 소외의 극복이 필요하다. 제대군인의 재기와 아동의 긍정적 사회화는 가족의 몫이며, 유대에 달려 있기 때문이다.[6] 유주현의 〈장씨일가〉는 1950년대 한국 권력층 가족 집단의 퇴폐적 생활양상을 부각시키며 당시의 사회적 현실, 근대사회의 허실과 정치적 부조리 현상을 폭로하고 있지만 여전히 폭로에 그칠 뿐 대안이나 주인공의 실존적 수정이 이루어지지 않고 있다.

3) 노동의 의미와 소외된 소비로부터의 소외

〈의자의 풍경〉(1956)과 〈213호 주택〉(1956)은 삼화은행과 조경인쇄 주식회사라는 공간적 배경, 은행원과 공장기사라는 등장인물의 직업만 다를 뿐 자본주의 사회의 산업화와 기계화에 따른 소외를 다루고 있다는 공통점이 있다. 이들 작품은 획일화된 출·퇴근 모습과 거리의 묘사에서 시작하여 개별화된 공장과 은행의 모습을 통해 그 안에서 소외되어가는 인간의 모습을 그려내고 있다.

〈의자의 풍경〉 속의 조직원들은 이름이나 성격이 아닌 자신이 앉는 의자, 즉 직장 내 직급으로 개별화 된다. 그들은 각자의 공간에서, 각자의 의자에 앉아, 각자의 담배를 피워 물며 업무를 시작한다. 자본주의 사회에서는 하는 일과 소비하는 물건으로 그 주체를 평가할 수 있다. 이만길 - 출납실 - 백양, 남윤호 - 당좌계 - 필립모리스만으로도 이들은 변별되고 있다. 남윤호는 대학 졸업 후 일생의 업이자 꿈이었던 은행에 들어왔지만 삼 년도 되지 않아서 아무런 흥미와 정

6 문혜옥·윤미현, 「아동비행의 원인과 예방대책 및 연구방향」, 『경주전문대학 논문집』 12, 1997, 224쪽.

열도 느끼지 못한다. 그의 일은 단지 생각이 아닌 손을 필요로 하는
일로 그를 단순한 기계적 기능의 인간으로 변화시켰다. 그는 이러한
생활에 저항도 생각해보았지만 잠시도 자신이 부모님을 모시고 세
명의 동생을 책임지는 가장의 입장임을 잊을 수는 없다.

> 은행이란 째이고 째인 조직적 분할(分割)일이라 곧 익숙하게 되는 것
> 이다.
> 윤호는 일년이 되자 당좌게 일이라면 손만 움직이면 되었다. 생각하
> 는 일이 아니었다.(김광식, 〈의자의 풍경〉, 『문학예술』, 1956.2, 35쪽.)

남윤호는 석 달 전, 동일상사 변사장의 초대로 은행 사람들과 회식
을 하고, 돌아가는 택시 안에서 십만 환이라는 돈을 받았다. 남윤호
는 그 돈이 무엇을 의미하는지 알고 있지만 이미 상부에서 결정된 일
에 그의 생각은 필요 없었다. 그동안 생각을 필요로 하지 않는 일들
을 통해 그는 위계질서에 의한 명령을 익숙하게 수행하는 단순한 기
계적 기능의 인간으로 변화되었다. 익숙함이란 숙련을 말하고, 숙련
이란 무의지의 행위로 자신의 생각이 끼어들 틈이 없다. 그에게는 담
당자로 일을 처리해 주고, 나중에 일이 잘못될 경우 책임을 질 의무
만이 있다. 직급 위주의 사회에서 위계는 개인의 신념이나 노력으로
바꾸기에 너무 견고하다. 그러므로 이러한 일에 대한 결정과 암묵적
인 동의는 구성원들에게 비판 없이 받아들여지고 서로가 서로에게
연대로 책임을 지우면서 내부의 조직과 결속은 더욱 공고해 진다. 은
행 안에서 결정의 위계는 지점장, 윤대리, 우주임, 남윤호 순이지만
책임의 위계는 남윤호, 우주임, 윤대리, 지점장 순이다.

그런데 변사장의 일이 잘못되어 그는 경찰의 조사를 받았고, 저녁 늦게 구속영장까지 발부되었다. 처음에도 마찬가지만 지금도 그가 두려운 것은 오직 가장으로서 가족들의 실망과 그들의 생계뿐이다. 그는 마지막 당직 근무를 위해 집에 들러 저녁 식사를 하면서 짐짓 명랑한 목소리로 잠깐 출장을 다녀오겠다며 가족들에게 돈을 내놓는다. 그의 부모님은 그가 내놓은 큰돈에 깜짝 놀라지만, 동생들은 그 돈으로 그동안의 소외된 소비를 통한 일상생활의 소외를 해소하는 데에만 관심이 있을 뿐이다.[7]

> 윤호는 집에 들어가 억지로라도 명랑한 얼굴을 지으려 했다. 그러나 그것은 너무도 괴로웠다. …(중략)…
> 윤호는 저녁상을 물리고 나서 내일 부산으로 출장을 갈런지 모른다고 했다. 그리고 있는 돈을 다 끄내어 어머니에게 이천환 동생들에게 학용품을 사 쓰라고 오백환씩 줬다.
> 동생들은 이렇게 많은 돈을 받아 보기는 처음이었다.
> 윤영이는 오빠의 마음은 알리 없으나 그저 좋았다.
> "오빠 이것 가지고 나, 전과지도서 산다. 이제 나가 사오겠어."(위의 책, 39쪽.)

남윤호는 마지막 숙직을 위하여 들어간 은행에서 이만길씨와 술자리를 갖는다. 그는 이 지점에서 제일 늙은 노행원이지만 시골 사립중학교를 나온 학력이 문제가 되어 십 년간이나 창살로 둘러싸인 출납실에서 때 묻은 돈만 세어야 했다. 그는 이러한 자신이 돈 세는 기술

---

7 강수택, 『일상생활의 패러다임』, 민음사, 1998, 291쪽.

을 가진 동물원의 원숭이이라는 생각을 넘어, 이제는 허수아비로 보인다는 말을 한다.

> "또 어떤 때는 이러한 것을 느끼는 구만, 나는 누구보다도 아침 출근이 이른 편인데 일찍 사무실 안을 들어서면, 나밖에 아무도 온 사람이 없는데, 휘 둘러 보면, 의자마다 분명히 그 의자의 주인들이 허수아비들처럼 앉아 있는 것이 보여. 내 의자를 바라봐도 내 얼빠진 허줄한 얼굴이 거기 있는 것 같아. 결국 허수아비지……"(위의 책, 42쪽.)

술자리를 마치고 목이 말라 잠깐 잠에서 깬 남윤호는 수표 지불 손님 번호를 부르는 이만길씨의 잠꼬대를 듣게 된다. 십 년 동안 숙련된 노동은 그의 의지와 상관없이 꿈속에서도 쉬지 않고 그에게 돈을 세게 하고 있다. 이만길씨의 이러한 모습은 남윤호에게 생각을 필요로 하지 않는 단순한 기계적 기능의 인간, 즉 자신의 현재 모습을 객관적으로 인식하게 하고 있다.

〈213호 주택〉의 김명학씨는 남들과 꼭 같은 영단주택이라는 곳에서 살고 있다.[8] 그는 이곳에서 살며 질식할 것 같은 만원 버스를 타고, 남들과 꼭 같이 출퇴근한다. 그는 획일화된 집에 살며, 획일화된 방법으로 출퇴근을 하고 획일화된 공장 시스템 속의 구성원으로 살아가고 있다. 김명학씨는 자신의 일을 묵묵히 해내는 건실한 직업인

---

8 최규진, 『근대를 보는 창』, 서해문집, 2007, 171~173쪽.
  최규진에 따르면 일제는 1941년 조선주택영단을 세워 한반도에 들어와 사는 일본인에게 주택을 공급하고, 조선노무자에게 사택을 주어 생산력을 늘리려 했다. 영단주택의 집은 갑(20평형), 을(15평형), 병(10평형), 정(8평형), 무(6평형) 다섯 종류였고, 해방 뒤 대한주택공사로 이어져, 주요한 주택 공급방법인 집합 주거단지 개발을 해오고 있다.

으로 지금껏 회사에서 절대 필요로 하는 인물이었으며, 사장 이하 직공까지 기술과 인격을 믿는 존재였다. 하지만 한 달 사이에 인쇄기와 자가 발전기는 잦은 고장을 일으켰고, 그가 퇴근하고 없는 시간에 부하 직원의 소홀로 발전기가 타버리는 사고까지 있었다. 회사 측에서는 손실이 생기자 기계의 관리자인 그에게 모든 책임이 있다고 생각하고 그를 파면한다. 그는 자신이 속한 노동 현장으로부터 하루아침에 소외당한다. 그는 생계 문제에 앞서 직업인으로서 패배감과 공장 일체가 자신에게 적의를 갖고 자신을 조소하는 것 같은 공허감에 시달린다.

회사가 이윤을 늘리는 가장 효과적이고 빠른 방법은 노동자의 숫자를 줄이는 해고이다. 그러므로 경제가 안 좋아질 때, 회사에 문제가 생길 때도 가장 손쉬운 해결책으로 사용한다. 해고는 회사 입장에서 비용을 절감하는 방법일 뿐 아니라 남아 있는 구성원의 노동력과 시간을 좀 더 효율적으로 관리할 수 있는 계기가 된다.

> 그는 강한 고독을 느꼈다. 공허한 가슴을 느꼈다. 매일같이 매만지고 바라보던 저 인쇄기들을 다시 대하지 못한다는 것으로 이렇게 차거운 고독이 절박해 오는 것일까. 이 공장의 일체가 자기에게 적의를 갖고 자기를 조소하고 자기와는 무관(無關)이라는 것이 이렇게도 자기를 공허하게 하는 것일까.(김광식, 〈213호 주택〉, 『문학예술』, 1956.6, 52~53쪽.)

그는 이날 밤 아이들을 위해 과자를 한 봉지 사가지고 집으로 돌아오는데, 아이들은 현관 앞에서 서로 들고 가겠다고 다툼을 하며 온 집안을 아수라장으로 만든다. 또한 그에게 맏딸은 오백 환의 용돈을 요구하고, 아내는 자신도 산뜻한 옷차림으로 영화도 보고, 바깥공기도 쐬고 싶다고 말한다. 그의 가족들도 소외된 소비를 통하여 일상생활의 소외를 느껴온 것이다. 경제가 성장하고 여가시간이 늘었다고 하여 이것이 곧바로 소비 능력 향상으로 이어지는 것은 아니며, 오히려 주변의 소비 능력 향상은 일반 서민들에게 심각한 박탈감을 느끼게 하는 것이다.[9]

> 그의 아내는 젊은 시절을 회상도 하고- 또 지금은 그래도 남만치 살며 집구석에서 이렇게 박혀 살고 싶지는 않다고 했다. 때로는 산뜻한 옷차림으로 문안으로 나가 거리를 걷고 싶고, 영화도 보고 싶다고. 밖의 시원한 공기를 마시며 자유스럽게 남과 사귀고, 사회적 호흡도 하고 싶다고 했다.(위의 책, 55~56쪽.)

가족들에게 위로받지 못하는 그는 동창을 만난다. 그는 지금껏 성실하게 일해 왔음에도 자신의 능력 이상을 요구하고, 희생을 강요하는 공장의 비인간성에 대해 이야기하지만 친구는 현대인은 고독할 뿐이라며 그의 말을 개인적 감상 정도로 치부해 버린다. 그는 친구와 헤어진 후 술이 취해 줄줄이 좌우로 늘어선 집 중 자신의 213호 주택을 찾지 못해 양키와 젊은 여자가 사는 집으로 잘못 들어가게 되어 유치장에서 하룻밤을 보낸다.

그는 회사의 획일화된 시스템에 의해 자신만의 개별성을 인정받지 못해 파면 당했다. 또 집안에서도, 친구를 만나서도 이러한 자신의 처지를 호소하지만 이해받지 못했다. 그리고 이웃에게까지 실수를 양해 받지 못해 유치장에서 밤을 보내게 된다. 그는 자신의 말을 아

---

9 강수택, 『일상생활의 패러다임』, 민음사, 1998, 291쪽.

무도 귀담아 들어주지 않고, 아무도 자신을 이해하지 않는 완벽한 소외와 단절의 세계를 경험한다. 이제 그는 자신의 개별성을 표시하고 자신만의 정체성을 찾기 위해 줄줄이 똑같은 모습으로 좌우로 늘어선 자신의 집, 213호 주택부터 개별화를 시도한다. 그는 우선 현관으로 들어가는 길에 남들과 다른 자신만의 발자국을 파내고, 남들과 똑같은 자기 집의 현관문 손잡이를 칼로 깎아 자신만의 표시를 하지만 그의 이러한 노력은 아내에게조차 이해되지 못한다.

  김광식의 〈의자의 풍경〉과 〈213호 주택〉은 공간적 배경이 은행과 공장, 인물의 직업이 사무원과 노동자라는 것만 다를 뿐, 여러 부분에서 공통점이 많다. 우선 남윤호와 김명학씨는 자신의 잘못이 아닌 일을 책임지게 되고 직업적 노동의 의미로부터 소외되면서 생계에 위험을 받게 된다. 또한 그들의 가족은 소외된 소비를 통하여 일상생활로부터 소외되고 있다. 다만 〈의자의 풍경〉의 경우 타인의 말과 모습을 통해 비로소 이러한 자신의 모습을 객관적으로 인식하는 반면, 〈213호 주택〉의 경우는 소외의 원인에 저항하는 인물이 등장한다. 물론 그것은 아내에게조차도 이해받지 못하는 무모한 행동이지만 타인에게 호소하는 것에서 벗어난 자발적인 저항이라는 점에 의의가 있다. 또한 남윤호나 김명학은 모두 가정을 책임지는 가장들이다. 이들의 실직은 개인의 직장 문제를 넘어 한 가족의 생계와 연결된다. 하지만 한, 두 사람의 희생으로 마치 부품을 교환하듯이 아무렇지도 않게 다시 유지되는 조직 사회, 책임조차도 위계질서에 의해 주로 하급 노동자나 사무원들이 감수하는 사회에서 이들은 언제든지 대체가 가능한 소모품이다. 개인의 사정을 고려하거나 양해해주지 않는 것이 기업의 이윤추구 원칙이다. 이것은 전후 한국 사회가 전쟁 전의 농경사회와는 달리, 산업화, 기계화, 분업화의 본격적 자본주의 체제로 들어서고 있음을 말해주는 것이기도 하다.

3. 자기실현과 동일성 회복을 통한 소외의 극복

김동립의 〈대중관리〉(1959)는 이계장과 처남 창수 그리고 그의 상사인 관리부장 등 산업화를 따라가지 못하는 전쟁 세대들의 사회 부적응과 자기 소외를 보여주고 있다. 이계장은 처남 창수를 한일피복 주식회사에 취직시켜 관리부장 자리를 보증해 놓고, 안방의 다락 구석 금고에 이천오백만 환의 현금, 사부 이자로 빌려준 사백만 환, 한국에서는 구하기 어렵다는 지구형 라디오, 동생이 굴리는 세단, 그리고 어젯밤에 받은 뇌물 이백만 환을 쌓아놓는 등 생활의 여유가 있다. 그럼에도 불구하고 이계장은 매일 반복되는 생활 속에서 자신이 점점 위축되어 가는 느낌을 받는다.

> 자꾸만 가슴이 설랬다. 꼭 무엇에 쫓기고 있는 상태, 난데없는 환상들, 六·二五때 마루밑에 흙을 파내고 숨었다. 밤은 더욱 싫다. 새벽 한시 두시를 가리지 않고 인민군의 대문을 차는 소리, 짜박 짜박 밀려드는 군화 소리, 가슴이 잇달아서 쿵쾅거린다. 따발총이 머리위 마루에서 쾅! 못을 박을 때 전신에 쪽 배는 식은 땀, 불 켜라는 군대 고함소리, 아내가 들고 나오는 촛불은 깜깜한 마루짱 사이에서 일직선으로 가슴을 찌른다. 섬찟! 전신이 조여든다. 두 손으로 얼굴을 감싼다. 숨을 죽인다. 가슴이 꽉 조인다. 자세를 획 돌렸다. 울부짖듯 고함을 질렀다.(김동립, 〈대중관리〉, 『사상계』, 1959.12, 375쪽.)

그는 직장에서 새로 부임한 과장의 뒤통수를 보다가 문득 왜놈 다나까의 뒤통수와 닮았다는 생각을 하면서, 갑자기 과거의 기억 속으로 빠져든다. 그것은 대동아전쟁과 한국전쟁 등에서 그가 경험했던 불안이다. 그러나 현재 그의 불안의 가장 큰 원인은 돈이다. 전쟁을 경험했던 그는 생활이 안정되고 경제적으로 풍요로워지자, 보상이라도 받겠다는 듯이 돈에 집착하게 된다. 하지만 이제 그는 그가 모은 돈 때문에 전쟁만큼 불안한 삶을 살아간다. 그의 생각처럼 부를 얻었다고 해서 일상생활의 불안이 해소되는 것은 아니다. 불안을 돈이나 물질로 극복하고자 하는 시도는 언제나 실패로 돌아갈 수밖에 없다. 욕망은 충족되기를 바라는 결핍이지만 결코 물질로 충족되지 않기 때문이다.

> 부엌에서 딸그락거리는 쥐소리, 방이 조금만 더워도 신경에 거슬린다. 잠자리를 고쳐 누울수록 더 초조해 온다. 바람이 처마끝을 스쳐간다. 무엇이 담을 훌렁 뛰어 넘고 들어 오는 것 같다. 담은 칠척이 되도록 높다. 그나마 담 위에는 빨강 파랑 노랑의 병조각 피색 유리조각을 수없이 꽂아 놓았다. 어느 놈도 얼씬 못하게 되어 있다. 그런데 틀림없이 무엇이 뛰어 넘어 오는 것 같다.
> 李係長은 일어나서 불을 켰다. 그러나 다락문은 틀림없이 잠겨진채 그대로다.(위의 책, 380쪽.)

창수는 미술대학을 나와 자형인 이계장의 권유로 한일피복주식회사에 취직하지만 쉽게 적응하지 못한다. 미국에서 경영경제학을 연구하고 돌아온 관리부장은 괴물과 같은 모습으로 열변을 토하곤 하는데, 창수는 그때마다 목덜미가 당기는 느낌이다. 관리부장은 기계

화를 지향하는 인물로 그에게는 모든 것이 숫자화, 도표화되고 목표
만이 존재한다. 창수는 이러한 회사 생활이 경제적 풍요라는 현실적
욕망에 의한 것일 뿐, 자신의 이상이 아니라는 것을 알게 된다.

> "모든 분야에 있어서 기계의 놀라운 발전은 인간을 도웁고 있으나 실
> 제 기계를 조작하는 인간의 동작은 너무나 불규칙적이며 비과학적이기
> 때문에 불필요한 시간의 낭비와 생산을 저하 시키고 있읍니다."
> 　昌洙는 관리부장의 점점 절정에 이르는 열변이 머리 위에서 억눌러
> 옴을 느꼈다. 그리고 새카만 숫자 투성이의 도표를 그의 시야 속에서 지
> 탱해 내기에 질려오는 자신을 깨닫고 있었다.
> 　고개를 치켜 머리를 흔들었다. 백근의 쇠뭉치를 지탱하듯 목줄기가
> 땡겼다.(위의 책, 374~375쪽.)

관리부장이 지향하는 기계화는 인간의 정신을 분열시키고 인간을
비인간화한다. 인간은 현실적 욕망을 이루기 위해 살아가지만 원래
의 자기로 돌아가려는 욕구가 있고, 이를 실천에 옮기는 능동적 행위
를 자기실현의 욕구라고 한다.[10] 이러한 자기실현을 이루기 위해서는
현실적 욕망에서 벗어날 수 있는 용기와 결단이 필요하다. 이를 성공
적으로 이루어낼 때 자기 동일성의 회복이 가능해진다.[11] 창수는 관
리부장의 숫자와 도표, 기계가 자신을 압박해 올수록 자신의 육체가
분해되는 아픔과 정신이 분열되는 고통을 느낀다. 그는 한일피복주
식회사의 사원인 비본래적 자신에서 벗어나 그림을 그리던 본래의

---

10 이부영, 『분석심리학』, 일조각, 1982, 107쪽.
11 김성아, 『한국 전후소설에 나타난 소외 양상 연구』, 중앙대학교(박사), 2006, 17쪽.

자신으로 돌아가고 싶은 욕구를 점점 참을 수 없어진다.

> 잠이 오지 않는다.
>
> 昌洙는 옆으로 돌아 누웠다. 잠을 이룰 수가 없다. 그러면서도 일어나서 무엇이든지 그려보고 싶은 충동, 붓을 들고 싶은 충동, 아무렇게나 캄바스를 박박 문질러 보고 싶은 충동을 참을 수가 없었다. …(중략)…
>
> 하루의 피로는 그날의 충분한 수면을 취하지 못하는데서 그 이튿날로 그대로 겹쳐 가는 것이다. 그러면서도 이상하게스리 그림이 그리고 싶다. 빨간 물감으로 한일피복회사를 그리고 그 위로 무수한 톱니바퀴를 새카맣게 그려 넣고 싶다. …(중략)…
>
> 누님에게 사정을 했다. 내일부터 회사에 안나겠다고, 평생 소원이니 그림 그릴 재료를 사 달라고, 그 때 자형이 덧문을 열고 넋 잃은 표정으로 건너보고 있었다.(위의 책, 377~380쪽.)

그는 결국 회사를 그만두고, 매형의 집을 나오게 됨으로써 본래의 자신으로 돌아간다. 창수에게 물질적으로 안정될 수 있는 회사를 포기하는 용기와 결단이 가능했던 것은 그가 전쟁에서 자신이 설치한 '부비추럽'에 동료가 죽은 경험 때문이다. 그는 잘못된 상황을 인식하지 못하는 기계에게 모든 것을 건다는 것이 얼마나 위험한 것인지 알고 있다. 그러므로 그는 기계가 아닌 인간을 신뢰하고, 선택한 것이다.

반면 이계장은 불안 신경 증세가 심해져 결국 회사를 그만두고 창수와 함께 정신병원에서 본격적인 치료를 받기 시작한다. 원장은 이계장과 대화를 나눈 뒤, 그의 증상은 노이로제로 세상에 대한 불안을 신뢰감으로 바꿔보라는 비교적 단순하고 간단한 처방을 내린다. 원장의 말을 들으며 이계장은 지금껏 자기를 괴롭히던 환상을 떠올리다가 갑자기 마음이 평온해 지는 것을 느낀다. 이계장은 병원 문을 나서며 비로소 창수의 손을 잡고, 창수도 이러한 매형의 뒤를 조용히 따른다. 그런데 이들 앞에 병원 문을 들어서는 한일피복주식회사의 관리부장이 나타난다. 이계장과 관리부장, 창수는 전쟁 중 자신들이 경험한 불안을 배금주의, 무비판적 기계화와 자기실현을 통해 극복하려 했지만 결과는 노이로제와 자기 동일성의 회복이라는 정반대의 결과를 얻게 된다.

> 원장의 얘기를 들으면서 李係長은 가끔 한번씩 가슴에 손을 가져 가 보는 것이었다. 원장의 말 사이 사이에 떠오르는 환상들, 이때까지 그를 괴롭히던, 고 인상 고약한 친구, 그의 바로 등 뒤에서 낯서른 형사가 노리고 있는듯한, 다락속의 금고, 그를 쫓던 수많은 발, 대낮 가로를 빨간 불을 켜고는 질주하는 헌병차, 六·二五, 인민군…… 그러한 상념들이 때대로 과장의 얼굴과 겹쳐서 떠오르곤 했다. 그러나 이상하게도 정말 이상하게도 아무렇지 않은, 자기자신이 믿기지 않을 정도로, 그는 자꾸만 그의 가슴에 손을 가져 가 보는 것이었으나 정말 가슴은 아주 평온하고 조금도 설레이지 않는 것이 아닌가!(위의 책, 384쪽.)

인간은 결여 또는 결핍을 채우기 위해 끊임없이 욕망한다. 이것은 삶의 원동력이 되는 긍정적 요인으로 나타나기도 하지만 집착은 이계장이나 관리부장과 같은 정신 질환의 원인으로 나타나기도 한다. 창수는 전쟁에서 '부비추럽' 사고를 통해 기계가 인간의 몫을 대신할 수 없다는 경험을 한다. 그는 섣부른 기계화나 물질의 지향이 아닌 인간의 종합적 사고와 가치판단을 믿는다. 창수는 이제 자신은 물론

타인의 상처까지 보듬고, 치유할 수 있는 역량을 갖추게 된다. 그러
므로 이 작품은 창수를 통해 자기실현을 통한 자기 동일성 회복이 자
기 소외의 극복 방안임을 제시한다. 이것은 주인공들이 비로소 자본
주의적 소외의 양상을 이해하고 그 극복이 인간성 회복이라는 점에
눈 뜨기 시작하였음을 의미하는 것이다.

4. 나가며

일제의 가혹한 식민통치 아래서 해방되고 채 5년도 안 되어 발생
한 한국전쟁으로 우리는 세계에서 가장 가난한 국가로 전락한다. 공
산주의에 맞서기 위한 근대화, 즉 경제성장이 필요하다는 주장은
1950년대 후반 수용되기 시작하였다. 이러한 대한민국의 경제가 다
시 일어서는 데 미국의 원조가 큰 몫을 차지한 것은 사실이지만 부작
용도 컸다. 미국이 제공한 원조 물자로 우리 농업은 상당한 피해를
입게 되었고, 이승만 정권이 징수한 임시토지수득세, 토지대 반환금
등으로 농촌은 급속하게 피폐화되었다. 많은 농민들이 농촌을 떠나
도시로 몰려들었고 북한에서 월남한 사람들과 함께 도시의 변두리에
거대한 빈민층을 형성하게 되었다. 이들로 인해 도시의 실업률은 급
격하게 증가하였고, 국민들의 경제생활은 전반적 변화를 겪게 된다.
급진적이고 대외의존적인 산업화와 소비재를 중심으로 하는 공업화
는 농촌경제의 파탄과 농민층의 몰락, 노동자들의 궁핍과 실업 등 여
러 가지 문제점으로 나타난 것이다.

이무영의 〈영전〉에서는 전후 한국 사회의 왜곡된 직업윤리와 권력

구조를 전력회사라는 조직 속에서 벌어지는 권력싸움을 통해서, 인간성과 타인으로부터의 소외를 다루고 있다. 이를 통해 부패한 세력뿐 아니라 침묵하는 세력에 대한 부당성까지도 폭로하게 된다. 유주현의 〈장씨일가〉에서는 군과 정치조직의 은폐된 진실과 상류사회의 윤리적 타락을 보여주면서, 조직과 가족으로부터의 소외를 폭로하고 있다. 김광식의 〈의자의 풍경〉, 〈213호 주택〉에서는 은행과 인쇄소라는 공간적 배경을 바탕으로 노동의 의미로부터의 소외뿐 아니라 소외된 소비를 통한 소외까지도 폭로하고 있다. 김동립의 〈대중관리〉에서는 전쟁의 영향력에서 벗어나지 못한 인물들이 불안을 극복하기 위해 자기 자신까지 소외시키며 물질과 기계에 집착하다 실패하는 모습을 통해, 진정한 자기 동일성 회복의 방법은 자기실현임을 제시하고 있다. 이렇듯이 전후 부흥기에 나타난 자본주의적 소외의 양상을 폭로하는 작품을 통해 그 원인과 극복 방안을 논의하는 것은 전후 소설에 대한 균형적인 시각을 갖게 하고 더불어 그 대상을 확장시키는 계기가 될 수 있을 것이다.

전후 사회의 가족 해체와
복원의 가능성

1. 들어가며

전쟁이라는 혼란과 고통의 시간을 오직 가족의 유대로 이겨낸 사람들에 의해 전후 사회는 가족주의가 강화되는 추세를 보인다. 이러한 상황에서 가족 내 구성원의 갈등은 은폐되거나 그에 따른 고통은 간과될 수밖에 없었다. 한편으로 전후 사회는 전쟁으로 인한 육체적, 재산적 상실과 가족을 잃은 충격이 일탈적 행동과 허무주의로 표출되면서 가족 해체가 가속화되기도 하였다. 그러므로 1950년대 가족의 문제를 다루고 있는 소설들은 가족주의 강화 또는 가족의 해체로 구분된다. 이것은 전쟁이란 동일한 상황에 대한 상반된 반응으로 전쟁은 지금껏 우리가 상상할 수 없는 정치, 경제, 사회, 문화적 혼란을 야기하였다.

혈연과 혼인으로 인한 유대관계를 이루어 공동의 주거와 동재의 소유를 갖는 것이 가족이라면, 가족주의는 가족집단을 다른 집단이나 개인보다 우위에 두는 가족 우선성을 기본으로 하여 사회 속에서 존속하게 하는 이념이다. 가족주의는 가족 우선성, 부계 가문의 영속

화, 부모공경의식, 형제자매 및 친척 간 사회경제적 유대의식 등의
개념으로 구성된다.[1] 가족의 복원을 내세우는 가족주의는 나를 억제
하고 가족 공동체의 구성원으로서 정체성을 강조하는 전통적, 가부
장적 가족주의와 연결되었다. 전쟁으로 인하여 가족의 소중함을 절
실하게 경험한 사람들은 가족에 대한 회의와 의문 자체를 억압하고
봉쇄하려 했다. 또한 그들이 주장하는 모성의 강조는 가족을 보존하
거나 재구성하려는 욕망의 표현이지만 전통적, 가부장적 가족의 부
활을 야기하게 된다. 이러한 가족주의는 점차 호국의 의지로 전환되
면서 국가주의, 반공주의와도 연결되었다.[2] 그러나 가족 구성원들의
의무가 자발적 헌신이 아니라 구조적 모순에서 발생하는 강제의 성
격을 띠고 있거나, 누군가의 목적에 의해 교묘하게 조종된다면 이것
은 진정한 가족의 형태라 볼 수 없다.

그러므로 가족의 해체가 부정적 사회현상이고, 가족의 유지와 복
원만이 긍정적 사회현상이라는 전통적 가족주의의 입장에서 벗어나
다양하게 변화되는 가족의 모습을 수용하고, 가족구성원의 조화로운
상생추구를 목적으로 전후소설이 어떠한 방식으로 이를 형상화하고

---

1 옥선화, 『현대 한국인의 가족주의 가치에 대한 연구』, 서울대학교(박사), 1989.
2 1950년대 전후 사회에서 가족주의 강화의 정치적 배경을 일민주의(一民主義)로 보
 기도 한다. 하지만 일민주의의 국가관은 가족이 가족을 착취할 수 없고, 따라서 그
 연장인 민족이 동족을 착취할 수 없다는 유기체적 국가관이다.(서중석, 『이승만의
 정치이데올로기』, 역사비평사, 2005, 194쪽.) 그러므로 이보다는 수직적 인간관계
 를 중시하는 유교적 지배 이데올로기의 영향으로 볼 수 있다. 이승만 정권의 기본적
 인 이데올로기는 반공이었지만 지배 이데올로기는 계속해서 변화의 과정을 거치게
 된다. 일민주의는 혁명가능성과 반미를 이유로 1954년 이후에는 이승만 정권 안에
 서조차 내세워지지 않았다. 그 후 정권은 지배 이데올로기로 수직적 인간관계를 강
 조하는 유교적 가족주의를 선택하고 이를 국가주의로 전환하고자 하였다.

있는지 강신재의 〈포말〉, 손창섭의 〈피해자〉, 추식의 〈인간제대〉, 김광식의 〈환상곡〉, 김동리의 〈밀다원 시대〉를 통해 논의하고자 한다. 이들 작품의 인물들은 대개 사회는 물론 가족 내에서조차 소외되고 희생되는, 소수의 삶을 살아가고 있다. 그러므로 이들의 이야기는 비정상적 가족의 극단적 예이지만 어느 시대, 어느 가족에서나 존재 가능하다. 그러나 이러한 이야기가 사회 전면으로 떠오를 수 있었던 이유는 전쟁 때문이다. 전쟁은 일상성과의 부딪침을 통하여 인간, 가족, 국가의 은폐되어 있는 진실을 드러내게 하는 계기가 되고 있다. 그러므로 우리는 이러한 부딪침을 통하여 인간 본성과 시대의 진실을 포착할 수 있을 것이다.

2. 가족주의의 허상과 가족 구성원의 희생

강신재의 〈포말〉(1955)은 전통적 남녀 성 역할의 전도는 물론 일부일처제라는 가족제도의 근본을 부정한다. 전쟁 전 아내와 김의 윤리적 일탈을 은폐하기 위해 급조된 가족은 전쟁 중에는 아내와 김의 안전을 위하여 유지되었고, 전쟁 후에는 아내와 김의 생활 편리에 의해 지속되었다. 이들의 가족은 서로의 애정에 의해 유지되는 것이 아니라 아내인 연옥에게는 김과의 윤리적 일탈을 은폐하는 도구로, 남편인 운삼에게는 가족관계 유지를 통해 사회적 상호작용을 회피하는 수단 등으로 이용되었다. 부정적 결혼의 동기는 부정적 결혼 생활을 만들 수밖에 없는데, 이들은 가족의 본질을 외면한 채 제도만을 이용하여 부정적 결혼생활을 유지하고 있다.

운삼에게는 가정 안에서 가장도, 남편도 더구나 아버지의 역할도 주어져 있지 않다. 가장이라면 전통적으로 가정의 경제적 주도권을 쥐고 있는데, 이것은 아내인 연옥이 갖고 있다. 그는 단지 시장 바닥을 돌아다니며 일수 돈을 걷어 연옥에게 가져다주는 정도다. 남편의 역할은 식객인 김이 차지하고 있다. 연옥은 김의 식성에 따라 밥상을 차리고, 김과 여가를 즐기며, 잠도 김과 자는 눈치이다. 아버지의 역할은 결혼한 지 오 개월 만인가 육 개월 만인가 되어 아내가 아이를 낳고, 그 아이가 태어나자마자 죽게 되면서 일찍이 끝난 바 있다. 운삼은 가정에서 주어진 역할 없이 떠도는 존재로 아내와 김의 옆에 존재할 뿐이다. 이것은 처음부터 정해진 일로 그가 아내와 결혼하기로 마음먹을 때부터 아내와 김은 함께였고, 지금까지 그 관계는 유지되고 있다.

> 무더운 여름이었던듯 한데 김은 이상하게 반짝이는 눈을 하면서 나에게 연옥이와 결혼해 달라고 한 것이었다. 그때 김과 나는 전문학교 학생이었고 연옥이는 R여전의 성악과 생도 였다. …(중략)… 김의 이야기로는 그들 사이에는 결혼을 할 수 없는 곤란한 사정이 있었고 그럼에도 불구하고 연옥이는 얼핏 결혼을 해야할 입장에 있었기 때문에, 날더러 꼭 결혼해 주기를 바란다는 것이었다.(강신재, 〈포말〉, 『현대문학』, 1955.3, 17~18쪽.)

이들의 결혼생활은 남자 둘에 여자 하나로 일부일처라는 결혼제도의 기본을 왜곡한다. 그럼에도 그가 이러한 왜곡된 결혼생활을 지속하는 이유는 사회적 상호작용 중 특히 타인과의 소통에 불안을 갖고 있기 때문이다. 그가 아내와 김의 관계를 인정하는 순간 가족은 해체되고, 그는 세상 사람들과 직접 소통해야 한다. 운삼은 아내와 김의 판단대로 세상을 살아간다. 그의 삶은 자신을 위한 것이 아니라 타인을 위한 삶이다. 그는 한국전쟁 당시 김을 보호하기 위해 아내의 지시로 했던 부역으로 전쟁이 끝난 지금도 경찰에 불려 다닌다. 이와 같은 그의 모습은 주위사람들에게 조롱과 비난의 대상이 되지만 그는 아직 이 같은 사실을 제대로 인지하지 못한다.

> "남의 사내를 감추어 주구 제남편은 길에다 내놓아?"
> 형사는 이상한 웃음을 입가에 띠웠다.(위의 책, 22쪽.)

> 기름때 묻은 빨간 저고리를 입고 팔뚝에 유리구슬을 낀 이집 색시는
> "막걸리 하구 두부요오."
> 하고, 목에 얽힌 쉬인 음성으로 악을 쓰고는 철궤 앞에 앉은 주인영감 귀에 대고 무어라고 쑥덕쑥덕하였다.(위의 책, 25쪽.)

또 다시 부역 문제로 경찰서에 불려갔다 나흘 만에 집으로 돌아와 고단한 몸을 뉘인 운삼을 아내는 국민대회에 참석해야 한다며 아침부터 깨운다. 그러나 그는 아내의 말을 거부하지 못한다. 아내와 김을 위해 희생하는 것이 가정에서 그에게 주어진 유일한 역할이며, 가족 관계를 유지하는 단 하나의 조건이기 때문이다. 그는 국민대회 데모 행진 속에서 자신의 의지와 상관없이 사람들에게 떠밀려 걸으면서, 자신의 삶도 물결에 섞인 물거품처럼 타인에 의해 떠밀려가고 있음을 비로소 깨닫는다.

데모 행진이 시작되었다. 사람들은 앞으로 흘러 나갔다. 선두도 안보이고 끝도 알수 없는 그흐름속에 말려 들어서 나도 걸음을 걷고 있었다. 때로 앞이 흐릿 하여지고 발이 허공에 떠서 구름을 밟는 듯도 하여왔으나 그 무수한 낯선 사람들에 떠밀리워서 앞으로 앞으로 가는 것이었다. 조금 정신이 밝아지는듯 하면 나는 사람들이 부르는 노래 소리에 한몫 끼우려고 목청을 돋우었다. 행렬은 흘러 흘러 가면서 점점 더 속도를 빨리 하는듯 했다. 내 의식은 점점 더 자주 흐릿해 지곤 했다.

흐릿해 지는 내 눈앞에, 수없이 덧업혀서 움지기고 있는 머리통들이 마치 물거품 처럼 둥글둥글 떴다가는 가라 앉았다.

물결에 섞인 한개의 포말(泡沫)처럼 나도 둥둥 실리어 가는 것이었다.(위의 책, 29쪽.)

손창섭 〈피해자〉(1955) 병준은 "면상이 마구 생겨먹은 데다가, 뿐 없이 등까지 굽었고 지위도 돈도 없어 결혼을 포기"했지만 서른두 살 먹은 미인 순실이 자신에게 시집온다고 하자 결혼을 결심한다. 그러나 곧 그는 자기가 아내와 장인의 생계를 위해 살아가는 존재라는 것을 깨닫는다. 아내와 장인이 병준을 꼼짝 못하게 하는 무기는 바로 전통적, 가부장적 가족주의에서 비롯된 가장으로서의 의무이다.

順實은 가쁜 숨소리를 내며 당신은 내 남편이요, 나는 당신의 아내가 아니냐, 그러니, 결국 당신의 자식은 내 자식이요, 따라서 내 자식은 당신의 자식이 아니겠느냐, 만일 당신에게 전실 자식이 있다면, 나는 당신처럼 냉정한 태도를 취하지 않고, 내가 낳은 자식보다 도리어 더 소중하게 키우겠노라는 것이다. 그 말이 과연 옳다고 炳俊은 시인했다. 그는 할 말이 없었다. 그러면서도 왜 그런지 자기만이 부당하게 손해를 보는 것처럼만 炳俊에게는 의식되는 것이었다. …(중략)… 물론 장인이나 여편네가 아무리 굴욕적인 언사로 공격을 퍼부어도, 炳俊은 일언반구 대답할 자격이 없었다. 가장으로서의 생활책임을 감당하지 못하는 그는 머리를 푹 숙인 채 죽은 사람처럼 가만하고 있는 수밖에 없었다.(손창섭, 〈피해자〉, 《손창섭 대표작전집》 3, 예문사, 1971, 387~388쪽.)

그러므로 병준은 결혼과 가족이라는 이름으로 행해지는 횡포와 폭력에 적극적으로 저항하지 못하고 아내와 장인, 그리고 아내가 데려온 아이들을 위해 돈 버는 기계로 전락한다. 그는 점점 세상 모든 일이 자신에게 박해를 가하기 위해 꾸며진 것만 같은 피해망상에 사로잡히고, 결국 중압감을 이기지 못해 자살한다. 가장으로서의 일방적 책임이 소극적이었지만 멀쩡하던 사람을 실없이 불안하고 비굴하게 만들었으며, 모든 것을 단념하게 하여 죽음에 이르게 한 것이다.

전쟁 중 사람들은 불안과 허무의식으로 가족에 집착한다. 하지만 운삼, 병준에게 가족은 안정과 행복을 보장하지 않았을 뿐 아니라 생명까지도 위협하고 있다. 아내인 연옥은 김을 보호하기 위해 남편인 운삼을 계속해서 위험한 전장 속으로 내몰았을 뿐 아니라 그를 처음부터 기만하는 이기적인 모습을 보인다. 또한 순실은 병준을 돈 버는 기계 이상으로 대우하지 않는다. 이들의 가족은 남성주인공들의 사회적 소외에 따른 현실 부적응, 전통적·가부장적 가족주의에 따른 가장으로서의 의무 등에 의해 간신히 유지되고는 있지만 진정한 의미의 가족은 아니다. 가족이라는 제도가 남성이든, 여성이든 한쪽의 성 역할에게 불평등과 억압의 공간으로 작동한다면, 더 이상 가족이라는 이름으로 불릴 수 없기 때문이다.[3] 이러한 가족 관계는 구성원

3 이승환, 「한국 '가족주의'의 의미와 기원, 그리고 변화가능성」, 『유교사상연구』 20, 2004, 49~51쪽.

을 보호하기보다 오히려 원자화하여 사회에서 고립시킬 뿐이다. 가족이란 혈연과 혼인으로 공동의 주거와 동재의 소유를 갖는 집단이지만 가족에 대한 올바른 인식을 전제로 한다. 특히 가족 구성원을 도구화하는 이기주의는 가족 관계에서 극복되어야 하는 최우선 조건이다. 〈포말〉의 운삼, 〈피해자〉의 병준은 사회는 물론 가족 내에서조차 소외되고 희생되는 소수의 삶을 살아가는 인물들로 비정상적 가족의 가족 내 이기주의에 대한 극단적 예이다. 이렇듯 전쟁으로 인한 혼란과 시대적 조건은 가족이란 전제 아래 은폐된 구성원의 고통을 수없이 양산함으로써 가족의 허상을 드러내는 역할을 하고 있다.

3. 전쟁 트라우마에 의한 가족의 해체

추식의 〈인간제대〉(1957)는 제대군인인 주인공이 아침에 아내를 죽이고 집을 나가 돌아오기까지 하루의 이야기이다. 주인공은 과민하고 충동적인 행동과 완전하게 억제된 반응 사이에서 동요한다. 그는 반대되는 심리적 상태의 변증법적 특징을 보이는데, 이것은 전쟁 트라우마의 대표적인 증상이다.[4] 전후 사회에서 제대 군인의 문제는 실업률과 더불어 심각한 사회문제로 대두되었다. 이들은 전쟁에서 크고 작은 부상을 입고 고통에 시달리는데, 육체적으로 장애가 없다고 해서 문제가 없는 것은 아니다. 전쟁 당시에는 간과되었지만 제대 군인들의 정신적 상처는 육체적 장애 이상의 심각한 사회 병리 현상

---

4 주디스 허먼(최현정), 『트라우마』, 플래닛, 2007, 70쪽.

이었다. 하지만 이러한 증상이 의학적으로 진단된 기점은 1980년으로 그전까지 이들의 사회 부적응과 일탈 행동은 질병으로 인정받지 못한 채 개인적 일탈에 머무르게 되면서 이들은 사회의 보호 없이 방치된다.[5]

추식 〈인간제대〉의 주인공은 군대에서 제대명령을 받고 집으로 돌아왔으나 집의 상황은 군대보다도 더 열악하다. 하나밖에 없는 아들 재환은 무엇인가를 잘못 먹어 죽었고, 아내는 매춘으로 생계를 이어간다. 이웃들은 자신을 업신여기고, 자신은 이백만이나 되는 서울의 실업자에 이름을 올려놓았다. 전쟁은 그에게 인간으로서 정체성이나 자부심을 느낄 그 무엇도 남겨놓지 않았다. 아들로부터 시작하여 아내, 이웃, 그리고 자신에 이르기까지 모든 것은 이미 그의 정신처럼 엉망인 상태이다. 그는 폭발적인 분노와 폭력적 성향을 보이며 주변 사람들에게 적의를 드러냈지만 아내의 매춘에 의지하여 살아갈 수밖에 없는 처지이다. 그는 이러한 상황에서 벗어나 다시 군대로 돌아가기 위해 매일 서울역에 나가 자신을 싣고 떠나줄 군용 열차를 기다린다. 그리고 중대본부와 같은 파고다 공원에서 하루를 보낸다. 그의 몸은 제대하였지만 그의 정신은 아직 사회에 적응하지 못한 채 군대 안에 머물고 있다.

그는 주로 낮 시간은 파고다 공원에서 요지경 영감과 대화로 보내는데 요지경 영감의 영업을 방해하는 불량학생들에게 지나친 분노를 표출하다 파출소까지 간다. 그는 자신이 정신적 혼란 상태에 있음을 알지만 벗어나는 방법은 알지 못한다. 더구나 그는 정신적 혼란뿐만

---

5 주디스 허먼(최현정), 『트라우마』, 플래닛, 2007, 58쪽.

아니라 육체적으로도 문제가 있는데 남성으로서 생리적 의욕이 없다. 인간의 생의 본능은 자기보존 본능과 종족보존의 본능을 갖고, 성의 본능은 종족보존의 본능 안에 포함된다. 하지만 그에게는 성의 본능을 포함한 종족보존의 본능은 물론 인간으로서 생의 본능마저도 사라져 가고 있다. 그는 거리의 전공 선발 시험장에서 사람들의 비아냥거림을 듣고 비로소 자신이 원숭이가 아닌 인간임을 확인할 정도로 인간으로서 정체성을 잃어가고 있다.

> 쭈루루 미끄러져 '픽'하고 엉둥방아를 찧자 또 구경꾼들이 '와그르' 웃어 재쳤다.
> "동물원 구경보다 낫군"
> 구경꾼들틈 새에서 그런 소리가 귀에 거슬리자 나는 그만 눈물이 핑 돌았다. 눈앞에 흘려 있는 직업을 놓쳤다는 서운한 생각 보다도 동물원의 원숭이가 아니라는 것을 분명히 느꼈기 때문이다.(추식, 〈인간제대〉, 『현대문학』, 1957.7, 122쪽.)

그는 할 일 없이 서울 시내를 돌아다니다 장안 곳곳에 붙어 있는 '인간가족'이라는 포스터를 발견한다.[6] 하지만 이 포스터는 그에게 이십칠억만 명이나 되는 세계의 전 인간이 모두 한 가족을 이루는데,

---

6 에드워드 스타이켄이 기획한 '인간가족'전은 1955년 1월부터 5월까지 약 4개월에 걸쳐 열렸으며, 우리나라에서도 미국공보관 주체로 1957년 4월 3일부터 28일까지 당시 경복궁 미술관에서 열렸다.(박주석, 「1950년대 한국사진과 '인간가족'전」, 『한국근대미술사학』, 2005, 56~62쪽.) 추식의 〈인간제대〉는 1957년 7월 『현대문학』에 발표되었으므로 작가가 말하는 '인간가족'이라는 말이 쓰여 있는 포스터는 이 전시회의 포스터를 말할 확률이 높다. 한국인 사진작가가 참여하지 않은 '인간가족'전은 서구인에 의해 비서구인이 구현되고 있다는 점에서 주인공이 사회에 느끼는 소외와도 맞닿아 있다.

자신과 아내만이 빠진 것 같은 느낌을 들게 할 뿐이다. 그는 가족과 사회, 세계 속에서 자신만이 점점 소외되는 감정을 느낀다.

> 열한시발 '통일호'의 개찰이 시작되어 모두들 '홈'으로 꾸역꾸역 밀려 나갔다. 열을 지워 있는 사람들을 아무리 훑어 봐야 낯익은 사람은 하나도 없다. 그러면서도 그들을 떠내 보내는 것이 서운하다. 꼭 같이 가야만 할 사람들인데 그 틈새에 끼이지 못하고 혼자만 동떠러지는 것 같은 서글픈 생각에서다.(위의 책, 114쪽.)

> 요지음 서울 장안에는 군데 군데 이상한 '포스터-'가 붙어 있다.
> '인간가족'
> 이라고 하는 그것 말이다. 이십철억 만명이나 되는 세계의 전인간이 모두 한 가족이라는 것이다. 나는 그 말귀를 영 이해할 수가 없다. 아내와 단 두식구인 데도 한 가족이라기 보다 서로 원수처럼 겨누고 있는데 무슨 소리냐 말이다. 그럼 세계의 모든 인간들은 한 가족이 될 수 있는데 나와 아내의 단 두사람 만은 그 속에서 빠졌던 말인가.(위의 책, 125~126쪽.)

하루 종일 시내를 배회하다 마지막으로 윤락가의 펨푸 녀석과 시비가 붙어 싸움을 하고 집으로 돌아온 그는 방안에 아내가 아침과 같이 번듯하게 누워있음을 본다. 그는 아침에 아내를 죽일 뻔한 것이 아니라 아내를 죽인 것이다. 그는 몇 번의 죽음의 고비를 넘기고 살아서 가족의 품으로 돌아왔다. 하지만 이곳은 전장보다도 더 비참한 공동묘지로 인간대열에서 낙오한 자만이 살아가는 곳이다. 가족을 우선한다는 가족주의는 이미 해체되었고, 가족도 명맥만이 남아있는 상황 속에서 그가 아내를 죽임으로써 그의 가족은 완전하게 파괴된다.[7] 수치심은 타인의 입장에서 자기 자신을 바라봄으로써 자신의 행위를 감시할 때 발생하는 사회적 감정으로 인간만이 느낄 수 있다.[8] 그러므로 수치심의 감퇴는 인간의 정체성을 규정해주는 중요한 근거가 부정되고 있음을 말해준다. 그가 요지경 영감에게 집착하는 이유도 그만이 등장인물 중 유일하게 수치심을 알고 있는 윤리적 인물이기 때문이었다.[9] 그는 수치심이 감퇴되어가는 모든 사회적 환경에 격렬한 분노와 폭력으로 대항하지만 결국 본인도 아내를 죽임으로써 인간대열에서 제외된다.

전투는 인간의 정신에 영구적인 흔적을 남기고 사람을 급진적으로 변화시킬 수 있다. 만성적인 위험 상황 아래 노출됐던 제대군인들은 자신을 지켜주었던 군대에서 분리되면 격렬한 불안에 휩싸이게 된다. 이러한 제대군인들의 전쟁 트라우마는 가족의 도움으로 극복되지 못한다면 곧바로 가족을 붕괴시킨다는 점에 그 심각성이 있다. 그러므로 전장에서 목숨을 걸고 싸우다 돌아온 군인들에게는 가족과 사회의 끊임없는 관심과 배려가 필요하지만, 전후 사회는 그 책임과

---

7 구정은, 「미군의 진짜 적은 '파병 스트레스'」, 『경향신문』, 2009.11.6.
전쟁 트라우마로 인한 가족 파괴는 현재도 진행형이다. 2009년 11월 6일 미국 텍사스 주 포트후드 미군기지에서 40여 명의 사상자를 낳은 총기난사 비극은 전쟁 후유증은 전장에서만 일어나지 않는다는 것을 말해주고 있다. 2007년까지 이라크전에 참전한 미군 병사는 총 150만 명에 이르는데, 그중 50만 명 이상이 우울증·정서불안·후유장애(PTSD)·자살충동 등의 정신적 장애를 느끼고 있었다. 미군의 정신적 장애는 사회 전반에 문제를 확산시키는데, 2001년 아프간 침공 직후부터 전역병들이 귀환해 아내를 살해하거나 살인을 저지르는 일이 잇따랐다. 또한 파병 군인들뿐 아니라 그들의 취학연령 자녀들 중에서도 3분의 1이 심리적 문제를 호소하고 있다는 조사결과를 보도했다.
8 J.M. 바바렛(박형신·정수남), 『감정의 거시사회학』, 일신사, 2007, 192쪽.
9 김택호, 「오래된 권위에 대한 냉소적 시선」, 『현대소설연구』 25, 2005, 163쪽.

고통까지도 개인에게 전가시키는 모습을 보인다. 추식의 〈인간제대〉를 통해 1950년대 전후 사회에서 개인의 경험으로만 인식되어 사회적 문제로 제기되지 않았던 전쟁 트라우마가 가정과 사회의 근간을 흔드는 심각한 사회적 병리 현상으로 전후 사회 가족 해체의 중요한 원인의 하나가 되고 있음을 확인하고 있다.

4. 일상의 복귀를 통한 가족의 복원 가능성

김광식의 〈환상곡〉(1954)은 전쟁의 고통과 가족의 상실로 일상에 복귀하지 못하는 가장의 삶을 보여준다. 남편은 아내의 불륜을 알고 있지만 어찌할 도리가 없다. 경제적인 문제도 다방 마담인 아내가 맡고 있을 뿐 아니라, 그는 아내의 육체적 욕구조차 해결해 줄 수 없는 폐병환자로 무능력하며, 무기력한 상태이기 때문이다. 남자의 남자답지 못함은 일상적 삶에서 커다란 결함으로 자리 잡는다. 우리는 누군가를 만나면 성 역할의 고정관념에 따라 그 사람을 평가하고 상대에 대한 인상을 형성할 때가 많다.[10] 그도 한때는 피아노 조율과 악보 그리는 기술로 집안을 유지하고, 처가를 도왔던 건실한 생활인이자 예술인이었다. 그러나 전쟁이 일어나자 그는 다섯 살 난 아이를 장모에게 맡기고 아내와 강을 건너 피난을 왔다. 이들은 가족 단위 안에서 최고 세대인 부모와 부계 가문의 영속화를 의미하는 아들을 버린 것이다.

---

10 옥선화·정민자·고선주, 『결혼과 가족』, 하우, 2006, 102쪽.

六·二五동란 평양에서 서울로, 다시 부산으로 성희와 나는 강을 건널
수 있었으나 다섯살 나는 아들 경수는 외할머니와 같이 강을 건널 수
없었다. 경수는 지금 부모인 우리를 그려볼 것인가.(김광식, 〈환상곡〉,
『사상계』, 1954.10, 157쪽.)

피난 후 모든 상황은 바뀌었다. 남쪽에서는 아내가 남편을 대신해
빈대떡을 만들고 소주를 팔아 생계를 이어간다. 아내가 경제적으로
안정되어 가면서 남편은 상대적으로 위축되어 간다. 그는 아내에게
남편이 아니라 북에 두고 온 아들과 같은 유약한 존재가 되고, 아내
는 아들을 보살피듯 남편을 돌본다. 그는 북에 두고 온 아들이 부모
인 자신을 어떻게 그려볼 것인가 생각한다. 불가피한 전쟁 상황이었
지만 자식과 부모를 버린 그가 행복하고 건강하게 살아갈 수는 없다.
보편적으로 인간은 가족을 잃으면 가족에 대한 연민과 죄책감으로
더 이상 행복하기를 포기하곤 하는데 그도 마찬가지이다.

지적이지만 경제적, 육체적으로 무능력한 그는 지적인 능력은 부
족하나 경제적, 육체적으로 능력 있는 '아내의 그'를 경멸하지만 현
실적 조건으로는 한없이 그에게 밀린다. 이러한 그가 전쟁 전의 일상
으로 돌아갈 수 있는 유일한 방법은 음악이다. 음악은 메마른 그의
가슴을 흥분시켜 무기력에서 벗어나게 하고, 피아노 악보 그리는 일
과 조율은 그를 무능력에서 벗어나 가장으로 존재하게 한다. 하지만
그에게 음악을 들려주기 위해 라디오를 사오겠다던 아내는 열흘 동
안이나 귀가하지 않는다. 아내의 부재는 점점 그에게 참을 수 없는
고통으로 다가 오고, 그는 결국 무작정 집을 나선다. 그리고 그는 시
장을 배회하다 사람들 속의 자신을 발견한다. 전쟁 후 그는 자신의

세계 속에서 타인들과 소통을 회피하면서 단절되고 분리된 삶을 살아왔는데, 시장 안에서 사람들 속의 자신을 발견한 것이다.

> 옷가개에 둘러선 저 여인들은
> 색깔을 잃은 마음에 초조한 것 같다.
> 색깔을 잃은 여인들. 문듯 멋이 있는 말이라고 생각이 들었다. 내 생각을 의식했다.
> 남을 바라볼 수 있는 나를 발견했다.(위의 책, 163쪽.)

그는 예전의 아내와 같은 젊은 여인이 상을 차리고, 예전의 자신과 같은 남편이 빈대떡을 만드는 곳에 앉아 빈대떡을 먹고 소주를 마신다. 그리고 예전의 아내가 신던 흰 고무신을 사가지고 집으로 향한다. 남성 가장들은 가족의 해체를 고통스러워하면서 가족의 복원을 꿈꾸는데, 그것은 다름 아닌 예전의 가부장적 가족이다. 하지만 그에게 전통적 가족의 복원 가능성은 이미 존재하지 않는다. 그에게는 현재 부모도, 자식도, 생활 능력도 남아 있지 않다. 전쟁 전의 그의 가족과 전후의 가족은 양상을 달리하고 있다. 집으로 돌아오던 그는 골목 앞 이웃의 이삿짐 속에서 피아노를 발견하고 지금까지의 무기력한 모습에서 벗어나, 이웃 부인에게 피아노에 대한 정확한 진단을 내리고 단번에 조율을 약속하는 등 건실한 생활인의 모습을 보인다. 눈에 보이는 것만이 주도하는 전후 사회의 일상에서 한없이 무기력했던 그는 피아노를 통하여 자신에게 남아있던 정열과 의욕을 다시 경험했다. 어린애와 같이 세상에 무심하던 그의 눈에 일상이 보이기 시작한다. 이전부터 그의 옆에 존재하였지만 지금껏 그가 보지 못했던

것으로 자신의 먼지 앉은 구두와 아내의 흰 고무신이 나란히 놓여 있
듯이 아내도 아직 그의 곁을 떠나지 않고 그의 옆에 존재하고 있다.

> 분명히 성희의 흰 고무신이 보인다.
> 먼지가 앉은 내 구두도.
> 현관 회색 바닥이 세멘 콩크리트라는 것을 처음 안다.
>
> 내 흐린 시선이 깜한 라디오를 의식한다.(위의 책, 166쪽.)

단란했던 이들의 가족이 해체된 직접적 이유는 전쟁이다. 전쟁으
로 부부는 부모와 자식을 버리고 피난을 왔다. 부모와 자식을 버리는
행위는 전통적, 가부장적 가족주의의 붕괴를 말한다. 전쟁을 통해 부
모와 자식이라는 가족의 역할을 상실한 이들은 전쟁 후에는 각각 남
편과 아내라는 역할마저 회피한 채 단절된 자신의 세계 속에 갇혀 위
태롭게 가정을 유지했다. 하지만 그는 시장에서 전쟁 후 처음으로 사
람들 속의 자신을 발견하고, 이웃집 피아노를 통해 가슴 속의 희열도
경험하면서 자신의 일상 복귀 가능성을 예감한다. 더구나 그의 곁에
는 애정이 아닌 인정으로 살아가면서도, 가족 해체를 유예시키는 아
내가 존재한다. 그녀는 자신의 의지에 의해 남편의 곁에 머무르면서
그를 보살피고 있다. 이것은 가족의 상실과 전쟁의 고통을 함께 겪어
낸 가족 구성원들만이 가질 수 있는 유대감으로 아직 그들에게 가족
복원의 가능성이 남아있음을 보여준다.

〈밀다원 시대〉(1955)는 가족을 버리고 피난을 가는 가장의 고통과
죄책감을 다루고 있다. 소설가 이중구는 천만으로 쿨룩거리는 늙은
노모를 서울에 남기고, 아내와 자식은 친정으로 보내고 혼자 부산으

로 피난을 간다. 그에게 부산은 가족을 버렸다는 죄책감에 세상의 끝의 끝, 막다른 끝, 최후의 점으로 다가온다. 하지만 이러한 부산과는 달리 밀다원에서만큼은 그도 다른 사람들과 함께 현실을 잊고 즐거울 수 있다. 그곳은 그와 같은 사연의 피난민들이 모여드는 곳으로 그의 부끄러움과 죄책감은 그들의 사연과 함께 중화된다. 그가 굳이 오정수의 편안한 범일동 집을 나와 조현식의 좁고 불편한 오시이레로 향하는 것도 바로 이런 이유 때문이다.

> 그들은 다 즐겁다. 바다에 빠저 죽어야 한다고 두 눈에서 불을 홀리는 송화백이나, 처외삼촌에게 설음을 당하고 목이 메인 안정호나, 거센 물결에 애인을 뺏기고 넋이 빠져 앉아 있는 박시인이나, 어린 자식들을 길 위에 흩어 버리고 혼자서 하로에 떡 세 개씩으로 목숨을 이어 간다는 허시인이나, 늙고 병든 어머니를 죽음에게 맡기고 혼자 다라니온 이중구 자신이나 그들은 다 같이 즐겁다. 다방에서는 꿀벌떼 처럼 왕왕거린다. 바다에서는 갈매기떼처럼퍼덜 거린다.(김동리, 〈밀다원 시대〉, 『현대문학』, 1995.4. 109~110쪽.)

> "그래도 그렇지 않아. 굉장히 먼 것 같아. 시베리아 같은 데 혼자 가 있는 것 같아, 가슴이 따가워서 견딜 수 없어, 이 밀다원에서 한 걸음만 더 멀어도 그만치 무섭고 불안하고 가슴이 따가워 죽겠어. 같은 피난민 속에 싸여 있지 않으니 못 배기겠어. 범일동이 어디야? 만리도 넘는 것 같아."(위의 책, 132쪽.)

〈밀다원 시대〉의 밀다원이나 〈환상곡〉의 집은 각각 주인공들에게 부끄러움과 죄책감을 잠시 잊게 하는 공간이지만 현실과는 단절되고 분리된 공간으로 일상의 복귀를 위해서는 반드시 벗어나야만 한다.

하지만 중구는 어머니의 죽음을 죄책감과 불안감 속에서 받아들이지 않음으로써 밀다원을 벗어나지 못하고 있다. 그러나 동료인 박운삼의 죽음은 그에게 더 이상 밀다원의 일상이 영원할 수 없음을 깨닫게 하는 한편 그동안 유예했던 어머니의 죽음을 현실로 받아들이는 결정적 계기가 되었다. 즉 그의 의식이 노모를 버리고 도망쳤다는 죄책감에 머무르지 않고, 일상의 복귀를 통해 현실의 상황을 극복하고자 하는 방향으로 변화한 것이다. 〈환상곡〉의 남편 또한 이웃의 피아노를 통해 자신에게 남아 있던 정열과 의욕을 확인하면서 자신에게 새로운 세계에 적응할 여력이 남아 있음을 인식하게 된다. 이들에게 있어서 일상의 복귀는 전쟁의 상처를 극복해 나가는 과정이자 가족 복원의 가능성을 보여주는 것으로 현실세계를 회피하지 않고 수용하는 것에서 시작한다.

전쟁으로 가족 구성원을 잃었다고 해서, 또는 가족을 포기할 수밖에 없었다고 해서 모든 사람들이 좌절감에 빠져 무의미한 삶을 살아가는 것은 아니다. 전쟁은 전사와 실종, 이산 등 수 많은 가족상실을 경험하게 하였다. 이러한 경험은 가족관계의 혼란과 가족의식의 황폐화를 가져왔고, 효 중심의 혈연관계보다는 직계가족을 중시하는 가족주의로 변화를 심화시켰다. 또한 성별에 의한 역할 분담이 개인의 다른 어떤 특성보다도 중요하게 취급된 전통적, 가부장적 가족주의의 변화를 불러오게 되었다. 전쟁의 상처를 어떻게 극복하느냐에 따라 나머지의 삶이 결정된다. 전쟁은 가족을 해체시키고, 붕괴시키지만 그 복원은 전적으로 인간의 몫이다. 그러므로 가족 상실을 경험한 사람들이 이를 극복하기 위해서는 전쟁이라는 시대적 상황을 인식하고, 이에 따른 죄책감의 극복, 전통적, 가부장적 가족주의와 성 역할의 변화 등을 수용하여 일상으로 복귀해야 함을 보여준다.

5. 나가며

전쟁의 경험은 가족에 대한 생각을 다시 하게 되는 계기가 되었다. 전쟁을 통해 우리는 전쟁 전과는 다른 가족 관계를 구성하게 된다. 가족 구성원이 모두 다 살아남았다 하더라도 가족에 대한 인식이 전쟁 전과 같을 수는 없다. 가족을 지키지 못한 가장, 나라를 지키지 못한 정부의 권위는 예전과는 다르기 때문이다. 더구나 가족 구성원의 상실과 이산, 경제적 고통과 정신적 상처는 전통적이고 가부장적 가족관계와 가족에 대한 인식을 바꾸어 놓는 결정적 계기가 되었다.

그러므로 본고에서는 강신재의 〈포말〉과 손창섭의 〈피해자〉를 통해 전쟁으로 인한 가족주의의 강화와 그에 따른 가족주의의 허상, 가족 구성원의 희생을 통해 가족의 진정한 의미를 논의해 보았다. 또한 추식의 〈인간제대〉를 통해 전쟁 트라우마가 전후 사회에서 어떠한 방식으로 형상화되는지, 이에 따른 가족구성원의 고통과 사회의 책임을 논의해 보았다. 마지막으로 김광식의 〈환상곡〉, 김동리의 〈밀다원 시대〉를 통해 전쟁으로 인한 가족 상실과 이산의 고통을 일상의 복귀를 통해 극복해 가는 가장의 모습에서 가족복원의 가능성을 모색해 보았다.

전후 사회에서 가족은 불안과 허무를 보상해주고 상실된 나를 다시 완전한 주체로 회복시켜줄 수 있기에, 사람들은 가족에 집착한다. 하지만 전쟁으로 인한 물질적 손실은 극복할 수 있으나, 가족의 재건은 그렇지 않으므로 가족의 문제는 전쟁 후 오랜 시간 동안 사람들을 좌절과 고통에 시달리게 하였다. 이들 가족 개개인의 모습은 개인적인 현상임에 틀림없지만 가족은 사적 영역이면서도 공적 영역과 끊임없는 상호 연관 속에 존재하기에 그 시대와 사회를 반영하는 것이다.

IV

1960년대,
침전 속의 부유

〈나무들 비탈에 서다〉에 나타난
죽음의 의미

1. 들어가며

　20세기는 전쟁의 경험에 사로잡힌 세기로 한반도 역시 예외가 아니었다. 특히 한국전쟁의 경우 비전투요원의 인적 손실이 컸다는 점에 이 전쟁의 비참성이 있다. 이러한 시대적 상황이었기에 1950년대 소설에서 전쟁은 흔한 일이었고, 죽음의 문제가 등장하는 것도 자연스럽다. 전쟁과 죽음은 끊임없이 대응하는 모습을 보이며 나타나는데, 죽음은 문학의 영원한 주제로, 어느 시대에나 삶의 앞을 가로막고 있는 생의 근본 문제이기 때문이다. 특히 전쟁의 시기였던 20세기 문학은 타나톱시스(tanatopsis) 내지는 죽음에의 강박 관념에 깊이 빠져 있었다.[1]

　〈나무들 비탈에 서다〉(1960)는 휴전 직후의 정신적 무정부 상태를 실존관점에서 뛰어나게 묘사하고 있는 작품으로 작가가 4.19 직후 원고가 끝나는 행운을 누리게 되면서 역사에 쫓기던 인물들이 역사

---

1 이재선, 『한국문학주제론』, 서강대학교 출판부, 2001, 227쪽, 244쪽.

의 의미를 생각하는 인물들로 바뀌는 모습을 보여 주고 있다.[2] 이것
은 상당히 의미 있는 작업으로 1950년대 소설을 정리하고, 1960년대
를 예고하는 역할을 하게 된다. 이러한 역할이 가능했던 이유는 자신
의 몫을 책임지는 젊은이들이 등장하기 시작했기 때문이다. 전쟁에
참여한 젊은이들은 피해자는 물론, 가해자도 될 수 있는데 가해자로
서 전쟁의 죄의식과 상처에서 벗어나기 위해서는 적절한 치유와 회
복의 단계를 거쳐야만 한다.

　그러므로 본고에서는 동호의 생의 본능이 자기보존의 본능은 물론
종족보전의 본능까지 잃고, 죽음의 본능을 지향하게 되는 과정, 현태
의 죽음의 본능이 생의 본능을 획득하고 전쟁 트라우마까지 치유하
게 되는 과정, 윤구가 종족보존의 본능 중 쾌락과 자기보존의 본능만
을 추구하게 되는 과정에 대하여 논의하고자 한다.[3] 이를 통해 전쟁
은 죽음과 상처를 동반하여 인간에게 절망을 주지만, 문학은 치유와
회복의 가능성을 모색하여 희망을 제시하여 줄 수 있음을 증명할
것이다.

---

2 김현, 『한국 문학의 위상/문학사회학』, 문학과지성사, 2005, 352쪽.

3 마르쿠제(김인환), 『에로스와 문명』, 나남출판, 2004, 31~75쪽.
　리비도(libido)란 생명을 이어가는 근원적인 에너지를 가리키는데, 인간은 리비도
에 의해 성욕 곧 종족보존의 본능을 갖게 된다. 여기에 자기보존의 본능까지 포함시
켜, 생의 본능이란 넓은 개념으로 쓸 수 있다. 죽음의 본능은 생의 본능의 반대로,
생물은 무기물에서 생겨났으므로 다시 무기물로 돌아가려는 경향을 말하는데,
종족보존의 본능과 자기보존의 본능이 모두 사라지게 되면 죽음의 본능을 지향하게
된다. 여기서 종족보존의 본능은 쾌락과 더불어 성의 본능을 구성한다. 자기보존의
본능과 종족보존의 본능 중 성의 본능을 제외하고 쾌락만을 추구하는 경우 생의
본능이 아닌 생존의 본능을 지향한다고 말할 수 있다.(종족보존의 본능(성의 본능+
쾌락)+자기보존의 본능=생의 본능≠죽음의 본능 / 쾌락+자기보존의 본능=생존의
본능)

2. 나약한 이상주의자의 죽음의 본능

동호는 전쟁의 현실 속에서도 인간에게는 꿈이 있어야 한다고 믿는 이상주의자로 어린 시절 사과를 먹다가 자신의 잇몸에서 나온 피를 본 누이동생이 침 뱉는 것을 보고, 부끄러움을 느낀다. 그는 과일 먹는 것을 조심스러워할 정도로 결벽에 집착하고 조그만 일에도 수치심을 느끼는 소심하고 나약한 성격으로 성장한다. 그는 애인인 숙과 같이 밤을 보내면서도 그녀의 꿈과 순결을 깨뜨리지 않기 위해 자신의 욕망을 억제한다. 이것은 거부당하는 것에 대한 두려움과 소심한 성격 때문에 스스로를 억압한 결과이다. 성의 본능은 종족보존의 본능으로 발전하고 생의 본능까지 확장되는데, 동호의 성의 본능 억압은 생의 본능 억압으로 이어진다. 억압된 생의 본능은 죽음의 본능을 방해하고 지연시키지 못한 채 소멸되면서, 숙과의 관계는 동호의 죽음을 지연시키지 못하는 비생산적 관계가 된다.

동호는 전투 중에 살인을 경험한 후 죄책감에 시달리게 된다. 자신이 살아남기 위하여 어쩔 수 없이 선택한 결과이지만 그는 의식 속 깊이 잠재해 있던 죄의식, 불안과 강박관념으로 고통 받는다.

> 단지 얼마를 엎치락 뒤치락 하다가 상대방이 다시 감겨들지 않는 걸로 죽은 줄 알았을 뿐이었다. 동호는 자기 몸 어디에 그런 힘이 들어있는가 싶었다. 눈을 감고 몸을 마구 내두르던 좀 전의 자기는 제정신과는 딴 어떤 힘에 의해 움직여진 것만 같았다. (황순원, 《나무들 비탈에 서다》, 『문학사상사』, 2006, 35쪽.)

그는 이러한 고통이 자신의 나약하고 소심한 성격에서 오는 결벽성에서 비롯된다고 생각하고, 이를 제거해 버리는 방법으로 술집여 자인 옥주와 육체적 관계를 갖는다. 옥주와의 육체적 관계 후 동호는 하찮은 결벽성을 제거해 버린 듯, 숙과의 정신적 관계를 회피하고, 옥주와의 육체적 관계에 집착하는 모습으로 변화한다. 하지만 이것 은 변화가 아닌 가까운 관계를 회피함과 동시에, 절박하게 새로운 관 계를 추구하기도 하는 전형적인 전쟁 트라우마의 증상일 뿐이다.[4]

옥주와의 관계를 통해 처음으로 육체적 충족감을 느낀 동호는 육 체적 관계에 대한 죄의식과 원죄의식 등에서 벗어나 비로소 생의 본 능을 느끼기 시작한다. 남녀의 육체관계가 죄의식이 아닌 친밀감과 충족감으로 다가오면서, 동호는 숙과의 관계를 정리하기로 마음먹는 다. 그날 밤 동호는 운전수도 없는 버스를 타고 원테이 고개를 넘어 숙을 만나러 고향 인천으로 가는 꿈을 꾼다. 고개는 한국문학에서 자 주 나타나는 친밀한 장소의 하나로 원테이 고개는 숙과 동호의 관계 에서는 단절의 분기점, 옥주와의 관계에서는 파국의 분기점을 의미 하고, 운전수도 없이 위태롭게 고개를 달리는 버스는 이승과 저승의 경계에 서있는 불안한 동호 자신의 모습을 나타낸다.[5]

동호는 옥주와의 관계에 집착하면서 그녀를 자신의 전이대상으로 여기기 시작한다.[6] 그러나 옥주는 동호에게 정신적 고통을 잠시 잊고 육체적 만족을 느끼게 할 수는 있지만 근원적으로 치유시키지는 못 한다. 동호는 숙에게도 하지 못한 자신의 어린 시절 이야기를 옥주에

---

4 주디스 허먼(최현정), 『트라우마』, 플래닛, 2007, 505쪽.
5 이재선, 『한국문학주제론』, 서강대학교 출판부, 2001, 286쪽.
6 주디스 허먼(최현정), 『트라우마』, 플래닛, 2007, 145쪽.

게 하면서 절박하게 정신적으로도 교감을 나누려 하지만 옥주는 그에게 조력자가 되어 주지 못한다. 전쟁의 상처는 피해자나 가해자 모두에게 나타나는 것으로 옥주 역시 전쟁의 고통 속에서 상처를 안고 하루하루 살아가고 있을 뿐이다.

옥주와의 육체적 관계만으로 전쟁의 상처는 치유되지 못할 뿐 아니라 옥주는 동호와의 관계만 유지할 수도 없는 술집 여자였다. 숙과의 관계에서 오는 갈등이 동호 자신의 육체적 충동과 억압에서 오는 내적 갈등이었다면 옥주와의 관계에서 오는 갈등은 타인과의 관계에서 오는 외적 갈등으로 좌절의 정도는 더욱 심해진다. 동호는 애착을 갖고 절박하게 관계를 추구하던 옥주가 마을 청년단 단장과 육체적 관계를 갖는 것을 목격하고 그녀에게 격렬한 분노를 느낀다. 사랑했던 숙과의 관계를 정리할 정도로 옥주에게 느끼는 감정이 절실했지만 옥주와 청년회장과의 관계를 목격 한 후에는 옥주를 총으로 쏴 죽일 정도의 격렬한 양가감정을 느낀 것이다.[7] 동호는 옥주를 죽인 후, 부대로 돌아와 친구인 현태에게 전쟁에 나왔던 젊은이들은 죄다 피해자가 될 수밖에 없을 것이라는 말을 남기고 자살한다.

죽음의 본능이 자기 자신에게로 향하면 자살로, 타인에게로 향하면 폭력과 살인 등 공격적 행동으로 나타나게 된다. 동호는 숙과의 관계를 정리하면서까지 절박하게 추구했던 옥주와의 관계가 육체적 관계에 머물 뿐 아니라, 자신의 죄의식도 하찮은 결벽성에서 비롯된 것이 아니라 좀 더 근원적인 것임을 깨닫는다. 동호는 자신을 억압하는 벅찬 중압감에서 벗어나기 위해 옥주와 함께 마시려던 술병으로

---

7 지그문트 프로이트(김석희), 『문명 속의 불만』, 열린책들, 2005, 45~46쪽.

동맥을 끊어 죽음을 선택하고 유리 속 같은 현실에서 탈출한다.

> 동호는 다시금 엄청나게 두꺼운 유릿속에 자신이 들어가 있다는 느
> 낌에 억눌려야만 했다. 이 유리가 저쪽 어느 한 귀퉁이에서 부서져 들어
> 오기 시작하면 걷잡을 새 없이 몽땅 조각이 나고 말 테지. 그리고선 유
> 릿조각이 모조리 몸에 들어박힐 거라. 동호는 전신에 소름이 끼쳐 몸을
> 한번 떨었다. 어떤 새로운 움직임만이 이 벅찬 중압감에서 벗어날 수 있
> 다고 생각됐다.(위의 책, 18쪽.)

동호는 자신의 죄책감은 단지 결벽성에 불과할 뿐이며, 이를 극복
하면 살인의 죄의식에서 벗어나리라 생각하고 옥주와의 관계에 집착
했다. 하지만 그는 이것이 단순한 결벽성의 문제가 아님은 물론 옥주
와의 관계도 육체적 관계에 머무를 수밖에 없음을 깨닫는다. 그는 자
신에게 생의 본능을 불러일으켜 주었던 옥주마저 죽이고 자살을 선
택한다. 그의 생의 본능이 결국 죽음의 본능을 제어하지 못했기 때문
인데, 이러한 근본적인 이유는 그가 자신을 전쟁의 피해자로만 생각
하고, 가해자로서의 책임과 상처를 수용하지 않은 결과이다.

3. 타락한 인간주의자의 생의 본능

현태는 친구들과 잡담이나 주고받고, 술이나 마시며 친구의 애인
과 육체적 관계를 갖는 등 타락한 생활을 한다. 하지만 그는 아무 조
건 없이 윤구를 위하여 돈을 빌려주고, 석기를 위해 입원비를 내주
며, 어떻게 생겼는지 기억조차 나지 않는 선우중사의 병원에 면회를

가는 등 따뜻한 인간성의 소유자이다. 현태는 군 제대 후 대학을 마치고 부친의 회사에 들어가 의욕적으로 일을 하며 안정된 생활을 시작한다. 누가 보아도 평범해 보이던 그가 어느 날 갑자기 무위와 권태에 빠져 버린 이유는 차를 타고 가다 본 허름한 옷의 낯익은 여인과 아이 때문인데, 그들은 현태가 전쟁 중 정찰을 나갔다가 사살한 여인과 아이였다. 집단의 구성원이 탈개인화된 상태로 익명성이 보장 될 때, 과거와 미래가 멀리 떨어지고 아무 관련 없이 느껴지는 확장된 현재(expanded-present)를 간혹 경험하게 된다.[8] 이 경우 감성이 이성을, 행동이 반성적 사고를 압도한다. 이 상태에서는 평소에 사회적으로 바람직한 길로 이끄는 인지적, 동기적 절차들이 더 이상 나타나지 않는데, 민간인 사살 등의 반사회적 행동들이 가능하게 되는 원인이다.[9] 현태도 이들 모녀를 죽이기 직전 이러한 확장된 현재를 경험했다.

> 첫 집에 도달하기까지 불과 40미터 안팎의 거리건만 한껏 멀어만 보였다. …(중략)… 자기 자신이 비현실적인 시간 속에 서 있는 것만 같이 느껴졌다.(위의 책, 18~19쪽.)

---

8 스트븐 컨(박성관), 『시간과 공간의 문화사』, 휴머니스트, 2004, 209쪽.
   잔상(殘像)효과 그러니까 영화의 영상을 연속적인 것으로 보이게 해주는 효과에 대해 연구해보니 인간은 현재를 경험할 때 시각적인 차원에서 근접한 과거를 포함한 시간량(時間量)으로서 경험한다는 사실을 알게 되었다. 또한 감정이 격렬해진 순간 현재가 길게 늘어난다는 증거도 나왔다. 한 스위스 지질학자는 등산 중 갑작스레 추락할 때 현재가 팽창된다는 점을 지적했다. 또 프랑스 정신의학자 두 사람은 여러 개의 긴 장면들이 하나의 짧은 꿈 이야기로 응축되고 체험된 현재가 극적으로 팽창되는 정신병 환자에 대해 분석했다.
9 필립 짐바르도(이충 · 임지원), 『루시퍼 이펙트』, 웅진지식하우스, 2007, 351쪽, 641쪽.

그들과의 만남 이후, 현태는 어두컴컴한 방 안에 누워있던 어린애와 어머니의 떨리면서 땀 기운이 돌던 손의 감촉, 메마른 피부에 온기를 띠고 있던 목의 감촉들이 원초적인 생생함을 유지한 채 순식간에 출몰하는 경험을 반복하며 일상에서 멀어진다.[10] 전투에 나간 병사들이 민간인을 죽이고 겪는 이러한 전투 스트레스 증상은 격렬한 순간이 끊임없이 팽창되고 늘어나 수없이 되풀이되는 잔상 현상으로 나타난다.[11] 현태는 자신이 전쟁의 피해자라고 생각했던 동호와 달리 자신은 전쟁의 피해자일 뿐 아니라 가해자가 될 수 있음을 인식한다. 그러므로 그는 자신의 미국행이 문제의 해결이 아닌 회피일 뿐임을 깨닫고 포기한다.

> 대체 우린 피해잘까 가해잘까? 내가 보기엔 이번 동란에 나왔던 젊은 이들은 죄다 피해자밖에 될 수 없다는 생각이 들어. 그러나 현태는 이 동호의 말에 대답이나 하듯이,
> "정말 그럴까. 난 가해자두 될 수 있다구 보는데."(위의 책, 202쪽.)

미국행을 포기한 현태는 무능력의 상태에 빠진 원인과 이유에 대하여 생각하기 시작한다. 그리고 다시 전쟁터에 나가 죽음과 맞서는, 외상의 재 경험을 통해서라도 잃어버린 자신을 되찾아 끝없는 자유의 과잉인 무능력 상태에서 벗어나기를 희망한다.[12]

---

10 주디스 허먼(최현정), 『트라우마』, 플래닛, 2007, 68쪽.
11 필립 짐바르도(이충호·임지원), 『루시퍼 이펙트』, 웅진지식하우스, 2007, 599쪽.
12 주디스 허먼(최현정), 『트라우마』, 플래닛, 2007, 83쪽.

"자유가 너무 많은 데서 오는 과잉상태가 아니구 자기에게 주어진 자율 처리하지 못해 생기는 과잉상태 말야.……이런 상태에 한번 빠지는 날엔 어떻게 되는지 알어? 수렁에 빠진 짝야.……첨엔 발만 조금 옮겨짚으면 거길 헤어날 수 있을 것 같지. 그러나 안 돼. 몸을 움직이면 움직일수록 점점 더 깊이 빠져들어가는 걸.……" …(중략)…

"도대체 이런 상태에 빠지게 하는 것이 뭘까?……자기에게 주어진 자율 처리하지 못할 만큼 무능력하게 만든게 뭐냔 말야?……대체 언제, 어디서 누구 땜에 이런 무능력자가 되지 않으면 안됐느냐 말야. 응?" …(중략)…

"다시 한번 전쟁터에 서 보구 싶어. 그리구선 죽음과 맞선 순간 순간에 잃어버린 나 자신을 도루 찾구 싶어. 그땐 정말 자신이 있어."(위의 책, 204~205쪽.)

현태는 자신을 찾아 온 동호의 여자 친구인 숙과 동호의 죽음에 대하여 이야기하기 위해 원테이 고개를 넘어 송도를 향한다. 동호와 숙의 관계에서 단절의 분기점으로 상징되었던 원테이 고개는 현태와 숙의 관계에서는 유통의 통로로 연속성을 상징하게 된다. 동호와 관계가 시작된 곳에서 동호와의 관계를 끝내기 원했던 숙은 이곳에서 현태와 예기치 못한 관계를 맺는다. 현태는 숙과의 대화에서 자신이 친구인 동호의 죽음마저도 책임지고 있지 않음을 깨닫고, 무엇인가 모를 강렬한 살의를 느끼며 숙과 강제적으로 육체적 관계를 맺게 된 것이다. 전쟁 중에 부상을 당하여 동호의 손에 이끌려 강을 건너며 경험한 강렬한 생의 본능과 같은 생리적 발작이다. 과수나무가 전정을 해주어야 열매가 많이 열리듯 환경이 어려울수록, 위기에 처할수록 인간도 생의 본능이 강렬해지는데, 의지나 이성의 작용이 아닌 본능에 의한 것으로 현태에게도 위기의 순간이 온 것이다.

> 그런데 우스운 현상이 하나 일어났다. 동호의 손에 잡힌 현태의 허리
> 띠 밑의 것이 모르는 사이에 딱딱하게 굳어진 것이다. 하복부에 다른 사
> 람의 손이 자꾸 와닿는 때문일까. 현태 자신도 모를 생리적 발작이었다.
> 부상까지 입은 피로한 몸으로 죽느냐 사느냐 하는 위기에 처해있는 때
> 에, 칠월 중순께라고는 해도 찬 밤물 속에서 찬 비를 머리에 맞고 가면
> 그 부분만이 따로 발랄하게 기운을 뻗치다니 어처구니없고도 기이한 꼴
> 이 아닐 수 없었다. 동호가 그것을 눈치채고 잡았던 헉대를 놔버렸다.
> (위의 책, 305쪽.)

무감각과 무기력, 문란한 생활 속에서 현태는 점차 평양집 기생인
계향에게 흥미를 느끼기 시작한다. 계향은 자신의 첫날밤을 가지고
흥정하는 주인아주머니와 자신을 탐내는 나이 많은 면장 등에 의해
자신의 의지와 상관없는 삶을 살아가고 있는 열아홉 소녀이지만 반
항하거나 탈출하지 않는다. 계향은 현태와 흡사한 무감각의 상태로
자신의 감정을 드러내지 않는 백치의 모습이다. 이러한 계향의 반응
을 유도하기 위해 현태는 열대어가 나오는 조잡한 책을 사다 보여주
기도 하고 육체적 관계를 갖기도 하지만, 그녀는 조금의 반응도 나타
내지 않는 감정의 부재를 보인다. 계향은 성의 본능은 물론 생의 본
능마저 소실된 상태이다. 현태는 자신과 계향을 동일시하면서, 계향
의 생의 본능을 일깨우기 위해 노력한다. 그는 더욱 계향에게 친밀감
을 갖고 반응을 유도하지만 계향의 상태는 오히려 현태에게 영향을
줘 그의 성의 본능까지도 소실시킨다. 성의 본능이 죽음으로의 하강
을 방해하고 지연시키면서 그나마 현태의 생의 본능이 유지되었는

데, 이제 성의 본능마저 잃고 그는 완벽하게 무기력한 상태가 되었
다. 현태의 생의 본능은 계향의 죽음의 본능을 방해하거나 지연시키
지 못하고 오히려 그로 인해 소멸된 것이다.

완벽한 무기력의 상태인 현태에게 계향은 자신의 죽음을 도와달라
며 처음으로 자신의 감정을 드러낸다. 현태는 계향을 통해 다시 죽음
과 맞서는 경험, 즉 외상의 재 경험을 하게 되지만 그녀의 죽음의 본
능을 방해하거나 지연시킬 능력은 남아 있지 않다. 현태는 담담하게
자신의 단도를 계향에게 쥐어주고, 그녀의 죽음을 받아들인다. 계향
의 죽음을 방조하는 현태의 이러한 행동은 의도하지는 않았지만 무
기력한 자신을 소멸시키고 새로운 자신을 탄생시키는 계기가 된다.
현태는 법정에서 계향의 자살방조 사실을 묵묵히 시인하고 무기징역
을 구형 받는다. 그리고 계향의 죽음을 계기로 전쟁에서 자신이 겪은
수많은 죽음들을 책임질 수 있게 된다. 비로소 그는 그동안 자신이
은폐해오던 죽음들 속에서 자유로워지면서 건강성을 회복한다.

> 공판 때 방청석에서 바라본 현태는 전에 없이 이발을 깨끗이 하고,
> 안색도 수감되기 이전보다 오히려 건강한 빛을 띠고 있었다. 그리고 검
> 사의 공소 사실을 그는 일일이 시인했다.(위의 책, 240쪽.)

현태는 과수나무들이 전정을 통하여 생명력이 왕성해지듯이 자신
들이야말로 전정이 필요한 위기 속에 있다고 자각하지만 자신이 은
폐한 죽음 속에서 헤어 나올 방법을 찾지 못하고 계향의 자살을 방조
하게 된다. 하지만 그는 이러한 외상의 재 경험을 통해 죽음과 맞서
면서 오히려 죽음을 책임질 수 있는 기회를 얻게 되었다. 이것이 가

능했던 이유는 그가 줄곧 전쟁에 대한 책임을 인식하고 있었기 때문이며, 회피가 아닌 전쟁의 상처와 책임에 맞서는 방법을 선택했기 때문이다. 상처의 통합과 치유에 성공하게 되면서 그의 죽음의 본능은 생의 본능을 지향할 수 있는 전기를 마련하게 되는 것이다.

4. 이기적 냉소주의자의 생존본능

생존 본능은 생의 본능과는 다른 것이다. 생의 본능은 자기보존의 본능과 종족보존의 본능으로 구성되고, 죽음의 본능과는 대립된다. 종족보존의 본능은 쾌락과 함께 성의 본능을 구성한다. 그런데 생존 본능은 쾌락과 자기보존의 본능만을 추구하는 것이다. 어려서 부모를 잃고 숙부의 집에서 성장한 윤구는 전쟁 시 폭격으로 숙부마저 잃는다. 윤구는 동호와 같이 사랑하는 애인도, 현태와 같은 가족의 경제적 후원도 없는 상황에서 자기 보호본능이 강하고 모든 일에 이익을 따지는 이기적이고 냉소적인 인간이 된다. 그의 냉소주의와 불신은 사회와 격리의 장벽을 만들고 내밀한 인간적 접촉을 차단시켜 사회적 상황에 대한 강력한 면역력을 보여준다.[13] 그의 이러한 모습은 비열하지만 강렬하게 생활 곳곳에서 나타난다. 윤구는 아무 실속 없는 사건에는 끌려들어가려 하지 않는 냉정함과 배급된 담배는 토막으로 나눠 피울 정도로 강한 생활력을 가지고, 타인과의 감정 교류를 의식적으로 차단한 채 피해의식에 젖은 메마른 인간이 되어간다.[14]

---

13 필립 짐바르도(이충호·임지원), 『루시퍼 이펙트』, 웅진지식하우스, 2007, 633~634쪽.

　윤구는 전쟁 중에도 역시 소극적이고 냉정한 태도로 자신을 철저히 보호하여 동호와 같이 죄의식 속에서 자살하지도, 현태와 같이 무력감에 시달리지도 않았다. 윤구가 자신을 보호하는 방법은 책임질 일과 손해날 일은 전혀 하지 않는 것이다. 윤구는 내숭스러워 색시를 살 때도 사랑을 받기 위해 나이 좀 든 여자를 고른다는 현태의 말처럼 이성과의 관계에서도 마찬가지이다. 성의 본능은 유지되어 생의 본능이 사라지지는 않았으나 쾌락의 의미 이상으로 발전하지 못한 채, 새로운 생명을 생산하지 못하는 불임의 인간이 되어 버렸다.

> 　이런 경우 윤구는 언제나 아무 말 없이 현태가 하자는 대로 좇는다. 제 돈 안들이고 적당히 얻을 수 있는 쾌락을 마다고 할 필요는 없다는 태도다.(위의 책, 50쪽.)

> 　윤구는 모르는 체 잠자코 있었다. 모든 걸 현태가 하는 대로 좇으면 그만이라는 배포 같았다.(위의 책, 91쪽.)

> 　윤구는 이제부터 모든 뒤치다꺼리는 현태가 맡으려니 하고 마음을 놓은 탓인지 좀전과는 달리 술이 푹푹 몸에 젖어 들어감을 느꼈다.(위의 책, 133쪽.)

　윤구의 이기적이고 냉소적인 태도는 점점 지나쳐 동료인 선우상사의 고통을 보고서도 상대의 아픔과 괴로움을 전혀 이해하지 못하는 단계까지 이른다. 이는 안중사의 표현대로 생명의 신비까지 마음이

---

14 주디스 허먼(최현정), 『트라우마』, 플래닛, 2007, 55쪽.

미치지 못하기 때문인데, 이러한 태도는 아무런 조건 없이 자신을 금전적으로 후원해준 현태나 연인관계에 있었던 미란에게도 마찬가지이다. 윤구는 미란과 결혼을 생각한 사이지만, 미란과 현태와의 부적절한 관계를 알게 되었을 때도 분노하지 않는다. 미란이 자신에게 육체적 쾌락을 주는 존재라면 현태는 자신에게 금전적 도움을 주는 존재였기 때문이다. 그는 미란과의 관계를 통해 새로운 생명을 탄생시켰으나 생명마저 자기에게 별 이익이 없다고 판단하고 미란에게 낙태를 권유한다. 윤구는 미란이 자신이 권유한 낙태 중 죽었음에도 역시 죄책감이나 책임감도 느끼지 않는다. 성실하고 근면한 윤구의 생활 이면에는 인간이 지녀야 할 감정인 애정, 우정, 생명에 대한 경외심과 책임감 등이 전혀 존재하지 않고 있다.

> 죽은 미란은 미란이요 자기는 자기대로 앞으로 살아나갈 방도를 강구해야 한다고, 그러기 위해서 어쨌든 궁지에 빠져있는 자기를 그처럼 돌봐주는 현태에게 새삼스럽게 미란의 문제를 가지고 가타부타할 필요는 없다고, 무슨 일이든 앞으로 윤구는 자기 손으로 자신을 키워나가는 도리밖에 없다고, 그제나 이제나 한결같이 생각해오는 것이었다.(위의 책, 153쪽.)

> "글쎄요, 그 심정을 모르는 바는 아니지만……그렇지만 만약 이 일을 그 친구 집에서 알게 된다면 되레 여기 계신 게 피차 곤란해지지 않을까요. 솔직히 말씀드리면……그동안 저는 남모를 피해를 받아온 사람입니다. 더 이상 누구 일로 해서 말썽을 내구 싶지는 않습니다."(위의 책, 242쪽.)

피해자라는 이유만으로 전쟁의 상처와 책임을 회피하는 윤구의 모

습은 다른 사람들이 자신에게 주어진 몫을 감당하거나 최소한 책임
감과 죄책감은 느낀다는 점에서 대비된다. 윤구의 전쟁 동료였던 선
우중사는 부모가 전쟁 때 이북에서 학살을 당하자, 부모의 앙갚음을
한다고 부역자를 사살한다. 그는 죄책감으로 술에 취하고, 환영에 괴
로워하다 정신분열증상으로 입원을 한다. 그는 정신적 해리 상태에
놓인 후에야 전쟁의 고통과 상처에서 자유로워지지만 이것은 극복이
나 치유가 아니다. 해리는 정신적인 탈출의 기회를 제공하지만, 이것
은 단지 기억의 단절일 뿐이다.[15] 안중사는 전쟁의 상처를 스스로 극
복하지 못하고 신에게서 구원을 얻고자 한다. 그는 신학교에 다니면
서 선우중사를 돌보는 등 자신의 책임을 다하고 있지만 전쟁 상처의
치유만은 신에게 의지하는 모습을 보인다. 전장의 직접적 경험이 없
는 숙까지도 자신의 몫을 감당하고자 하는 모습과는 더욱 대비된다.
특히 윤구는 현태의 아이를 임신한 숙의 요청을 거부함으로써 자신
의 아이와 여자를 책임지지 못한 죄의식에서 벗어날 수 있는, 마지막
기회마저 놓치게 된다.

> "선생님이 받으신 피해가 어떤 종류의 것인지는 모르겠습니다. 그렇
> 지만 큰 의미에서 이번 동란에 젊은 사람치구 어느 모로나 상처를 받지
> 않은 사람이 있을까요. 현태씨두 그 중의 한 사람이라구 봅니다. 그리구
> 저두 또 그 중의 한 사람인지 모르구요."

> "모르겠어요……어쨌든 제가 이일을 마지막까지 감당해야 한다는 것
> 외에는,……그럼 실례했습니다."(위의 책, 243쪽.)

---

15 주디스 허먼(최현정), 『트라우마』, 플래닛, 2007, 392~393쪽.

윤구가 종족보존의 본능에서 성의 본능이 거세된 채 쾌락과 자기보존의 본능만을 지향하는 모습을 보이는 원인은 그가 자기만이 피해자라는 피해의식에 빠져있기 때문이다. 이것은 그가 자기의 상처 이외에 남의 아픔을 보지 못하는 이기적이고 냉소적인 모습을 갖게 하고, 완전한 생의 본능을 지향할 수 있는 기회를 거부하게 하는 결과를 낳는다.

5. 나가며

지금까지 전쟁에 참여했던 젊은이들이 죽음을 수용하는 과정을 통해 전쟁 책임에 대한 인식 정도를 살펴보았다. 동호는 자신을 전쟁의 피해자로만 생각하고, 가해자로서 책임과 상처를 수용하지 않게 되면서 그의 생의 본능은 결국 죽음의 본능을 제어하지 못하고 죽음에 이르게 된다. 현태는 전쟁에 대한 책임을 회피하지 않고 자신을 피해자이자 가해자로 생각했기에 상처의 통합과 치유에 성공하게 되면서 그의 죽음의 본능은 생의 본능을 지향하게 되고, 그는 건강성을 회복한다. 윤구는 자기의 상처 이외에 남의 아픔을 보지 못하는 이기적이고 냉소적인 인간의 모습을 갖게 되면서, 종족보존의 본능에서 성의 본능이 거세된 채 쾌락과 자기보존의 본능만을 지향하는 모습을 보이게 된다.

전쟁에 참여한 젊은이라면 자신이 피해자는 물론 가해자가 될 수 있음을 인식하여야 한다. 그래야만 자신의 몫에 따른 책임을 지게 되면서 상처와 죄책감에서 벗어나 치유와 회복에 다다를 수 있기 때문이다. 〈광장〉이 4.19가 가져온 넘치는 자유 속에서 전쟁의 직접 체험 세대가 전장의 직접성을 극복할 수 있는 계기가 되어 1960년대 소설의 새로운 시작을 알렸다면[16] 〈나무들 비탈에 서다〉는 자신을 전쟁의 가해자로 인식하고 건강성을 회복해가는 현태와 전쟁의 직접적 책임이 없으면서도 자신의 몫을 책임지고자 하는 숙의 등장으로 1960년대 소설의 지향점을 제시하게 된다.

---

16 김현, 『한국 문학의 위상/문학사회학』, 문학과지성사, 2005, 352쪽.

속물성의 발견과 감성적 귀환
– 최인훈의 〈GREY 구락부 전말기〉론

1. 들어가며

　냉전을 현재 사건으로 인식하지 못하는 신세대에게 한국은 냉전이 존재하고 있음을 보여주는 지구 위의 유일한 분단국가이다. 여기 냉전과 반공의 조류 속에 휘둘리는 젊은 지식인들이 있다. 그들은 전쟁의 후유증에서 벗어나지 못한 1950년대라는 시대적 원인과 더불어 반공으로 체제유지의 정당성을 모색하던 정권, 그리고 자신들의 미성숙한 자아에 의해 총체적 위기 속에 서 있다. 냉전은 간혹 정치 행위의 일부로 인식되기도 한다. 전쟁이 폭력을 사용한 정치행위로 인식되는 것과 같은 이치이다. 냉전이 과거, 적에 대항하기 위해 우리 사회를 결속시키고 독재를 암암리에 묵인하는 정치적 장치에 불과했었다고 하더라도 우리는 아직 냉전 속에 존재한다. 그러므로 이 이야기는 끝나지 않은 현재 진행형이다.

　〈GREY 구락부 전말기〉(1959)는 인간의 속물성과 더불어 국가권력의 부당성을 비판하고 있다. 서구의 살롱문화를 실현시켜 보고자 했던 근대의 다방이 아무것도 할 수 없었던 식민지 지식인의 모습을 표상했다면, 전후의 GREY 구락부는 반공으로 인한 사상의 경직성 속에서 표류하는 지식인의 모습을 표상하고 있다. 그렇다면 전후 사회의 젊은 지식인들이 광장이 아닌 밀실인 구락부로 향할 수밖에 없었던 이유는 무엇이며, 구락부는 왜 회색을 지향하게 되었는가? 일제강점기 대개의 지식인들은 일본에 협조할 수도, 저항할 수도 없는 처지에 있었다. 물론 적극적으로 독립운동에 나선 사람도 있었지만 누구나 그럴 수 있었던 것은 아니다. 한국전쟁 당시도 마찬가지이다. 낮에는 국군이, 밤에는 인민군이 점령하는 상황에서 어느 한쪽으로 기울게 되면 누구에게나 적이 되는 상황이었다. 이러한 근대사는 계속 이어져, 4.19 때도 5.16 때에도 마찬가지였으며, 최근의 민주화 운동까지도 이어진다. 우리는 정치적 소신을 밝히게 되면 누군가에게는 적이 되고, 밝히지 않는다면 모두에게 적이 되는 사회를 살아왔다. 그러므로 이 작품의 주인공들은 흑도 백도 아닌 자신들의 소신대로 행동할 수 있는 공간인 회색의 구락부를 지향하게 된다.

이 작품은 최인훈 최초 발표작으로 1960년대 문학의 새로운 장을 열었다고 평가받는 〈광장〉 이전의 작품이다. 하지만 이 작품은 단순히 〈광장〉의 예비 단계로만 논의할 수 없는 중요성과 함께 그의 문학 세계에서 줄곧 지향하는 주제의식을 보여주는 단초를 제공하고 있다. 〈GREY 구락부 전말기〉의 주인공들이 정권에 저항하지도, 부합하지도 않는 자신들의 공간이 필요했던 것처럼 〈광장〉의 주인공인 이명준도 남측도 북측도 아닌 제3세계를 선택한 것이다. 인간에게는 주류적인 질서 속에서 갈등하고 대항하는 저항의 잠재력이 존재한다. 저항의 잠재력은 일상의 억압과 지배가 강할수록 더욱 존재를 드러낸다. 저항은 극렬하게 표출되기도 하지만 질서 속에 편입되는 것을 거부하거나 무대응으로 나타나기도 한다. 바로 여기에 전후의 GREY 구락부가 존재하며, 그들의 모습을 통해 냉전과 반공의 세대를 살아온 젊은이들의 삶을 유추해 볼 수 있다. 이러한 논의가 단지 이들의 행동 원인과 과정을 표면적으로 서술하는 데 그치지 않고 좀 더 시대의 진실을 파악할 수 있는 곳까지 다가가고자 한다.

2. 인간의 속물성 발견

GREY 구락부의 주인공들은 현실에 반항도 순응도 하지 않는 지식인들이다. 이들은 책에서 얻은 지식이 세상의 권위라면 그것을 부정함으로써 세상의 모든 권위에 의문을 표하고 있다. 책에서 얻은 지식과 현실이 일치하지 않는 데서 오는 좌절감은 이들이 현실과 책, 모두를 거부하게 만들었다.

> 현은 끝내 책을 버리고 말았다. 책을 아무리 봐도 책에서 얻고 싶었던 것은 얻어지지 않았다. 책이 쓸모 없음을 안 것이 아마 책의 쓸모의 모두였다. 우스개 같지만 정말이었다.(〈GREY俱樂部 顚末記〉,《최인훈 전집》8, 문학과지성사, 1983.8.)

이들 중 유일한 여성 회원인 키티는 GREY 구락부의 동등한 구성원을 지향하지만 다른 남성 회원들의 생각은 다르다. 이들은 국가의 부당한 권위는 증오하지만 남성의 부당한 권위는 인정하는 속물성을 지니고 있다. 이들의 봉건적이고 속물적인 태도는 수차례 당사자인 키티에 의해 비판되었지만 이들 스스로는 자각하지 못하고 있다. 속물이란 노골적으로 사회적 또는 문화적 편견을 드러내며, 하나의 가치 척도를 지나치게 떠벌이는 사람을 말한다. 속물이란 말은 처음에는 높은 지위를 갖지 못한 사람을 가리켰으나, 곧 상대방에게 높은 지위가 없으면 불쾌해 하는 사람으로 바뀌게 되었다. 하지만 이것이 지위에만 국한되는 것은 아니며, 속물의 존경 대상은 시대에 따라 바뀌어 간다. 자신보다 돈이 없거나 지위가 높지 않을 때, 또한 지식이 많지 않거나 단지 남성이 아닌 여성이라는 이유만으로 속물성을 드러낸다. 즉 속물이란 자신의 생각만을 고집하여, 그 현상의 바탕에 숨어 있는 진실을 볼 수 없는 모든 사람을 말한다고 할 수 있다.

GREY 구락부 구성원들에게 드러난 속물성을 살펴보면 첫 번째, '감성'에 대한 무시이다. 대부분의 지식인은 이성에 비해 감성을 저급한 것으로 취급하는데, 현 역시 감성을 저급하게 취급하고 있었음을 알 수 있다.

> 적어도 이것은 티없는 매임이었다. 치기라면 으뜸 값진 치기였다. 현이 처음에 단수가 높은 체하고 쓴웃음지으려던 몸짓은, 이들의 맑음 앞에 금방 허물어지고 말았다. 악마의 서슬도 어린 애기의 웃음 앞에는 맥을 못 쓰는 것이 아닐까? 그보다도, 현 자신 속에 있던 감상성에 대한 깔봄이, 알맞은 낌새 속에서 그 힘을 잃어버리고, 제 모습이 드러났다고 하는 것이 정말이겠다. 갈래갈래 찢긴 나. 나의 마음 놀림이나 행동을 지켜보고, 흉보고, 놀리는 또 다른 나로 말미암은, 스스로를 우스개삼는다는, 참을 수 없이 비뚤어진 마음보가, 이 순간 삐그덕 소리를 내면서 바로잡히는 것을, 현은 분명 느끼는 것이었다.(위의 책, 14~15쪽.)

두 번째, '여성'에 대한 편협한 인식이다. 근본적으로 이들은 인간

을 여성과 남성으로 분리하여 생각하는 이원론적 세계관을 갖고 있
다. 또한 남성들의 모임에 여성이 끼면 순수성을 지키기 어렵다고 보
는 가부장적이고, 봉건적인 사고까지 지니고 있다. 이러한 이들의 모
습은 작품의 여러 곳에서 나타나면서 키티와 대립하게 된다.

> "안 돼. 우리 구락부가 오늘의 번영과 순수성을 지킨 것은 남자들만
> 이었다는 데 열쇠가 있는 거야. 여자를 넣어 보아. 반드시 틈이 생길 꺼
> 란 말야. 뭐 그런 뜻이 아니더라도, 여자가 끼어서 조심스럽고 그래서
> 지러야 할 겉치레를 어떻게 감당할 텐가? 안 돼, 안 돼, 멋대로 움직인
> 현일 징계 처분해야 돼!"(위의 책, 18쪽.)

세 번째, '행동' 즉 현실과의 부대낌은 무용이라는 인식을 가지고
있다. 그러므로 이들은 자신들의 무위가 최선의 선택임을 강조하면
서, 이것이 결코 비겁함이나 무능력함으로 인식되는 것을 거부한다.
그들은 자신들의 무위를 도피라 말하는 이들이 오히려 속물이라 생
각한다.

> 그리고 그 결사의 뜻인즉 부엉이는 부엉이끼리 모여서, 그들 스스로
> 어떤 분위기를 지어서 만들어, 그 속에 들어박힘으로써, 현실과의 쓸데
> 없는 부대낌을 비끼는 데 있다고 늘어 놓으면서 K는 손으로 턱을 고이
> 고 창밖을 내다보며 무슨 아리아를 휘파람으로 구성지게 불어대었다.
> (위의 책, 11~12쪽.)

> "움직임의 길이 막혔을 때, 움직이지 않음이 나옵니다. 예스라고 하
> 기 싫을 때 노우라 하지 않고 그저 입을 다무는 것도 또한 훌륭한 움직
> 임입니다. 〈손쉬운 도피〉란 말을 속물들은 멋대로 지껄입니다.(위의

책, 13쪽.)

인간의 정체성을 공간이 규정하기도 한다. 그러므로 이들의 정체성은 그들만의 공간인 GREY 구락부에서 찾아볼 수 있다. 이들이 그토록 GREY 구락부에 집착했던 이유는 이곳이 '노우'라고 말할 수 있는, 흑백의 논리에서 벗어나 회색을 지향할 수 있는 유일한 공간이었기 때문이다. 현은 남의 즐거움을 받아주는 것이 민주주의고, 남의 취미에 대한 너그러운 아량이 사회를 숨 돌릴 수 있게 한다고 생각하였다. 그들은 정치적 견해를 밝히기를 강권하는 사회 속에서 정치적 소신을 밝히지 않아도 되는, 그들만의 공간을 꿈꾸었던 것이다.

하지만 정치권력은 그들만의 치기어린 공간조차 허용할 아량이 없을 정도로 민주적이지 못했다. 그리고 그들을 그 공간에서 끌어내어 자신들의 정체가 잡담과 소일임을 스스로 밝히게 함으로써 정치권력의 정당성을 얻고자 했다. GREY 구락부의 정체는 우선 경찰에 의해 잡담과 소일로 밝혀졌다. 그리고 키티에 의해 호언장담하는 과대망상증 환자의 소굴로, 그들의 강령인 무위는 정신의 소아마비로 그리고 구성원들은 무능한 소인으로 폭로되었다. 키티는 처음부터 이들의 정체를 정확히 인식하고 있었음은 물론, 속물성까지도 간파하고 있었다.

"웃기지 마세요. 그레이구락부가 무에 말라빠진 것이지요? 무능한 소인들의 만화, 호언장담하는 과대망상증 환자의 소굴, 순수의 나라! 웃기지 말아요. 그 남자답지 못한 잔 신경, 여자 하나를 편안히 숨쉬게 못 하는 봉건성. 내가 누우드가 되었다고 화냈지요? 천만에, 난 당신들을 경멸하기 위하여 몸으로 놀려준 거애요. 그 어쩔 줄 모르고 허둥대는 꼴이란. 그레이구락부의 강령이란 게 정신의 소아마비지. 풀포기 하나 현실은 움직일 힘이 없으면서 웬 도도한 정신주의는? 현실에 눈을 가린다고 현실이 도망합디까. 난 당신들 때문에 버려졌어요. 뭐 그렇다고 나자신의 책임을 떠맡아 달라는 소린 아니구요. 허긴 방황도 또한 귀중한 것이니까요. 내가 한 수 늦었군요. 소박맞도록 눈치가 없었으니. 어떻습니까? 이것도 인연, 옛 동지가 아닙니까? 자 그럼 아디유, 그러나 마지막으로 나의 영원의 애인 그레이 구락부의 번영을 빌며……"(위의 책, 42쪽.)

이것은 이들이 슬기와 지혜를 사랑하고 있다고는 말하지만 현상 뒤에 숨어 진실은 외면하고 있음을 말해주는 것으로 이러한 점이 이들을 실천과 생각이 공존하지 못하는 속물적 지식인으로 만들고 있었던 것이다.

3. 정치권력의 부당성 폭로

경찰은 GREY 구락부가 불온서적을 연구하고, 국가를 전복하려는 비밀결사라며 남성 구성원들을 연행한다. 하지만 경찰의 부당성은 이들의 정체가 밝혀지기도 전인 연행 과정에서부터 벌써 드러나게 된다. 자신이 왜 경찰서로 가야 하는지 물어보는 현에게 폭력으로 대답함으로써 자신들의 실체를 드러낸 것이다. 폭력을 사용하는 권력은 이미 권력이 아니며, 폭력 세력일 뿐이다. 그러므로 경찰의 폭력은 이미 당시의 정치권력이 자신들의 부당성을 스스로 폭로했다고 볼 수 있다.

"이봐."

이렇게 부르는 소리와 함께 인기척이 났다. 그 짧은 한 마디에 서린 차가운 것이 그대로 현의 등골을 타고 흘러갔다.

획 돌아다보는 현의 눈앞에 낯 모르는 사나이가 서 있었다.

"난 P서의 형산데……"

이렇게 자기를 밝히고 그는 현의 이를 다졌다. 그렇노라는 현의 대답에

"서까지 좀 가."

하고 동행을 요구한다.

"아니 무슨 일로?" / "가면 알지."

"가면 알다니요? 영장을 보여주십시오." / "무엇이, 건방진 자식!"

딱하고 자기의 뺨이 울리는 소리를 현은 들었다. (위의 책, 37쪽.)

GREY 구락부가 발표된 시기인 1959년은 우익적, 반공적 정치질서를 확고히 확립하기 위해 박차를 가하던 시기였다. 이 시기에 정치권력은 자신들에게 반대하는 세력들을 공산주의자로 몰았으며, 부패하고 부당한 정권의 체제유지를 위해 일반 국민들의 일상을 관리하였다. 경찰은 민주주의 국가에서 당연한 자신의 권리를 주장하는 현에게 폭력을 행사함으로써, 이 사회가 자유민주주의를 지향하지만 현실은 그렇지 못함을 보여준다. 인간의 모임을 모두 일률적으로 규정할 수는 없다. 하지만 정권은 모든 모임의 성격을 정치적으로 해석하였고, 구성원들의 정치적 성향을 밝혀내고자 하였다. 정권은 국민들이 질서 속에 편입되는 것을 거부하거나 무대응하는 것 등의 다양성을 인정하지 못했는데, 이것이 국민의 일상을 관리하는 정권의 부당성이다.

GREY 구락부의 구성원들은 연행되어 가기 전까지 자신의 권리를

주장하며 당당했지만 경찰서에서 풀려나서부터는 굴욕감을 느끼기 시작한다. 이들은 GREY 구락부가 국가의 전복을 꾀하는 단체라는 혐의를 벗게 되는 과정에서 형사들에게 자신들의 모임이 무위를 실천하는 비밀결사가 아닌 잡담과 소일이었음을 자백하면서 내면 깊숙한 곳에서 스스로에 대한 자책감과 배신감을 느낀 것이다.

> "천혀, 네, 오햅니다. 우린 그저 모여서 철학이나 문학에 대한 잡담을 하고 소일한다는 것뿐, 집이 너르고 하여 같은 집에서 자주 만났다는데 지나지 않고, 무슨 목적이 있었다든가 한 것이 아닙니다."
> 이렇게 말하면서 현의 마음에서는 참을 수 없는 굴욕감이 북받쳐 올라 왔다. 이게 우리의 그레이구락부에 대한 내 입에서 나온 풀이란 말인가. 잡담과 소일! 그리고 다음에 온 것은 이같은 표현을 뺏아낸 그 자에 대한 미움이었다.(위의 책, 39쪽.)

> 난롯가에 의자를 끌어다 놓고 앉은 채 그들은 입을 떼지 않았다. 그들은 저마다 무슨 비열한 일을 저지르고 난 연후에 동지를 만난 그런 느낌이었다. 심하게 말하면 동지를 팔고 놓여난 배반자의 괴로움을 똑같이 치루고 있었다.(위의 책, 40쪽.)

이들의 자책감은 두려움과 무서움 속에서 영혼을 팔 듯 자신들의 강령을 팔아 자유를 얻게 되었다는 점에서 비롯된다. 이것은 GREY 구락부가 비밀결사였다는 자신들의 주장 자체를 부정하는 것으로 키티의 지적대로 자신들이 과대망상증 환자이었음을 증명하는 것이다. 하지만 이것은 또 다른 측면에서 GREY 구락부가 비밀결사가 맞지만 구성원 모두가 경찰의 폭력성 앞에서 굴복하여 자신들의 실체를 차마 밝히지 못했다고 볼 수도 있다. 그들은 경찰 앞에서 자신들의 실체를 당당히 밝히지 못하고 폭력 앞에 무너지는 나약함과 비겁함을 보인 것이다. 이것은 전자와 달리 '비밀결사'라는 자신들의 정체성 자체는 지켜냈지만 반면 자신들의 나약함과 비겁함을 인정하여야만 하는 상황이다.

이들은 '예스'라고 하기 싫은 경우 '노우'라 하지 않고 다만 침묵을 지키는 것도 또한 훌륭한 행위라는 강령에 따라 구성된 모임으로 국가 전복을 위한 비밀결사가 아니라 철저한 무위를 실천하는 비밀결사였다. 그러므로 이에 대한 부정과 폭력에 대한 굴복은 키티의 지적대로 그들이 무능한 소인이었음을 증명하게 된다. 이들은 거창한 강령으로 자신들만의 세상을 만들었지만 나약함과 비겁함으로 그들의 세상을 지켜내지 못했다. 또한 정치권력의 부당성, 즉 경찰의 폭력은 그들의 철저한 무위가 선택이 아닌, 세상에 뛰어들 용기가 없었던 자들의 핑계에 불과하였음을 보여주는 장치가 되고 있다.

4. 인간 감성으로의 귀환

구성원들의 실체가 밝혀진 이후 GREY 구락부는 급격히 붕괴된다. 먼저 현은 GREY 구락부의 실체에 대한 굴욕감 때문인지, 자신에 대한 수치감 때문인지, 키티에게 남성 구성원들이 연행되어 간 이유를 사실대로 말하지 않고, 학생 깡패 사건이라고 둘러대면서 자존감을 지켜내려 한다. 공권력 앞에선 한없이 무력했던 현이 키티에게는 마지막까지 거들먹거리는 태도를 보이는 것이다. 그리고 현은 곧 이번 사건을 키티에게로 향하는 자신의 감정을 표현할 기회로 삼고자 마음먹는다. 즉 키티를 GREY 구락부의 붕괴 전에 자진 사퇴시켜 모임의 강령에 어긋나지 않은 상황에서 그녀에 대한 자신의 사랑을 고백하고자 하는 것이다. 그는 지금껏 키티에게 향하는 자신의 마음을 막을 수 없었을 뿐 아니라, 구성원들을 배반할 수도 없어서 괴로워했었다. 그러나 그는 이러한 자신의 속마음을 감추고, 키티에게는 그녀가 단지 여성이라는 이유만으로 자진사퇴를 권고한다고 말한다.

> 현의 머리 속에서 이때 무슨 생각이 번개같이 지나갔다. 현은,
> "그건 그렇고, 키티 큰 일이 있어."
> "큰 일?"
> "음."
> 현은 한참 머뭇거렸다. 그것이 더욱 키티를 건드리는 양이었다.
> "아이 왜 사람이 저 모양일까?"
> 현은 그제야 고개를 번쩍 들었다.
> "키티 다름이 아니고, 키티의 자진 사퇴를 권고하도록 구락부를 대표해서 내가 위촉을 받았어."
> 순간, 키티의 안색이 새 하얘졌다.
> "그건……."
> "역시, 역시 오산이었어. 맨 처음 내가 키티더러 들어오라고 한 것은 짧은 생각이었어. 키티에겐 책임없는 일이야. 허나, 그 이후로 잘 아는 바와 같이 구락부의 평화랄까, 그런 것이 키티로 말미암아 야릇하게 됐어. 그래서 의논한 끝에……."(위의 책, 41쪽.)

하지만 키티는 최인훈의 작품에 나타나는 도발적 여성 중 하나로 끊임없이 남성 주체를 농락하고, 남성의 자리를 위협하는 대표적 인물이다. 그녀는 생명력이 넘치고 주관이 뚜렷하며 특이하기까지 한

여성으로 남성우월주의자이며 반 페미니스트인 현의 사퇴 권고를 순순히 받아들이지 않는다. 그러자 당황한 현은 자신들의 비겁함과 나약함을 은폐한 채, 그녀를 자신의 뜻대로 장악하고자 자신들은 원래 비밀조직의 세포였다고 거짓말한다. 키티는 현의 몇 번이나 곤두박질을 하는 진실과 허위의 재주놀이에 분노하며 현에게 폭력을 휘두른다. 그녀의 이러한 행동은 현이 예상했던 반응은 아니었다. 하지만 어떠한 전형적인 인물로도 설명할 수 없는, 삶의 창조성을 구현하고 있는 인물로 그려지고 있는 그녀는 처음부터 GREY 구락부의 구성원들을 압도했다. 처음 그녀를 본 현도 그녀에게 끌려 구성원의 동의도 얻기 전에 그녀에게 회원을 권유했을 정도이다. 그녀는 '호콩'을 통해 구성원들은 물론 M의 할머니까지도 자신의 편으로 이끄는 등 능수능란한 인간관계를 보였다. 또한 그녀는 현과 입을 맞추면서 K의 누드모델이 되어 현을 조롱하는 등 종잡을 수 없는 모습을 보여 왔다. 구성원을 압도하는 키티의 역할은 GREY 구락부 구성원들의 속물성을 폭로하는 것이며, 이들을 인간의 감성으로 귀환시키는 것이다. 경찰이 폭력으로 부당하게 현의 속물성을 폭로하는 데서 그쳤다면, 그녀는 자신만의 특이성으로 현의 실체를 폭로하고 그가 지금껏 부정하던 감성의 실체를 인정하게 한다는 점에서 다르다.

의식을 잃고 잠들어 있는 키티의 모습을 보면서 현은 자신도 이제 속물성을 벗고 인간으로서의 감성을 인정해야 할 때가 왔음을 느낀다. 인간은 이성과 더불어 감성이 공존할 때 더욱 인간다워지는 것이며 세상은 남성과 함께 여성이 어우러지고, 무위는 행동 앞에서 절제할 때 가치가 있는 것이다. 정치적 소신을 지키지도, 사랑하는 여인에게 자신의 마음을 제대로 표현하지도 못하는 현의 모습은 소극적 지식인의 허상일 뿐이다. 지식인의 사회적 책임을 무위로 회피하면서 그것마저도 선택이라며 속물성을 드러냈던 현은 결국 그동안의 시행착오를 거쳐 결국 인간의 감성을 인정하게 된다. 아무리 현실이 부당하더라도 인간은 자기에게 주어진 삶을 살아가면서 진정한 가치를 추구해야 한다. 타락한 사회에서는 타락한 방식으로 진정한 가치를 추구할 수밖에 없다. 인생은 회피하거나 거부할 수 있는 것이 아니다. 진정한 지식인이라면 세상이 타락했다며 자신만의 세상에서 세상과 동떨어져 순수하게 살아가기보다는, 타락한 사회에서 인간들과 같이 부딪히고 인간의 감성을 느끼며 살아가는 것이다.

> 현은 키티의 그 잠든 얼굴에서 비로소 이성을 알아보고 있었다. 지금껏 현에게 있어서 키티는 이성이라느니보다 재주 있는 사람이었다. 그 재주가 키티의 끄는 힘이었다. 크리스마스날 그녀와 입술을 맞추는 순간에도 마찬가지였다. 똑똑치 못한 여자와 어울리기는 어려운 일이었다. 그러나 지금, 현의 수에 골탕을 먹고 이렇게 남의 집 소파에서 잠든 키티는 그저 여자였다. 그리고 현 자신도 그저 남자인 것을, 그저 사람인 것을 느끼는 것이었다. 아름답고 신비하지만 그것만을 쓰고 있을 수 없는 탈을 인제는 벗어야 할 것이 아니냐, 현은 그렇게 생각하였다.(현자도, 철인도, 공주도 아닌 그저 사람. 얼마나 좋은가. 더 멋있다.)(위의 책, 47쪽.)

현은 이제 자신만의 세상인 구락부에서 나와 타락한 세상 속으로 걸어 들어가야겠다고 결심한다. 그를 인간과 세상 속으로 나오게 이끄는 계기가 된 것은 키티와 그녀에 대한 사랑의 감성이었다. 부당한 정치권력이 지배하는 사회에서 인간에 대한 사랑은 그에게 무위가 아닌 새로운 삶을 모색하게 하는 하나의 방안이 되고 있다.

5. 나가며

〈GREY 구락부 전말기〉에서는 1950년대의 시대적 진실과 더불어 젊은 지식인들의 성장 과정을 살펴보았다. 이 작품의 가장 큰 특징은 주인공들의 시선이 계속해서 자신의 내부로 향하고 있다는 점이다. 전후소설의 주인공들이 거의 대부분, 전쟁이라는 시대적 배경에 주목하고 있다는 점을 고려한다면 이것은 확연한 차이이다. 작가 대부분이 전쟁의 충격에서 벗어나지 못한 채 전쟁의 영향력 아래에서 갈팡질팡하고 있을 때, 또는 대부분의 소설들이 전쟁의 추상성의 한계를 넘어서지 못할 때 냉정하고 객관적인 이러한 시선은 이 작품을 기존의 전후소설과는 전혀 다른 위치에 서게 한다. GREY 구락부의 주인공들은 현실과 거리를 두면서, 자기 성찰을 통해 자신의 정체성을 새롭게 규정해 간다. 이러한 끊임없는 자기성찰이 인간의 속물성과 더불어 경찰로 대표되는 정치권력의 부당성을 폭로할 수 있는 원인이 되고 있다.

먼저, GREY 구락부의 정체는 우선 경찰에 의해 잡담과 소일로 밝혀진다. 그리고 키티에 의해 호언장담하는 과대망상증 환자의 소굴로, 그들의 강령인 무위는 정신의 소아마비로 그리고 구성원들은 무능한 소인으로 폭로되었다. 그들의 선택이 무위일 수 있지만 자신들의 선택을 경찰 앞에서 당당히 밝히지 못할 때 그 선택은 정당성을 잃게 된다. 이것은 이들이 지혜와 슬기를 사랑하고 있다고 말하지만 현상 뒤에 숨어 진실은 보고 있지 못함을 말해주는 것이다. 또한 이러한 점이 이들을 실천과 생각이 공존하지 못하는 속물적 지식인으로 만들고 있다. 다음으로, 경찰은 민주주의 국가에서 당연한 자신의 권리를 주장하는 현에게 폭력을 행사함으로써, 이 사회가 자유민주주의를 지향하지만 현실은 그렇지 못함을 보여주게 된다. 또한 이러한 경찰의 폭력은 이미 정치권력이 자신들의 부당성을 스스로 폭로하기 시작한 것으로 볼 수 있다. 마지막으로, 지식인의 사회적 책임을 무위로 회피하면서 그것마저도 선택이라며 속물성을 드러냈던 현은 결국 그동안의 시행착오를 거쳐 결국 키티에 대한 사랑을 깨닫고 인간의 감성으로 귀결하게 된다. 이것은 국가적 문제와 인식의 문제, 철학의 문제를 결국 사랑으로 귀결했다는 작품의 한계를 드러내는 결정적 원인이 되기도 한다.

경찰이 폭력적 방법으로 부당하게 GREY 구락부의 구성원들을 세상 속으로 이끌어 냈다면, 키티는 GREY 구락부의 구성원들을 압도하면서 그들을 세상 속으로 이끌고 있다. 처음부터 그들의 실체를 알고 있던 그녀는 때로는 낡은 생각의 그들을 조롱하고, 그들의 무위를 경멸하지만 그들에 대한 애정을 간직하고 있기에 그들을 변화 시킬 수 있다. 이러한 인간에 대한 애정은 행동하지 않는 젊은 지식인 현이 GREY 구락부에서 일련의 사건을 통해 자신의 오류를 자각하고 정체성을 새롭게 인식하는 데 중요한 역할을 하고 있다. 즉 인간의 감성은 남녀 간의 사랑에서 인간에 대한 애정으로, 지식인의 강령은 이성과 감성의 조화로 변화되는 것이다.

냉전 체제의 확산과
반공 규율 사회의 확립

1. 들어가며

전후 우리사회는 해방공간에서의 좌우 격돌, 한국전쟁에서의 내전의 경험 그리고 피난으로 인한 인적 대이동 등 반공규율사회의 역사적 조건을 모두 갖추고 있었다.[1] 남한과 북한은 모두 정치적으로 공산주의와 민주주의를 지향하고 있었지만 점차 지배집단에 의해 변용되었다. 하지만 정치적 문제는 민감한 문제이기에 공공연하게 드러내놓고 다 말할 수는 없었다. 전후 사회는 작가가 정치적 문제를 다룬 작품을 지면에 발표하면서 투옥을 예상할 정도로 많은 위험을 감수해야만 하는 사회였다.[2] 또한 그것마저도 발표 후에는 대부분 논의의 대상에서 제외되곤 하였다. 그러므로 전후소설에 나타난 냉전적, 반공적 정치상황과 그에 대한 문학적 대응을 반공규율사회라는 시대적 인식을 바탕으로 규명해 보고자 한다. 이러한 사회적, 시대적 분

1 조희연, 『한국의 국가·민주주의·정치변동』, 당대, 1998, 95쪽.
2 박연희, 「생명의 발언을」, 《한국전후문제작품집》, 신구문화사, 1960, 404쪽.

위기 속에서도 전면적으로 또는 암암리에 정치적 현실을 폭로하고
비판하는 등 전후소설로서 문학적 성과를 거둔 작품들이 존재하기
때문이다.

먼저 남한과 북한, 양 체제의 냉전적 정치상황을 개인의 희생이라
는 측면에서 다루고 있는 작품들을 살펴볼 것이다. 남한체제에서 민
주주의는 반공, 북한체제에서 공산주의는 당과 인민을 위한 봉사로
각각 변용되었지만 당사자에게는 폭력으로 느껴질 뿐이었다. 유주현
의 〈첩자〉, 최인훈의 〈금오신화〉에서는 국가가 개인의 삶에 개입하
면서 개인의 삶과 선택이 자신의 의지와 상관없이 도구화되고, 유린
되는 모습이 나타난다. 특히 이들 작품은 남한과 북한에서 모두 버림
받는 주인공들의 삶을 통해 국민과 인민을 위한다는 국가권력의 진
실성에 대하여 의문과 회의를 보내고 있다.

다음으로 남한의 반공적 정치 상황을 정권의 폭력이라는 측면에서
다루고 있는 작품들을 살펴볼 것이다. 전후 남한의 정권은 극우 반공
체제의 강화를 위해 북진통일론을 주창하면서 냉전 상황을 고취하였
다. 반공주의는 공산주의에 반대하고 대항하는 논리로 전쟁을 겪은
국민의 고통과 희생을 되풀이하지 않겠다는 목적 아래, 전후 사회에
서 더욱 강화되었다. 하지만 부정과 부패, 실정과 무능으로 인해 정
당성을 인정받지 못한 정권은 반공주의를 전유하여 국민의 일상을
감시하고, 정권에 반대하는 사람들을 공산주의자란 이름으로 견제하
기 시작하였다.[3] 우익적, 반공적 정치질서를 확고히 하기 위해 박차

---

3 김한종, 「국부 이승만 반대하면 다 공산주의」, 『오마이신문』, 2008.9.29.
　　한편에서는 대한민국의 정통성을 대한민국임시정부에서 찾고 있으면서, 이승만을
　　반대하는 행위를 하면 임정이라도 공산주의로 몰아가는 것이다. "너, 공산주의지?"

를 가했던 1950년대 후반에 발표된 선우휘의 〈테러리스트〉, 박연희의 〈증인〉에서는 소시민이 정치권력이 휘두르는 폭력의 무의미성을 깨닫고 각성하는 과정을 통해 정권의 부당성을 비판하고 있다.

정치적 문제를 다룰 때는 어느 시대든 말하고 싶은데, 말할 수 없는 것이 존재한다.[4] 정치적 문제는 정권의 옹호든, 비판이든 전면적으로 내세우기보다는 보다 복잡하고, 교묘하게 암암리에 드러내야만 하기 때문이다. 국민들이 의식하지 못하도록 국민을 세뇌하는 문제, 또는 정권에 대한 직접적 반대 없이도 비판이 가능하도록 하는 문제가 소설에서 가능하다. 그러므로 이러한 작품들을 찾아 비판하고 성과를 인정하는 것이야말로 전후소설 연구의 중요한 의의 중 하나가될 것이다.

2. 체제경쟁을 위한 냉전의 확산

전후 사회에서 자기가 살고 있는 사회의 정치체제를 비판한다는 것은 남한에서든, 북한에서든 비판을 넘어서 상대방의 체제를 옹호하는 것으로 평가받았다. 즉 북한에서는 반동으로, 남한에서는 빨갱이로 몰리는 것이다. 그러므로 이러한 비판들은 교묘하게 작품 속으로 숨어 들어가게 된다.

하는 말을 전가의 보도로 휘두르고 있다. 이념과 이데올로기가 낡은 사고의 틀이라고 말하고 있지만, 자신들은 스스로 그 속에 갇혀 있으며, 이를 즐겨 이용하고 있다
4 전리군(錢理群), 「序文」, 『중국식민지강점지구 문학대계』, 중국광서교육출판사, 1999; 키시 요코, 「「백란의 노래(白蘭之歌)」 번역으로부터 「교민(僑民)」까지」, 『제국주의와 민족주의를 넘어서』, 역락, 2009, 197쪽 재인용.

유주현의 〈첩자〉(1957)는 의도적 행위의 의도되지 않은 결과라는 아이러니의 심층 구조를 구현하여 희극적인 요소를 드러내고 있다.[5] 주인공 박영복은 특별한 목적이나 생각 없이 일상을 살아가는 보통 사람이다. 그는 세무원에 불과했지만 엄벙덤벙하는 성격 탓에 피난을 가지 못하고 남한에서 공산주의자로 낙인찍히면서 어쩔 수 없이 월북하게 된다. 그런데 그의 소심하고 겁 많으며 자신의 의견을 제대로 주장하지 못하는 성격이 북쪽에서는 용기와 과단으로 받아들여지면서 공작대원으로 선발된다. 그는 평범하게 살기를 원하는 보통의 사람이었으나 남쪽에서는 공산주의자로 낙인찍혀 월북하게 되고, 북한에서는 공작대원으로 선발되어 남파되면서 이데올로기 대립의 중심에 서게 된다. 순간의 위기를 모면하고, 생명을 도모하고자 의도했던 그의 행동들이 전혀 의도하지 않은 결과를 초래한 것이다. 하지만 원인은 그의 소심한 성격적 결함에 기인하기에 비극적 아이러니의 전형적 모습을 보이게 된다.

> 그래 직장이 민원(民怨)을 사는 곳이었으므로 겁도 나는 데다가 마침 동료 중에 남노당 비밀 당원이 있어 그에게 이끌려 덤벙거린 것이 어느 틈에 공산주의자로 낙인을 찍히게 되었다. 그저 엄벙덤벙하다가 보니까 그렇게 된 것이지 결코 자기 목적이나 의사(意思)대로 행동한 결과는 아니었다. …(중략)… 그런데 이번에는 그 자포적인 성격이 새로운 구렁으로 그를 몰아 넣었다. 될대로 되라는 심정은 가다가 과단(果斷)과 용기로 변하는 작용을 내포하고 있는 것이다. 공작 대원은 엉뚱한 짓을 할 줄 알아야 되고 과단과 용기가 있어야 한다.(유주현, 〈첩자〉,《한국전

---

5 무에크(문상득), 『아이러니』, 서울대출판부, 1986, 57쪽.

쟁문학전집》1, 휘문출판사, 1969, 284쪽.)

영복이 월북하여 북에서 만난 여자 당원 윤이순, 사공 노인, 빨치산 최장식 등도 마찬가지이다. 그가 월북한 후, 그의 동정을 감시하도록 중앙당에서 밀파한 서른세 살의 여자 당원 윤이순은 남노당 남편이 눈앞에서 총살을 당했다는 이유로 남한을 증오한다. 하지만 그녀는 남한의 소식에 쓸쓸함을 감추지 못하고 귀를 기울인다. 그녀는 분한의 감정에 사로잡혀 공산주의를 선택했지만 남한으로 떠나는 영복에게 울먹이며 자신의 고향과 어머니를 찾아봐 달라는 말에서 그녀가 남한에 대한 증오와 향수 사이에서 갈등하고 있음을 알 수 있다. 영복과 최장식을 남파시키는 임무를 맡은 사공은 영복에게 평양보다 서울이 좋을지 모르겠다는 말을 하여 영복을 긴장시킨다. 하지만 곧 영복은 사공의 아들이 국방군 장교로 서울에 있다는 사실과 그가 아들에게 자부심을 갖고 있음을 알게 된다. 사공은 북한에서의 자신의 임무와 남한의 아들에 대한 혈육의 정 등 모두를 긍정하는 모순된 모습을 보이며 영복을 혼란에 빠뜨린다. 간첩 최장식은 한때 태백산 일대의 영웅적 빨치산으로 자신의 업적을 제대로 인정해주지 않는 당과 지도자에게 배신감을 느끼고 있다. 그는 배 안에서 끊임없이 남한과 북한의 이데올로기를 모두 비웃고 조롱하며, 당에 대한 섭섭한 감정을 드러낸다. 이들 모두에게 이데올로기는 개인의 소심한 성격조차 개조시키지 못하고, 분한의 감정 이상으로 발전하지도 못하며, 혈육의 정을 끊지도 못할 뿐 아니라 정치적 소신을 지키지도 못하게 한다. 신념이 아닌 국가의 명령에 의해 사명감 없이 남파되는 이들은 바다 한가운데서 술판을 벌이고, 싸움을 한다. 결국 이 싸움은 태백산 일대의 영웅적 빨치산인 최장식이 죽고, 소심하고 겁 많은 영복이 살아남는 아이러니한 결과를 낳으며 끝을 맺는다.

　남한에 도착한 영복은 모든 사람들이 자기를 의심하는 남한의 형사거나, 아니면 자기를 감시하는 북한의 공작원처럼 느껴진다. 북한에서 육 개월 동안 철저하게 실시한 밀봉교육은 오히려 그의 정상적 사고를 마비시켜 그를 의도하지 않은 이데올로기의 과잉 상태로 만들어 버렸다. 그가 긴장하면 할수록 그의 상황은 희극적이 되어 버린다. 그는 곧 여기가 북한인지 남한인지조차 구분이 안 될 만큼 정신이 분열되면서, 정체성에 혼란을 느끼기 시작한다. 그 어느 곳에도 남한과 북한의 경계는 없고, 사람들의 모습도 다르지 않다. 더구나 그에게는 남한과 북한에 모두 아내와 아들이 기다리는 집이 있다. 그가 영웅적 투쟁을 전개해 인민의 의무를 다하지 못하면 북한의 가족들은 죽고, 그는 반동이 된다. 그러나 그가 자신의 임무를 다하면 그는 간첩이 되고, 남한의 가족에게 피해가 간다. 더구나 그의 이러한 상황은 자신의 선택이 아니라 의도하지 않은 결과이다. 하지만 현실은 계속해서 선택을 강요하여 그를 공황 상태로 몰고 간다. 더 이상 선택을 피할 수 없는 그는 유약한 자신의 본성을 숨기지 못한 체 자신의 정체를 스스로 폭로하고 만다. 남한과 북한 어느 쪽에서도 그의 삶 자체는 전혀 고려되지 않았다. 남한은 그를 공산주의자라며 거부했고, 북한은 그를 남파간첩으로 이용할 뿐이다. 주권은 국민에게 있고, 모든 권력은 국민으로부터 나온다는 남한의 민주주의도, 혁명과 건설의 주인은 인민대중이며 혁명과 건설을 추동할 수 있는 힘도 인민대중에게 나온다는 북한의 공산주의도 모두 국가 권력을 유지하는 도구로 국민과 인민을 이용할 뿐이다.[6]

사변 전, 영복은 결혼한 지 불과 반 년 남짓한 아내와 더불어 그 형의 집에 얹혀 있다가 홀몸으로 북한까지 밀려왔었는데 이제 평양에다가 또 다른 아내와 一남 一녀의 자녀까지 남겨놓고 남한으로 밀파되어 가는 길이다. 여기에도 또한 영복 자신의 의사라고는 손톱만치도 없는 것이다. 의사에 없으면서 책임은 절대적이다.(위의 책, 284~285쪽.)

그는 마침 앞으로 다가오는 낯모를 신사를 노려봤다.
「어디 뛸 데가 있어?」
영복은 본능적으로 그의 팔소매를 잡으며 애원하듯 말했다.
"동무, 아, 저, 선생님, 저……선생님 말입니다……"
낯모를 신사는 우연히 그 곳을 지나던 형사였다.(위의 책, 304~305쪽.)

이 작품에 드러난 아이러니의 요소를 살펴보면 주인공 영복은 자신의 인생임에도 소극적인 태도로 일관하여 앞날을 전혀 예측하지 못하는 순진한 무지를 드러냈다.[7] 또한 태백산 일대의 영웅적 빨치산인 최장식을 소심한 영복이 죽이게 되는 사건은 확연한 현실과 외관의 대조이다. 더구나 간첩인 영복이 서울역 앞에서 지나가는 남자를 붙잡고 길을 물으면서 하는 말이 선생이 아닌 동무이고, 그 남자가 마침 남쪽의 형사라는 것은 이 작품의 희극적 요소를 잘 드러내는 것이다. 유주현의 〈첩자〉는 지금까지 전형적인 반공소설로 평가받아 왔다. 하지만 남한에서는 거부당하고, 북한에서는 이용당하는 등장인물의 비극적 삶을 전형적 반공소설의 주인공으로 볼 수만은 없다. 더구나 등장인물이 비극적 아이러니를 통해 공산주의의 엄숙주의를

---

6 김경호, 「북한의 통치이데올로기와 그 변용」, 『통일전략』 2-1, 2002, 207쪽.
7 무에크(문상득), 『아이러니』, 서울대출판부, 1986, 44~80쪽.

희화화할 뿐 아니라 반공주의의 경직성까지도 폭로하게 되면서 새로운 평가가 요구되고 있음을 확인할 수 있었다.

최인훈의 〈금오신화〉(1963)의 주인공 A는 고학생으로 남쪽에서 학교를 다니다 길거리에서 붙잡혀 의용군이 된다. 그는 지금 흥남비료 제3공장 제2작업반의 노동자로 잠자는 시간만이 유일하게 자기가 될 수 있는 생활을 하고 있다. 하지만 당은 그에게 열성적 당원으로서 당과 인민을 위해 봉사하라며 남파간첩의 임무를 맡긴다. 북한은 플래카드와 같은 일방적 전달 방식을 통해 인민과 소통하는 사회로 인민에게 당에 대한 복종만을 강요할 뿐이다. 그러므로 그에게도 선택의 기회는 없고 복종에 대한 강압만이 있을 뿐이다. 그는 곧 남파를 위해 4개월간의 밀봉교육에 들어간다. 강사는 대한민국은 되는 일도 없고 안 되는 일도 없는 사회라며 남한 정권의 부정과 부패를 지적하지만, 그는 밀봉교육을 통해 남한에 대한 향수와 공산주의의 공허함만을 느끼게 된다.

> "제○차 당대회의 호소를 받들고 전 조선 인민은 영명한 수령 김 일성 동무의 주위에 철옹성처럼 단결하라" "조국 전쟁의 원조자이며 조선 인민의 친근한 벗이며 중국 공산당의 위대한 지도자 모 택동 동무 만세" "우리 민족의 불구대천의 원수이며 세계 평화 애호 인민의 가증할 적인 미제국주의자들과 그 졸도인 이 승만 괴뢰정부를 타도하기 위한 남북 조선 인민의 단결 만세" ……
> 동상이 지나간 시간에 대한 회고라면 플래카드는 닥쳐올 시간을 향하여 던지는 고함 소리라고나 할까.(최인훈, 〈금오신화〉, 《한국전쟁 문학전집》, 휘문출판사, 1969, 19~20쪽.)

그는 지금껏 한 번도 자신의 삶을 스스로 책임지거나 자신의 의지대로 살아오지 못했다. 그는 전쟁 중에조차 아무 생각 없이 거리를 돌아다니다 북으로 끌려왔다. 이데올로기의 선택마저 그의 의사와 관계없이 이루어진 것이다. 그는 밀봉교육 과정 중 하나인 자서전을 쓰기 시작하면서 이러한 자신의 삶을 반성하고, 비로소 자신의 의지대로 한번 살아보고 싶은 욕망을 느낀다. 그는 북한 사회가 자신에게 강압적으로 진리를 강요할수록 남파 간첩의 임무를 이용해 남한으로 내려가 정착하고자 하는 욕구가 커지게 된다. 하지만 그는 임진강을 넘어 남하하는 도중에 간첩을 잡아 죽이는 것으로 돈벌이를 하는 남쪽의 애국자에 의해 살해당한다. 자신의 의지대로 한 번만 살아보고자 했던 그의 욕망은 좌절되고, 임진강에서 간첩을 사살하는 일을 통해 돈을 버는 사람들은 반공이 곧 애국이라는 지배집단의 이데올로기를 통해 애국자가 된다.

> 어둠 속에 있는 또 다른 사람들은 누군가를 기다리고 있는 모양이다.
> "형님, 이거 으실으실하구만." / "돈벌이가 그리 쉬운 줄 알안?"
> 물론 귓속말로 숨죽인 속삭임이다.
> "길목은 틀림없갔지오?" / "잠자코 있으라우"
> 어둠. 기다림
> ……(중략)……
> "형님" / "……"
> "처음이 돼서 그런지 이상하우다." / "닥쳐. 대한민국 애국자야."
> "……"
> 애국자들은 말없이 밤속으로 걸어갔다.

얼마나 지났을까.

검은 덩어리가 임진강 한복판으로 흘러간다. 그것은 A였다. 그는 이미 사람은 아니었다. 즉 시체(屍體)였다. 얼굴을 물 속에 묻고 그는 흘러간다.(위의 책, 34~36쪽.)

그는 언제나 무엇인가를 강요하며, 상호 소통이 단절되는 북한보다는 나을 것이라는 믿음으로 어머니가 살아계신 남한을 선택했다. 하지만 이러한 선택도 자본주의의 논리와 정치적 목적이 부합하면서 외면당하게 된다. 그는 살해당한 직후 육체에서 정신이 분리되는 초자연적인 상황을 통해 비참한 자신의 주검을 보면서 강렬한 분노를 느끼게 된다. 그의 삶은 자신이 선택한 곳에서는 거부당하고, 자신의 거부한 곳에서는 강요당하는 불일치의 연속이었다. 현실 속의 북한, 회상 속의 남한, 또한 마지막 죽음의 순간에 이르기까지 그의 선택과 의지는 자신의 삶에 전혀 반영되지 않았다.

그는 이제야 그 시체가 얼마나 못났는가를 어렴풋이 깨달았다. 멍청하니 학교를 다니다가 길거리에서 붙잡혀 의용군이 되고 하필 간첩으로 월남하다가 이 꼴. 그 과정의 어느 하나에도 그의 의지(意志)가 들어 있지 않았다. 그러나 내가 무엇을 잘못했단 말인가. 내가 잘못한 것은 무엇인가.(위의 책, 37쪽.)

재산의 공유를 통해 계급 없는 평등사회를 이룩한다는 북한의 이데올로기와 국민의 자유와 주권을 보장한다는 남한의 이데올로기는 어머니에게 효도를 맹세하고 소박한 생활을 꿈꾸던 한 사람을 자신의 의지와 전혀 상관없이 죽음에 이르게 하였다. 이러한 그의 비극적 삶은 전쟁기 수많은, 평범한 사람들의 삶과 유사하다는 점에서 더욱 비극적이다. 전쟁기 대부분의 사람들은 자신의 소신이나 사상에 의해 이데올로기를 선택한 것이 아니라 그와 같이 강제에 의해 또는 가족과 농토가 있다는 이유만으로 남한과 북한을 선택했다. 그러한 이유로 선택하거나 강요당한 이데올로기에 진실과 애정이 있을 수 없다. 최인훈의 〈금오신화〉는 죽음 후의 세계에서 주인공의 각성을 통해 남한과 북한의 이데올로기 모두를 비판하고 있다.

남한과 북한은 냉전체제를 통해 자신들의 정치권력을 정당화, 합리화하면서 절대 권력을 구축하였다. 이 과정에서 국가는 이데올로기를 변용하여 국민들의 삶을 도구화하고 유린하기 시작하는데, 체제 경쟁을 통한 정권의 안정을 국민의 삶보다 우선시하고 있다. 〈첩자〉는 주인공의 삶에 자신의 선택이 반영되지 않은 상태에서 파국을 맞이하였다면, 〈금오신화〉는 비록 좌절되었지만 남파된 후 자수하여 어머니와 살고 싶다는 주인공의 의지가 작품에 드러난다는 점만 다를 뿐, 젊은이들을 죽음으로 내모는 권력의 냉혹성이 동시에 나타나고 있다. 남한과 북한의 체제를 공고하게 하기 위한 냉전의 확산은 전후소설에서 이데올로기의 경직성과 허구성, 국가의 강요에 의한 평범한 사람들의 희생으로 나타났다.

3. 정권유지를 위한 반공 규율 사회의 확립

한국의 현대사에서 권력의 집중과 강화는 언제나 반공 체제의 강화와 연결되어 나타나곤 하는데, 1950년대 남한의 정치상황도 마찬가지였다.[8] 이승만 정부는 북진통일을 중심으로 극우 반공체제를 강화하는 속에서 절대 권력을 구축하였다. 이러한 상황에서 반공주의는 생활의 모든 영역에 침투하여 한국 사회의 가치 판단의 기준이 되면서 정권의 부당성을 은폐하고, 반대 세력을 제어하는 강력한 정치적 수단이 되었다.

선우휘 〈테러리스트〉(1956)의 걸, 길주, 학구 등은 지금까지 자신들이 행사해 온 폭력이 빨갱이들의 구조적 폭력에 대항하는 혁명적 폭력이라 생각하며 자신들의 행위를 정당화하여 왔다. 구조적 폭력과 그것에 대항하는 혁명적 폭력은 인간의 삶에 미치는 영향에 있어서는 같다고 할 수 있으나 그 과정의 급완, 직접 간접성에 있어서 성질을 달리한다. 적어도 혁명적 폭력의 문제는 보편적 사회 이상의 갈등에서 오는, 피하기 어려운 비극의 장엄함을 가질 수 있다. 또한 자유의 확립을 목표로 하는 혁명에서 폭력이 행사되는 과정은 대화와 논쟁이 수반하는 정치현상으로 볼 수 있다.[9] 걸은 평북 시골에서 성기형님을 따라 이남으로 내려온 후, 빨갱이들에게 폭력을 행사하며 지금까지 살아왔다. 걸은 자신이 행사하는 폭력이 공산당에 의한 더 큰 희생을 막는 폭력이며, 옳은 행동이라고 믿어왔기에 공산당 이외에는 어떠한 폭력도 거부했다. 그가 밤중에 습격을 받은 지방유지 김가를 도와주었던 것도 그가 권력층이었기 때문이 아니라, 그를 습격한 주체가 공산당원들이었기 때문이다. 하지만 폭력은 본성상 도구

---

8 서중석, 「이승만과 북진통일」, 『역사비평』, 1995.여름, 123쪽.

9 김우창, 「구조적 폭력과 혁명적 폭력」, 『신동아』, 1988.9, 156~167쪽.
　『혁명론』에서 한나 아렌트의 반동적 폭력, 혁명적 폭력의 개념은 김우창의 구조적 폭력과 그것에 대항하는 혁명적 폭력과 일치한다.

적이므로, 그것을 정당화시켜야 하는 목적을 달성할 때까지만 합리적이다.[10] 그러므로 폭력은 도구적 기능을 다하면, 소멸되거나 또 다른 목적의 도구로 변환될 수밖에 없다. 빨갱이를 쳐부수는 일을 맡았던 이들에게 제거할 빨갱이가 사라졌다는 것은, 이들의 존재가 필요 없어졌음을 말해준다.

> 그 자신의 문제뿐만 아니라 모든 좋지 못한 일의 근원은 '빨갱이' 공산당 놈들에게 있는 것이라고 굳게 믿고 있는 것이다. 그 외에 걸은 그의 머리로서 그밖의 일을 어떻게 해석해야 하는지를 몰랐다. 다만 한가지 분명한 것은 공산당이 없어진 지금에 와서 누구를 보고 주먹을 내둘러야 할는지, 그 주먹질의 대상을 잃어버린 일이었다.(선우휘, 〈테로리스트〉, 『사상계』, 1956.12, 337~338쪽.)

이제 그들에게는 빨갱이를 잡는 도구적 역할을 해 온 것처럼 정치적 반대 세력을 제거하는 부정적 변화와 현실 상황을 인정하고 폭력의 도구에서 벗어나 전혀 다른 삶을 사는 긍정적 변화 두 가지가 있다. 걸은 부정적 변화를 거부하고 긍정적 변화를 선택한다. 걸은 폭력의 도구적 역할을 버리지 못해 '정치부로카'가 된 성기 형님의 삶 대신, 시골에서 농장을 하면서 자신의 신념을 지키며 살아가는 돈수 형님의 삶을 따르기로 마음을 먹는다. 친구들의 긍정적인 변화도 걸의 결정에 영향을 주었다. 그는 기관구파업 선동자들의 소굴을 선두에서 치던 삼봉이가 색시를 얻어 딸을 낳고 물감장사를 하며 평범한 일상을 살아가는 모습을 보고 용기를 얻었다. 하지만 걸에게 폭력은

10 한나 아렌트(김정한), 『폭력의 세기』, 이후, 2000, 121쪽.

296 전쟁 서사의 문학적 증언

이미 일상이었다. 그가 폭력을 행사하지 않는 것은 일상에서 벗어난 것이다. 그의 생각은 폭력에서 벗어나 농장을 지향하고 있으나 그의 몸은 일상을 벗어난 것에 대한 두려움과 불안으로 위축되어 갔다.

반공주의의 개념은 이미 부당한 정권에 의해 전유되었다. 테러는 어제의 사형집행인이 오늘의 희생양이 될 때 절정에 도달하는데, 어제의 테러리스트 걸은 오늘의 테러 대상이 된다.[11] 폭력의 일상화, 즉 폭력의 실천은 더 큰 폭력을 불러올 뿐 아니라, 결국 폭력에 굴복하게 된다. 걸이 지금까지 행사해온 폭력은 이제 자신을 향하게 되었다. 걸이 폭력을 행사해 빨갱이들에게 구해준 김가의 아들에 의해 그는 빨갱이로 몰리며 폭력의 대상이 된다. 나름대로 구조적 폭력과 혁명적 폭력을 구분하고, 테러를 거부하며 존재의 변화를 꾀하던 걸은 자신을 빨갱이로 모는 현실 앞에서, 지금까지 자신이 추구해오던 폭력이 자신이 거부해오던 구조적 폭력에 불과했다는 것을 깨닫는다. 일상에서는 본래적 자신을 발견하기 어렵지만 자신이 타자화되었을 때, 비로소 본래적 자신을 발견할 수 있다. 걸은 자신에게 무차별적 폭력을 휘두르며 빨갱이라 몰아가는 폭력 세력들의 모습에서 예전, 자신의 모습을 확인하고 자신이 추구하던 폭력이 그들의 폭력과 같은 원리에서 나온 것임을 알아차린다. 걸은 이와 같은 사실을 확인한 후 끝없는 허무와 완전무결한 무의미 속으로 빠져 들어간다. 폭력이란 결코 정당성을 가질 수 없는 것이기에 폭력의 결말은 무의미하고 허무할 수밖에 없는 것이다.

---

11 한나 아렌트(김정한), 『폭력의 세기』, 이후, 2000, 80쪽.

청년이 벌떡 일어서며 대뜸 주먹을 들어 걸을 후려갈겼다. 보다 빨리 걸이 허리를 낮추자 청년은 또한번 제 바람에 몸을 던져 모난 돌맹이에 머리를 주어 밖었다.

"머야머야" "빨갱이야" "쳐라 쳐라"

청중은 멀쯔시 피하고 자동차는 어느새 연사를 싣고 자취를 감추고 말았다.

"빨갱이? 야 이새끼덜, 봐라, 내가 빨갱이야? 어림두 없다야. 이새끼덜, 도대테 와 덮어놓구 뎀버드능거야? 돌맹이는 와 팽개티능 거야?" (위의 책, 351쪽.)

가슴에는 지금 차디찬 바람이 휘몰아치고 있는 것이었다. 끝없는 허무가 전신에 퍼지기 시작한 것이었다. 완전무결한 무의미가 그를 감싸고 있는 것이었다.(위의 책, 355쪽.)

이 작품은 전후 사회의 극도로 혼란한 정치상황을 일상에 나타난 폭력의 무의미성을 통해 폭로하고 있다. 전후 사회에서 정치적으로 자신과 반대되는 세력을 제거하는 가장 손쉬운 방법은 빨갱이로 모는 것이다. 그러한 상황이 결국은 빨갱이를 제거하던 걸이 빨갱이로 몰리는 상황까지 온다. 폭력을 휘두르며 일상을 살아가던 걸은 이러한 현실 앞에서 비로소 폭력이 추구하는 것, 폭력의 결과는 또 다른 폭력밖에 없음을 확인한다. 또한 자신이 부당한 정권의 의도대로 움직였던 하나의 도구적 존재였음을 깨닫게 된다.

선우휘의 〈테로리스트〉는 지금까지 반공주의의 표방, 또는 비교적 객관적인 이데올로기의 지향 등의 평가를 받아 왔다.[12] 이러한 평가

---

12 서동수, 「한국전후소설에 나타난 이데올로기 연구」, 건국대학교(석사), 1998, 120

는 월남 작가이면서 군인, 조선일보 기자 등 철저한 반공주의자의 길
을 걸어간 작가의 절대적 영향력 아래에서 이루어진 것으로 보인다.
작품이 작가의 영향력에서 벗어날 수는 없지만 주인공인 걸 등이 남
한의 '정치부로카'가 된 성기 형님을 정치 걸식병 환자라고 비난한
점, 정치 폭력의 주체가 반공주의를 국시로 내걸고 있는 당시의 정치
세력인 점, 공산세력에게서 구해준 국회의원 김가의 아들이 오히려
그들을 빨갱이로 몰며 폭력을 행사한다는 점 등에서 단순히 반공주
의만을 표방한 것이 아님을 알 수 있다. 즉 더 나아가 정권의 반공주
의 전유를 통해 구조적 폭력의 무의미성을 보여주며 비판하고 있다.
    박연희의 〈증인〉(1956)은 부당하게 국민의 일상을 감시하는 정권
의 횡포를 통하여 당시의 정치적 혼란을 직접적으로 보여주는 유일
한 작품이다.[13] 주인공 장준은 신문기자로 자신의 정치적 소신을 밝
히는 기사를 쓴다. 그 후 준은 편집국장과 언쟁을 통해 신문사에서
자신의 정치적 소신이 분열의식을 자아내는 것으로 인식되고 있음을
알게 된다. 그는 타성과 무비판이 태풍처럼 휩쓰는 신문사를 나와 과
감히 사표를 쓴다. 준이 실직자가 되자 그의 아내는 가계를 돕기 위
해 집에 학생 하나를 넣는데 그가 M대 철학과 다니는 현일우이다.
준은 집 안에서 소일하며 현군과 대화를 나누는데, 그의 어진 성품과
교양, 성실함에 호감을 갖게 된다. 그러나 현군에게 호감을 보이던
아내는 갑자기 그를 빨갱이로 의심하기 시작한다. 평범한 가정주부
가 하숙생을 하루아침에 빨갱이라고 생각하는 이유는 단순하게 그가

쪽; 손순옥, 「선우휘 소설연구」, 인천대학교(석사), 2003, 43쪽.
13 서동수, 「반공의 메카니즘과 저항의 밀도」, 『한국문예비평연구』, 2006, 292쪽.

마르크스, 엥겔스, 헤겔의 책을 읽는다는 것으로 전후 사회의 일상에 광범위하게 퍼져있는 반공주의의 영향력을 알 수 있다. 준과 산책을 나간 현군은 서울 시가지를 내려다보며 자신의 생각을 준에게 이야기하지만 자신의 정치적 소신이 분열의식을 자아내는 것으로 인식되어 신문사에서 권고사직을 당한 바 있는 준은 침묵한다. 준은 부당한 정권에 영합하지는 않지만 더 이상 정치적 문제에 개입되기를 거부하는 소시민일 뿐이다.

부산을 다녀온다던 현군은 약속한 날이 되어도 돌아오지 않고, 통행금지시간이 가까운 밤에 형사들이 준의 집으로 들이닥친다. 그들은 현군이 국제간첩이라며 빨갱이와 공모한 죄로 준을 체포하여 수감한다. 준은 현은 현이고, 자신은 자신이기에 그들에게 굴복하지 않고, 독방에 수감되어도 태연하다. 더구나 그는 자신을 심문하는 형사의 말 속에서 자신이 범인이 아닌, 증인임을 알아차리고 안도한다. 하지만 경찰은 범인이 아닌 증인 준을 심문하기 시작하면서 관헌국가, 경찰국가의 단면을 보여준다.[14] 그들은 준이 전직 신문기자로 사사오입에 대한 부정적 기사를 썼다는 사실을 알아내고, 그를 빨갱이로 몰아간다. 이것은 부패하고 무능력한 경찰의 특성으로, 이들은 정권에 반대하는 세력이라면 누구나 빨갱이로 몰아가는 것이다. 이곳은 준이 이해하려는 합리성의 세계와는 거리가 먼 혼란과 무질서의 세계로 준은 곧 날짜와 장소도 기억하지 못할 정도로 육체와 정신이 피폐해진다.

---

14 서중석, 「이승만과 북진통일」, 『역사비평』, 1995. 여름, 162쪽.

"신문기자 까지한 머릴 가지고, 왜 미련하게 굴어? 대신 받을 테야……… 말해 봐."

하고, 입가에 비웃음마저 띠어 보이는 것이었다.

"모르는거야 어떡 합니까?"

준은 웃음이 표정에 나타나려는 것을 억지루 참았다.

"대신 받을 테야"라는 말에서 준 자신이 범죄인이 아니라는 것을 인정 받고 있었다는 것을 알았던 때문인지도 모른다.(박연희, 〈증인〉, 『현대문학』, 1956.2, 98~99쪽.)

결국 범인이 아닌 증인 준은 폐결핵으로 죽음을 앞에 두고서야 치료를 받기 위해 풀려난다. 그러나 준은 중학동창이자 자신을 돌봐주는 군의관 강 역시 형사와 같이 자신을 감시하는 존재라는 것을 바로 알아차린다. 준의 가슴에 침투한 폐결핵 균이 그의 생명을 위협하듯, 정권의 하수인들은 사회 곳곳에서 부당한 정권을 위해 국민의 일상을 위협하고 있다. 준은 단지 지식인인 소시민일 뿐이고, 현군 역시 공산주의자가 아닌 사회주의 사상을 갖고 있는 대학생일 뿐이다. 하지만 남한의 정권은 반공주의를 전유하여 국민의 일상을 감시하고, 국민들은 이러한 관리에 무비판적으로 길들여지면서도 그것을 의식하지 못하는 상황에 이른다. 준 역시 자신 앞에 벌어지고 있는 사건의 진실을 죽음을 앞에 두고서야 깨닫는다. 준의 변화가 실천에까지 이르고 있지는 못하지만 생명의 의지를 획득하고 무의미한 죽음을 부정하는 모습을 통해 개인의 정치적 각성을 보여주고 있다는 점에서 그 의미를 찾을 수 있다.

준은 진실이 용납되지 않는 삶은 무의미하다고 생각했기에 '혼란과 무질서의 세계' 속에서 죽음을 두려워하지 않았다. 하지만 자신의 생명을 줄여준 것이 결핵균만이 아님을 알게 된 후, 그는 삶이 아니라 죽음이 무의미하다는 생각을 하게 된다. 이제 준은 자신이 현君의 간첩 행위에 대한 증인으로서가 아니라 정권의 부당함을 증언할 증인으로서 친구인 '강'의 힘을 빌어서라도 살아남아야 한다는 생각을 하게 된다.(위의 책, 73쪽.)

"무섭지는 않아 죽음이……"
"병이 나아 가는데두 왜 그런 말을 하나?"……
강은 물끄럼이 준을 들여다 보며 타일렀다.
"죽음 보다도……자네 힘을 빌어……꼭 살아야……."(위의 책, 102쪽.)

한국의 전후 사회는 정치적, 사회적 무질서와 함께 경제적 혼란의 상태에 놓여있었는데, 특히 정치적 문제는 많은 논란을 야기하였다. 그러므로 남한의 정권은 반공주의를 전유하여 정치적 논란을 불식시키려 하였고, 주인공들을 통해 이를 확인할 수 있었다. 다만 〈테로리스트〉는 지배집단이 감시의 주체로 폭력배인 불법세력을 이용했다면, 〈증인〉은 경찰인 합법세력을 이용했다는 점만이 다를 뿐 감시의 대상인 국민들은 이들을 통해 폭력적 현실과 정치적 부당성을 인식하게 된다.

4. 나가며

전후 사회는 한국전쟁을 통해 분단현실에 대한 내부 저항 논리를 표명할 수 없는 반공주의의 전성시대를 맞이하게 된다. 좌익은 물론 제3세력이라 불린 중도파마저 용납할 수 없는 극우 반공 사회를 맞이하게 된 것이다.[15] 부패와 부정으로 정당성을 인정받지 못한 남한의 정권은 자신들의 실정을 은폐시키고, 국민의 불평과 불만을 억압하기 위해 이러한 정치적 상황을 국가의 안과 밖에서 적절하게 이용했다. 끊임없는 북한과의 체제 경쟁과 남한 사회 안에서 정권 유지를 위한 이데올로기의 변용이 바로 그것이다.

　구체적으로 살펴보면 먼저, 유주현의 〈첩자〉, 최인훈의 〈금오신화〉에서는 양 체제의 냉전적 정치상황과 개인의 희생을 통해 남한과 북한의 정치권력을 비판하였다. 국민과 인민을 위해 존재한다는 국가가 민중의 삶을 어떻게 도구화하고 유린하는지 논의한 것이다. 주인공들은 국가의 권력에 의해 자신의 의지와는 전혀 상관없는 선택을 강요받았지만 그 결과는 스스로 책임져야만 했다. 더구나 이들 주인공들은 정치적인 인물이 아닌 평범한 인물들로 목숨을 이어가기 위해, 또는 삶의 무목적성에 의해 자신이 의도하지 않는 삶을 살아가는 점에 더욱 그 비극성이 있다. 다음으로, 선우휘의 〈테로리스트〉, 박연희의 〈증인〉에서는 남한의 반공적 정치상황과 정권의 폭력을 통해 반공 이데올로기의 전유를 비판하였다. 반공주의는 자유주의와 민주주의를 강화하기 위해 강력하게 작동했지만 극단적인 폭력을 통해서만 유지되었다. 이러한 상황 아래에서 평범한 사람들의 삶은 끊임없이 감시, 희생당하며 통제되고 정권은 그 위에 군림하게 되었다. 하지만 주인공들은 이러한 폭력을 통해 국가의 부당성을 인식하고 각

---

15 서중석, 「조봉암의 사회민주주의와 '제3의 길'」, 『역사비평』, 1999. 여름, 85쪽.

성을 하는 등 정치적으로 발전된 모습을 보이고 있다.

전후 사회에서 한국전쟁의 문학적 형상화는 남한과 북한에서 모두 통치 이데올로기의 일부로 이용되었다. 따라서 정부의 공식적인 해석 이외의 논의를 불허하였으며, 그렇지 않은 경우 간혹 법적인 처벌이 따르기도 했다. 냉전과 반공도 정치권력이 체제를 안정시키고 정당성을 구현하기 위한 정치행위의 일부분으로 이용한 것이다. 본고에서는 냉전과 반공의 정치상황을 형상화한 전후소설들을 통해 양쪽 체제의 정치권력을 동시에 비판함은 물론 전후 남한 정권의 부당함을 통해 국민들의 정치적 각성을 이끌어내고 있음을 확인하였다. 이러한 성과는 전후의 정치현실을 당시대에 비판하는 등 전후소설에서도 다양한 문학적 시도가 있었음을 확인하였다는 점에서 전후문학의 새로운 가능성으로 제시할 수 있을 것이다.

1960년대 생명정치와 문학적 대응

1. 들어가며

4.19는 이승만 정권의 생명정치에 대한 국민의 저항으로 시작되었다. 여기서 생명정치란 벌거벗은 생명이 될 수 있는 두려움을 전제로 하는 정치이다. 벌거벗은 생명이란 살해는 가능하되 희생물로 바칠 수 없는 생명으로 공동체의 법적, 종교적 질서로부터 추방되어 그 보호를 받지 못하는 자를 말한다. 그러므로 그들은 법에 의해 죽일 수도 없으며, 종교적 희생양조차 될 수 없다. 하지만 바꾸어 말하면 그들은 법적인 절차에 의하지 않고도 죽일 수 있으며, 종교적 희생제의의 의미가 아니라도 언제든지 희생될 수 있는 존재가 된다. 이들의 지위는 바로 이중적 배제, 즉 법적 영역으로부터의 배제와 종교적 신의 영역으로부터의 배제 그리고 그로부터 그가 겪게 되는 폭력의 특별한 성격에 있으며, 이러한 예외상태를 규정하는 것은 주권자이다.[1]

주권자는 건전한 시민과 벌거벗은 생명으로 생명을 구획한 후 배

---

[1] 미셸 푸코(이규현), 『성의 역사』 1, 나남출판, 2004, 155~156쪽; 조르조 아겜벤(박진), 『호모 사케르』, 새물결, 2008, 36~43쪽.

제적 포함에 근거해 권력을 행사하는데 이에 대한 저항과 순응으로 구분해 1960년대 문학의 대응 방법을 논의해 보고자 한다. 저항과 순응의 문제는 국민 모두에게 해당하는 문제로 생명정치 체제에서 벗어나고자 하는 의지에 따른 것이다. 그러나 저항의 성공은 4.19와 같이 체제의 붕괴를 가져오게 되지만 저항의 실패와 순응은 체제의 강화로 연결되는 등 그 결과는 확연히 다르게 나타난다. 그런데 저항의 대표적 경우인 4.19의 경우 당대에도, 후대에도 이를 문학적으로 형상화 한 작품이 많지 않다. 또한 4.19를 직접적인 제재로 활용한 작품조차도 객관적으로 사건을 다루기에 급급해 당대 작가의 현실인식과 대응이 작품 속에 잘 드러나지 않고 있다. 이것은 당시에는 4.19에 대한 시각이 정립되지 않은 상태로 작가가 이를 어떻게 받아들일지 준비가 되어 있지 않았으며, 바로 뒤 이은 5.16이라는 역사적 사건으로 충분하게 논의할 시간적 여유도 없었기 때문이다. 그러나 4.19는 국민 모두가 부당한 주권 권력에 저항했던 가장 대표적 사건으로 문학이 이를 어떻게 다루고 인식하는지 충분히 논의되고 규명해야 할 것이다.

　이탈리아의 철학자 조르조 아감벤의 생명정치 이론은 현대소설의 분석도구로 많이 활용되지는 않지만 주권권력에 의해 예외상태가 만들어지고 벌거벗은 생명이 나타나는 상황을 형상화하는 문학 작품에서는 언제든지 분석의 도구로 활용 가능하다. 이것은 이 논의의 본질이 특수한 경우에만 국한되는 것이 아니라 소수자의 예외상태가 드러날 수 있는 상황이라면 어떤 경우에도 대입이 가능하기 때문이다.

2. 지식인 선택과 민중의 호응

한무숙의 〈대열 속에서〉, 이호철의 〈용암류〉는 생명정치에 저항
하는 지식인의 선택을, 박연희의 〈개미가 쌓은 성〉, 오상원의 〈무명
기〉는 이에 호응하는 민중의 희생을 담고 있다. 이들 작품에서는 지
식인의 저항과 민중의 호응으로 이승만 정권을 종식시키기까지의 과
정을 형상화하고 있는데, 특히 그동안 침묵하던 세대였던 대학생이
자기증명에 성공한 최초의 사건으로 그 이후 이들은 정치적 사건의
중심에 서게 된다.[2] 또한 민중 역시 4.19 이후 노동운동의 고양기를
맞이하는 등 사회적 문제의 전면에 나타나는 계기가 된다.

1) 혁명을 주도한 지식인의 선택

한무숙의 〈대열 속에서〉(1961)는 도강파와 잔류파의 갈등과 도강
파의 죄의식을 다루고 있다. 전쟁 중 대부분의 잔류파는 부역을 하지
않으면 살아남기 힘들었던 현실적 여건 때문에 대부분 어쩔 수 없이
부역자가 되었다. 그런데 환도한 정부와 도강파는 잔류파의 이러한
현실을 외면하고 부역자라는 명목으로 이들을 빨갱이로 처벌하는 데
앞장선다. 이러한 부역자 처벌의 핵심은 국민을 버리고 간 정부와 고
위층 등 도강파의 무책임성을 은폐하기 위한 것이다. 도강파의 대표
적인 인물이 바로 명서의 어머니 같은 인물로 그녀는 자신의 가족 때
문에 피난을 가지 못한 운전기사의 가족에게 사죄하기보다 그들을
빨갱이라고 비난하기 급급하다. 반면 운전기사인 창수의 아버지는

---

2 권보드래 · 천정환, 『1960년을 묻다』, 천년의 상상, 2012, 39쪽.

자신의 가족이 무엇 때문에 희생되었는지, 그 원인 제공자가 누구인
지를 생각하기보다 부역한 빨갱이의 가족인 자신과 아들인 창수를
받아주는 주인집의 관용에 전쟁 전보다 더 맹목적으로 복종하는 등
본능적인 공포감과 순응주의가 내면화된 모습을 보인다.

> 창수 어머니가 죽은 것은 칠월 하순 경이라고 들었다. 근로 봉사로
> 동원되었다가 폭격을 받아 즉사했다는 것은 같이 나갔다가 살아 돌아온
> 동네 사람의 말이고 가족들은 시체도 보지 못했다는 것이다.
> "창남이는? 창남이는?"
> 미친듯이 큰 딸을 찾던 창수 아버지도, 그 딸이 역시 동원되어 인민
> 병원에서 일하다가 북으로 갔다는 말을 듣고는 보이지 않는 작은 딸의
> 소식을 물으려 하지 않았다.
> 작은 딸인 창순이는 여맹에 나가게 되어, 제법 연설 같은 것도 배워
> 했던 모양으로 수복후 부역자로서 어딘가에 수감되어 있다는 소문이
> 었다.
> "에그머니, 모두들 빨갱이가 되었었군요. 무서워라. 온 속들을 알 수
> 가 있어야지…(중략)…."
> 명서 어머니는 진저리를 떨었다. 가장이 남하했다 하여 시달리던 끝
> 에 발을 들여놓은 길이라는 것은 끝내 알려 하지도 않았다.
> 운전사 신씨는 그때부터 더욱 충실한 고용인이 된 것 같았다. 부역한
> 딸을 둘이나 가진 자기를 해고도 않고 두어 주는 주인의 관용이 황송한
> 모양이었다.(한무숙, 〈대열 속에서〉, 『사상계』, 1961.10, 106쪽.)

명서 어머니의 태도는 잔류파가 빨갱이임을 강조함으로써 이들을
버리고 피난을 간 도강파인 자신에게 향하는 비난을 모면하고, 양심
의 가책에서 벗어나고자 하는 것이다. 이것은 잔류파가 서울에서 살

아남기 위한 마지막 선택으로 빨갱이가 된 것이지, 빨갱이기에 잔류한 것이 아니라는 사실을 외면하는 것이다. 정부 역시 부역자와 그들의 가족을 연좌제로 묶어 처벌하면서 도강파의 부도덕성이나 정부의 무능에 대해서는 사회적으로 논의조차 할 수 없는 분위기를 만들어가고 있었다. 그러므로 진짜 부역자는 북으로 다 가버린 상황에서 생계나 목숨을 위한 단순 부역자의 처벌을 통해 도강파와 정부에 대한 비판과 불만은 상쇄되었다.

　도강파인 명서는 외양은 안온하지만 잔류파인 창수의 가족에 대한 죄책감으로 피폐해진 삶을 살아간다. 그러나 명서의 이러한 죄책감도 창수아버지의 비굴함 앞에서는 사라지고 만다. 창수의 아버지는 이승만 정권의 생명정치에 적응해 가면서 그 부당함에 저항하지 않고, 벌거벗은 생명으로서의 삶에 순응한다. 반면 그의 아들인 창수는 자신의 현재 처지와 상관없이 어떠한 상황에서도 당당함을 잃지 않는데, 이러한 두 사람의 대조적 모습은 명서를 이중으로 압박하게 된다. 즉 원한이 있어야 할 곳에서 충실과 정성을 볼 때의 두려움과 벌거벗은 생명으로 규정되었음에도 당당하게 살아가는 창수에게 느끼는 열등감이다. 이러한 명서의 죄책감은 경찰의 폭력에 저항하며 구호를 선창하고 있는 4.19 시위대의 대열에 참여하게 되면서 해소되기 시작한다. 국민을 버리고 도망갔지만 아직까지도 국민에게 사죄하지 않고 군림하는 정권과 이러한 정부에 기생하며 이권을 챙기는 고위층인 아버지에게서 벗어나 명서는 건전한 시민에서 벌거벗은 생명으로의 전환을 시도한다. 그리고 마침내 그는 시위 중 총에 맞은 창수의 시신을 지켜냄으로써 창수의 가족을 서울에 버리고 피난을 떠난 이후, 한시도 벗어날 수 없었던 죄책감 속에서 벗어나게 된다.

4.19는 건전한 시민인 명서와 벌거벗은 생명인 창수가 그동안의 갈등에서 벗어나 하나가 되는 기회가 되었다. 이들은 정권에 의해 구획되고 경계 지워진 각자의 위치에서 벗어나 부당한 정권에 공동으로 저항하면서 명서는 도강파로서의 죄책감에서 그리고 창수는 잔류파로서의 현실 상황에서 벗어나게 된다. 당시 처자식과 동료를 저버리고 피란했던 도강파는 죄의식을 갖지 않았음에 비해 기동력과 정보력이 없어 남게 되었던 잔류파는 부역을 했다는 이유만으로 끊임없이 반공주의자로 자신을 입증해야만 하는 상황이었다. 그러므로 도강파와 잔류파의 갈등과 도강파의 죄책감을 다룬 이 작품은 당시로서는 문학적으로 새로운 관점을 제시함은 물론 이들의 화해와 죽음을 통해 4.19 정신을 다시금 생각하게 한다.

이호철의 〈용암류〉(1960)는 4.19를 향해가는 지식인의 고뇌와 선택을 그려내고 있다. 정권에 부합하여 경찰의 끄나풀 노릇을 하며 살아가는 이기적인 태규와 정권에 대항하는 현실 참여적인 석주 그리고 끊임없이 갈등하고 고뇌하는 관조적인 동훈이 등장인물이다. 태규는 학비나 뜯어 쓰려고 시작했던 처음 계획과는 달리 반도호텔에서 서양부인을 끼고 잠을 잘 정도로 점점 타락한 현실에서 헤어나지 못하고 있다. 동훈은 자신도 수경과의 관계로 임신까지 한 상태라 태규의 이러한 모습을 외면하려 하지만 석주는 태규에 대한 노골적인 혐오를 드러내면서 세 친구의 갈등은 시작된다.

이러한 동훈에게 석주가 아홉시 모임을 제안한다. 동훈은 자신의 아이를 갖게 된 수경과 같이 인천으로 드라이브를 가고자 하는 개인적 욕망과 석주의 모임에 참여해야 한다는 사회적 책임 사이에서 고뇌하며, 쉽게 결단을 내리지 못한다. 욕망과 책임 사이에서 갈등하던 동훈은 결국 석주의 모임에 동참할 것을 결심한다. 하지만 처음부터 동훈이 석주의 뜻을 따랐던 것은 아니다. 오히려 그는 석주보다 태규 편에 서기를 자청했었다. 그는 석주의 행동을 피상적 치기로 보면서 태규의 타락을 자기합리화의 수단으로 삼아 현실에서 한발 물러서 수경과 인천으로 가려했던 것이다. 그러나 동훈은 사태를 관조하는 시민의 모습을 통해 지금은 개인의 문제, 즉 동훈과 태규의 편에 서 기를 선택하는 단순한 문제가 아니라 국민과 함께해야 할 상황임을 비로소 직시하게 된다. 동훈은 수경과 자신의 아이가 태어나 살아가 야 할 세상은 지금과 달라져야 한다고 생각한다. 그러므로 그는 수경 과의 7시 약속이 아닌 석주와의 9시 모임을 선택한다.

이번에 터진 마산데모는 당국에서도 좀 곤란하겠어."
옆 담배가게에서 좀 전의 사람이 누구인가에게 다시 이렇게 중얼거 렸다.
그리하여 석주야 저런 소리를 우리는 지나가는 소리처럼은 하지 말 아야 할 것이다. 바로 우리들 앞에서 벌어지고 있는 일들에 책임을 지니 고 바라보아야 할 것이다. 우리들은 무엇을 할 것인가. 중요한 것은 개 개인이 따지는 일이 아니라 서로 몰려오고 몰리어드는 일일 것이다. 세 상은 막연히 뒤숭숭한 것이 아니라 저나름으로의 필연성을 지니고 흘러 가고 있을 것이다. 이런 때일수록 사리에 대한 단순한 명석성이 요청될 것이다. 태규의 일 여부는 문제도 아니다. 우리들이 이제부터 공동으로 철저해야 할 일은 다른 일이어야 할 것이다. 엄청나게 다른 일이어야 만 할 것이다.(이호철, 〈용암류〉, 『사상계』, 1960.11, 385~386쪽.)[3]

---

3 황태묵, 「이호철 〈용암류〉 개작 연구」, 『우리문학연구』 22, 2007.8, 381~382쪽. 이호철의 〈용암류〉는 1960년 11월 『사상계』(1960.11)에 발표된 '원본'을 시작으로

동훈은 4.19의 직전의 대기 상태에서 여러 번의 갈등을 통해 혁명의 중심으로 나아가고, 이러한 동훈과 같은 학생들의 선택으로 4.19는 부패한 정권을 끌어내리는 데 성공하게 된다. 이 작품은 네 번의 개작을 거쳐 표현의 정제와 개연성의 강화 그리고 작가의 주제의식을 선명하게 표출시키게 된다.[4] 이러한 사실은 본고에서 논의하고 있는 원본(1960년 11월 발표본)의 경우, 주인공의 성격이 명확하지 않으며 주제의식 또한 뚜렷하게 작품 속에 나타나지 않음을 말하는 것이기도 하다. 그 원인은 작품의 내용이 4.19까지 나아가지 못하고 대기 상태에서 끝난다는 점과 주인공인 동훈의 모호하고 관념적인 태도에 기인한다. 하지만 다른 작품에서 좀처럼 볼 수 없는 혁명으로 나아가는 과정의 내면적 갈등을 정치하고 섬세하게 묘사한 부분은 당시의 대학생이 단순하고, 충동적으로 4.19에 참여한 것이 아니라 깊은 고뇌와 갈등 속에서 저항을 선택하였음을 방증하는 것이기도 하다.

4.19에 참여하지 않고 방관하는 시민은 건전한 시민의 범주에서도 주로 정부의 고위층인 〈대열 속에서〉의 명서의 가족, 경찰의 끄나풀인 〈용암류〉의 태규와 같은 자이다. 하지만 권력은 4.19에 참여하는 절대 다수의 시민을 무조건 벌거벗은 생명으로 범주화하면서 그들에게 폭력을 행사하는 오류를 낳았고, 시민들은 자신도 권력에 의해 순식간에 벌거벗은 생명이 될 수 있음을 깨닫게 되면서 비로소 생명정치체제의 부당성을 인식하게 된다. 나도 희생자가 될 수 있다는 생각

'사상계본'(《나상》, 사상계사, 1961), '청계본'(《이호철 전집》 1, 청계연구소 출판국, 1988), '작가본'(『내일을 여는 작가』, 봄, 2000) 등 네 가지의 판본이 존재한다. 본고에서는 4.19, 당대 발표된 '원본'을 기본 자료로 한다.
4 황태묵, 「이호철 〈용암류〉 개작 연구」, 『우리문학연구』 22, 2007.8, 382쪽.

은 윤리적 감수성 즉, 타자의 고통에 대한 감수성을 형성하게 만들기 때문이다. 그러므로 위의 작품들은 폭력의 경험을 통해 저항만이 벌거벗은 생명의 예외화에 기반을 두지 않는 정치의 실현을 추구할 수 있음을 보여주게 된다.

2) 민중의 호응과 역할

4.19를 주도했던 세력은 학생과 지식인이었지만 민중의 호응이 없었다면 4.19는 성공하지 못했을 것이다. 하지만 민중의 관점에서 4.19를 바라보는 작품은 별로 많지 않다. 그러므로 〈개미가 쌓은 성〉과 〈무명기〉는 4.19를 지식인의 관점에서 벗어나 장서방, 폭력을 행사하는 시민, 지물포 노인, 막노동 꾼 등 민중의 관점에서 바라보기 시작하였다는 점에서 다른 작품과 변별성을 보여주게 된다.

박연희 〈개미가 쌓은 성〉(1962)의 주인공인 장서방은 노동자 계층으로 시위에 참여하게 되면서 무자비한 폭력에 노출된다. 그는 시위에 참여했다는 이유로 자신이 일하는 신문사에서 해고를 당하지나 않을까 두려워하지만 지금껏 자신이 경험한 민주주의가 진정한 민주주의는 아닐 것이라는 확신을 갖고 있다. 이와 같이 4.19는 사회의 노동자 계층이라고 할 수 있는 장서방마저 정확한 현실인식을 통해 자신의 정치적 의사를 표명하는 기회가 되었다. 하지만 정권은 계엄령을 선포하고 4.19를 예외상황으로, 시위에 참가한 자들을 벌거벗은 생명으로 규정함으로써 현실은 더욱 폭력적으로 변해간다. 이러한 상황 속에서 장서방은 세상에 단 하나뿐인 아들 효석을 시위에서 잃고, 그 충격으로 정신병원에 입원하게 된다. 장서방이 시위에 나서게 된 이유는 그 나름대로 민주주의에 대한 확신과 함께 시위를 통해 제대로 된 세상을 만들 수 있을 것이라는 믿음 때문이었다. 4.19가 장서방과 같은 노동자 계층의 참여를 이끌어내는 데 성공한 것은 혁명이 추상적 이념의 추구가 아니라 구체적 삶을 향상시킬 수 있다는 민중의 믿음과 성원에 의한 것이었다. 하지만 노동자계층의 이러한 요구는 혁명 이후 4.19 주도세력과 집권층에 의해 철저하게 배제된다.

> "인제 없는 사람도 잘 살게 될 것 같소?"
> 뿌이연 막걸리 잔을 들어 반쯤 마시고 나서 장서방은 물었다.
> "두고 봐야지오." / "두고 보다니오?"
> "그놈이 그놈일지도 모르죠?" / "아 그럼 또 그런 세상이 된단 말이오?"
> "그렇진 않을 테지만…… 근본적으로 생각이 같고…후에 그 자리에 앉는 것 뿐이 다르지오."
> "글쎄……. 바래(希)선 안되오. 이번에 혁명을 일으키듯이 우리가 지키고 만들어 나가야 하지 않겠소."
> "그래요! 민주주의란 국민이 주인이니까요."
> "이승만이도 이젠 죽었지"
> 술기운이 도는 탓인지 장서방은 아들의 일도 까맣게 잊은채 희열을 느끼는 자신을 발견하였다.
> "독재자의 말로란 언제나 개죽음이오."
> K는 수긋하여 잔을 들었다.(박연희, 〈개미가 쌓은 성〉, 『현대문학』, 1962.5, 55~56쪽.)

민중의 관심은 장서방과 같이 없는 사람도 잘 살 수 있는 세상이고 이 문제를 혁명의 성공과 민주주의의 실천 다음에 오는 당연한 결과로 인식하였다. 하지만 4.19 주도세력과 집권층은 그들의 요구와 성원을 제대로 수용하지 못한다. 또한 장서방의 아들인 효석의 죽음과 장서방의 정신이상을 통해 4.19가 장서방과 같은 민중의 희생에 의해 성공했음을 보여줌으로써 이들의 희생을 진정한 민주주의로 승화시키지 못한 4.19 주도세력과 집권층에 대한 비판을 담아내고 있다.

오상원의 〈무명기〉(1961)는 기자인 최준의 눈으로 본 4.19 현장의 모습이 묘사되고 있다. 그러나 이 작품은 3회분인 2부에서 갑자기 연재가 중단되면서 완결된 구성이나 전달하려는 주제가 무엇인지는 확실하게 나타나지 않는 한계를 보이게 된다. 다만 주인공은 신문기자라는 직업의 특성을 이용해 정권을 향한 각계의 다양한 목소리를 집약해서 보여주는데, 민중은 혁명에 대해 관조적이며 기회주의적 모습을 보이기도 하고, 때로는 날카로운 현실 인식을 보이기도 한다. 학생의 제지를 거부하고 폭력을 행사하는 시민, 희생되는 학생을 어리석고 불쌍하다고 생각하는 지물포 노인, 혁명으로 정권이 바뀐다고 해서 달라질 것은 아무것도 없으며 믿을 것은 자신뿐이라는 막노동꾼 등의 회의적 태도는 혁명 자체는 성공시켰지만 새로운 정권의 무능과 부패로 5.16을 겪게 되었다는 점에 기인할 것이다. 실제 4.19는 혁명으로 부패한 자유당 정권을 무너뜨렸지만 민중은 스스로 정권을 세우는 데까지는 성공하지 못하고 일제의 잔재이자 보수야당인 민주당에 정권을 넘기게 되면서 정치적 주체가 되는 데 실패한다. 그러므로 4.19 혁명 초기 발표된 작품의 희망적 분위기와 대조적인, 관조적이고 체념적인 이 작품은 5.16 당시의 시대적 분위기를 반영했

다고 볼 수 있다. 4.19는 표면적으로 자유당 정부의 부정부패와 부정
선거 및 인권유린 등 정치적 요구가 계기가 되었지만 그 이면에는 민
중의 경제적 개혁의 요구가 있었음에도 4.19 이후의 집권층은 이를
제대로 수용하지 못한 것이다. 그러므로 이러한 중요성을 인식한 군
사 세력에게 5.16의 빌미를 제공하게 된다. 따라서 4.19는 낡은 지배
의 전복, 종래의 피억압자에 의한 정치권력의 획득, 낡은 사회적 모
순의 청산과 새 질서의 수립이라는 혁명 완성의 세 단계를 거치지 못
한 채 미완으로 남게 되고 이 작품은 이러한 분위기를 잘 반영하고
있다.[5]

〈개미가 쌓은 성〉과 〈무명기〉는 모두 5.16 이후 발표된 작품으로
모두 기자인 주인공의 눈을 통해 혁명에 호응했던 민중의 목소리를
담고 있다. 이들은 혁명 당시에는 정확한 현실인식으로 벌거벗은 생
명이 되는 것을 두려워하지 않고 혁명을 성공으로 이끄는 데 일조하
지만, 곧 현실에 대한 우려와 체념의 모습을 보이고 있다. 이것은 낡
은 사회적 모순의 청산과 새 질서의 수립에 실패한 지식인의 낭만성
과 오류를 비판하는 것으로 이미 4.19와 5.16을 모두 경험한 작가의
냉정한 현실인식을 보여주는 것이다.

3. 무력한 지식인의 정신적 몰락과 민중의 분열

박영준의 〈김교수〉(1965년)와 선우휘의 〈십자가가 없는 골고다〉(1965
년)는 4.19와 5.16으로부터 약간의 휴지기를 거친 1960년대 중반에

---

5 황태묵, 「이호철 〈용암류〉 개작 연구」, 『우리문학연구』 22, 2007.8, 213쪽.

발표된 작품이다. 이들 작품에서는 이승만 정권과는 또 다른, 새로운 박정희 정권의 생명정치 체제에 안착하면서 그 안에 순응하기 시작한 소시민과 무력해진 지식인의 변화된 모습이 형상화되기 시작한다.

박영준의 〈김교수〉(1965)는 혁명 후 느끼는 지식인의 무력함이 잘 형상화되고 있다. 이 작품의 서사는 처음부터 끝까지 지식인 김교수가 남편과 아버지 그리고 교수로서 느끼는 무력함에 초점을 맞추고 있다. 그의 이러한 무력함의 기원은 혁명의 피로감과 더불어 새로운 정치 체제에 지식인이 적응하고 있음을 말해준다. 이제, 교수가 지식인이라는 이유만으로 정권에 위협을 가할만한 영향력을 지니던 시대는 지나갔다. 교수에게 국가가 연구비를 지급하기 시작하였다는 것은 그들에게 다른 생각하지 말고 더욱 연구에 박차를 가하라는 의미이기도 하다. 그 결과는 김교수처럼 거액의 연구비를 받으며 사회 현실에서는 멀어지는 학문을 하되 정치에는 관여하고 싶지 않은 직업적 지식인의 양산, 건전한 시민의 육성이다.

"교수들에게 연구비 지급"

그것은 자기와도 관계가 있는 기사였다. 그래서 기사 가운데서 자기 이름을 찾아 보았다. 연구비를 지급받게 된 열 세 교수 가운데 자기이름도 끼어 있음을 본 김교수는,

"십만원-."

하고 한숨을 내쉬었다. 십만원이란 거금을 평생 처음 만져보게 되었다. 연구비를 주든 안주든 자기는 학문을 연구해야 하는 것을 직업으로 하고 있는 사람이다. 그런데도 십만원을 주니 그 십만원은 공짜나 다름없다.(박영준, 〈김교수〉, 『신동아』, 1965.10, 315~316쪽.)

4.19를 주도하고 5.16을 경험한 지식인은 이제, 대안 없는 혁명을 거부하며 새로운 정치 체제 안에서 안정과 풍요를 누리려 한다. 이것은 혁명 전의 삶이나 혁명 후의 삶이 별 변화가 없었음을 단적으로 말하는 것으로 김교수는 뚜렷한 인물이 없는 나라에서 정부 교체만 자주하면 혼란만 커진다며 자신의 생각에 정당성을 부여한다. 그렇다고 해서 이러한 이유만으로 지식인이 사회적 책임에서 자유로워지는 것은 아니다. 김교수는 현실에서 느끼는 불안과 죄책감을 남의 탓으로 돌리며 그 책임에서 벗어나려 한다. 그는 한일협정에 관한 교수 회의가 유회된 것을 회의에 참석하지 않은 다른 교수 탓으로 돌리며 안도하고 가장으로서 아내에게 거부당하지만 그 원인도 자신에게서 찾는 것이 아니라 자식을 버리고 집을 나간 아내의 부도덕함에서 찾고 있다. 또한 제대로 된 스승이 될 수 없어 치밀어 오르는 자기혐오조차 학생을 불러 충고나 하는 것으로 스스로를 기만한다. 김교수는 어떤 사건에도 관여하지 않고 방관함으로써 책임질 그 무엇도 만들지 않는 상황을 만들고 있으나 그러한 삶은 공허할 뿐이다. 지식인으로서 사회 곳곳에서 만나게 되는 진실과 그 책임을 외면하고 오직 건전한 시민으로서의 삶에만 안주하던 그는 끊임없는 자기불만과 아내의 가출 그리고 딸의 원망과 학생의 질시를 온몸에 받는 현실 앞에 서게 되면서 무력한 지식인의 몰락을 보여주게 된다.

선우휘 〈십자가가 없는 골고다〉(1965)의 등장인물을 살펴보면 먼저, K·김은 중학교 교사로 사회생활을 시작하고 곧 언론계로 투신, 장교의 신분으로 6.25참전, 휴전 후 언론계로 복귀하는 인물로 작자 자신을 형상화한 것으로 보인다. 나는 신문사에서 일하는 K·김의 친구로 그의 후일담을 전해주며, 스물셋의 대장장이 이칠성이 있다. 또한 끊임없이 어디선가 들려오는 소리가 등장하는데, 누구의 목소리인지 작품 안에서는 전혀 밝히지 않지만 그것이 누구의 소리인지 누구나 알 수 있다. 소리의 주체인 그들은 세상 앞에 모습을 드러내지 않고도 벌거벗은 생명을 규정하는 주권자의 절대 권력의 하수인이다.

〈십자가 없는 골고다〉에서도 다수의 지식인은 당시 정치 체제 아래에서 전혀 위협의 존재가 되지 않는 무기력한 존재로 묘사되고 있다. 그러므로 당시 권력은 지식인을 천장에서 날뛰는 쥐만도 못한 행동력을 가진 존재로 파악하기에 이른다. K·김 역시 마찬가지로 그는 자신의 울분을 선술집에서 취중에 황당무계한 농으로 대신 풀어낼 뿐이다. 이렇게 행동력을 상실한 지식인 앞에 이를 대신할 새로운 인물이 등장한다. 이칠성은 K·김이 술에 취해 떠들던 황당무계한 농인 '대한민국을 국제입찰에 붙이자'는 말을 듣고 행동으로 실천하겠다는 스물셋의 젊은 대장장이이다. 지식인이 행동력을 상실하자 이를 대신할 인물이 출현한 것이다. 그런데 이들의 연대는 단순히 황당무계한 농인 국제입찰 때문만은 아니다. 그들은 무엇인가 새로운 이슈, 즉 누군가의 희생을 통해 침묵하는 민중을 깨울 수도 있다는 믿음을 공유하면서 뜻을 합치게 된 것으로 자신의 희생이 성취될 때, 민중을 움직일 수 있다고 생각한다.

> "나는 그가 그렇게 죽는 경우두 예상했었어, 그두 그렇게 죽을 경우를 생각한 것이 분명해, 그와 나는 무엇인가 일으키려고 한 거니까, 조소를 살 것도 형무소에 끌려갈 것두 각오했었, 그리고 그가 그렇게 죽을 것까지두. 어떻게 되든지 이 땅에는 비극을, 진짜 비극을 성취하려고 마음먹었던 거야. 어떻게 생각하면 그는 그렇게 죽어야 했어. 그래야만

비극은 완전무결하게 성취될 수 있었으니까 말이지. 그가 죽어두 나는
남아서 그가 하려던 일을, 그의 우둔하고 순수한 행적을 증명하려고 한
거야"

그는 기다란 한숨을 내어 쉬고는,

"그런데 우린 잡혀가지두 않았구 그는 그렇게 죽었는데 그것을 증명
할 길조차 없게 되었어. 각오했던 조소조차 있을 수 없게 되구 그러니
이제 나는 아예 나의 모든 것을 포기해 버릴 수밖에 없게 되었어. 이제
그 일에 관심이 없네."(선우휘, 〈십자가 없는 골고다〉, 『사상계』, 1965.6,
334~335쪽.)

이칠성은 K·김도 놀랄 만큼 지치지 않는 행동력으로 자신의 의지
를 강력하게 펴 나가면서 국제입찰에 찬성하는 천여 명의 서명을 받
아낸다. 그러자 비로소 소리도 행동력을 상실한 지식인 K·김과 그
행동력을 대체하는 민중 이칠성의 연대에 주목하기에 이른다. 그런
데 소리는 S지에 정권에 대한 강한 비판을 실은 지식인 H옹에게는
무관심했지만, 대장장이 이칠성에게는 민감하게 반응하고, 잡지에는
무관심하지만 신문의 반응에는 귀 기울이는 상반된 모습을 보인다.
이것은 권력의 견제가 지식인에서 일반 민중에게로 변화하고 있음을
보여주는 것으로 그들은 이미 지식인과 민중을 분리하여 각각에 맞
게 대응하고 있었던 것이다. 소리는 이들의 의도대로 이들이 민중적
으로 이슈가 되어 그들을 깨우는 것을 막기 위해 대책을 내놓는다.
그것은 K·김과 이칠성을 민중에서 분리하고 더불어 이들의 이야기
가 신문에 보도되는 것을 봉쇄하는 것이다. 소리의 이러한 대응이 가
능한 이유는 당시 권력이 신문을 장악하고 통제했기 때문이다. 이것
은 잡지를 통해 지식인이 대중을 움직일 수 있는 시대는 지나가 버렸

320 전쟁 서사의 문학적 증언

고, 반면에 신문은 대중을 움직일 수는 있으나 자본과 권력의 통제를 벗어날 수 없게 된 1960년대 중반의 상황을 정확하게 반영한 것이다.[6]

> – 혼이 나가 달아난 모양이죠, 그런데 신문에 어떻게 날지 그게 걱정입니다.
> – 뭐 안 날 테지. 난다 해두 아까 말한 대로지, 사람들이 미친놈 오두막을 태워 버렸다. 뭐 그거면 두 단 이상이 될 게 없잖아.
> – 예.
> – 신문엔 달리 손을 쓸 테니까, 아예 안 나게 할 수도 있어.
> – 수고하시겠습니다.
> – 이거, 시끄럽긴 시끄러워, 그렇지만 신문에만 안 떠들어지면 없었던 거나 매한가지니까 핫핫하.(위의 책, 331쪽.)

지식인과 마찬가지로 민중 역시 생명정치 체제에 순응하는 존재인 건전한 시민으로 살아가기를 희망한다. 그러므로 소리는 무심코 서명한 민중에게 K·김과 이칠성의 도발은 그들까지도 벌거벗은 생명으로 전락하게 할 위협 요소가 되고 있음을 상기시켜 그들의 본능적인 공포감과 순응주의를 자극한다. 그 결과 흥분한 민중은 공황상태에 이르고 이들에 의해 이칠성은 대낮에 자신의 집에서 불에 타죽게 된다. 하지만 이칠성의 죽음은 신문을 통제하는 권력에 의해 은폐되고 만다. 그의 죽음은 죽은 자와 죽인 자 그리고 이를 지켜 본 K·김 이외의 그 누구에게도 알려지지 않은 채 희생의 의미를 상실하고 애도의 기회마저도 박탈당하게 된다. 희생자란 누군가를 위해 대신하는

---

6 김건우, 「선우휘의 〈십자가 없는 골고다〉론」, 『한국현대문학연구』, 2007, 235쪽.

존재로 희생자만의 아우라가 존재한다. 하지만 벌거벗은 생명 즉 배제당하는 자는 그저 폭력적 상황에 노출되는 것일 뿐 이에 따른 희생의 의미조차 부여되지 않는다. 그러므로 공동체의 법적, 종교적 질서로부터 추방되어 보호받지 못하는 벌거벗은 생명으로의 예외화만이 은폐된 이칠성의 죽음을 설명하게 된다. 그리고 지식인의 무력화와 더불어 민중의 분열과 침묵, 그리고 언론의 통제를 통해 주권자의 권력은 별다른 저항 없이 유지된다. 4.19를 지지하며 부패한 독재자를 끌어내렸던 민중은 불과 5년 만에 소리의 뜻대로 움직이는 건전한 시민이 되어 버렸다.

> "그 사람 이야기는 뭔가 신문에 나지 않았다는 거예요. 아직도 그것은 그의 일관된 불변의 주장입니다만 누군가 젊은이 한 사람이 분명히 타죽었는데 그것도 많은 사람들이 보는 가운데서 여러 사람들의 린치(死刑)로 타죽었는데, 그것이 분명한데 자기가 그 두 눈으로 똑똑히 보았는데두 어째서 그것이 신문에 그대로 나지 않느냐는 거지요."(위의 책, 293쪽.)

> "도대체 신문이란 뭐하는 거구 기자란 뭐하는 족속이야. 분명히 젊은이 하나 타죽었는데 그런 일이 없다구? 내가 이렇게 증명하구 나서 두 아니란 말이지" …(중략)… "알아봤지, 그리고 그의 실종계를 경찰에 내었어. 그리구 함께 변두리를 다니면서 서명 날인을 받은 사람들두 찾아보았어. 그런데 누구나 입을 씻은 듯이 그런 일이 없었다는 거야."(위의 책, 333~334쪽.)

〈십자가 없는 골고다〉의 K·김과 이칠성의 계획은 위대한 비극을 성취하지 못한 채, 이칠성의 슬프고 억울한 죽음과 저항의 의지마저 상실한 K·김의 정신적 파멸만으로 남게 되었다. 서술자인 나 또한 친구인 이칠성과 K·김의 비극의 전모를 알게 되지만 가슴을 치밀어 오르는 그 무엇을 토해내지 못하고 목구멍 너머로 그냥 흘려보내는 무력한 지식인의 모습을 보인다. 죽음은 있지만 범인은 없고, 시체는 있지만 비극은 없는, 희생양조차 될 수 없는 은폐된 죽음만이 세상에 존재할 뿐이다. 이것은 죽음에 대한 두려움이 아니라 벌거벗은 생명이 되는 것에 대한 두려움에 고착되는 사회로의 시작, 죽음으로도 해결할 수 없는 생명정치 체제의 시작을 알리는 것이다.

4. 나가며

문학작품에 나타나는 정치현실에 대한 회의와 비판은 정치가 현대 사회에서 차지하는 권력 때문만이 아니라, 정치가 사회정의의 실현을 위협할 때 그 사회가 겪는 고통 때문에 중요한 것이다. 그러므로 법적 정의와 폭력이 통합되었을 때 이를 인식하고 저항하거나 또는 외면하고 순응으로 대응하는 몇몇 작품을 통해 우리 문학이 이러한 역할을 게을리하지 않았음을 확인했다. 또한 생명정치 이론을 연구방법으로 활용하면서 배제당하는 자에 대한 해석도 새롭게 했다. 배제 당하는 자의 고통은 이들에게 국한되는 것이 아니라 이를 지켜보는 국민의 시선을 이용해 개개인의 저항의지를 효과적으로 차단하는 수단으로까지 이어지게 되면서 부당한 권력의 정치체제를 공고히 하는 역할을 하게 됨을 확인하였기 때문이다.

구체적으로 살펴보면 먼저, 〈대열 속에서〉와 〈용암류〉를 통해 건전한 시민에서 벌거벗은 생명이 되어 저항하는 지식인과 학생의 선택을, 그리고 〈무명기〉와 〈개미가 쌓은 성〉을 통해 희생을 감수하며 혁명에 적극 호응하지만 혁명이 절반의 성공으로 끝나버리자 지식인의 오류를 냉정하게 비판하는 민중의 모습을 살펴보았다. 이 작품들은 권력의 필요에 의해 누구나 경계에서 벗어나 벌거벗은 생명으로 규정될 수 있음을 경고하면서, 저항만이 이러한 예외화에 기반을 두지 않는 삶을 실현할 수 있음을 보여주고 있다.

다음으로, 〈김교수〉와 〈십자가 없는 골고다〉를 통해 4.19 이후 건전한 시민으로 양성되는 직업적 지식인의 정신적 몰락과 더불어 새로운 생명정치 체제에 저항하다 결국 죽음에 이르는 주인공의 모습을 통해 분열을 조장하는 권력에 의해 조종당하는 민중의 모습을 살펴보았다. 이 작품들은 새로운 정치체제 아래에서 안정된 생활에 안착하는 듯 보이지만 그 이면에 감추어진 지식인의 정신적 몰락과 더불어 민중의 불안 심리를 등을 다룬 것이다. 특히 〈십자가 없는 골고다〉는 주인공의 죽음에 대한 애도의 기회를 언론의 통제를 통해 권력이 원천 봉쇄하면서 그의 죽음이 희생이 아닌 벌거벗은 생명으로 환원되는 생생한 과정을 사실감 있게 형상화하는 문학적 성과를 보이기도 했다. 더불어 1960년, 저항으로 혁명을 주도하고, 호응했던 모습과는 다른 지식인과 민중의 분열 등 변화된 모습을 통해 이러한 정치 체제가 당분간 더욱 공고하게 유지될 것임을 예고하기도 한다.

부록

1. 논의 작품

강경애, 〈동정〉, 『청년조선』, 1934.

_____, 《인간문제》, 소담출판사, 2001.

강신재, 〈포말〉, 《한국전쟁문학전집》 1, 신구문화사, 1969.

_____, 〈해방촌 가는 길〉, 《한국소설문학대계》, 동아출판사, 1999.

강용준, 〈철조망〉, 『사상계』 84, 1960.

곽하신, 〈남편〉, 《전시한국문학선》, 국방부정훈부, 1954.

곽학송, 〈철로〉, 《한국소설문학대계》 38, 두산동아, 1996.

김 송, 〈저항하는 자세〉, 『수도평론』 8호, 1953.

김광식, 〈213호 주택〉, 『문학예술』, 1956.6.

_____, 〈의자의 풍경〉, 『문학예술』, 1956.2.

_____, 〈환상곡〉, 『사상계』, 1954.10.

김동리, 〈밀다원 시대〉, 『현대문학』, 1955.6.

김동립, 〈대중관리〉, 『사상계』, 1959.12.

김성한, 〈매체〉, 《한국소설문학대계》, 동아출판사, 1995.

_____, 〈방황〉, 《한국소설문학대계》, 동아출판사, 1995.

김소진, 〈개흘레꾼〉, 《열린사회와 그 적들》, 문학동네, 2013.

_____, 〈고아떤 뺑덕어멈〉, 《열린사회와 그 적들》, 문학동네, 2013.

_____, 〈두장의 사진으로 남은 아버지〉, 《장석조네 사람들》, 문학동네, 2012.

_____, 〈쥐잡기〉, 《열린사회와 그 적들》, 문학동네, 2013.

_____, 〈첫눈〉, 《자전거 도둑》, 문학동네, 2013.

김이석, 〈분별〉, 『전선문학』 2, 육군본부종군작가단, 1952.12.

김장수, 〈전우애〉, 『전선문학』 7, 육군본부종군작가단, 1953.

김창걸, 〈암야〉, 《중국조선족문학사료전집》 3, 중국조선민족문화예술출판사, 2003.

박경리, 〈불신시대〉, 《불신시대》, 지식산업사, 1987.

박경리, 〈암흑시대〉,《불신시대》, 지식산업사, 1987.

_____, 〈영주와 고양이〉,《불신시대》, 지식산업사, 1987.

_____,《김약국의 딸들》, 나남, 1993.

_____,《시장과 전장》, 나남, 1993.

_____,《파시》, 나남, 1993.

박연희, 〈개미가 쌓은 성〉,『현대문학』, 1962.5.

_____, 〈새벽〉,『전선문학』 3, 육군본부종군작가단, 1953.

_____, 〈증인〉,『현대문학』, 1956.2.

박영준, 〈김교수〉,『신동아』, 1965.10.

_____, 〈김장군〉,『전선문학』 4, 육군본부종군작가단, 1953.

_____, 〈도하기〉,『현대문학』 17, 1956.5.

_____, 〈변노파〉,『문예』 14, 1952.6.

_____, 〈빨치산〉,『신천지』 51, 1952.5.

_____, 〈용사〉,《전쟁과 소설》, 계몽출판사, 1951.

_____, 〈용초도 근해〉,『전선문학』 7, 육군본부종군작가단, 1953.

박태원, 〈거리〉,『신인문학』, 1936.

선우휘, 〈십자가가 없는 골고다〉,『사상계』, 1965.6.

_____, 〈테로리스트〉,『사상계』, 1956.12.

손소희, 〈결심〉,『적화삼삭 구인집』, 국제보도연맹, 1951.3.

_____, 〈그날에 있은 일〉,『전선문학』 2, 육군본부종군작가단, 1952.12.

손창섭, 〈피해자〉,《손창섭 대표작전집》 3, 예문사, 1971.

안수길, 〈벼〉,『만선일보』, 1941.

염상섭, 〈해방의 아침〉,『신천지』, 1951.1

오상원, 〈무명기〉,『사상계』, 1961.8,9,11.

오영수, 〈동부전선〉,『현대문학』, 1955.

_____, 〈아찌야〉,《전시한국문학선》, 국방부정훈부, 1954.

유주현, 〈기상도〉,《전시한국문학선》, 국방부정훈부, 1954.

_____, 〈장씨일가〉,『사상계』, 1959.5.

_____, 〈첩자〉,《한국전쟁문학전집》 1, 휘문출판사, 1969.

이광수,『군상』,《한국문학전집》 2, 태극출판사, 1981.

이무영, 〈바다의 대화〉,『전선문학』 3, 육군본부종군작가단, 1953.

_____, 〈영전〉,『신천지』, 1954.6.

이서구, 〈어머니〉,《해양소설집》, 해군본부 정훈감실, 1953.

이태준, 〈꽃나무는 심어놓고〉,《달밤》, 애플북스, 2014.

_____, 〈바다〉,《이태준전집》1, 깊은샘, 1988.

_____, 〈사막의 화원〉,『조선일보』, 1937.

_____, 〈아무일도 업소〉,『동광』, 1931.

이호철, 〈용암류〉,『사상계』, 1960.11.

이효석, 〈기우〉,『조선지광』, 1929.

_____, 《깨뜨려지는 홍등》, 작가문화, 2003.

장덕조, 〈선물〉,『전선문학』4, 육군본부종군작가단, 1953.

_____, 〈어머니〉,『전시문학독본』, 계몽사, 1951.

_____, 〈젊은 힘〉,《전쟁과 소설》, 계몽출판사, 1951.

장용학, 〈요한시집〉,『현대 문학』7, 1955.

정비석, 〈간호장교〉,『전선문학』2, 육군본부종군작가단, 1952.

채만식, 〈팔려간 몸〉,《정통한국문학대계》6, 어문각, 1986.

최명익, 〈심문〉,『문장』1, 1939.

_____, 〈장삼이사〉,《북으로 간 작가 선집》8, 을유문화사, 1988.

최상규, 〈포인트〉,《한국전후문제작품집》신구문화사, 1960.

최서해, 〈홍염〉,『조선문단』1, 1927.

최인욱, 〈면회〉,『전선문학』3, 육군종군작가단, 1953.

_____, 〈목숨〉,《최인욱 소설 선집》, 현대문학, 2012.

최인훈, 〈GREY구락부 전말기〉,《최인훈 문학전집》8, 문학과지성사,1983.

_____, 〈광장〉,《최인훈 문학전집》1, 문학과지성사, 1979.

_____, 〈금오신화〉,《한국전쟁문학전집》3, 휘문출판사, 1969.

최정희, 〈정적일순〉,《한국전쟁문학전집》1 휘문출판사, 1969.

_____, 〈출동전야〉,《전시한국문학선》, 국방부정훈부, 1954.

최태응, 〈구각을 떨치고〉,《전쟁과 소설》, 계몽출판사, 1951.

_____, 〈무지개〉,《전시한국문학선》, 국방부정훈부, 1954.

_____, 〈찬미소리 들으며〉,『해병과 상륙』, 계문출판사, 1953.

추 식, 〈인간제대〉,『현대문학』, 1957.7.

한무숙, 〈대열 속에서〉,『사상계』, 1961.10.

_____, 〈파편〉,《한국전쟁문학전집》1, 휘문출판사, 1969.

현진건, 〈고향〉,《운수 좋은 날》, 문학과지성사, 2008.

_____, 〈불〉,《정통한국문학대계》3, 어문각, 1986.

_____, 〈정조와 약가〉,《운수 좋은 날》, 문학과지성사, 2010.

황순원, 〈사마귀〉, 《독 짓는 늙은이》, 문학과지성사, 2010.
_____, 《나무들 비탈에 서다》, 문학사상사, 2006.

2. 원고의 출전

1. 인신매매 모티프 속에 나타난 여성의 수난(「'인신매매 모티프' 속에 나타난 여성 인물 연구」, 『인문사회21』 9-5, 2018.10.)
2. 포로 체험의 재구성과 기억의 공유(「포로 체험의 재구성과 기억의 공유」, 『인문사회21』 8-4, 2017.8.)
3. 잔류파의 현실인식과 문학적 증언(「잔류파의 현실인식과 문학적 증언」, 『국어문학』 59, 2015.8.)
4. 문화론적 관점에서 바라본 이광수의 〈군상〉(「문화론적 관점에서 본 이광수의 〈군상〉 연구」, 『국제한인문학연구』 9, 2012.3.)
5. 자아의 각성과 주체의 확립 −강경애의 〈인간문제〉론(「자아의 각성과 주체의 확립」, 『문학비평』 19, 2012.12.)
6. 박경리 초기소설에 나타난 여성 인물의 양가적 특성(「'생명력 넘치는 여성 인물'의 전통에 대한 소고」, 『박경리 문학의 인물과 원형 탐구』, 2017 원주 박경리 문학제, 2017.11.)
7. 전쟁소설에 나타난 여성 인물의 특이성과 사회적 함의(「1950년대 한국전쟁소설에 나타난 여성인물 연구」, 『국제한인문학연구』 5, 2008.11.)
8. 전쟁기 소설의 관변화(官邊化) 양상(한국전쟁기 소설의 관변화(官邊化) 양상 연구, 『국제한인문학연구』 12, 2013.8)
9. 전쟁과 일상성의 상호 침투 양상(「1950년대 한국전쟁소설에 나타난 전쟁과 일상성의 상호침투 양상」, 『한국문학이론과비평』 42, 2009.3.)
10. 전후사회의 자본주의적 소외와 대안(「1950년대 전후소설에 나타난 자본주의적 소외의 폭로와 대안」, 『국제한인문학연구』 6, 2009.12.)
11. 전후사회의 가족 해체와 복원의 가능성(「1950년대 전후소설에 나타난 가족의 의미와 형상화」, 『현대소설연구』 43, 2010.4.)
12. 〈나무들 비탈에 서다〉에 나타난 죽음의 의미(「〈나무들 비탈에 서다〉에 나타난 죽음의 의미 연구」, 『인문학연구』 11, 인천대학교 인문학연구소, 2008.12.)
13. 속물성의 발견과 감성적 귀환 −최인훈의 〈GREY 구락부 전말기〉론(「속물성의 발견과 감성적 귀환」, 『문학비평』 18, 2011.12.)

14. 냉전 체제의 확산과 반공 규율 사회의 확립 (「냉전과 반공의 정치체제와 그 문학적 대응」, 『인문학연구』 11, 인천대학교 인문학연구소, 2010.6.)

15. 1960년대 생명정치와 문학적 대응(「1960년대 소설에 나타난 생명정치와 문학적 대응」, 『인문학연구』 23, 인천대학교 인문학연구소, 2015.6.)

김미향

1970년 서울 출생
2010년 월간문학 평론부분 신인상
2011년 인천대학교 대학원 국어국문학과 졸업(문학박사)
조선대, 전북대, 삼육대, 인천대, 원광대, 한국방송대 등에서
글쓰기와 한국문학 강의

전쟁 서사의 문학적 증언

2019년 4월 22일 초판 1쇄 펴냄

지은이 김미향
발행인 김흥국
발행처 보고사

책임편집 김하놀
표지디자인 손정자

등록 1990년 12월 13일 제6-0429호
주소 경기도 파주시 회동길 337-15 보고사 2층
전화 031-955-9797(대표), 02-922-5120~1(편집),
     02-922-2246(영업)
팩스 02-922-6990
메일 kanapub3@naver.com / bogosabooks@naver.com
http://www.bogosabooks.co.kr

ISBN 979-11-5516-890-5 93810
ⓒ 김미향, 2019

정가 23,000원